項羽對劉邦

楚漢雙雄爭霸史

司馬遼太郎——著
鍾憲——譯

上

推薦序

千古誰識漢劉邦？

秦濤

・司馬遼太郎的用心

司馬遼太郎寫完巨著《項羽對劉邦》，在〈跋〉中自陳心跡：先秦時代到漢代，中國社會生機勃勃，這個時期的人跟其他朝代的人簡直不像是同一個祖先的後代。從後漢末期開始，所謂亞洲型文化的發展開始停滯。令人感嘆的是，這種停滯，竟一直持續到近代。

這種先秦到漢代生機勃勃的中國文明，為什麼會陷於停滯呢？因為：據說中國古代文明乃是由謀生手段各異的民族共同創造出來的，如果假說屬實，對於中原地區來講，楚就是最後一種異族文化了。從此之後，文字或史籍記載都使用中原地區產生的表達方式，楚文化很大程度被中原文化同化了。

身為一名小說家，他非常詩意地認為：項羽的所作所為和他的覆亡，乃是中國古代文明的最後一次展示，也可以認為是形成整個中華民族文明的起點。

身為一位日本人，他一廂情願地覺得：筆者總有一種特別的感覺，認為楚人的民俗和氣質，與古代的日本具有某種血緣關係。

乃至於項羽死後，楚文化在中國歷史舞台上完成華麗的謝幕，卻以某種神祕的方式東渡日本，落地生根：項羽歿於西元前二〇二年。在日本被稱為彌生文化這一整套早已成熟的稻作生活方式，可能也是在此前後被傳入日本。不過，這跟項羽及其所率集團的失敗並無直接關聯，但做為歷史年表記在腦子裡，還是不無益處。

劉邦、項羽，漢、楚，中國、日本，三組看似風馬牛不相及的概念，在小說家的筆下發生了暗中的聯繫。讀到這裡，司馬遼太郎為何如此鍾愛項羽，並在這部小說之中給了「楚文化」如此濃墨重彩的描寫，為什麼書名不採用中國人熟悉的「劉邦、項羽」排序，而變為《項羽對劉邦》，也就不難理解了。

如果在司馬遼太郎的意義上講，讀懂項羽、讀懂楚文化就讀懂了日本人，那麼對中國人而言，讀懂劉邦、讀懂漢文化的意義顯然更大。

有趣的是，即便中國人，也更熱衷於解讀項羽，劉邦似乎很少被認真對待過。

・沒人認真對待劉邦

無論劉邦的同時代人，還是追述者司馬遷，解釋劉邦成功的原因時，都非常敷衍。

劉邦問韓信：為什麼你和項羽，都敗在我手下？韓信回答：「陛下所謂天授，非人力也。」無獨有偶，張良曾經解釋自己為什麼死心塌地追隨劉邦時，也說：「沛公殆天授。」項羽自刎烏江之前，曾自我開解：「天亡我，非用兵之罪也。」司馬遷追述秦漢之際群雄並起，最終鹿死劉邦之手的詭異結局時，感嘆道：「豈非天哉，豈非天哉！非大聖孰能當此受命而帝者乎？」

他們都曾十分認真地討論項羽失敗的原因，諸如「婦人之仁，匹夫之用」、「有一范增而不能用」、「自矜功伐，奮其私智」云云；說到劉邦的成功之道，則無不歸因於神祕的「天意」。一方面，最高領袖的得國之道，乃是不傳之祕，不容臣子妄自窺測；另一方面，他們大概也對劉邦這樣的人能夠成功，感到困惑不解，只能歸之於天意吧？

這樣一來，什麼劉邦的母親曾與蛟龍交配啊，什麼劉邦「隆准而龍顏」啊，什麼左邊大腿上有七十二顆黑痣啊，什麼斬白蛇起義啊，種種神話層層疊疊套在這個歷史人物身上，把他裝扮成一個充滿神跡的怪異偶像。

倒是蕭何，在劉邦還不曾發跡的時候說過一句：「劉季固多大言，少成事。」透露了當時人的真實看法。這種光會說大話的傢伙，怎麼看都不像是會成功的樣子嘛。

民國時期，四川鬼才李宗吾寫《厚黑學》，說劉邦的成功之道乃是「臉皮厚，心子黑」。項羽的失敗，正是因為鴻門宴不殺劉邦，心子不夠黑；烏江羞愧自刎，臉皮不夠厚——有底線的貴族，到底鬥不過無所不用其極的流氓。這本來是雜文家的刺時之語、戲謔之言，卻被很多人奉為成功學的聖經。劉邦先被抹上神祕的油彩，奉為怪異的偶像；又被扯落神壇，變成你我身邊不擇手段成功的流氓。他離歷史，愈加遙遠了。

司馬遼太郎此書的最後一段，也說：那五個愚蠢而又卑劣的男子，劉邦按約定分別給予封賞。藉由被分解的項羽的屍體和五個名字，也可以隱隱約約猜到，劉邦究竟是一副什麼嘴臉。

他對劉邦的不滿與蔑視，也是溢於言表吧？

可是，不管人們多麼瞧不上劉邦，這個人還是成功了。他正一臉得意地高踞在漢朝第一任皇帝的寶座上，俯視毀他譽他的你我凡人，用他招牌式的粗口大罵「腐儒安知乃公」呢。

・劉邦的不可及之處

宋人蘇轍《三國論》有云：「夫古之英雄，惟漢高帝為不可及也夫！」讀劉邦，唯讀到他和我們一樣好色貪杯、遊手好閒、吹牛撒潑、不愛勞動，是不行的。讀劉邦，必須目力直透紙背，讀到他的「不可及」之處。

《項羽對劉邦》對於劉、項二人出場的刻畫很有意思，我們且從這裡說起。

項羽是楚人，這是一個非常重要的身分。司馬遼太郎反覆強調，楚人有獨特的、異質的深厚文化。楚國滅亡淒慘，項羽又是貴族後裔，一上來就背負著國仇家恨。項羽有極高的天賦：「身手敏捷，力能扛鼎，性情明敏」，光身高就有一米八四。他學過書，學過劍，學過兵法，但都半途而廢，不是因為他缺乏恆心，而是因為太聰明，覺得沒什麼可學的。項羽的關鍵字是「有」，有文化、有家世、有身高、有力量、有智商……

劉邦就不同了。他是沛人，沛城位於吳、越、楚各大勢力交界的三不管地區，「受各勢力的影響都比較小，因此仍然保留著遠古以來那種恬淡怡然的風土人情」。換言之，這個地方沒有「楚」那麼深厚獨特的文化傳統。劉邦沒有名，沒有字，司馬遼太郎說，劉邦的大名「邦」是哥兒們的意思，小字「季」是老三的意思。他的「父親名叫劉老爺子，母親名字叫劉老太太」，都是無名氏。劉邦「目不識丁，與眾無賴相去無幾。他不學無術，根本就沒有什麼可垂教之處」。劉邦的關鍵字是「無」，無文化、無家世、無學識，甚至連名字都沒有。

沒有名字，意味著什麼？

《莊子・應帝王》說有一個得道之人，沒有名字，「一以己為馬，一以己為牛」。別人叫他馬，他也答應；別人叫他牛，他也答應。沒有名字，意味著「無我」。與項羽強烈的個性、主張、抱負相比，劉邦「意豁如也，常有大度」，也就是說，這個人無可無不可，在很多事情上都無定見，怎樣都行。這樣的例子，《史記》裡非常多，隨便舉幾個：

蕭何追還韓信，去見劉邦。劉邦罵道：你這個混蛋為什麼跑？蕭何說：我去追韓信了。劉邦又罵：放屁！跑的人那麼多，你為什麼去追那個廢物韓信？蕭何說：韓信是國士無雙，你要取天下，必須用此人。劉邦說：那我封他做個將領。蕭何說：不行，這種待遇留不住他。劉邦說：那我拜他為大將。

儒生酈食其初見劉邦，劉邦正坐著洗腳。酈食其問他：你想依附秦朝助紂為虐，還是率領義軍誅滅暴秦？劉邦回罵：你這個腐儒！說話拐彎抹角！老子當然是率領義軍誅滅暴秦！酈食其說：率義軍誅暴秦，正應該求賢若渴，可以如此無禮地接見長者嗎？劉邦立刻撤了腳盆，整理衣服，恭恭敬敬請酈食其上座。

有人勸劉邦立六國之後，劉邦同意了。張良來了，痛陳此乃亡國之策。劉邦當即收回成命。

在以上例子中，劉邦不停犯錯，連最基本的禮貌教養都沒有。但他的不可及之處就在於：有錯立刻就改，絲毫不回護自己的顏面。一個人心中一旦有了一個「我」，就會「順我者昌，逆我者亡」。項羽智力很高，很有主見，連孫子、吳起這種大兵家的兵書都瞧不上，更不要說區區一個范增，這是他「有一范增而不能用」的根本原因。

劉邦不一樣，他胸無成見，心中一片虛空，再加上卓越的判斷力，誰的辦法好，就用誰的。這就是劉邦這個人的不可及之處。

司馬遼太郎描寫劉邦早年的心路，說：「劉邦心裡清楚，關鍵是要獨具慧眼，識別有真本事的官吏，此外，還要有給其優厚待遇的胸懷。只要有這兩條就足夠了。……因此，必須具有足夠大的器量。」這樣的說法，比起「臉皮厚，心子黑」這樣聳人聽聞的妙論來，簡直樸素之極，接近於廢話。

但要透過「流氓」的近世印象，抹去「天意」的神祕油彩，在《史記》東一句西一句的瑣碎軼事之中，提煉出如此大巧不工的歷史之道，再以樸素易讀的語言平平表出，正是《項羽對劉邦》歷久不衰、常讀常新的魅力所在。

【推薦者簡介】秦濤

江蘇常州人，中國西南政法大學法律史學博士，中央電視台《法律講堂》（文史版）主講專家。已出版作品有《權謀至尊司馬懿》、《聊公案》、《歷史上的不倒翁》、《黑白曹操》、《道濟天下諸葛亮》、《三國之英雄亂世》等。

〈導讀〉

猛獅智狐爭霸戰

陳文德

兇猛的獅子，智慧的狐狸

在中國歷史上，最有趣也最偉大的競爭對手，莫過於項羽和劉邦了。

文藝復興時代的意大利名政論家馬基維利，在其名著《霸術》(*The Prince*)中寫道：

一個勝任的君王，必須擁有獅子般的兇猛，和狐狸般的狡詐。有獅子般的凶猛，才不會被豺狼欺負；有狐狸般的狡詐，才不會掉入獵人的陷阱。但若是兩者不能得兼，寧可擁有狐狸般的特色……。

獅子象徵兇猛，狐狸代表智慧。

秦王朝崩潰後，楚漢相爭中的兩大主角——項羽和劉邦——的創業個性及爭霸過程，正是馬基維利這段名言的最好詮釋了。

這兩個人都是道道地地、從零開始的創業者，他們生逢亂世，環境惡劣，本身條件又不是很好，但這兩個敢於做大夢的男人，不怕困難，不畏艱辛，對自己的事業和理想執著到底。

在司馬遼太郎的這部**《項羽對劉邦：楚漢雙雄爭霸史》**中，項羽與劉邦兩人鬥智、鬥力過程中的策略和權術就已經夠看的了；更值得我們效法的，是他們敢爲自己爭天下、爲萬民爭太平的那種猛獅和智狐的氣魄與精神。

做爲一個創業者，最重要的是自信和熱情，當年的曹操和劉備，一個正面臨大敵挑戰，朝不保夕，一個走投無路，寄人籬下。但這兩個人在青梅樹下，煮酒論天下英雄時，身爲主人的曹操卻慨然地大膽斷言道：「論天下之英雄，唯使君（指劉備）與操（指曹操自己）耳。」

共同的創業個性

的確，唯有足夠的自信和熱情，超凡的執著和專注，才能讓創業者有力量去忍受無數的挫折和困境，在不斷的輸輸贏贏中，奮發再起，堅持到底，屢敗屢戰，永不氣餒。

項羽和劉邦在這方面更是有過之而無不及。從**《項羽對劉邦：楚漢雙雄爭霸史》**這部書中，我們可以發現，項羽和劉邦具有以下共同的創業個性：

第一，敢作大夢的大器量。

當以武力統一天下的秦始皇空前龐大的巡幸隊伍，路經過他們故鄉的時候，身爲楚國祕密反抗軍小頭目的項羽，大膽地直接表示：「彼可取而代之。」出身平民的沛縣亭長（當時的派出所主管）劉邦，則感歎地表示：「大丈夫當若是。」

這的確是不合身份的狂言，但有誰能像他們一樣認眞去實行這年輕時代的夢想呢？

第二，不在乎世俗評價的大膽行爲。

項羽年輕時，缺乏耐心又不肯用功，因而經常顯得眼高手低。不過他自信心極強，做事積極，擁有強烈的事業企圖心。《史記》上記載，他讀書半途而廢，學劍也缺乏耐心。叔父項梁非常不高興地責備他，項羽卻自我辯解道：「讀書最多祇能記幾個沒啥意義的名詞，學劍也祇能對付一個人而已，都沒有什麼好學的，我要學的是萬人敵的本事。」

於是，項梁教他學兵法，項羽頗能領悟，也很喜歡，但仍祇略知其意而已，不肯眞正深入研究。不過，項羽做事積極、果敢，能言善辯，因此項梁「深奇之」，認爲是優秀的領導人才。

劉邦出身低微，是貧農子弟，他個性豁達，對任何地位高的人從未放在眼裡，我行我素，不事生產，喜歡吹牛。不過他慷慨好施，不計錢財，非常善交朋友，雖是一副浪蕩子模樣，大家卻都很喜歡他。

當沛縣亭長時，有德高望重的名人呂公來縣中訪問，沛縣官吏、地方長老爲他舉辦歡迎宴會。由於參與的人太多，負責宴會接待的主吏蕭何，特別公布：「贈禮金千錢以上的人，才可以坐在上堂位。」沒有錢的下吏們，祇好望位興歎了。劉邦聽到了，卻大膽地表示：「賀金萬錢！」然後大搖大擺地坐在上堂座位上，其實他是一毛錢也沒有，卻絲毫也沒有不好意思的樣子。就是這股豪氣，不但嚇住蕭何，也把呂公給震懾住了，當場站起來致意，最後還把女兒嫁給劉邦。

第三，化危機爲轉機的能力。

創業者的最大特色是：面臨困境，勇往直前，絕不猶豫。

項羽在項梁戰死後，一度陷入內憂外患中，章邯所率領的秦軍，力量大增，各諸侯國反抗軍幾乎被各個擊破，連集結都相當的困難。楚軍指揮權又落入宋義手中，項家軍反成了非主流派。但在救趙的行動中，項羽藉口宋義違反楚國利益，率領數十人，發動軍變，襲殺宋義，取得楚軍領導權。並且以敢死隊精神，以少擊衆，展開鉅鹿決戰，一口氣擊敗章邯，成爲反抗軍的領袖。他掌握機會，冒險犯難，孤注一擲的精神，是一個成功創業家的典範。

劉邦在這方面雖然機會較小，但他的膽識可不小於項羽。他本來以亭長身份，監押囚徒到驪山陵工作，道途中逃亡者頗多。劉邦眼見無法交代，乃召集剩餘徒衆表示：「你們乾脆也全逃亡算了，看樣子我也祇好棄職潛逃了。」一下子，由派出所主管變成通緝犯，劉邦的放得開，也是前無古人，後無來者的。

我們相信劉邦絕不是沒有能力控制逃亡者，而是他掌握時代脈絡，知道天下將亂，這種「非人性」的亭長任務，已不值得留戀，因此寧可放棄而去追求更多的機會。

第四，過人的包容力和忍耐力。

項羽雖然兇猛，其實也很懂得爲天下人的包容力，鴻門宴中他堅持不害劉邦，倒不是像表面所稱的「不忍心」，也不是看不出劉邦對他的可能威脅（否則便不用將劉邦調到漢中了）。他硬忍下來，主要是顧及自己形象，及爲天下留才的意念。

劉邦的包容力及忍耐力幾乎是中國歷史上僅見的，他忍受項羽威脅烹其父的恥辱，忍受韓信要求封王的壓力，忍受多次敗戰。雖然讀書不多，他卻是少數能領悟太公兵法陰柔功夫的領導者，難怪中國歷史上首席天才之一的張良，都會感歎道：「沛公才是眞正的天子呀！」

不過，誠如馬基維利的預言，當獅子碰到狐狸的時候，的確經常是「柔弱勝剛強」的。有力量的創業者能夠開創時局；但最後的勝利，則大多屬於能眞正掌握時代脈動的智慧者。

不少的史學家，包括《史記》作者司馬遷及本書作者司馬遼太郎，都以同情「悲劇英雄」的心態，給項羽較多的正面評價；相反地，對劉邦的看法，就顯得不公平多了。他們大多認爲劉邦的成功，除了機運，就在於他用對了人。其實從經營層面觀之，即使沒有蕭何、張良、韓信等人，劉邦仍然會贏過項羽的。

英國大史學家湯恩比便認爲，如果要從世界史上找出兩位最卓越的大政治家，一個應屬開創羅馬帝國的凱撒，另一個便是創建大漢帝國的劉邦了。

項羽最大的失敗，是在政治經營層面。他體認出秦國以武力統一天下在策略而言是錯誤的，以致造成短期內的迅速崩潰，因此他想恢復周王朝的封建制度。但他忽略了封建制度也是造成春秋戰國亂世的主因之一，秦國統一的成功，除了軍事力量外，民心厭亂，需求和平的心理，其實才是最主要的原因。

項羽沒有抓到時代脈搏，他分封諸侯，自稱西楚霸王，連周天子的合法地位也沒有，充其量祇是齊桓、晉文之輩而已，徒留給野心份子動亂的藉口和力量。尤其襲殺已逐漸建立合法公信力的懷帝，更直接破壞自己所建立的天下秩序。

劉邦便是利用這個罅隙，聯合衆諸侯的武力公然對抗項羽，並利用消耗戰術，以政治的力量彌補了他軍事上的弱勢。

項羽的失敗，正是過份依賴軍事的結果。他的作戰天才，歷史上少見。但如同一位祇會開發業務的經營者，成天南征北討，忙著「打勝戰」「拚業績」，卻缺乏全盤經營的規劃，不但疏忽打仗最重要的兵源和糧秣補給問題，更忘掉爭天下時最重要的長期形象戰；祇著眼在享受個別戰後勝利的趣味，自然難免陷入《六韜》的讖言：「百戰百勝者其國必亡。」

劉邦就比項羽要「政治」得多，擊敗項羽、分封功臣時，由於自己力量尚不足以「統一」，他便完全不依照自己的希望和方便來分封，反而偏重既有勢力的承認。

但劉邦的分封，卻不像項羽般的恢復封建制度。他接受文官幕僚建議，以那些武夫諸侯無法了解的方法，在賦稅、經濟及行政上，參照了秦國的郡縣制度，以逐漸建立長治久安的精神，創立了所謂的「郡國制度」。

接著劉邦逐漸利用各種藉口，削除諸侯實力，建立中央權威。聽從蕭何建議，營造未央宮，以豪華建築讓天下諸侯肯定其皇權；定京城名爲長安，建立起皇帝權威的禮儀制度；最後更訂下「非劉氏者不王」的誓約。這些，都在警告野心份子，時代變了，亂世也過去了，所以絕對不可蠢動，否則天下共擊之。

劉邦唯一的眞心話

不但在制度上逐漸穩住長治久安的態勢，在自我形象的扭轉上，劉邦也非常懂得建立獨一無二的威權，以做天命所歸的自我肯定。

史籍記載，有一天，劉邦置酒於雒陽南宮，問諸功臣道：

「吾所以有天下者何？項氏所以失天下者何？」

長期跟隨劉邦左右，對他爭天下過程頗爲了解的王陵，立刻表示：

「陛下對人其實常怠慢而輕忽，不像項羽的熱情而重禮。但是陛下派人攻城略地時，卻能慷慨地把利益和別人分享，是所以與天下同利也。項羽卻怕部屬獲得的比他多，所以有功者害之，賢者疑之，戰勝而不予人功，得地也不與人分享，此所以失天下也。」

劉邦聽了，立刻反駁道：

「公知其一，未知其二。夫運籌帷幄之中，決勝於千里之外，吾不如子房。領國家，撫百姓，給餽饟，不絕糧道，吾不如蕭何。運百萬之軍，戰必勝，攻必取，吾不如韓信。此三者，皆人傑也，吾能用之，此吾所以取天下；項羽有一范增而不能用，此其所以爲我所擒也。」

憑心而論，在楚漢爭霸期間，與人共分天下，如同王陵所言，才是劉邦成功的眞正竅訣。但劉邦聽了卻硬不承認，反而拿重用三傑來反駁，主要原因是天下已安定了，今後的工作是要把分出去的天下設法再要回來，所以他絕不能承認與他人共分天下的法理根據。反正蕭何、張良、韓信，天底下就祇有這三個人，別人想模仿他重用這三個人也是不可能的人。

這也正是劉邦高明的地方，讓大家摸不到他的底細，光講些打高空的高調。不過，他這段誑言，也的確把不少治史者騙了幾千年。

看《史記・高祖本紀》中，最有趣的是：從頭到尾劉邦從沒講過一句眞心話。他虛張聲勢，口出粗話，經常說些出自肺腑的「不負責任大話」。祇是由他講出來的，卻常顯得自然、純眞，令人不覺得討厭，這或許才是劉邦最天才的地方呢！

其實，劉邦並不如表面的輕佻和膚淺，他對每位部屬都了解頗深，祇是平常態度較不嚴肅，使部屬不會特別的去防他而已。

晚年劉邦因作戰重傷，臨危時，呂后問道：

「陛下百歲後，蕭相國即死，令誰代之？」

劉邦答道：

「曹參。」

問其次，劉邦又說：

「王陵可，但王陵較憨直，可用陳平幫助他。陳平智有餘，但意志力不足，難以獨任。周勃做事持重，不喜歡表現，但眞正有實力安劉氏天下者，必周勃也，可任爲太尉（最高軍事首長）。」

呂后再問其次，劉邦說：

「以後的事，我也不知道了。」

從這段對話中，可以看出劉邦非常懂得觀人，他看得非常深入，絕非一般主管祇喜歡「會表現」的部屬。韓信稱讚他善於將將，的確有其道理。不過，臨終前這段話，卻也是〈高祖本紀〉中劉邦唯一的眞心話了，眞所謂「人之將死，其言也善」矣！

目錄

參、虎嘯龍吟之卷

肆、大決戰之卷

項羽對劉邦

楚漢雙雄爭霸史

司馬遼太郎◎著
鍾憲◎譯

壹・風變雲幻之卷

1. 始皇帝死亡之旅

趙高成爲歷史大陰謀的主使人。停著秦始皇靈柩的轀輬車中，主謀趙高、丞相李斯、太子胡亥三人，暗地裡密謀著進一步的行動。

秦始皇嬴政於公元前二二一年滅六國，呑宇內，一統帝業，君臨天下，建立了中國歷史上第一個大一統皇朝。在此之前，各方豪強據地稱雄、自立爲王的分裂局面已持續了數百年，秦始皇的大一統確是震古爍今的事功。

「他就是鯨呑六國、不可一世的當今皇帝嗎？」

始皇巡幸途中，夾道簇擁的尋常百姓，莫不好奇地爭睹廬山眞面目，嘈雜壅塞的人潮裡，自然也有許多是六國的遺民，他們一方面對這侵略得逞、躍登帝位的強奪者嗤之以鼻，同時卻又興起一種複雜的感觸：

「此人能一統天下，實現歷來英雄豪傑的夢想，還眞不可小覷！」

人們便在這種既不以爲然卻又不免歆羨的矛盾情緒中，目送著始皇盛大的車騎逶迤而去。

德邁三皇，功高五帝

嬴政窮兵黷武席捲天下之後，志得意滿，目空一切，自視爲不世出的奇傑，他形容自己「德邁三皇，功高五帝」，認爲論才德、論功業，就連上古時代的三皇、五帝也無法和他相比，因此**他創造出「皇帝」這個新詞，藉以向臣民宣示自己至尊無上的德威**。又由於他是皇帝第一人，希望由他開始，大秦皇朝能屹立久遠，傳子孫萬代，爲便於計數自他以降的二世、三世，以至千萬世，所以又自稱「始皇帝」。

然而，「皇帝」畢竟是個新鮮詞兒，一般老百姓前所未聞，當然也就不可能對這個陌生頭銜的擁有者產生必須崇敬的聯想。庶民對皇帝戒愼畏懼的習慣，是經過一段時間之後，才眞正紮根於平頭百姓的思想與生活中。

宇內既歸一統，如何有效統而治之，便立即成爲始皇的首要之務，在他之前，有行之久遠的封建制度，即天子以下分封諸侯、王等貴族，然而這個綿延久遠的體制卻被他一舉廢除。

在過去，平民生下來就是平民，理所當然的接受生下來即爲貴族階層者的治理，從未想過窺伺他們天賦的地位，這樣根深蒂固的觀念，使得天下的統理累世如此遞嬗，不曾被質疑過。只有每逢荒年，人民爲逃避饑饉，輾轉遷徙以圖活存時，才會遠走他鄉，脫離與故地宗主的關係。

始皇爲達到一君獨斷的目的，並不沿襲舊制，也未建尺土之封，而改採中央集權以統御天下。他織就一張牢固精密的大網，透過嚴謹的中央、地方官制，將全國大權悉數滙集於中央，進而集天下權力於一己手中，**從他手中撒出去的這張大網，籠罩了所有子民。而他，則是至高無上，絕對獨裁，事無大小，全憑一人決斷**。

秦的支配思想是法家，始皇也以「法」做爲控制網中臣民的手段，他施刑罰、訂賦稅、徵勞役，推行一切政令，均以法爲依歸。這種新的統御方式，除了當年遠處西北邊陲的秦國人民，沒有人曾經體驗過。而今，秦以征服國的姿態，將本身的政制更爲完備、也更爲嚴密的推行於普天之下。

「封建諸侯的時代已經過去了，現在可是大秦皇朝啦！」

改朝換代後的種種新制，對於毫無經驗的中原人民來說，無疑是既煩瑣又難以忍受的，他們不只對新法還不能適應，就連如何迎從新官僚的權勢，做個順從的百姓，因無前例可循，也只有忐忑不安的兀自摸索。

人們慢慢意識到，所謂皇帝，就是天地之間絕對權力的唯一擁有者，不僅運經緯萬端於掌上，還手控生殺予奪之大權，他可以恣意依憑自己的意志，支配百官，奴役萬民，裁示所有政令措施。而過去世襲權位的中間貴族階層也已瓦解，「世襲」二字，如今只適用於皇室帝位的傳承。**現在，皇帝就彷彿凌駕在雲端上呼風喚雨，地上的子民只能隨著風向行事。**

「諸侯、王和貴族的地位，原來也並非理所當然生而有之的，那麼，若是把皇帝給推翻了，自己不就可以取而代之，成為新皇帝了嚒？」

這種在過去封建時代不曾想望過的奇妙念頭，卻逐漸在人們心中萌芽滋長，這該是睥睨天下的大秦皇朝開國皇帝始料所未及的吧！

用黎民血汗點綴大秦霸權

始皇登上皇帝寶座之後，對土木工程特別熱中，他徵集無數勞役，建造了大大小小的宮殿；他還在世時，已預先營建規模宏大的皇帝陵墓，又為了防範邊塞匈奴的覬覦，修築馳名歷史的萬里長城，甚至挖山填谷，闢出自京都咸陽通達八方的軍用馳道。這些浩大的工事都在他的勅令下，以人民的血汗砌成。

從事營造工程的苦役中，後來起兵反秦的陳勝也厠身其間，在他號召同伴組成義軍，打倒暴秦時，面對一班畏事之徒，他目光炯炯，英氣逼人，鏗鏘而有力地正容道：

「王侯將相本無種，有爲者，亦若是！」

一個人無論出身貴賤，只要懷抱雄心壯志，奮勉自勵，勇往直前，那麼皇袍加身或官拜將相，不都是操之在己嗎？陳勝之所以有這樣的想法，事實上也並不偶然。他一意推翻的秦始皇，不就是擁有同樣的想法，視得天下如探囊取物，不甘於僅是獨據一方的霸王地位，才締造了前所未有的大秦皇朝嗎？嬴政倘若沒有這樣的志向，充其量也只是秦王政，不會是秦始皇。

更進一步說，若不是嬴政自己史無前例的作爲，就算陳勝再聲嘶力竭地鼓吹群衆，會有那麼多義民起而擁戴嗎？又會有那麼多後起之秀在一圓英雄夢的路上前仆後繼嗎？

封建制度廢除後，由於沒有中間勢力的屏藩，皇帝就有如被架空一般，在這樣的情況下，面對宇內五千萬百姓，即使是充滿自信的始皇，也不免產生疑懼和不安。然而，他仍執意摒棄封建體系下的政治組織，不立一王一侯，因爲他不願將獨攬的重權與人共享，寧可費盡心思樹立威儀，藉此達到震懾民心，令衆人望而生畏、不敢造次的目的。

始皇爲達此目的所施展的手腕，就是先創造「皇帝」這個前所未聞的稱呼，以此尊號來凸顯自己獨一無二的地位，並進而制定只有皇帝才能自稱的新稱謂——「朕」。

此外，始皇所開闢的軍用馳道，除了做爲軍事用途之外，同時也可視爲他出巡國境各地的御用道路，只要能點綴襯托他的霸權隆望，就是移山塡海也在所不惜。因此，他勞師動衆，積極闢建空前龐大且便利的交通網。而與此幾乎同一時期，在遙遠的西方古羅馬，也完成了他們的軍用交通網。

這兩件早期東西方最爲著稱的浩大工程，時間上竟如此巧合，不由得令人揣測其間的關係。據說，雖然當時東西方並無正式的交通聯結，但是羅馬的訊息卻經由旅人，輾轉流傳到大秦域內，使始皇因而萌生闢建馳道的想法。秦境的馳道雖然不似羅馬的堅實厚重，卻也是大費周章地將許多小石子鋪嵌入泥地中，使路面平坦牢靠的精細工程。每一塊石子，都是工役在寒冬溽暑中，迎著冷風，頂著驕陽，蹲跪在穢泥地上，用小鐵鎚一鎚一鎚使勁敲進去的。從道路的寬敞綿長，不難想見動員人數之衆，以及從事勞役的艱辛。

「千萬斯民，都在朕一人之下！」

始皇這種權力思想深植心中，表現在外的，就是把無數人民由故鄉驅趕出來做苦工，任由鞭撻使喚。另外，也可以從他視人命如草芥，經常因微不足道的小事誅殺無辜的行徑窺知。

生殺予奪的恐怖統治

有一次，始皇出遊，路上經過一處小村莊，這村子裡不知怎地突然傳出有一塊巨石殞落，石上鐫有幾句不利皇帝的文字。始皇震怒，下令追查膽敢詛咒他的狂徒，然而卻一無所獲。冒犯天威的人是罪無可逭的，既然沒有一個村民敢承認這件事，那麼每個人就都有嫌疑。暴怒的始皇不分青紅皂白，便斷然下了一道敕命：

「全村殺無赦！」

只這一聲令下，無辜的村民全數命喪黃泉，而始皇卻絲毫不覺自己的殘忍暴虐，甚至還自豪的以為：「做皇帝的，理當有此生殺予奪的大權！」

在他的想法裡，人民的性命尚不如螻蟻。

始皇認為，唯有對百姓施壓，才能證明自己擁有比過去齊王、燕王、楚王等諸侯權力更勝一籌的強勢地位。**如果要以一人之力統御上千萬的人民，最好的辦法就是隨時顯耀自己的權勢，讓人民生存於恐懼之中。**

這種殘暴濫誅的行徑多少可以反映出他的本性，同時也是他統治天下的主要手段。

秦始皇的一切措施，可用「集權統一」四個字來概括。在始皇之前，各地區的文字不盡相同，於是他命專人重新加以整理，訂定同一的文字，以「書同文」，使漢民族的文字初次歸於統一。此外，在名號、度量衡、通貨等方面，始皇也都重新釐定，命人民共同遵循，因而他在位時，是個十分忙碌的皇帝。

嬴政登上皇帝寶座以後，在位三十七年期間，確實完成不少對後世影響深遠的事功。在他生前，經常巡幸各地，讓全國百姓瞻仰天顏，對於這種自我誇耀的方式，始皇是深得其樂。

在治理天下方面，始皇不像後世帝王有前朝的經驗做爲施政時的參酌依據，也不懂順著民心向背借力推舟的統御技巧，這使得他做起皇帝來，不如後代的君王那麼得心應手。

比方說吧！後世的帝王深知用禮教來束縛臣民的好處，他們用儒家思想教化子民，使人們習禮而守法，又用儒家的道德觀念，讓人們自我約束，嚴守君臣的分際。如此，不必費拂塵之力，便可享太平的歲月。然而，做爲皇帝第一人的嬴政，卻並不明白這淺顯的道理，他不只不能善用儒家極力鼓吹的忠君思想，用來鞏固自己的皇權，還無所不用其極的給予打擊、迫害。他禁儒學、焚儒書、坑儒生，造成歷史上儒家最大的一場浩劫。

單從這一點來看，始皇就不如重用儒家主義的帝王來得睿智了。

在位時的始皇，喜歡用招搖過市的巡幸，展現皇帝煊赫的權勢。他想踏遍每一寸自己打下的江山，讓千千萬萬人民隨時圍繞在身旁謳歌讚歎，投以既崇拜又羡慕的眼光。始皇不但顧盼自雄，更需要映襯王者之花的綠葉。

巡幸於是成爲始皇生活中最大的樂趣，也是最重要的事務。他時常巡遊各地，想像著萬民對皇帝丰采的心儀。然而，他對巡幸這事太過熱中了，最後終於病死在半途上。

始皇的巡幸排場，也是空前絕後、無與倫比的。他乘坐的龍輿後頭，跟著數十萬身著戎裝、威風凜凜的軍衛，無數的黑色旌旗迎風飛舞著。當時，黑色是秦帝國最崇高的顏色，因爲始皇認爲，這顏色最足以烘托威嚴肅穆的氣氛。遠遠望去，除了一片旗海之外，軍衛所操執的金戈銳器，也在艷陽下熠熠生輝，壯觀無比。在大地之上，這該是最惹人注目的一幅風景了。老百姓對於皇帝的巡幸場面，是這麼好奇，又這麼驚訝，他們就是做夢也不曾見過這般奇景。

始皇足跡所到之處，西至遙遠的隴西，東經黃河流域的主要通都大邑，迢迢達到今山東半島的罘山（即今芝罘一帶），在這裡，才能眺望到汪洋大海。又路經琅邪台，取道內陸的彭城（今徐州），南下至長江畔，沿岸巡視各處要隘。由於其政權是移動不居的，所以也有許多文官隨行，以便協助皇帝處理政務。

大丈夫當爲一世雄

巡覽各地時，始皇幾乎都坐在御輦之上，他所乘坐的這寶輦綴飾得金碧輝煌，彷如一座小型的宮殿，也不知是哪位傑出的人才所設計的，只要適度的開闔車輿上某些窗櫺，就能調節車內的溫度，簡直匪夷所思。這奇特的車輿也有個奇特的稱呼——輼輬車，在秦以前，歷史文獻上從未有過此名詞的記載，想來該是特意爲這與衆不同的皇帝寶輦創造的新詞彙。

當盛大的巡幸車列進入都邑時，老百姓紛紛擁至道旁，他們不像後世的平民受過覲見皇帝的禮儀教導，因而也省去跪拜叩見的繁文縟節，大家只是簇擁著像在看熱鬧而已。始皇為了讓子民能清楚地看到自己的龍顏，也為了滿足供人瞻仰的炫耀心理，還命令侍衛開啓座車上所有的窗櫺，以便讓老百姓看得更眞切些。

「第一個主宰這大地上萬事萬物的皇帝，如今親臨在你們面前，這是你們的榮幸，好好拜見朕的威容吧！」

正是在這樣誇示的心態下，始皇不只毫不避諱人們看到他的眞面貌，甚至還為此洋洋得意。

「噢！他就是自稱皇帝的嬴政哪！」

擁聚圍觀的市井小民中，夾雜著一些游手好閒的無賴漢，他們並不為眼前浩大的場面所震懾，只是漫不經心的把目光瞄向始皇，以平等的意識來打量他。

始皇萬萬沒有想到，在衆人面前毫不保留的顯耀儀容，竟埋下日後亡國的禍根。許多後來企圖爭奪皇帝寶座的野心家，乃至為推翻秦朝暴政揭竿而起的義士之中，多數都曾在自己的故鄉，眞確而清楚的認識了他。

「如果能打倒眼前這個人，我就可以擁有和他同等尊崇的地位。」

由於在當時，皇帝既沒有封建諸侯的護衛屏障，又沒有禮教思想的道德約束力量做為防護，一些野心勃勃的人，才會輕易產生取而代之的想法，並且在不久之後積極地付諸行動。從秦朝以後的帝制來看，歷代君王鮮少有對自身安危如此掉以輕心的，後世帝王即便要探訪民情，也是不願聲張的微服出巡，像始皇如此大模大樣，唯恐天下不知的以眞面目示人，在後代看來是令人難以置信的作爲，這或許也要歸因於他自大自誇的性格吧！

「皇帝」的肇始者嬴政，與後世擁有豐富歷史經驗的帝王相比，眞顯得懵懂無知呢！

後來反叛秦皇朝，成爲中國歷史上第一位平民皇帝的漢高祖劉邦，也曾在咸陽的鬧市中目睹始皇的親臨。那時候，劉邦正揮汗如雨地從事勞役，不期然地看到空前壯觀的皇帝出巡隊伍，他被這景象深深的打動了，大呼了一口氣，欽慕的說：

「大丈夫，就當如此！」

這時的劉邦對秦始皇並沒有被亡國的敵愾心理，只是頻頻讚歎，羨慕不已。這種態度，正可以說明劉邦的爲人如何。

另一方面，項羽也在華南的會稽遇上始皇的巡幸車隊，他擠在蜂擁的爭睹人潮裡，當轀輬車緩緩靠近時，項羽肆無忌憚地脫口而出：

「此人我當可取而代之。」

同行的叔父項梁爲姪兒的口出狂言大感恐慌，忙不迭地趕緊加以制止，並告誡他，如此妄語是會招來殺身之禍的。但是項羽仍是漫不在乎的樣子，他有著強烈的自負。他瞪視坐在皇輿上，身披皇袍，臉上已因皺紋而呈顯老態的嬴政，想不出這個人究竟會有什麼本事和威儀可言。

少年的項羽，一點兒也不服氣的掉頭走開了。

始皇嬴政一出生就是秦國的王族子弟，他在繼承王位之後，依憑先王紮下的根基，和秦國人民的驍勇善戰，完成統一天下的大業。他不像劉邦，出身平民，也不像項羽，竄起草莽。他出身的秦國，位於中國大陸的西北邊陲，在那兒雜居著半農半牧的異民族，要統御這些性情慓悍、桀驁不馴的異族人，除了靠嚴刑峻法和鞭子外，別無他途。因此，秦國很早便採用嚴苛的政治體制，並以法家思想來治國。

位處西北邊陲的秦，儘管缺乏中原濃厚的人文氣息，但得自遙遠西方傳來的鐵、銅、金等的冶煉術，使他們足以打造出耐用的耕事農具，以及鋒利無比的兵刃，國力自然就比當時其他六國（楚、齊、燕、趙、魏、韓）更爲強盛，民生也更爲富庶。

秦國嚴厲的控制主義，以及強大的生產力和精良的兵器，使這個國家遠遠凌駕於六國之上，及至秦王政即位，挾此披靡之勢，很快便斬瓜切菜般地滅了六國，完成奇蹟似的統一霸業。然而秦王政之所以能躍登皇帝寶座，多少是靠先人的餘蔭，以及貴爲王族後裔的身份，這令亡國後被迫成爲土木工役，隨著營建隊伍四處流浪的六國遺民，無法由衷的敬服。

「嬴政不過只是運氣好罷了，哪是什麼天縱英才的人物呢！」

六國遺民在尙未亡國之前，對秦國的印象只是蠻夷之邦，認爲這些蠻人欠缺中原民族優良的血統，打從心底看輕他們。當備受輕蔑的秦國君王嬴政當上皇帝以後，即使不是像劉邦、項羽一類的角色，就是一般老百姓也很難扭轉先前的印象，自然更甭說眞心的尊崇或愛戴了。

始皇自己也很明白這一點，正因爲如此，他才會一再地大興土木，建造出各式宏偉壯麗的宮殿，藉此壯大皇帝的天威，史上著稱的阿房宮即是他勅命建造的，只可惜後來項羽入咸陽城後，一把火將這秦宮燒掉了。據說，那一場大火持續了三個月都沒有熄，可見規模的壯觀。

另外，他每一次出巡的時候，都在經過的地方刻石勒碑，用來宣示皇帝的德威，震懾百姓。他以爲這樣，人們就不敢謀反了，但事實卻相反，始皇處處誇耀的做法，反而刺激起劉、項一類的野心家，起而向秦政權挑戰。

最後的夢想：長生不老

巡幸之外，始皇還有其他熱切渴望追求的夢想。

那就是逃避宿命中注定人人必經的老和死。始皇天眞的以爲，皇帝有權有勢，幾近萬能，那麼一般凡夫俗子所不能爲的，皇帝或有可能達得到。他既是出身於人文不彰的西北蠻荒之區，也就不會因文化意識而摒拒神鬼之論；在這樣的情況下，他很自然地相信方術之學，對自稱能採奇藥、訪神仙的方士更是禮遇有加。

始皇一心想求取長生不老的靈藥，爲了達到目的，甚至不惜懸賞萬金。當他在世時，任何人只要開啓長生不老的一線希望，他必定另眼相待，在財帛上也任令其予取予求。

「趕緊替朕煉製仙丹靈藥，朕必有厚賞。」

始皇頻頻召來方士，他要的是返老還童，永生不死。

始皇不斷服用方士所調製的藥物，但那些「仙藥」中很可能攙雜了水銀之類的成份，這類對人體有害的物質一旦積存在臟腑之中，嚴重時足以造成潰爛。始皇原本羸弱的身體，再經過這一次次毒素的侵蝕與折騰，離長生不老的願望就更遠了。

在衆多方士裡，始皇最信任的是盧生，此人傳說能和天上的神仙交遊，對這傳聞，始皇深信不疑。

「盧生，在召見過這麼多方士後，朕只相信你的才能，你可否把神仙請來，與朕緣會呢？」

他不時這麼要求盧生，然而卻遲遲見不到神仙來訪。他懷疑盧生怠惰敷衍，於是也按捺不住地責備他、逼促他。

「皇帝請勿急躁，天上仙人自會來造訪的——」每一次，盧生都報以恬適的微笑，以自信的口吻安撫始皇：「那時候，神仙就會攜來長生不老的靈藥獻贈皇帝了。」

儘管盧生再三的保證，但是神仙始終沒有出現過。最後盧生被迫得窮於應付，只得硬著頭皮說：

「仙人出行是駕雲御氣而遊，倘若氣不清，神仙便不願駕臨。如今皇上宮室之內臣僕衆多，氣既紛雜又污濁，仙人是嫌穢的，況且皇上身邊時時有閒人，就是神仙欲私下緣會皇上，也沒有合適的機會呀！」

他這般托詞說得頭頭是道，連始皇也認爲言之有理，頻頻點頭贊同。

從這次談話以後，始皇不再讓閒雜人等近身。咸陽方圓二百里內，宮觀多達二百七十座，他無論行至何處，都不使人知道。**深宮大殿之內，沒有人知道他的行動所在——唯有一人例外，他就是宦官趙高**。

趙高深得始皇寵信，因而在始皇遁居求隱訪遇仙人的這段期間，成爲皇帝與百官間的唯一橋樑，藉著他，政務才能照常地運行。趙高每天赴丞相府取來公牘書卷，然後捧回宮中始皇所在之處請他裁決，等皇帝一一批閱裁示好，他再取送至丞相府，由府中轉會各部遵行。

掌理丞相府的是丞相李斯，始皇的統一大業，借重李斯之處甚多，自秦帝國肇建以來，這位大功臣爲始皇運籌帷幄，殫慮獻策，因而也蒙受皇帝的榮寵。他的兒子都娶了始皇的女兒爲妻，成爲駙馬爺，女兒也都嫁給皇族子弟，享盡榮華富貴，李斯一族，可說備受寵遇。

始皇大興工程，統一文字、度量衡，乃至遠征邊境的匈奴等事業，全是由李斯一手策劃謀計。但即使是這樣一名身居高位的老丞相，也不知自己的主子究竟在宮中何處。由此可以看出，始皇當時雲居隱遁的生活，做得多徹底。同時顯示，當他決心達成一個目標時，又是如何排除萬難，全力貫徹。

趙高：始皇的影子

趙高所以能令始皇不避諱，成爲唯一能掌握皇帝行蹤的人，是因爲始皇有著這樣的觀念：「宦官不是人，只是個影子，即使隨侍在側，神仙來訪時也會視而不見吧！」

宦官，就是太監，他們是被閹割過的男人，或許就因爲「不是個完全的男人」，才使得始皇存有這種想法。**歷代的宦官都住在宮廷裡，帝王的私生活直接暴露在他們的眼前，既無需掩飾，也毫不避忌，這只因一個相同的理由：「他們不算是個男人」，甚至「不算是個人」。**

秦的宮廷極大，在中國歷史上無出其右者，宮闈中的妃嬪宮女，有數千人之多，爲了服侍照顧她們，宮中也蓄養了數以百計的宦官。趙高在宦官群中資格最老，也最爲乖巧機智，深獲始皇寵信。

——趙高簡直就是影子一個。

宮廷中大家對趙高的印象都是如此。趙高走路時輕得不發出一點聲響，彷彿懂得特別的呼吸吐納術，當他在始皇左右跟前跟後地伺候著時，始皇不會覺到有人在身邊，更不會覺得他的隨侍惱人。宮中地面多鋪有黑磚，趙高行至每處，甚至令人察覺不出他的存在。

始皇每晚都臨幸不同的嬪妃，趙高則負責安排伴寢的後宮佳人，而皇帝荒縱恣慾時的安全，也成爲趙高的工作。爲了怕皇帝寵幸的女人暗藏匕首或毒藥，圖謀不利於皇上，每夜在始皇歡情之前，趙高都親自對嬪妃作近身檢查，又爲了防備始皇在與妃子雲雨之際遭到弒殺，趙高也站在一旁，默默加以監視。只要始皇還耽留在嬪妃的閨闈之中，趙高就如影隨形地伴侍近側，打理照料一切。

——趙高不過是個影子罷了！

始皇理所當然地這麼想著，同時想當然耳的認爲，就是神仙也不會把影子看成人吧！這樣，仙人從天降臨時，不會感到絲毫不妥的。

儘管在秦始皇的心裡，趙高只是影子般的存在，但在趙高自己看來，卻是確確實實活生生的人。

「我不僅是個眞實有靈有肉之軀，而且這世上，再沒有比我更偉大的人了。」趙高心中經常反覆這樣的念頭。

做爲一個人，趙高所知道的事情實在太多了，甚至他所知道的許多事，都是一般人不該知道的。在天下人眼中，有史以來的第一位皇帝，不僅是新鮮陌生的，還擁有世上絕對的權力。但對於照料皇帝生活起居的這名宦官而言，始皇不過是開始邁向衰老，又淫佚荒唐的男人。可笑的是，這老男人爲了持續荒淫的生活，害怕衰老，竟還妄想唯獨自己可免於一死，在趙高心裡，始皇就是這麼一個滑稽而又貪生怕死的可憐蟲。

趙高日日夜夜尾隨始皇在宮中進出，他伺候皇上如厠，傍晚時，用溫水爲皇帝淨身，並服侍飲食、整理牀褥。當夜幕低垂，始皇酣睡於龍牀之上時，趙高常常凝睇著入神地想：

「這男人的生命，就掌握在我一人手裡。」

——瞧這酣夢中的老傢伙，多像稚嫩的初生雛鳥，覆著柔黃的羽翼，躺在我的掌心，我只要輕輕一捏，這小鳥的脆弱生命就此結束，任何時候想把他殺死都易如反掌。

這個可怕的想法，使趙高產生一種莫名的快感，但他總是很快又警覺到，弒殺始皇後，自己除了丟去職位、權力和生命外，並沒有任何利益，他現在所擁有的一切也將隨著始皇的崩殂而葬送。儘管如此，畢竟也只有自己一人，掌握了皇帝生殺予奪之機，這種奇妙的權力意識有如一股激流般，不斷在他心頭衝擊。

趙高內心擁權貪勢的私念，因此迅速地膨脹起來。

在秦始皇不再上朝聽政後，趙高時時捧著卷牘來往於皇帝和丞相李斯之間，始皇的聖命也由趙高代爲宣達。對李斯，皇帝竟成了看不到的君王，隱身於幕後，而由趙高這肥腫的老奴才在幕前狐假虎威地宣示詔令。李斯無由得見皇上，對從形容猥瑣的趙高口中轉達的話，即使猜疑，也不得不無奈地相信眞是始皇的聖諭。

趙高時常爲始皇代言，久而久之，甚至產生出一種錯覺，以爲自己就是發號詔令的皇上。當他宣讀聖令時，不自覺地便用一種如同皇帝的威嚴語氣，對待丞相李斯：

「這是聖意，丞相李斯悉遵照辦，不得有誤！」

而在他的眉宇之間，那神色，分明在暗示李斯，對自己該就像見到皇帝般畢恭畢敬。

李斯是堂堂大秦皇朝的丞相，位居一人之下，萬人之上，對於趙高一個小小的太監如此頤指氣使的態度，心中自然極爲不悅，然而卻也不敢表露出來。趙高的身份雖然只是卑微的奴才，但偏偏最能在始皇面前討喜，始皇對他這麼寵信有加，萬一得罪了趙高這小人，怎知他會如何編派自己的不是呢？大秦雖有律法，擁有絕對權力的始皇卻是不受規範的，他的意旨就是法律，也唯有他是超越法而存在的。始皇若相信趙高的讒言挑撥，自己豈不很快就人頭落地了嚒？

終於，認清利害關係的李斯，在面對趙高時，就彷彿皇帝親臨一般，卑屈恭謹，獻盡殷勤。

「就連朝廷的重臣，對我也不得不敬畏三分呢！」趙高搖頭晃腦地暗自竊喜。

事實上，李斯已警覺到趙高的陰險，他明白若不討好逢迎這個小人，一旦耍出什麼花招，自己的性命可就堪慮。

趙高對李斯的態度變得比以前更諂媚，太監本是供人使喚的奴婢，在秦廷裡，其地位一如受豢養的狗，卑賤而無足輕重，對於像李斯這種秦國官僚的總帥，自不能不尊敬些。然而趙高雖有此自知之明，言行之間卻仍不時透著凌厲的味道，當面對李斯時，他無法不把自己不當成皇帝。

李斯冷眼旁觀這個醜陋的去勢之人，時時提醒自己不能掉以輕心，因此面見趙高的時候，一直勉強保持覲謁皇帝的謙卑態度。

最後的巡幸

始皇最後一次巡幸，是在陰曆十月的寒冬中起程。

首都咸陽人聲鼎沸，嘈雜的人群是日夜趕工的勞役。秦始皇正在渭水南邊（咸陽東南）興工建造阿房宮，這是有史以來最宏偉盛麗的宮殿，單是前殿，東西寬達八百公尺，南北則長達一百五十公尺，其內足以容納萬人，不唯空前的遼濶，也極盡奢華之能事。工人都是爲了建造這宮殿，從四面八方徵集來的農民。

此時，另一群大規模的工人團體，也在咸陽東方的驪山山麓，從事浩大的工程。對於一直執意相信自己可求得長生不老的始皇來說，同樣執意預建皇帝陵墓的心態，不啻是極爲矛盾的。這時候，驪山的陵墓工程已經進展到八成，接近完工階段了。始皇選擇此際旅遊巡幸，或者就是爲了逃避生死問題的無名煩惱吧！

他首先到達山明水秀的會稽，然後北上渡過長江，難得地沿著海岸線一路北行。當經過山東半島海濱都邑的琅邪，行至平原津的時候，竟突然生起病來。原本這種情況該立即趕回咸陽安養的，他卻認爲小小的一場病，不致影響精神，遂又勉強支撐下去，繼續往北方前進。渡過濟水、漯水，來到沙丘（今河北省平鄉）的時候，病情驟然加劇了。

這次巡幸，歷經迢迢的旅程，不覺中已經過了年、過了春季，轉眼間進入炎炎的七月天。

「愈來愈像我想像的情況了。」

隨行的趙高暗自緊張起來。

這時的趙高已不單單是名太監，他被賜升至執掌皇帝印璽的官位，爲始皇保管下詔旨時必須使用的璽綬。在巡幸期間，趙高一直陪伴在始皇的轀輬車上，能仔細地觀察到他的病情。

「也許皇帝會病死在沙丘呢！」

趙高開始擔心，始皇若崩逝途中，恐怕會引起政變。

秦始皇十分憎惡預想自己的死期，因而遲遲未決定繼位的皇嗣人選。

東宮有二十多名太子，其中長子扶蘇人品溫厚，博學多聞，處理事情時思慮縝密，有條不紊，在衆多皇太子中最爲出色。他和性情暴戾、惡名昭彰的父皇不同，在朝廷中風評極好，聲名甚至遠播民間，受人景仰。大家都紛紛議論著，如果由扶蘇接掌大秦，治理天下，人心必能安定。然而趙高卻不這麼想，他打從心眼兒裡就不願見到扶蘇登上二世皇帝的寶座。

名將蒙恬也愛戴扶蘇，他非常支持這位賢明的皇太子。

蒙恬出身將軍世家，在秦還只是戰國七雄之一時，蒙氏家族代代都出過將軍，其中又以祖父蒙驁最負盛名，他的兄長蒙毅也是權傾一時。至於蒙恬自己，與家族聞人相比更是毫不遜色。他爲樹立大秦聲威，身經百戰，曾率三十萬大軍北上鄂爾多斯，力退不斷騷擾威脅漢民族生存的匈奴，秦始皇大事興築萬里長城，就是爲防禦匈奴南下進犯。而長城在進行修築工程時，蒙恬也奉命駐屯於靠近邊界附近的上郡（今陝西省綏德縣東），以使秦皇朝免於外患，得享安樂。

「滅秦者，胡也。」

這樣的謠言慢慢傳布開來，連身居宮中的始皇也耳聞到。「胡」，指的自然是馳騁於草原上的異民族，匈奴也含括在內。因著這原由，不僅始皇重用防胡害有功的蒙恬，就是邊界的百姓中不信服秦的人，對蒙恬大將軍的武德也由衷感戴。

從這一點來說，秦帝國的威信甚至是蒙恬一手樹建的。

此刻，太子扶蘇正以監軍的身份，遠駐於蒙恬屯紮的營地。

這是有來由的。

始皇在從咸陽出發巡幸的前一年，下達了史上知名的「坑儒」令諭。坑，是一種將人活埋、慘無人道的酷刑，在中國大量處死罪犯時，經常被採用。他命人在西安的東方挖掘大坑，把四百六十餘名儒者活生生地用土覆埋而死。

當始皇用這麼殘忍的手段對付自己的子民時，秉性仁慈純厚的太子扶蘇實在於心不忍，他言辭激烈地直諫父皇。扶蘇崇高溫和的儒家思想，甚於父皇、李斯所信奉的激進法家主義。始皇對扶蘇的再三勸諫，老羞成怒，他認爲扶蘇損了他的顏面，同時又牴觸秦皇朝的立國思想。身爲太子而尙異端思想，這是極危險的。

「你就暫往蒙恬處監督軍隊吧！」

就這樣，太子扶蘇被始皇由咸陽宮謫放到邊界。

宮廷裡的人都認爲扶蘇失去父皇的歡心，不可能再蒙寵繼位了。但始皇其實未必這麼想，他的用意，或許是要讓扶蘇知道統治天下如何困難，而苦心希望他能多經歷練，才將他遠放邊城的吧！

扶蘇素來仰慕蒙恬大將軍的正直和勇敢，他十分情願地起程前往邊界去了。

始皇的其他子嗣，卻不是有作爲的人。么兒胡亥已到二十歲弱冠之齡，不知爲什麼，始皇對這白皙秀氣的幼子特別溺愛，如果他不是這麼疼寵他，也許會想到——當然，這只是一種臆測——「滅秦者，胡也」，話中的「胡」，說不定指的竟是胡亥哩！

這時候，長子扶蘇正在邊塞，而么兒胡亥還留在咸陽宮裡。

中國第一個皇帝之死

趙高一直受命擔任太子胡亥的太傅，他雖是一名宦官，但長於文學，尤其通曉秦法，這也是他授業的主要內容。

這對師生，關係極爲融洽。趙高的私心，自然是希望胡亥能成氣候，成爲始皇的傳人，一旦如願，則秦皇朝的重權就可爲自己把持。趙高無時無刻不在藉機力圖促成此事，他在始皇面前，極盡渲染之能事，經常告以胡亥人品如何之好，又是如何聰明伶俐。始皇最後一次巡幸天下，也是由於趙高的說項，才允諾幼兒胡亥隨同前往。

沙丘此際正是盛夏時節，暑熱異常，胡亥所乘坐的車輿尾隨著父皇的龍駕，緩緩移動。

「這眞是僥倖，可說是天助我也。」

趙高獨自一人陷入沉思。他想，扶蘇遠在邊疆，而胡亥卻跟在父皇身邊，一旦發生什麼事，商討計策總是較爲方便。

「李斯不也同樣走運嚒！」

念頭一轉，趙高又盤算到李斯身上。倘使扶蘇即二世帝，蒙恬勢必會取代李斯輔佐新皇，這樣一來，李斯的好光景豈不就此結束了。尤其扶蘇偏好儒家，與法家主義的狂熱信徒李斯扞格不入，這使得李斯的處境更爲險惡。等到新皇上任，過去極端壓制儒家、殘害儒生的李斯，將不可免於獲罪下獄的處置。

「要鼓動李斯，實在輕而易舉。」

趙高胸有成竹地謀劃著。

在一個黎明前的淸晨，天色還昏暗著，始皇闔上雙眼，嚥下最後一絲氣息。他臥病已有很長的時日，從彌留狀態起，趙高便一步也不離開的陪侍在龍牀邊，直到這時候。

趙高銳利的掃視了室內僅有的三名小太監。

「聽著！」趙高的表情怖厲得怕人：「皇上駕崩的事得隱瞞著，直到回抵咸陽。這一路上，你們就當皇上還在世一樣的伺候著。誰如果有膽子往外宣揚，不但是小命保不住，這不忠的死罪還可能禍延九族，明白了嗎？」

「小的們明白，請趙公公放心吧！」

三名小太監原本就是趙高的心腹。趙高的爲人，他們是了解的，就算多借他們幾個膽子，也沒人敢違抗趙高的命令。

又過一會兒，趙高遣了兩個小太監，分別把皇太子胡亥、丞相李斯請了來。

胡亥見到眼前的光景，驚駭得連連退了幾步，儘管他知道父皇的病情拖不了多少時日，但眞到天人睽違的時刻，仍是不能輕易接受這事實。他哽咽哀泣，悲不能禁。

李斯隨後也上車來，不知情的他，只當是皇上有急事召見，萬萬沒想到，覲謁的卻是主子的屍骨，這個對他有著知遇之恩的主子，是再也不能向他說話了。

「皇上……」李斯錯愕了。他激動起來，熱淚潸潸的染溼一大片襟袖：「您教臣怎麼擔得起這罪過呢？臣蒙皇上的隆恩，才得今日丞相的高位，卻沒能查明陛下病篤的實情，讓您拖延到這般地步，臣眞是罪該萬死……不，臣就是萬死也不足以謝罪啊！」

李斯雙膝一屈，整個人撲跪在龍牀前，一遍又一遍，重重的叩首，他哀慟著，向先皇做最後的拜別。

對於趙高隱瞞始皇病危的用心，李斯有著怨，更有著恨，他是深諳刑名的，隨手拈來任何一條罪狀，都足以讓趙高身首異處。

趙高就藏在屏風後頭，把這一切全看進眼裡。他佯咳一聲，走了出來，用一種不曾有過的、像是拜見新皇的神氣，對胡亥變得異常的恭謹起來。

趙高遣退三名小太監，車裡只剩下胡亥、李斯和他三人。他順手旺了旺燈火，把始皇的遺詔攤開在案前。這遺詔，是始皇臨終前的口諭，由趙高再轉錄到詔書上。

——軍務悉託蒙恬，皇兒扶蘇速返咸陽會葬。

雖然詔旨裡沒有指明扶蘇繼位，但意思是一樣了。如果扶蘇接到勅詔，蒙恬很可能會護駕返回京師，到那時候，咸陽就在蒙恬勢力底下了，這對趙高無疑是極不利的。

「這詔命暫且壓下，此事就止於我等三人之口。」

趙高略微揚聲，近乎命令地這麼宣布。李斯蒼老的面容上，露出不解的神情。

須臾的沉默之後，趙高離開胡亥身旁，把臉湊近李斯：

「丞相請想，皇上崩殂之事一旦爲衆民周知，則大秦皇朝的國祚，難保不告終於沙丘。不僅盜賊蠭起，異己謀叛，就連隨從巡幸的軍隊，是否仍舊聽命指揮，也還是個疑問。」

趙高進一步地鼓動說：

「丞相，這詔旨一旦送到邊界，天下人立時便知悉皇上駕崩之事，非同小可，秦皇朝將臨覆亡的危殆，吾等忠臣孽子能不慎重謀事嗎？因此趙高以爲，聖上崩殂萬萬不可宣揚，反而須極力掩飾，如同陛下在世一般，待到咸陽再行發喪，以保我大秦皇朝的江山。」

李斯默不作聲，良久，方才下定決心似地點頭答道：

「就依趙公公的意思吧。」

不久，巡幸車隊從沙丘開拔。

沒有人知道，坐在龍輿上的，不再是昔日威風八面的始皇，而只是移入棺槨中的一具屍體。黑色旌旗彷彿要將大地吞噬了般，如同烏雲一樣地移動著。隨行的百官簇擁著轀輬車，一切都與始皇在世時相同，大隊人馬朝著回咸陽的方向行進。

一路上，趙高陪伴著始皇的遺骸，乘坐在轀輬車裡。晨昏的著換龍袍、御膳供奉，一如往昔地由趙高率三名近身太監轉呈遞送。這番日常儀節雖然多此一舉，但為避免啓人疑竇，仍完全遵照成例按章辦理。

趙高，當眞絲毫不敢大意。

這次巡幸期間，每日早晨，李斯都率領百官覲謁始皇，上稟朝政。文武百官雖羅列在皇輿前，但由於始皇被車簾遮掩，同時臣子上奏時，多低著頭表示卑恭，自然就不會把皇上看個眞切。秦始皇遽逝後，上早朝的習慣仍蓄意持續著，趙高掩身在車簾後，傳達皇上的勑詔，他儼然成為日理萬機的皇帝了。

「對著一名假皇帝裝模作樣，眞是何等愚蠢的事。」

丞相李斯心裡縱使百般不是滋味，但為了顧全大局，也不得不強自按捺下來。

挑起胡亥對權勢的慾望

某一天已是入夜時分，趙高遣人喚皇子胡亥前來。步上車梯，胡亥轉入滿室幽光的內房，淡淡的屍臭陣陣飄來。在這樣陰森森的氣氛中，趙高向胡亥輕聲說道：

「若遵從先帝的遺詔，太子扶蘇將要繼承大統，成為新皇……」

車子不斷晃動著，發出轆轆的聲響。

「皇兄才器過人，父皇選中他，也是理所當然哪！」

胡亥不假思索地脫口而出。趙高望著少不更事的胡亥，眼珠子滴滴溜地直轉，然後更湊近他，用一種近乎耳語的聲音說道：

「如果扶蘇當上皇帝，其他被認爲或會爭奪帝位的皇子，都有遭到誅戮的可能，這可不是危言聳聽。」

這類前車之鑑，胡亥曾不只一次聽趙高講述過。他輕輕的點頭，認爲倒也不無可能。

「特別是先皇最鍾愛的殿下你！」

趙高更進一步恫嚇著說。

「我？我怎樣？」

胡亥露出驚惶的神色。

「有一段很長的時間，先皇出入都著你陪伴，朝廷群臣也紛紛揣測，最得皇上歡心的殿下，繼承大位饒有厚望。」

「不，不是這樣的，我從未有過覬覦皇位的妄想。」

胡亥著慌的急急辯解起來。趙高擺擺手，故意長長的歎口氣，又接著道：

「就算殿下表明無意追逐皇帝權位的心跡，可是在你皇兄眼中，你總是個心腹大患，這大患不除，他便如芒刺在背，一天都睡不安穩。你想，這後果……」

庸懦的胡亥，被趙高說得六神無主，他顯得有些不知所措，囁嚅著應道：

「父皇既已如此決定，我也只能聽天由命了。」

「噯！別這麼垂頭喪氣，又不是木已成舟，無可挽回的事。」趙高故意停頓一下，然後指指案上的勅詔：「這遺詔，除了殿下、我和丞相李斯之外，沒有任何人知道。只要殿下有心痛下決斷，回到京城咸陽以後，由殿下你繼承先皇大業，登上皇帝寶座，絕不是個夢想……」

胡亥明白了，對方的意思，是要神不知、鬼不覺的竄改遺詔，假傳聖旨。他渾身顫慄起來，不敢再進一層深想。但是趙高卻不容許他曖昧不清的態度，更不讓他有絲毫猶豫，趙高咄咄逼問著胡亥，要他拿定主意，再從速展開下一步的行動。

胡亥是貪生的，趙高更挑起他對權勢的慾望。終於，他頷首應諾下來。

趙高滿心歡喜，彷彿吃下一顆定心丸，他恭謹的送走太子胡亥，接著邀李斯到車內密談。

命中李斯要害的說服術

李斯在聽到趙高不軌的圖謀以後，大吃一驚，不由得火冒三丈，但老於世故的他，仍強自按捺滿腔怒火，對趙高說：

「趙公公，此事萬萬不可爲，做臣子的豈可踰越分際。更何況，竄改皇上聖旨，罪可至於死，而皇室繼統，事關國家興亡，若稍有差池，你我擔待得起嗎？」

李斯在始皇一代，是一名舉足輕重的政治人物，他有淵博的學識，也自有一套奉行的理念，這理念使他不願姑息他視爲惡端的人、事、物，因而在與趙高的想法和作爲上，顯得並不相容。同時，李斯深植心中的法家思想，也不容許他和趙高爲伍，做出悖法犯紀的事。再說，始皇屍骨未寒，李斯覺得在恩主身後，昧著天良，拂逆遺志，不但在法理上站不住，就是在情份上，又何嘗忍心呢？

性格陰柔奸險的趙高早料到這一層，他對李斯立即會有的反應，已拿捏得十成十，不過他仍有把握說得李斯動心。趙高開始條分縷析起來：

「丞相暫且先別想著擔不擔得起的問題，我這計策雖是步險棋，但若丞相肯按這棋路走，好歹還可保住這朝廷第一把交椅的地位，否則只怕……」

「只怕什麼？」

「您可別介懷，我是直言。就怕落得個丟官失祿，連人頭都掛不住唷！」

趙高最攻心計，這話果然引得李斯好奇起來。

「趙公公何出此言呢？」

「有道是：鑑古知今。從前的丞相大抵是一代之臣，不管改號也好，換代也好，舊主子用的相國，能被新主子繼續納用的，就像是太倉一粟，數也數得出。扶蘇若是登了大寶，您想最親近他的蒙恬，會不受拔擢嚦？到那時候——」

趙高挑了挑眉，更加重語氣，往下說道：

「您的下場可就難說了。歷史上有多少例子，新君上來以後，就羅織前朝丞相的罪狀，連九族都受到夷誅呢！您想，您有這個僥倖嗎？」

「這點自信，老夫倒還有。」

李斯在心頭暗應道。他沉吟著，頓時生起一種自負的意味。遙想當年，先皇興兵攻滅六國的計策，是李斯我貢獻的。及至先皇初登大寶，百事待舉之際，仍用我李斯參的議、奏的本。我對大秦皇朝立下的汗馬功勞，放眼望去，誰人可比？

李斯在一班立國功臣中，居功之偉是自不在話下。然而與其說他是名政治家，倒不如比方成司參議的軍師恰當些。他有識見，善謀略，是做國師的人才。不過，論起推行政令得具備的魄力，還嫌美中不足，李斯事奉的主子是嬴政，這個顧盼自雄的大皇帝，果敢而決斷，他用膽識彌補了李斯的短處，君臣才能相得益彰。

換句話說，李斯的自視固然說不上自我抬舉，但要不是遇上這樣的主子，也是無從發跡。而現在，故主已去，李斯的斤兩不免就隨之輕了許多。

善於觀人長短的趙高，心底可有著譜。李斯半晌沒再搭話，趙高就先開了口。

「丞相，恕我說句不中聽的話，蒙恬其人允文允武，而您老，不過是個文士罷了。」起了這引子，趙高就單刀直入了：「蒙大將軍文武雙全，一旦蒙聖眷入主丞相府，以他過人的才能，想必能同您一樣，幹得有聲有色吧？倒是您老，虧就虧在不以運兵遣將見長，只能文治，不會武功。這若是遇上敵我交戰，是您還是他擔得大任呢？」

李斯默然不語，眉頭深鎖，像是若有所思。趙高打鐵趁熱，不鬆口的又緊接著道：

「這事已是愈看愈明了，不消說，他坐得起您的位子，您想把他給比下去，只怕是有心無力。再說吧！天下百姓心裡，您看是誰較孚人望呢？蠻貊之邦又對誰的威名見服呢？最重要的是，扶蘇稱帝以後，您老以為誰跟皇上又更親近些呢？」

一連三問，問得李斯臉上青一陣、紅一陣，卻也問得他頹然乏力。

「從這幾樣看來，自然蒙恬都占盡優勢。」

李斯將目光投向遠處，神色之中有著說不出的茫然與落寞。

趙高就像逗弄著爪下垂死的獵物，要先讓他奄奄一息，再故意施恩放條活路，好教他感激得乖乖馴服。

李斯回過神來，有氣無力地反問道：

「趙公公爲什麼問這些？」

是該把重重撲下的爪子給移開些了，趙高就等著看李斯會不會求活。他詭祕地笑道：

「其實，我只是想知道丞相如何看待自己。若是連您老都自認略遜一籌，那麼換代之後的新丞相，當非蒙恬莫屬了。這也等於是您親口承認，自己已經是來日無多。不過嘛，在下倒也先爲丞相琢磨過這事，是有個趨吉避禍的好法子——」

趙高特意頓了頓，掠了一眼李斯焦灼的、睜得大大的眸子，才把吊在半空裡的話給接下去：

「就是我前頭跟您老提過的——自個兒挑主子，冊立胡亥做二世皇帝。」

趙高又說：

「幸而先帝的遺詔在我身邊，綬璽也由我保管，只要您老點個頭，立胡亥爲二世皇帝的詔勅，這會兒就可商量著擬出來。」

李斯躊躇著，不知以何言相對。趙高卻還直苦苦催逼：

「丞相，這可是千載難逢的良機呀！除了我等三人，不會再有人知道這祕密了，何況太子胡亥都已首肯，您還猶豫什麼？莫非眞是要坐以待斃嘛？」

這番勸李斯以個人前程為重的誘餌，終究還是命中要害。趙高像是一隻在殘垣廢墟裡結網的毒蜘蛛，他來來回回縱織橫連，等李斯觸到這黏密的網，耽留下來，趙高哪還容得他逃去。趙高的毒箝果然厲害，牢牢箝得李斯動彈不得。

「唉！事到如今，也只有走這步棋了。」

李斯痛苦的伏跪在地上，不敢抬眼望向故主的遺棺，他感歎自己身在亂世，捲入是非漩流中，也恨自己怯懦，還是不能免於同流合污了。

斬草除根的大陰謀

趙高成為歷史大陰謀的主使人。

停著始皇靈柩的轀輬車裡，主謀趙高、丞相李斯、太子胡亥三人，暗地裡謀議著進一步的行動。趙高先把矯造好的遺詔，讓胡亥、李斯過目，兩人都已心裡有數，只點點頭表示答應。

「接下來，我們要盡快斬草除根，永絕後患。」

意思很明白，是要設計置扶蘇、蒙恬於死地了。

「什麼？」胡亥像是嚇得肝膽俱裂一般：「你還要殺了皇兄和蒙將軍嗎？」

趙高重重地點頭：

「當然。今日若狠不下這個心，有朝一日必會食到惡果。扶蘇聲譽日隆，蒙恬也名滿天下，他們的勢力決計不可輕忽。咸陽一旦遭到蒙恬圍城，而扶蘇又得到臣民擁戴，到那時候，我們的一切心血不就都白費了？」

未經人世險巇的胡亥，原不是個趕盡殺絕的人，他仍舊想爲手足爭回一命：

「難道沒有其他法子好想，非得出此下策？」

「當初殿下和丞相都同意假造聖旨，在應允的同時，就已經表示也同意誅殺扶蘇和蒙恬，不是嚜？」

趙高的意思，無非是暗指胡亥早該設想到這一步。可是懵懂無知的胡亥，不過是爲了自保，和對威風凜凜的帝王生活起了憧憬，才答應趙高的，他那簡單的腦袋哪裡想得到這麼多。

「是嚜？但我千眞萬確沒想過要害皇兄的命哪！」

胡亥一臉無辜，惶惑的頂駁著。

久久站在一旁的李斯，這時仍舊不發一語，他同意矯造遺勅時，並不是出於本心，但演變到這步田地，他也越發自覺沒有立場再置喙了。

趙高撇了撇嘴，厲聲對著胡亥說道：

「正所謂無毒不丈夫，殿下要想成大事，就不可心存婦人之仁。這可是爭權奪位，留不得退路，不用非常的手段，難不成坐視包藏的禍心反噬你一口嗎？」

就這樣，謀害扶蘇、蒙恬的狠計，成了定局。

趙高取來紙筆，略微想了一會兒，便大筆一揮，急書起來，不多久已經寫好。他起身來把草擬好的假詔拿給李斯看，詔書上是這麼寫的：

朕爲祈天下昇平，禱延國祚，歷次出巡，訪名山而祀諸神，至今猶顛簸於道途中。汝受朕命，督師剿胡，至今戰功闕如，蒙恬怠瀆固罪無可逭，而汝不思己過，反屢屢妄論朕之施爲，更屬大逆不孝。是以恩賜御劍，著令汝與蒙恬自裁謝罪。

「丞相以爲如何？」

趙高徵詢地問道。李斯不得已點點頭，算是代替了回答。

飛騎馳抵邊城，將那索命的假詔帶到太子扶蘇的面前，扶蘇領著蒙恬跪接聖旨。一時間，恍如焦雷轟頂，震得兩人駭然相視。這詔命實在來得太無端了，蒙恬直覺其中必有蹊蹺。

秉性純良孝順的扶蘇卻相信這是父皇的令諭，他雙手捧起御賜的寶劍，一把拔出，那劍身，雪亮鋒利得閃閃發光，扶蘇毫不遲疑，就要直刎向咽喉。

蒙恬搶上來一步，飛快攔住寶劍，他氣急敗壞的制止扶蘇這種愚孝的行爲，勸阻道：

「何苦！何苦！這事如此古怪唐突，說不定是奸人構陷的陰謀，還是先設法向皇上求情，待明白箇中眞相再作道理吧！」

無奈扶蘇的心思卻轉不過來，執意遵從父命受死：

「這樣不等於再次拂逆父皇，是加倍的不孝，我情願一死，向父皇謝罪！」

扶蘇奮力掙開蒙恬按在柄上的手，仰天自刎。

蒙恬是個忠臣，但並不愚忠。他拒絕自戕，要求上京覲見始皇，以解開心中的疑團。於是，帶著有罪之身，他束手就逮，讓使者率來的士衛隊押解著回京城去。

到了咸陽，蒙恬隨即被打入不見天日的大牢裡，他求平反的願望落空了，又被獄吏折磨著、羞辱著，末路的英雄是悲哀的。幾個月以後，蒙恬也追隨扶蘇，在獄中仰毒自盡了。

停著棺柩的轀輬車在騰騰暑氣中前進，天候越來越是煩悶難當，秦始皇的屍骸腐敗得快，屍臭瀰漫了整個車廂，引人作嘔。

假皇帝趙高在幾乎令人窒息的惡臭中，掩著鼻，極力隱忍著。「再忍耐些時日就過去了！」他深蹙著眉頭自言自語道。

趙高在白晝裡，須耽在轀輬車內一整天，一方面處理機要政務，再者，也是隨時坐鎮著，方便瞞天過海，掩飾破綻。如果不是利欲薰心，平常人決計不肯在這樣陰森慘澹、又腐臭四溢的地方，多待上一時半刻的。

一天過去，星夜時分，折騰得苦不堪言的趙高，這才能放下心來，步回自己的車駕就寢。迎風撲來的清鮮空氣，彷彿能使人起死回生一般，讓頭昏腦脹的趙高，只在這時刻覺得清醒愜意。他吩咐貼身太監在他安寢的當兒，輪流到轀輬車上守夜，防備節外生枝。這幾個心腹宦官每天好不容易掙扎到天亮，雖只是短短一宿，下得車來時卻面色慘白，渾身虛脫，倒像在鬼門關前走了一遭。

腐壞的屍臭味日甚一日，趙高開始擔心旁人起疑雲，左思右想，終於生出一計。始皇生前敕命闢建的馳道，路寬足足可容納二車並行，這點倒是在他故世後更派得上用場。趙高指使太監，把約莫一石左右的鮑魚扛上馬車，就著轀輬車的近側並行而走。鮑魚是曬過的魚干，其臭非常，衆人都不明白何以始皇獨好這怪氣味。趙高也不多作解釋，只道是皇上吩咐下來，底下人照辦就是，輕描淡寫的這麼帶過去了。下人則還暗地裡議論紛紛，甚至有人已懷疑到必是發生了不尋常的事。

受命奔赴邊城的使者，這會兒已傳信回來，報告了扶蘇自刎，蒙恬也被捕、正押解回咸陽大牢的消息。

「總算可以高枕無憂了。」

趙高心上的石頭落地。胡亥畢竟也關心事情的成敗，得知計劃順利，自然寬心不少。而丞相李斯在聽到消息後，更是大大的舒了口氣，勁敵已成階下囚，此後再沒人可危害到他的勢力了。

這三個害命的主謀從犯，私下裡都額手稱慶。

巡幸隊伍加快馬程，一路朝西急馳，當大隊人馬抵達陝北的時候，可直下咸陽的新馳道早已完工。這大路是由蒙恬主事開鑿的，由匈奴經常出沒的鄂爾多斯南下，經上郡直達咸陽。當初關建的用意，在防備北方胡人來犯時，能即刻從咸陽發馳九軍奧援，因而又稱爲「直道」。

自從這條軍用道路開通後，一方面是懾於蒙恬的威名，匈奴已平靜得多，再者也不曾須動用此路軍兵載糧，也就備而無用。但此刻，對急於運屍回京的趙高，這條直道卻趕巧幫了大忙。

一旦作惡便踩不住煞車

作惡一旦起了端，便再難勒馬自休。

胡亥回京以後，挾假詔篡了正位，堂而皇之的坐上二世皇帝的寶座。佞臣趙高卻又有了新的心事，他提醒有些得意忘形的新皇帝：

「陛下，臣唯恐眼前還不能眞正安心。」

趙高生性多疑，他推想祕密已外洩，甚至想像著皇族太子、朝廷重臣正喁喁議論這件祕密。疑心生暗鬼，恐懼一日日加深、加劇，這使他急於除掉造成不安的假想敵。於是，舉凡趙高認定有疑慮的皇子、重臣，一併全列入生死簿中，上呈給新皇帝胡亥。除非把威脅到自己的人誅盡滅絕，趙高一日不能安穩。

這時候的趙高，已經攀寅到郎中令的高位，相當於宮廷的大總管，宮室內全盤事務全由他授意，連皇帝在宮中的私生活也多所過問，事事爭權。

丞相府裡雖然還有個李斯，但因爲皇帝年輕沒有主見，對趙高言聽計從，任由他把持一切，李斯的權勢遂日漸削弱，成爲有名無實的虛位丞相，對朝中政事甚至沒有插手的餘地。

精通秦法的趙高，以迅雷不及掩耳的手段，在極短的時日內羅織好罪狀，隨即將假想敵一網打盡。秦始皇對趙高有著掖進之恩，如今，他的後代卻反遭昔日受恩的人迫害，也或許是始皇積了太多殺孽，才遺禍子孫、代其受過吧！

這是一次慘烈的殺戮，有十二位皇子與十位公主被處死刑，他們的族人、僕役凡數千人之多也不得倖免，全被拖到咸陽市郊屠誅盡淨。重臣的遭遇同樣悲慘，不但自身逃生無門，還累及親人、家僕等無辜身首異處。

京都咸陽的人口幾乎是這些達官顯貴構成的，這種明目張膽肅清異己、濫殺無辜的行動，引得人人自危，群情激憤。動盪不安的氣氛逐漸蔓延開來，不斷擴及到各地，民情正日益沸騰著。

陳勝和同伴吳廣，這時再次受朝廷的徵召，與一群工役晝夜兼程趕往邊界，他們全是充任兵員的壯丁。

這班人脚底都走得起水泡，來到大澤鄉時卻遇上滂沱大雨，道路被洪流淹沒了，一夥人乾著急苦無通路可走，在大澤鄉多耽上了好些天。依照秦的刑法，不能趕在規定的時限前到達軍營報到，則罪可問斬。陳勝眼看是延遲定了，就和吳廣兩人挑燈商議，希望想出個死中求活的法子。

「吳兄，當今王法嚴苛無情，我等一路過來雖不曾稍歇，遇著急雨洪流攔在半途，也是天公不作美，但誤了報到時間，官家哪理會得這苦衷，若以爲是故意磨蹭，王法加身，你我項上人頭就得落地了。」

陳勝憂容滿面，想方才完成一件工事，旋又被調赴邊域守城，從大秦建國以來，人民無有一天好日子，還得時時擔驚受怕，於是越發覺得窩囊，怒火直燒上心頭。

「可不是，陳兄，進也是送死，退又無活路，朝廷待我們升斗小民，未免太澆薄了。」

吳廣咬牙切齒，恨恨的應道。

「就是這話，**橫豎都是死，與其坐以待斃，不如挑起大夥揭竿而起**，做件大快人心的事！」

當下商議定了，已是三更天。兩人分頭喚醒一幫弟兄，聚集到廣場上，吳廣引燃一把火炬，熊熊的紅光映照在陳勝臉上，顯得激昂煥發。他扯開喉嚨放聲說道：

「諸位，小弟深夜邀約，是有一大事相稟。想我等翻山越嶺，艱辛備至地趕往邊城，而今中途生阻，延擱的時日如何也追不回，繼續前進無異是趕死。昏官不見恤，何苦白白賠上性命，不如橫心一拚，推翻那豺狼暴秦，轟轟烈烈做一番大事業，猶有可爲。但憑諸兄一念之間了！」

話聲一落，底下議論聲四起。

「有理，此時逃走必躲不過官兵捉拿，往前走也是一死，大家把命拚了反秦吧！」

膽大些的這麼附和應道。另有一些怕事的，則驚疑不定：

「萬一兵革事敗，豈不大壞？」

陳勝頗費了番唇舌，方才集成眾志。一群人隨後擁著旺紅的火炬，返回旅店，當夜就把負責一路監督他們的秦吏，在睡夢中給斬了。

叛秦的烽火就此點燃。

不多久，小小的火苗起了燎原之勢，遍及整個大地。陳勝、吳廣的舉兵，是在秦二世元年七月，這時離始皇故世爲期不遠，從前交通不便，所以消息傳得慢，陳、吳二人是否知道始皇的死訊，不無疑問。但後來在各地風起雲湧的反秦強傑，則多早已知悉此事，譬如沛地的劉邦和吳中的項羽，他們在陳、吳率衆起事後，間接受到激勵，敲響了秦皇朝的喪鐘。

大總管趙高在宮廷裡，熱心的唯有權勢鬥爭，造反的案子儘管時有所聞，他卻並不以爲意。在胡亥稱帝後的第二年，趙高已經是滿手血腥，殺人無數。這時，他又進讒言，逮捕李斯下獄。當年的同謀共犯，如今竟然捏造罪名，親自嚴刑拷問，強逼著按押，李斯不禁悔恨交加，但他再也回不了頭了。

向來把事情做絕的趙高，這次也沒爲李氏族人留下一名活口，同樣是滿門抄斬的族誅。

李斯和族人在衆目睽睽之下，被綁赴咸陽鬧市受刑，半路上，李斯側過頭來，對並行而走的長子問道：

「還記得老家那隻黃犬嗎？」

李斯指的是豢養過的許多獵犬中的一隻，有著狩獵的好本領。

「記得，牠是難得的好犬。」

「爲父眞想同你回到老家，再帶那黃犬出東門獵兎……」

說完，李斯閉上雙目，眼角溢出兩滴淚水。

行刑前，越擂越密的鼓聲，也像在爲大秦皇朝鳴喪，從一代丞相李斯人頭滾地的一刻，就可預見秦滅的徵兆。百姓圍觀著，並無人相信刑吏宣讀的李斯罪狀，連開國元老功臣都落得這般下場，普通百姓豈不更朝夕難保。

群衆騷動起來，人們開始盼望各地的反秦活動一舉奏功，也期待著有人能早日攻陷咸陽，取代暴秦，建立另一個民心嚮往的新皇朝。

2 叛風吹過江南岸

與殷通的談話結束後，項梁快步走出屋外，他沿著中庭在迴廊上疾疾而行，心跳越發地加快，他已下定決心將下半輩子的命運在此時此地孤注一擲。

古中國把長江以南的地方泛稱為江南，在約莫公元前二〇〇年的這個時代，南方的吳、越、楚在中原人眼中，是個充滿異國情調的地區，在這地區生活的人，則被看作是異種民族。

斷髮紋身的異民族

透過文化的交流，這時代的江南人民也採用了中原人習衍的漢字，並且用它來傳情達意，作成一篇篇精采動人的詩詞歌賦。這其中楚國出了一位大名鼎鼎的詩人屈原，他的代表作品，被集成傳誦千古的《楚辭》，它雖受到北方文化的影響，但仍然明顯地保存著南方文化的特色和風格，在華美的文采下，流露著強烈而奔放的情感，與代表北方文學的《詩經》，意趣各不相同，但都被奉為經典之作。

楚國在地理位置上，屬於江南一帶，她還接受了其他的北方文化，譬如在都邑的周遭圍建以供防守的牆垣，就是模仿中原地區的城郭形式。

然而相異之處仍舊不少。也許是曾和策馬民族通婚混血，中原人的身形顯得魁梧高大，南方人則較多文秀矮小，北人多長臉，南人則多圓臉。**風土民俗上的特異點，尤值得一提的就是南方人獨好紋身刺青。**

古代中原人把江南士民視作蠻族，稱為「荊蠻」，特別指的是楚國和越國，並且把這一帶看成是荒野蠻貊之區。

儘管在上流社會貴族階層中，有著仿效北方漢民族的風氣，但保有自身傳統風俗的南方士民，不只紋身，且還斷髮。這一點，和中原民族就截然不同。

髮為異民族所包圍的中原人，是以俗文化（髮式、服制）做為文明與否的標準。更嚴格說起來，髮式比服裝在文野的判別上，份量還重得多。漢民族圈四周圍的草原上，有著許多馳馬遊牧的馬上民族，雖然由於族別的不一，在剃髮的方式上也多少有差異，但大體上都是辮髮。漢民族則不同，他們留了很長的頭髮，然後於頭頂上盤綰妥當後，束成小小的髻，也就是所謂的結髮。

江南蠻族的斷髮接近於「剃」，中原人是不採用的。一直到十三世紀，蒙古人征服漢族，建立起元帝國的時候，還稱呼長江以南的住民爲「蠻子」。

被原本爲漢族視爲野蠻不文的蒙古人稱爲蠻子，對這些南方民族來說，似乎有著備受歧視的味道。其實在十三世紀，江南已幾乎漢化了，然而異族蒙古人在入主中土後，卻仍覺得長江以南的風格習慣不大相同，想來大約就是因爲這點才呼爲「蠻子」的吧！如是到了十三世紀，還脫不盡蠻味，則在公元前的這個時代，蠻子的作風自然就更甚了。

語言方面，南北的口音也明顯不同。儘管延用北方的漢字，但每一字的發音，還是出於江南式的方言，這點即使到二十世紀依然未變。

進入近代以後，北方的中國人似乎自認才是眞正的漢人，又把這地方稱爲南越或是百粵，當他們向南遷徙到這一帶，還自稱爲唐人。

古代江南不只風俗異於北方，且多喜逐湖畔海濱而居，擅長潛泳和漁撈。北方漢民族的特徵之一，是直到近代仍畏水，對江南民族最得意的泳技，可說只能望之興歎，一籌莫展。但在當時，他們甚至指斥這種技術爲野蠻，不屑學習。

傳說古時攜穀遠渡東海，抵達倭人島（今日本）的，就是熟諳水性的吳越人民。又據說，由於潮流水向的關係，其中一部份更到達朝鮮半島南部，進而去到玄海灘。

《魏志・倭人傳》所形容的倭人風俗是這樣的：

男子無分老少皆黥面紋身。……截髮紋身，以避蛟龍之害。今倭水人，好沉沒，捕魚蛤。紋身亦以制大魚水禽也。

這段描述裡，倭人的風俗和江南荊蠻幾乎一式，如果有關聯，則江南地方的風俗很可能是渡過重洋，被遠傳到遙迢的日本的。

再有一項不同的地方，就是北方中原與長江以南的主食。北邊黃河流域，不適宜種稻，所以不以米作主食。江南則氣候溫潤多雨，放眼盡是肥沃的水田，由於稻穀米糧極爲豐饒，荊蠻的人口繁衍自是比北方快速得多。

在商、周兩代，中國的人口多只集中於黃河流域。及至人口漸漸增加，拓殖開墾的範圍越發廣大，到春秋戰國時代（公元前七七〇～前二二一年），中國首次占有遼濶的疆域，這期間小國林立，彼此拚鬥慘烈。春秋初年原建立有二百餘國，到戰國初年時，則僅剩下二十餘國，兼併之烈，由此可見一斑。

春秋戰國時期，米食民族已經據有長江以南地區，分別割地爲雄，建立國家，並且常和鄰國交戰。江南大致由楚、吳、越三分天下，這三國在北方漢民族眼中均是蠻國，同被劃歸爲一類。

南方蠻族的性情也與中原人相異，從楚國詩歌的代表《楚辭》，可以看出他們豐富的感情，奔放一如激流。他們熱愛舞蹈、歌唱，兒女之情遠比北方更綺麗，更浪漫。

在民俗上，江南三國各有所長與所好，「楚之豔舞，吳越歌謠」，無不動人。

楚雖三戶，亡秦必楚

戰場上的作風，江南人一貫保有著蠻性，只要燃挑起鬥志，則慓悍英勇得奮不顧身，可惜多流於有勇無謀，在戰略上缺乏謀劃，當情勢危急時，容易因士氣沮喪而潰敗。這種性格，湊巧和被視爲出於同一血脈的倭人相通，這點可從倭人島長久以來的戰爭歷史中看出。

由於楚國的環境得天獨厚，物產豐饒，人口衆多，所以在春秋戰國時代，南方的楚已經能與北方諸國分庭抗禮，而同居江南地帶的吳、越也非弱國，足能形成南北對峙的局面，因而在那樣的時代，楚、吳、越確曾崢嶸一時。後來隨著西秦的壯大，各國一一兵敗戈倒，失家亡國，楚也於公元前二二三年爲秦所併滅，兩年後，大秦皇朝即創建成立。

楚的遺民對亡國之恨，是無法稍加忘懷的。

當時，楚的最後一名國君懷王，誤信秦國的種種欺騙，喪師失地不談，還被騙到秦國，做了三年的俘虜。後來懷王隻身潛逃，又再度被捕獲，終於死在秦都，這時楚的氣數也將盡了。

秦王政將懷王的遺骸送回楚國時，楚國上上下下悲憤莫名，他們敵愾一氣，立誓對秦展開復仇。

「秦王欺我楚人未免太甚！」遭受奇恥大辱的蝕心之痛，對每個楚國人民都是刻骨銘心的。所以當時盛傳著一句話：「**楚雖三戶，亡秦必楚**（就是楚國僅剩得三户人口，滅秦的也必是楚人）。」

項羽，正是楚人。

「項」是地名，在今河南項城。

項氏原本為楚國貴族，古時受封在項這個地方，尊為領主。其後子孫繁衍，成為龐大家族，族人遂以領地「項」為姓，成了項氏。

秦國強盛之後，包括楚在內的其餘六國，國力日漸式微。楚國人民為圖存延祚，猶對強秦作最後的困獸掙扎；而在楚的末期，率領楚軍力撐國運的，就是項氏後裔項燕將軍。

當時，提到名將項燕，可說無人不知，無人不曉，楚人視他為大英雄，將重振國聲的厚望寄託在他身上。項燕不僅善戰，也愛護部屬視同子弟，所以他的聲望極隆。項燕死後，楚國市井間還繼續散播著這樣的耳語：

「項燕將軍並未故世，只是蟄伏在草莽間，暗中伺機率領楚人滅秦。」

項燕的名號宛如一道護身符般，有著安定人心的作用。他雖死猶生。

楚國境內因有長江支流，所以形成許多江澤湖泊，當春天來臨時，湖光山色，風景清秀，朝暮還籠罩著縹緲的靄氣，這樣的勝景，原是教人入目神怡的，但楚人卻由於對秦有著血海深仇的怨懟，懷著這般心情再去覽景，自然別有不同的感觸了：

「即是楚國河山，都騰湧著對秦人的憤怨之氣！」

最早揮起反秦叛旗的陳勝、吳廣，也是楚的遺民。

陳、吳二人舉兵的時期，早已是身在大秦皇朝，不復有楚這個國家，有的只是地域名稱。秦始皇在併滅六國以後，廢除封建制度，改採郡縣制，把遼濶的疆土用行政區域來劃分，定爲三十六郡，郡下置縣。從前的楚國地方，也被劃分爲南陽、南郡和瑯琊三郡，楚的遺民則成爲秦始皇的子民，他們以秦人的身份爲秦吏所役使，被迫離鄉背井，從事長期的工事勞役，或是兵役軍差，受到的盡是苛酷難堪的待遇。

陳勝和吳廣在煽動一幫伙伴反秦的情緒後，更進一步想號召天下起義。這時，陳勝向吳廣商議道：

「你我不過是無名小卒，不足以召喚天下人，必得借稱德望之士的名號，方能自壯聲勢。」

於是，陳勝假號扶蘇。扶蘇是秦始皇的長子，此時已遭奸臣趙高構陷，舉劍自殺，但多數老百姓還不知道這件事。扶蘇夙孚人望，存心仁厚，對父皇的暴政又時有異評，所以陳勝就利用這點，舉起扶蘇的號幟。至於同伴吳廣的假身份，陳勝則建議：

「吳兄就自託爲故楚的項燕將軍吧！」

亡楚的項燕將軍雖早已故去，生前的盛名卻猶能被利用於這等樣的場合，足可見其人聲譽之隆，與受人景仰之深了。

項燕將軍的後代

在靠近長江畔處，有個小市鎭。已是午后時分，一家茶樓來了一幫客人，逕穿過鬧哄哄的店頭，步上木梯，轉入一處僻靜的茶堂小隔間裡，各自安坐下來。上座的是一位五十來歲，容貌有威儀的男客。品茗閒聊，一夥人津津有味地談論起當前局勢，席間有人提到項燕將軍，說是聽到消息，這位名將就要舉旗反秦了。

此話一出，衆人爲之興奮。項燕威名，閭里間人人耳熟傾慕，現下傳出關於他的消息，自然助長了談興，一時間衆口交雜，好不熱鬧。

坐在上位的那名男客，靜靜聆聽這群近交友朋的高談濶論，不時點頭微笑。一會兒，話聲稍歇，這人卻突出驚人之語，他壓低聲音說道：

「在座都是自己人，方才諸位所言，吾心亦戚戚焉，故而有一事不願再相瞞。但是話言明在先，決不可外揚這祕密，免生枝節。」

一席人暗暗生奇，困惑的眼色一齊飄了過來，只等他接續後話。

「諸位口中的名將項燕，正是先父！」

這位氣宇不凡的男客，就是項羽的叔父項梁。

項梁既是大將之子，項羽自然便是已故名將的嫡孫。但這事是否為眞，則無人能證實。古時候都是大家族制度，楚將項燕勳績顯赫，族人沒有五百，恐也有三百人，這樣看來，項梁的眞實身份，很可能與項燕有著干係。姓氏雷同而外，最可道的還有一點，便是項梁不時流露的貴族氣質。在他舉止之間，雍容典雅，全不似販夫走卒等閒之輩，而且通曉文墨，是腹中有物之人。

楚的末路時期，宮廷皇族和顯貴世家爲避禍流落民間的不在少數，項梁也曾經東遷西徙，四處飄泊。

「敝人的家鄉原在下相。」

項梁含笑補充道。

下相是今江蘇省宿遷縣以西的一個小城鎮，這地區的稻田靠相水灌溉，因是位在相水下游，所以得名為下相。照楚國的舊版圖看來，下相偏居東南，在戰國末期的亂世中，此地確實曾為項氏族人中的一脈落腳之處，項羽即出生在此。

楚國滅亡時，項羽只有十歲，他的父親在他很小的時候就去世了。叔父項梁對這個孤兒視如己出，他代替父親的角色，同時也是項羽的啓蒙老師，項羽就隨著叔父浪跡天涯。

項羽本名籍，羽是他的字。楚人雖被視為荆蠻，卻有仿效中原人在名之外別取字號的習慣。後來和項羽爭奪天下的劉邦，雖生在中原土地上，也許是因居住在窮鄉僻壤，並沒有字號。由此可見，項羽固身為蠻子，畢竟還是系出深受中原文化習染的名門，若是出生在如同劉邦居處的鄉間，或許中原士紳般的氣度反而見淡了。

中國古來就有各類人種雜布共存，然而華夏與夷狄之辨，並不以容貌族稱為據，凡接受中原文化，便視同中原人士。因而如項羽和項梁，取中原字號，著中原服飾，自然算不上蠻人，唯就項羽的性格觀之，予人的印象卻猶是少年的江南蠻子。

項梁在項羽十歲時擔下養育之責，對這個異常淘氣的姪兒極是疼愛。項羽小小年紀，膂力卻非比尋常，反應也相當敏捷伶俐，除了叔父項梁，幾乎沒人能制得住他。項梁雖生得一副文雅的相貌，但曾經殺過人，與三教九流交往複雜，他之所以帶著項羽四處流浪，與其說是楚的遺臣世家落魄民間，不如說是為逃避仇家的追殺。

在流浪生活中，項梁常騰空教這孩子認字。

「噯唷——這玩意兒哪記得住嘛！」

項羽每逢這時候便撒嬌抵賴著。

對楚人來說，這時期的漢字特別難習。項羽剛十歲，便遇上楚亡秦興的大變動，過去各地原本相異的文字，也隨著秦帝國的建立而統一。項梁承襲楚的遺風教養項羽處世爲人，並且也教他以楚獨特的文字，以及新近劃一的秦文字。

「瞧！這是楚字，那是新定的秦字，字形雖然不同，意思其實一樣……」

項羽卻是越聽越迷糊，這樣的教法往往弄得他混淆不清。

江南楚國的文字仍留有象形的繪畫性，比方用鳥的形狀代替「鳥」字，用魚的形狀繪寫成「魚」字，在文字的演進上，較諸中原落後許多。

文字的用途本來是爲了傳達意思，是溝通事務的工具，如果具有繪畫性的傾向，在實用方面必然稍遜。秦尊奉的是法家思想，法家爲一種實用之學，強調簡潔劃一，因而秦所制定的文字遂力求化繪畫性的繁爲實用性的簡，不但方便記憶，也利於閱讀，既省時且省事。

項梁繼承故楚的傳統施以教習，對秦文則深深憎厭著，他每教一個字，必先是楚字：

「羽兒，用心學，老祖宗傳下的字可美極了呢！你瞧多奔放，多華麗，就像畫畫一樣，有趣得很。」

教起秦字來，項梁的態度則平淡多了：「在秦就只這寥寥數筆，無啥可玩味。」話雖如此，他總還不忘叮嚀：「不過，秦字的筆劃寫法仍是記下來好些。」

項梁教授姪兒認字時，秦字可說只等同補充教材。他一遍遍耐心地輪番示範兩種文字的寫法，比受教的項羽還認眞。然而項羽偏不是塊讀書的料，他時常任性地用力撇斷作筆用的樹枝，隨即一溜煙逃得遠遠的。

「教我敵過一萬人的法術」

這天，項梁又要督促姪子習字，項羽卻把小嘴噘得老高，兩隻手硬是背在身後，不肯接過樹枝。項梁望著他那副模樣，正要板起臉來發作，項羽早已察言觀色，換上滿腹委屈的神情：

「叔叔，何必認那麼多字呢？我只要會寫自己名字就夠了嘛！」

項梁心想，這孩子的性情既然不適宜做學問，耗下去也是白耽誤工夫，也就不再勉強：

「不如教你習劍吧，這可不乏味了。」

舞劍儘管不像練字枯燥，項羽還是半途而廢，這次叔父項梁被他惹惱了：

「你這樣子將來究竟要做什麼？」

項羽倒還理直氣壯地頂駁回去：

「劍擊得再好，也只能敗服一個人，若叔父能教我敵過一萬人的法術，我學去才有作爲。」

項梁一聽，大爲高興，當下就滿口答應教他兵法。兵法是項梁最得意的一項長才，這方面，他是下過苦功的。於是，項梁取出兵書，爲姪兒解說起來，理論之外並旁徵博引，條舉實例，像是要把一輩子所學全傾出似地。項羽剛開頭那幾天倒還聚精會神，接下來又坐不住了。

「叔父，怎地兵法也好無趣呀？」

項羽對兵書上的事，只要過過耳就能記住要點，不耐煩再繼續聽下去，這樣，兵書又被擱在一旁了。

「這孩子倒有習武用兵的天份。」

儘管項羽未再深入透徹的研究兵法，項梁卻並不氣餒，他認爲來日方長，重要的是項羽有這天份，有天份就好辦了。

項梁有著滿腔的抱負和熱忱，他的志向宛如一把刀刃，時時被砥礪著，但他這把刀並非爲取秦稱王而磨，是爲征討暴秦，以完成亡父項燕的遺願而磨的。

「我一定要爲先父雪亡國之恨！」

他曾信誓旦旦地向密友這麼說道，也或許他所以口出此言，爲的是讓別人相信他確實是項燕之子吧！在一班友朋心目中，項梁是個英雄人物，一旦天下大亂，群雄並起，必少不得他一席之地。

在較年長的一輩間，項梁遠比項羽有人緣，畢竟項羽還太年輕了，衆人眼中的這名小夥子，不過如自己的子姪輩，尚不成氣候。

項羽不到弱冠的年齡，已長成身形八尺的壯漢，這種魁梧的身材在江南人中極罕見，因而他走在市街上，常引來側目。項羽的蠻力亦十分驚人，可扛起重鼎而面不改色，加以腦筋瞬息千轉，反應敏捷，於同輩中可謂鶴立雞群。壯碩而豪邁的項羽跟從叔父四處結緣時，極受年輕一輩的好感，而叔父項梁本身也深具才幹，易得人望，兩人一道便形成一股勢力。

這對叔姪最後的落脚處，是個名叫吳中（今之蘇州）的縣城。

吳中是春秋時代吳國的故都，吳國滅亡後，單稱「吳」一字，指的就是這地方。其後經歷久遠年代，吳音隨著漢籍與經典一同傳到東方的朝鮮南部和日本，在當地稱爲「吳聲」，另外絹織物也被傳到這兩個地方，稱做「吳服」。

中原人口中的吳人，或許是指南方蠻族，然而廣義的吳地，則涵蓋了長江和錢塘江兩處三角洲，適宜稻作，也是土壤最肥沃的地區，人口衆多。吳中因有水利之便，且土地豐腴，所以到秦代就更繁榮起來。

「咱們叔姪倆就在這熱鬧地方落根吧。」

項梁滿意地對姪兒項羽說道，同時還刻意叮囑他注意言行體統，因爲想收攬人心，決不可令人望而生厭，烙下壞印象。

儘管一路流浪，散去不少盤纏，項梁手邊的銀兩仍舊頗爲豐厚，他又是個有學問、有見識的才具之士，樂於照顧別人，因而還沒怎麼經營，已迅即竄出字號，成爲地方上有頭有臉的士紳。閭里中，一提到他，人人豎起大拇指：

「什麼大小事情只要找到項梁先生商量，聽他的話準沒錯！」

項梁在地方上的身份，已類同一言九鼎的遊俠老大。

一言九鼎的遊俠老大

由於名氣響亮，項梁經常出入秦郡治轄下的縣府官衙，這一帶屬於會稽郡，行政範圍十分廣大，相當於過去的吳越地方。秦代列冊的戶口總計有二二三萬三〇三八戶，一〇三萬二六〇四人，單單一個會稽郡就轄有二十六個大小縣城。

秦吏殷通奉派出任會稽郡的郡守，總掌全郡的政事，他治理的地方極大，約莫是二十年前封建時代的一國領土，而郡守的威勢，則如同過去的君王。

「殷通是王嚒？」

項羽曾經問過叔父。

「不是王，他是做官的。」

項梁答道。這時候秦已廢除封建制度，做爲封建產物的王侯世襲制也隨之瓦解了。

「做官和做王有何不同？」

「這問題嘛——」項梁開始爲姪兒解釋其中異趣，他先對項羽說明秦始皇所創制的龐大官僚組織，次敍及過去的封建體系，再加以比較說：「目下做官的不像封建王侯握有實權，尤其是兵權。從前君王統有私人軍伍，而今做官的則不過是代朝廷監督地方軍罷了。」

過去封建王侯即便怠忽政事，還有從旁輔弼的家臣幫著擔待，秦的地方官可就不能這麼納涼了。他們是秦始皇授命代行權力治理地方百姓的，向人民催收來的租稅，也不能像封建諸王般歸爲己有，扣除地方經費之後，全數都要繳回中央，容不得半點中飽私囊。

「那麼做官的就是支領俸給的王吧？」

項羽打個比方問道。他心裡還是較喜歡從前的王，而非這會兒聽來什麼做官的。

「嗯！也可以這樣說。」

項梁微微點頭。

郡守要料理的政務極爲繁重，既是秦始皇的股肱之臣，若不戮力以赴，一旦怪罪下來，可不是鬧著玩兒的。但是官有官的法令，民也有民的難處，兩方面要周全，就得憑熟練吏務的幹才，和地方上有力之士居中斡旋了。

單單拿收租稅一事來說，延遲時限或徵收不力，上頭一道諭旨降罪，便要丟官入獄。而若稅負過重，百姓繳不出來，迫得稅收來源的農民棄鄉逃亡，又會招致減收的惡果，二者間的尺度拿捏眞個談何容易。若只靠郡守和底下的官吏，萬萬難以成事，因而最後只好懷柔地方上的有力之輩，借重他們籠絡人心，方便推動政令。

對會稽郡守殷通而言，項梁就是吳中一帶的有力份子之一。

「過去封建王侯時代，根本用不上我這等樣人。」

項梁所謂「我這等樣人」，指的就是居於官府百姓間，調和雙方的利害，爲求一個皆大歡喜的結果而出面說話的人。

「項梁兄，諸事勞煩了。」

貴爲一郡大老爺的殷通所以滿面堆笑，哈著腰請託項梁，其中是有道理的。如果項梁這樣在地方上素孚衆望的人，不肯幫襯自己打點人情，那麼他無論如何也坐不穩郡守的位子。尤其始皇帝對興宮造殿的熱中前所未見，來自中央的諭令，十之七八全是徵召勞役，一忽兒要派萬人建阿房宮，一忽兒又要兩千人到邊界築城，殷通單是接這種詔旨，接到手都軟了。

徵勞役做苦工，是秦的地方官最感棘手的事情，老百姓躲不過就要逃，一個人不打緊，成群結隊地逃役，結果必定湊不足數。法家主義立國的秦又每每信賞必罰，追究起來，殷通就難善了了。

爲著這層利害，殷通才不得不放下官架子，求菩薩似地對項梁千託萬懇。

「我再想想辦法吧！」

遇上這時候，項梁總替他接下燙手山芋，回到吳中和幾個出得面、說得話的地方人物斟酌商量，如果實在有困難，他便再上一趟官府，解釋因由，請郡守定奪修正，直到能妥協的時候，便湊足人數，讓官府好交差。

——項梁的面子可眞大，果然是個了不得的人物！

不單殷通這麼想，連吳中地方的小老百姓也這麼認爲。項梁能自如地出入一般人望而生畏的官府衙門，而且能和一郡之長平起平坐商談事情，看上去就像權柄在握的郡守的代理人；更何況**他做的不是魚肉鄉民、出賣百姓的事，而是爲吳中居民增益福祉，做民喉舌**。所以人們非但不因爲他接近秦吏而敵視，反而稱善他爲民請命的義風。

秦法苛酷，執行律法的秦吏更被草民視爲虎狼，他們認爲這些做官的絲毫不體卹民間疾苦，只知爭權奪利，助紂爲虐，唯有敬而遠之，才是保命之道。

於是，「項梁先生」便成爲防堵虎狼之害的守護神，這個守護神在吳中一帶處處吃得開，罩得住，人們對他眞心服氣。

人望遠比家世重要

平日，項梁都帶著力大無比的姪兒項羽，由這彪形大漢權充護衛，隨侍左右。不論上街閒逛、受邀赴宴，或是在縣府衙門的庭院裡乘涼，於日正當中時趕往遠處的會稽郡官署，這一老一少的搭配沒有改變過。

「好風景！」

人們看到叔姪倆走過時，都不由得生出好感，投以羡慕的眼神。

吳中地方的人民就和天下百姓一樣，對秦首創的官僚制度摸不著頭緒，仍無所適從，但項梁卻早已制伏住爲虎作倀的秦吏殷通。倘使不是項梁坐鎭著，吳中這塊膏腴之地，恐怕亦早爲虎狼吞噬了吧！

「項梁叔姪可能是故楚的名門望族哩！否則殷大人何以見到他們都要退讓三分？」

吳中街坊父老甚而以爲連秦的官僚都怕了這對叔姪，不敢稍有怠慢得罪，其實他們是想錯了。興起於邊蠻地區的秦帝國的官吏，怎可能害怕區區兩名鄉舍的沒落貴族，但如果聽到有人這麼說，項梁倒也不多做解釋，僅僅置之一笑。

關於楚的名門後裔即使連秦吏也會客氣相待的傳言，一旦散布開來，倘若項氏揭竿而起，相信定能鼓舞人心士氣，蠭起呼應吧！

實在說來，項梁周旋於郡府縣衙所以能受到禮遇，並非因爲身世顯赫，而是由於擁有地方上的威望，他不須多作表態，自然就顯現出一種氣勢，「在我後頭可有著數十萬百姓撐腰呢」。

人望遠比家世重要，這才是一個人眞正的實力展現。

項梁善於經營人緣，無論對誰，他永遠笑容可掬，禮數周到。

「不知何故，和閣下就是特別投緣。」

即連貴爲會稽郡守的殷通，也被長袖善舞的項梁給收服了。殷通是丞相李斯的弟子，長於律法和吏務。他所以深入結交無一官半職的項梁，雖然多少是仰仗他的人脈關係，也是由於項梁的溫和有禮，片刻不失對人的尊敬，這種態度輕易便化解了殷通的防衛心。

此外，項梁對過去吳、越、楚三國文化及風土人情知之甚詳，信手拈來，無不裨益殷通的治民。尤其項梁見多識廣，兩人對談時，殷通往往傾聽不倦，個把時辰過去了尚且殷勤留客。

項梁還精通秦法，當他為吳中百姓出面謀福祉的時候，每每引用秦法條文為據，使殷通難以回絕。

「項梁兄不如乾脆為官吧！」

殷通曾經這麼建議道。他指的自然不是由秦的中央直接委派的大官，而是較基層的小吏；唯有下層官員才能採納自當地人，而且殷通才能做主派任。對於這種良機，項梁是求之不得的，然而他並未喜形於色，只是作出誠惶誠恐之態，用充滿感激的聲調推託道：

「承蒙殷大人抬愛，但想我一介泛泛之輩，如何有能力任官為吏，只怕有負大人厚望。」

「項梁兄不必謙讓，我是真心盼望有個得力助手為我分憂解勞。」

殷通確實看得起項梁。

「大人這般盛情，在下若再推辭便是不該了。其實能為大人效犬馬之勞，我真是高興都來不及呢！」

聽到項梁這番話，殷通心裡也十分受用。

說起來，殷通對項梁的另眼相待，人情成份少，而利害成份高。秦始皇推行中央集權制度，對朝廷委派的地方官長要求甚嚴，時時稽核他們的勤惰，不容對中央諭令有絲毫懈怠。在如此嚴苛的獨裁皇帝底下做事，殷通自然亟需項梁這類人物輔襯，以疏通民情，圓滿達成任務。

同時，項梁從不主動要求報償，他既不企圖自府衙中獲取權力，也不曾有諂媚逢迎以貴緣達貴的醜態，這點更深深博得殷通的好感。

「此人眞是古道熱腸，總忙著別人的事體，著實難得。」殷通是如此看法，而項梁也一直著力維護這樣的形象。

不凡的用人之道

在吳中一帶，項梁的爲人熱心是出了名的，他喜歡照顧人，也有照顧人的本事。每聽說哪家舉喪，他都自告奮勇前往協助安排，料理喪事，總把場面辦得隆重體面。而一些自家辦喪事，未通知他照顧打點的葬禮，則場面相形冷清許多。

不論多麼清貧的家戶，只要開口邀請，項梁必定親自問弔，一旦有他出現，往赴葬禮的人就大爲增多，直到日後苦主對他仍心存感激。

連司馬遷在〈項羽本紀〉中亦有此一提：「每吳中有大繇役及喪，項梁常爲主辦。」

葬禮在極重家族倫理親情的中國，被視爲一件大事，同時也是源於儒教的儀式。這時候儒教雖尙未普及，但此固有風俗已深植人心，因而每遇葬禮舉行，人們自然而然便愼重其事，以表達對故世者最後的心意。

項梁經常包辦喪葬庶務，對於窮苦人家，他必主動邀集人手幫著張羅，並代募費用，給予厚重奠儀。窮人家子弟見到葬禮得以順利、鄭重地辦好，無不深深感激，但項梁卻從不肯接受任何回報。

若是地方上舉足輕重的人物過世，則場面更是備極哀榮。這時項梁彷如大軍總帥，坐鎮喪家，指揮如儀，連枝微末節都面面俱到。累積了幾次經驗後，項梁也培養出一批辦事能手，遇有喪葬便帶領他們前往，視各人專長分配調度。而每次葬禮，他都會發掘到新的人才。

「此人堪爲百人之長。」有了這種想法，項梁便另眼看待，教授此人以各種任事巧術，並給予磨練的機會。

有時，項梁在從旁觀察一段時日後，也會修正自己原先的看法：「這個人原來只是虛有其表，不足以擔當大任。」隨即便將其人從名冊上除去。

日後，當項梁舉兵反秦時，即是參考這本隨身攜帶的小冊子，視能力把工作分配給曾經注意過或培養過的人才。

有一人不得項梁的任用，他不服氣地登門親訪項梁，埋怨道：

「先生何以不派事給我，是否瞧我不起？」

項梁回答說：

「你還記得很久以前我曾讓你幫忙舉喪的事嗎？那時交代你辦的事，你不能辦好，所以這次才未任用你。」

項梁雖然看重一個人的才具能力，但更重視其人能否服眾，有無溝通協調的本事。在起兵之際，指揮軍陣能力的高下尚在其次，最重要的仍繫於掌握軍心，團結上下，因而項梁在斟酌人選時，也以此準據汰弱留強。

由這件事，可看出項梁的用人之道，確有不凡之處。

橫豎是死，不如抗秦

秦始皇崩殂，皇子胡亥繼位爲帝。

秦二世元年七月，江南正是霪雨霏霏的時節，陳勝、吳廣等人率領一幫徒衆，興兵叛變。起義的地點，是在長江以北的宿縣，湊巧地和項梁、項羽的故鄉下相離得很近。

陳勝等人在秦吏的監督下，原本要到北界的軍營中稟到，他們的身份如同奴隸一樣，所以從軍都是身不由己。一行人來到宿縣一帶時，當地久雨不歇，造成大小河川氾濫，洪流淹覆過窪地，形成一處處沼澤，若雨勢再持續下去，則沼澤群便會滙流連結，望去盡成一片汪洋，阻礙旅人通行。

「依照秦法，我等若未能趕在時限前抵達邊防，唯有領死，而逃兵亦是死罪。既然進退兩不得，不如把心一橫，大家起來反抗無道的暴秦吧！」

陳勝登高一呼，同行的徵兵紛紛響應，他們首先刺殺秦的監督官，隨即飛檄各地「太子扶蘇與項燕將軍已起義討秦」。

這則聲討的檄文有如雷霆般撼動人心，業已亡故的扶蘇和項燕在世之時，彼此毫無往還，此刻卻齊名並列，名聲傳得震天響。

陳、吳二人眼見檄文一出，就連當地的秦軍也望風倒戈，同義民合流，勢既已成，也便收起扶蘇、項燕的旗幟，正名為陳勝、吳廣，起於宿縣的大澤中，不久即成燎原之勢。

秦朝百姓民不聊生，早已怨聲載道，天下間幾乎都對秦的施政大為反感。秦始皇以法家思想治國，且創立新而嚴密的官僚制度，雖在戰國時代秦國領土內試行成功了，但將之推廣到一向保守的農業社會傳統的廣濶地區時，卻由於和過去習慣相去太遠，人們無論如何仍難以適應。同時，百姓不斷被驅策從事勞役，每每離鄉背井，荒蕪了耕事生計，以百人、千人乃至萬人為單位，過著團體生活，這些人因處境上的苦況，既不得自由，又思念故鄉親人，因而對朝廷雖敢怒不敢言，實則早起了異心。

受工役之徵的勞力者處身團體中，這一個個團體若幡然叛變，其聲勢決不下於軍隊。

消息在吳中城內漫天傳開：

「長江以北放眼盡是流民和叛兵！」

另有消息傳出：

「秦軍也棄甲四竄，有些更加入叛軍行列！」

秦軍並非全對朝廷忠誠效死，儘管秦原來的軍隊沒有叛情，但防守各地的駐軍由於是徵募自當地，且是被秦滅亡的六國遺民，對秦廷自不會死忠。**「皇帝」一詞在他們心目中，不若過去的王侯稱呼來得熟悉，也無法油然生出肅敬之感，秦始皇創造這反傳統的新詞，可說是一大敗筆。**

「秦不過是西戎蠻人罷了！」

中土人民是鄙夷秦人的，他們認爲西戎邊區不生教化，何能統御中原人士，秦廷懾服天下，靠的是鐵腕鎮壓，不是德望，因而斷難收服人心。

秦始皇開國以來的另一失策，在於視人民如私物，無休止地驅使他們興建工程，勞役朝夕群體相處，無形中衍成利於發展爲流民軍的生活條件。繼位的年輕皇帝胡亥也昧於這點，他大舉動員傜役，比他父親在世時有過之而無不及。爲了趕工完成秦始皇生前未及建成的皇陵及阿房宮，胡亥對力役的徵召數量越發龐大，所定的完工時限也越發緊迫。

項梁此刻正蟄伏於吳中城內，他的幕僚部屬則四處奔波，招兵買馬。

「城裡哪家大戶要辦葬噻？怎地要動用這許多人？」

看著項梁手下形色匆匆地穿梭於街巷上，吳中百姓紛紛去打探消息。

「不不──這回不是爲著喪事，而是爲了號召吳中城內鄉親自組一支護城軍。」

負責張羅人馬的這群幕僚一一向百姓解釋道。

他們不能肆無忌憚地直言討秦，因爲當此之際，秦廷的眼線尙嚴密地監控著江南之地，而依現時項梁的身份，亦只能藉口組織自衞軍，掩飾眞正的目的。

「長江北邊的流民軍若直下富庶的吳中，城裡總要事先部署好防禦工事才成，我們已經接到可靠消息，叛軍不久就要攻進城來，這事得趕緊去辦！」

興兵造反的流民此時最需要的莫過軍糧，這使他們渡江掠奪物產豐饒的江南的可能性大增。同時，流民更可能進據此地，掌握兵糧來源，形成和秦廷對峙的勢力。

然而，這群沒有紀律的流民，份子參差不齊，一旦攻下吳中，難保不會做出姦殺擄掠的勾當來。因而吳中百姓深知箇中利害，自衞乃勢在必行，於是人人奔相走告，志願加入護城軍的壯丁成百成千地急速增加。

群龍必得有首，自衞軍也須推派大將之才在陣前指揮，誰是最適當的人選呢？

「桓楚先生固然也不錯，但……」

幕友們用商量的口氣向壯丁探詢。桓楚其人在吳中也小有名氣，他的角色身份和項梁頗相類似，只是這時候因案牽連，避走他處，沒有人知道他落脚的地方。

「不，還是項梁先生較妥當。」

儘管幕友們未刻意說出項梁之名，人們仍異口同聲，一致擁戴他。項梁過去經常主辦喪葬事，並且用兵法布置那些賓客和子弟，因爲這樣，大家都知道他是有才能的。更重要的是，項梁爲已故名將項燕將軍之子，這般出身輕易就已足以服衆。

若揭起項氏旗幟，故楚遺民必會聚攏過來，可招募到比桓楚能力所及更多的兵馬，同時項梁身爲大將之子，熟練兵法祕術自不待言，凡此種種，都使人們對項梁寄予厚望。

燎原烽火燒過長江

北方叛軍勢力擴展得相當快速。

會稽郡守殷通眼見局勢驟變，心思也浮動起來。他初時還自我寬慰，認爲騷亂不過限於長江以北，也許過了風頭就會平息下來。然而北邊傳來的消息一日壞過一日，叛軍渡江南攻這座位於穀倉地帶的吳中縣城，恐怕只是轉眼間的事了，何況除此之外，還另有一層顧慮。

殷通最爲擔心的，是江南地區也有叛民異軍突起，不論帶頭的人是誰，首先必定衝著郡治官府而來，偏偏駐防會稽的秦軍因兵力單薄，軍心早已動搖，而且照江北的情況來看，秦軍倒戈響應叛變並非不無可能。

這時若向首都咸陽求援，一則路途遙遠，再者途中又有陳、吳的徒衆攔截，諒是插翅也難抵咸陽城；就算官差把消息帶到咸陽，恐怕也不濟事，總攬大權的趙高調軍護京都來不及，怎可能還會派援軍遠赴江南應急解圍呢？

事況果眞演變至此，殷通唯有坐以待斃，自求多福了。

「不如我也來號召反秦吧！」

殷通左思右想，想出這個自認上上之策的計謀來。他在心中盤算著，先穩住江南，大舉募兵，再以聲討暴秦爲出師之名，大張義旗。如果一切順利，獲得四方的響應，便直取咸陽，甚至建立新朝爲帝，除此而外，沒有第二條苟活之路了。

殷通定下心神這麼想過一遍，頓覺事情大有可爲，躊躇滿志之情，躍然臉上。接下來，他越發想得美了：

「當今之計，首在招兵買馬，待兵員足額，在江南舉起我殷通的帥旗，必有大大小小的叛民團體慕名而來，到那時聲勢更見浩大，晉登皇階就指日可待了。」

心意既定，事不宜遲，殷通隨即遣人傳喚項梁，欲邀他同商大計。殷通的如意算盤，是先說動項梁，然後借其力在吳中徵募軍源。

聽差受了殷通的囑託，十萬火急地趕到項梁住處去通報。這時項梁正好在家，一聽是官衙派來的人，便從書房迎了出來。那位聽差猶撫著胸膛，喘得上氣不接下氣，項梁見了一頭霧水似地問道：

「是殷大人有急事相告嗎？」

「正是，大人特別囑小的火速來請先生。」

「小哥可知何事如此急迫？」

項梁想先從聽差這兒探個口風。

「大人交代，等項梁先生去到郡守府，自會明白。」

聽差回話道。說完，又連連催請項梁。

略一思索，項梁吩咐家僕找來項羽，兩人跟著聽差便去覆命。

殷通正在廳堂苦苦等候，一見項梁到來，他笑容滿面，十分高興地上前親暱的扶搭著項梁的肩膀，把他引入內室。項羽則一個人單獨留下，等在大廳之外的穿廊上。

內室裡僅有兩人，殷通仍壓低聲音說道：

「項梁兄，兄弟有些私語只對得你一人說。」

殷通徐徐湊近項梁，呼出的氣息送到項梁鼻尖，令人感到不大舒服。

「長江對岸，烽煙四起，各地都在興兵造反，時局大不同了。」

殷通說的這些，項梁當然清楚，而且早爲此事部署良久。項梁卻並不作聲，只微微頷首，面色顯得凝重。殷通更低聲道：

「不僅人心思反，這也是亡秦的時候了。」

殷通深深凝視著項梁，停了一會又說：

「有道是『先發制人，後發制於人』，天意既要滅秦，我想先下手爲強，即刻發兵。」

聽到這話，連項梁也大吃一驚，他沒想到秦官僚體系中的骨幹，身爲郡守的地方官長，竟然對秦也起貳心，看來秦皇朝的君臣倫理已動搖瓦解了。若說到人臣事君的倫理，確實沒有比殷通更淪喪此理的人了。就在今天以前，他還以秦官身份對群衆施以鎭壓，如今卻搖身一變，成爲抗秦的義士。人情現實，這眞是極大的諷刺。

項梁心想，秦廷內恐早已沒有忠貞之士。

項梁想得沒錯，秦始皇雖建立嚴密的官僚制度，但對最重要的官場倫理，尤其是忠君事主的教育卻輕忽了。秦立國的基本思想，是尙刑名主義的法家，這等於是已抹殺了法治前的倫理，而把法當做萬能。**刑名之學依恃皇權而用世，一旦皇權式微，法也就不成其爲法了。**秦法家思想的弱點，此刻便首先在殷通身上暴露出來。

「原來秦的官吏也這般靠不住。」

項梁望著殷通，覺得秦廷勢力已如煙雲消散，欣喜中亦有著感喟。

「殷通此舉或也有他的道理吧！」

項梁又想，對法家門徒殷通而言，法源所由的秦廷威勢日廢，爲了重振法家，不使之沒落，身爲門徒自當另闢蹊徑，使這顯學再興，如此法家弟子方再得重獲權勢祿位，威福齊享。

儘管厠身市井，項梁對時局變動卻極爲關注，然而他只知流民騷亂愈演愈烈，至於殷通之流的秦官吏亦變節生叛心，則遠超出項梁的觀察之外。這時離秦始皇亡故已年餘，距離陳、吳的起義，也過了兩個多月。

「事不宜遲！」

項梁心中暗暗叫道。殷通也同樣焦急。

「項梁兄……」殷通態度變得更熱絡：「此事已迫在眉睫，須從速募兵，以免被人搶先一步在江南一帶集結兵力，事情就壞了。」

「那個要搶得先機的人就是我，你可失算了。」

項梁暗忖，眼前的殷通是想利用自己打天下，但對這秦吏，他卻連分杯羹也不肯。

「項公，」殷通換上一副威嚴的神態，稱呼是尊敬的，而語氣則透著命令的意味：「我就委閣下和桓楚爲兩翼大將，全權負責募兵之事，但要快！」

「你把我和桓楚之流比爲一類嗎？未免太小看我了吧！」

項梁不悅地這麼想著。

「這陣子都沒看到桓楚先生，不知他下落何處？」

殷通若有所思地問道。

就在這一轉瞬間，項梁決定了下一步行動：

「桓楚先生已逃出縣城，除了在下姪兒項羽而外，沒有人知道他的去向，我這就去把他喚來，請大人親自叫他去請桓楚。」

「嗯！」殷通欣然同意。

將下半輩子孤注一擲

項梁快步走出屋外，他沿著中庭在迴廊上疾疾而行，心跳越發地加快，**他已下定決心將下半**

輩子的命運在此時此地孤注一擲。

項羽正站在庭廊上曬著暖陽，整個人看起來就像罩在金黃色的帷幕中。項梁附耳過去，低聲交代了幾句話，然後兩人很快並肩朝內室走去。路上，項梁不知說了些什麼，只見項羽頻頻點頭。一會兒後，項梁囑咐姪兒離開身旁，跟在後頭。

「是，叔父。」

原本和項梁並肩同行的項羽一揖手，隨即以恭謹的態度跟隨在叔父身後，恢復兩人平時走在街上的樣子。

進入內室後，項梁先回過頭去，用眼色給項羽一個暗示，旋即把臉朝向殷通介紹道：

「他就是在下的姪兒項羽。」

話聲一落，項羽即以迅雷不及掩耳的速度衝上前去，只見劍光一閃，正砍在殷通頸項上，鮮血頓時噴濺出來。

「哎唷！」殷通慘嚎一聲，倒臥在血泊中，彷彿還要掙扎。

項羽再奮力一刺，俐落地收回劍時，殷通已經斷氣，一動也不動了。

「先下手為強，後下手為人所制，這都是閣下的教誨呀！」

項梁嘲弄地說著，邊取下殷通身上郡守的印綬，佩在自己身上，然後大步走出門外。

一班衙役聞言追出，想要攔阻他們的去路，只見項羽大喝一聲，舉劍劈砍，頃刻工夫便殺了八、九人。

其餘人等見項羽如此神勇，畏懼上心，都退到一旁，不敢再硬捋虎鬚。項梁這時環顧府衙衆差役，威嚴地大聲說道：

「從現在開始，我就是會稽郡郡守，諸位凡跟從我的，便視爲義士，項某人決不虧待！」

這時在郡守府中原就與項梁知交的幾名豪吏，也幫著他穩住混亂場面，安定府中人心。

幾天過去，項梁在官衙前召集暗地徵募組織已久的民軍，且進一步將附近駐防的秦軍納入麾下，接著更掌握了會稽郡轄下各縣。

「想不到事情進展得如此順利，看似嚴密的秦制，原來這般不堪一擊。」

項梁這麼想。雖說秦廷採取法治，但畢竟得靠人維繫綱紀，秦始皇一死，他的皇朝便搖搖欲墜，而郡守一死，則郡治也就成了空殼。

會稽郡腹地內，項梁儼然是「王」了。

3. 英雄無賴有眞姿

沛地想和劉邦結交的人太多了，他雖然一文不名，卻無疑是這一帶舉足輕重的人物。而所以致此，正是由於劉邦有一股莫名的、令人折服的無形力量

話從沛地開始說起。

「沛」這個字本義原是水流充足、草木繁茂的樣子；沛地，則名副其實是個遍布沼澤、雨量豐沛、草木一片欣欣向榮的地方。

這個地方位在今江蘇省北部，江蘇南部有悠悠長江橫亙省境。長江北岸的衆支流運來許多泥沙，堆積在江北地方，形成一望無際的沃野平疇。長江把江蘇一分爲二，南邊多水田，以稻作爲主，而沛地所在的江蘇北部，則是以麥做爲主要糧食作物。

南方稻作地帶，大致是楚人的地盤，食米，著楚服，講楚語；江蘇北方則多住著中原人，以麪食爲主，著長衫，頗有北國之風。直到秦帝國創建，沛地才置爲縣，稱沛縣，成爲附近地方的

首善之區。

有姓無名的草莽英雄

劉邦的老家在沛縣治下的豐邑，豐邑在當時劃分爲若干里，劉邦便是在當中一個中陽里的小村落裡出生的。劉邦出身農家，沒有顯赫的家世，不過是一般平民階層罷了，這點由他的姓名就可略窺一二。

劉氏一族皆單單有姓，不取名，劉邦的「邦」字是否稱得上是「名」也很值得懷疑。怎麼說呢？這要從中國特有的方言講起。「邦」字本身在方言語意中，指的是兄或姊，因而「劉邦」其實是稱呼「劉兄」的意思。

儘管有個不成其爲名的名字，劉邦自始至終，甚至在當上漢朝開國皇帝後，也不曾改名，一直採用「劉兄」的稱呼，同時更成爲中國歷史上響叮噹的大名，這的確是件挺有趣的事情。

劉邦既然沒有名，自然更甭說取別字了。中原的漢人，習慣上多在本名之外再另取別字或號，像是同樣出身農家，後來成爲叛秦領袖的楚人陳勝，就仿照中原習慣，有個別字稱「涉」。

劉氏族人所以不僅無字，甚且無名，原因倒還不是因爲家貧。原來，中陽里一帶雖然爲中原人立足之地，卻是文化不興的偏僻鄉野，獨有草莽之風而缺乏人文氣息，因而即便想取個名或別字都力有未逮。

正所謂「英雄不怕出身低」，劉邦的家世背景儘管平淡無奇，卻由於因緣際會，還是鯉魚躍龍門，成爲大漢皇朝的始祖。後來在漢朝最隆盛的時代，出了一位中國頂有名的史學家司馬遷，他在所著的《史記・高祖本紀》中，是這樣介紹劉邦的：

高祖，沛豐邑中陽里人。姓劉名邦字季。父曰太公，母稱劉媼。

短短一行字，便可看出史家筆下對高祖的寓意褒貶，司馬遷刻意用詼諧而又透著嘲諷的筆調，記述劉邦其人，他對高祖的看法也就不言可喻。

中國古來兄弟長幼的尊卑稱謂，依序是伯、仲、叔、季，長兄稱伯，次稱仲，再次稱叔，再下稱季。顯而易見的，把季字當做高祖的別字，其實是多此一舉，甚至令人覺得可笑。至於說到劉邦的父親，人稱「太公」，母親稱作「劉媼」，則譏諷得更露骨，因爲這無異在向人介紹「高祖之父叫做劉爺，高祖之母喚作劉婆」。司馬遷煞有介事的這番開場白，其實已冷嘲熱諷到骨子裡了。

司馬遷和父親司馬談，都擔任過漢朝的太史令，但《史記》一書並非官修，而是他承繼父志，獨自一人寫成的。這部史書完成後，一直被保藏在家裡，到他孫子那一輩仍未公之於世。司馬遷既是私下述記歷史人物，自然無需顧慮皇室，也就沒有矯飾和歌功頌德的壓力。這樣條件下寫成的《史記》，可說充份反映了大史家司馬遷的觀點，同時也沒有故作的違心之論。他對備受漢朝崇仰的漢高祖劉邦，態度是冷峻的，甚至是嚴酷的。

當劉邦掌有大漢皇朝後，他的兄長和親戚，正是「一人得道，雞犬升天」，也都受封為王侯，然而卻沒有名字流傳下來。原來，在他們出身的小村落中，並不需要刻意的取名，若要給予區辨，只消稱呼劉家老大、老二、或是老么就夠了，一派正經地取名和別字，既顯得生份，且惹人反感，像自視高人一等似地。前頭提過，一般家庭中長子稱伯，次子稱仲，因而劉邦的大哥喚作劉伯，二哥喚劉仲，意思就同於叫喚劉家老大、劉家老二，說起來所以名不見經傳，實在是他們根本沒有名字的緣故。

單單「名字」一項，就可想見中陽里人的文化水平了。

龍子？私生子？

劉邦出生的年代，是在西曆公元前二四七年。

說來奇巧，中陽里有戶盧姓人家，當家的與劉邦的父親交情甚篤，在劉邦出世當天，盧家也添了個男娃。

「至交好友竟在同一天喜獲麟兒，眞是再巧不過了！」

這是雙喜臨門的大事，在淳樸的村里立刻傳了開去，成爲人人爭談的話題，村人像是自家事般那麼雀躍開心，大夥張羅了羊肉、酒食到兩家擺起宴席，痛快地大吃大喝，喜氣洋洋有如過節慶一樣。中陽里人情味濃郁，由此可見一斑。

盧家那和劉邦同日出生的孩子，名叫盧綰。孩提時代，兩人就情同手足，形影不離。盧綰性情極溫馴，凡事都聽劉邦的，也常幫著他惡作劇、瞎起鬨，長大後更不時爲他背黑鍋，收拾爛攤子。就是這樣深切的情份，劉邦在往後貴爲漢朝開國皇帝時，也不忘提他一把，先是封爲長安侯，進而晉封爲燕王。

中陽里是個質樸的農村，村民大抵是直腸直肚的莊稼漢，口裡藏不住祕密，於是有句話就這麼傳開了。

「聽說劉家老么其實不是他爹的種……」

雖說並非惡意中傷，但這話卻一傳十，十傳百，整個村子的話題全圍繞在這上頭打轉，變成「公開的祕密」了。

漢族社會直到後來儒家成爲支配思想主流後，男女之防才嚴苛起來，甚至有所謂「男女授受不親」。但在這個時代，中陽里一帶村民還未受到禮教的束縛，因而就算劉邦眞不是他父親所生，只要劉父自己一笑置之，旁人也不會多事苛評。妙的是，傳聞到後來，竟有如神話般荒誕了。

中陽里附近有許多沼澤，事情就發生在其中一處大澤的堤岸上，村人繪聲繪影地這麼口耳相傳著……。

那天，俊俏的劉家小嬸一個人來到大澤近旁，她遠遠走了一段路，又倦又累，望望四下無人，便安心在堤上坐下歇著，不多久竟打起盹來，昏昏睡去。就在迷離恍惚間，她做了個極不尋常的夢，夢寐中龍神幻化人形，翩然與她緣會。劉家小少婦冷峻地要求龍神放開對自己的摟抱，但是龍神深深爲她的美貌所吸引，不能自持，他無視於少婦的峻拒，仍然要強迫她順從自己。

這時刻，驟然間天昏地暗，雷電耀閃，眼看就要落大雨了。劉家小嬸的當家，見到風生雲起，擔心嬌妻受到雷雨的驚嚇，耽在路上回不了家，便急急一路叫喚著尋了過來。他遠遠望見妻子躺臥著的身影上，交纏著一條蛟龍……。

其實，世上哪有什麼蛟龍呢？也許所謂的蛟龍不過是異地來的流浪漢罷了，但人們寧可不去說破它。而且在那樣的時代，那樣的鄉下地方，人們倒也眞相信神無所不在的，不止相信，更把神人格化了，他們想像神和凡人一樣，也有著七情六慾，也渴求歡愛，所以這樣的傳言反而使村人覺得浪漫、神祕，而津津樂道了。

劉媼不多久便懷胎十月，產下劉邦。

「我家的么兒可是龍子呢！」

唯一目睹真相的劉父，強顏歡笑地對街坊鄰里吹擂著。但在內心深處，卻感到苦楚，他無論如何不能釋懷自己的女人被別的男人強占的事實。這個陰影，使他不能以對待其他孩子的態度來待劉邦，而劉邦也察覺到父親對自己特別冷漠，在他心靈中，陰影同樣是揮之不去。以致當劉邦後來騰貴榮顯後，對父親仍有某種微妙的淡漠，甚至毫不掩飾地表露出來。

劉邦對於自己神話般的出身，倒是洋洋自得，他經常把「我是龍子」這話掛在嘴邊。每當他這麼吹噓時，他就眞的自以爲與衆不同，這意念也在他內心一寸一寸地膨脹起來。

「龍子」的想法，使劉邦不甘於安份地做個莊稼漢，當父兄在農忙時整天於田間工作，忙到精疲力竭的時候，他也只是遠遠站在一旁，袖手旁觀。若是父兄招喚他去幫忙，他便很快編個理由，隨即一溜煙地不知去向。

劉邦到哪裡打發他大把的時間呢？通常是在熱鬧繁華的沛城。

全身七十二顆痣的赤龍之子

中陽里附近一帶，只有沛城才有磚石砌成的堅固城牆，對鄉間人來說，這是個令人眼花撩亂的大城市，有著數不盡的好玩意兒、新鮮事情，來到這兒是頃刻不生悶的。

沛城有的是一賺進銀兩便存入大甕中的商賈，做買賣的生意人一多，自然少不了應酬場合，所以賭場、酒肆、妓院到處林立，眞個到了三步一家、五步一店的地方。這些場所可說龍蛇雜處，有爲了談交易來的生意人，也有偷兒、賭徒、甚至殺人慣犯在這兒逗留。

劉邦生性浪蕩，成天遊手好閒，不務正業，連父兄都瞧不起他，嫌他不長進，更別說外人了。中陽里的人們經常一提到劉邦，便大搖其頭。

「唉！眞爲劉爺抱屈，竟生了個這麼不成材的東西！」

劉邦可不管這些閒話，只要離開家裡和村子，來到沛城，他便如魚得水，擁有完全屬於他的天地。有關身世的祕密，劉邦不僅不避諱，還時時拿來做爲吹牛的材料，甚至可以對著一桌子人，大言不慚地放聲說道：

「我是龍種，千眞萬確的龍種！」

如果有人嗤之以鼻，或者斥爲無稽、扯謊，則平日在劉邦身旁跟前跟後，並把他的吹噓當眞的一幫小混混，就會結結實實給那人一頓教訓。

劉邦偶爾興之所至，也會當著衆人的面剝得赤條條的，讓別人看自己身上的「異徵」。

這個時代，普通人家仍沒有椅子，只在地上鋪以草蓆，飲酒用飯多是跪坐著的。在酒肆裡也是如此，劉邦每每坐在主位上。

「來吧，我是否生得不凡，只要數數我全身上下有幾顆黑痣，大家心裡就有數啦！」

他手下的混混首先跟著起鬨，大夥一擁而上，全圍過來，眞的仔仔細細地清數起來。黑痣泰半集中在左腳，黑鴉鴉一片，數著數著，都教人覺得天也昏、地也暗了，卻還數不出個確數來。倒不是黑痣多到數不清的程度，而是他皮膚的色澤有些怪異，分不明哪個是黑痣，哪個是瘢斑。衆人一遍遍重新數過來又數過去，仍是各個爭執不休，最後大家都精疲力盡了，劉邦才高聲嚷嚷，宣布答案。

「就告訴你們吧，不多不少，剛好七十二顆！」劉邦這麼說時，掩不住滿是得意之情：「打從我一出娘胎，村裡的嬷嬷姥姥們就已經幫我數清楚啦！這數兒絕沒錯。不過，各位可知我身上怎麼會有七十二顆黑痣？」

劉邦傲睨全場，揚一揚眉，然後朗聲說道：

「因爲我是赤龍之子呀！」

「對——對——可不是赤龍之子嘜！」

大家又跟著附和他。劉邦這時才心滿意足，慢條斯理地把衣服穿上。

在此之前，持續了相當長久的戰國時期，那時在學術上百家爭鳴，其中有一派是主張運用五行、占驗的陰陽家。這派學說，把從宇宙到人世的運行原理和方法，歸納成陰陽之論，同時也涵蓋了將萬物歸於水火木金土五種元素的「五行說」。

陰陽五行合流為一，成為當時哲學與科學理論的基磐，後來更和曆法結合，衍生為用「數量」說明宇宙萬物的現象。那時按照中國曆法，一年只有三六〇天，把這天數以五行的五來除，得出七十二的商數，正和劉邦身上黑痣的數目絲毫不差。

就為這緣故，劉邦才自視不凡，**畢竟他身上的「異徵」，上應天象，下驗學論，無不有據**。不只他，一般人也普遍接受當世流行的這派說法。

七十二這個數目屬土，源自陰陽五行論。至於七十二為何在五行中屬土，不但劉邦不懂，就是陰陽家恐怕也不明白。只是既已約定俗成，雖沒辦法說出個所以然來，大家還是遵信這套曖昧不清的「哲理」。

土，當屬於赤。

那時代的人們把色彩分成五種：青、黃、赤、白、黑。陰陽家喜用「五」這個數，認為五色和五行有著連帶關係，並且視五行中的「土」，同於五色裡的「赤」。但到底為什麼赤是土，土是赤，卻不能證明，也沒有說得通的道理，反正誰也弄不清楚，就乾脆跟著人云亦云吧！

陰陽、五行衍繹成的一套思想體系，慢慢成為人們心目中的真理，甚至箝制住漢、胡民族的思考，混沌了長達二千多年。

劉邦自創一套似通非通的說詞，用來自抬身價，這說詞其實就是由陰陽家那兒學來的。他說土是赤，土又是身懷異徵的劉邦，因而理所當然劉邦就是赤，此說於是想當然耳地成立了。他又說，自己是因蛟龍共母所生，連劉父都承認他是龍子，而照他身上七十二顆黑痣推測，在學論上是屬赤的，那麼那條蛟龍應該就是赤龍無疑，自己當然便是「赤龍之子」。

這套詭論似是而非，再加上人們對他傳奇般的出生言之鑿鑿，所以不論在都邑，或在鄉野，從來沒有人能駁得倒他這些話。

難以名狀的個人魅力

劉邦身邊時時環繞著的浪蕩子、小混混，還有在沛城結交到的一群酒肉朋友，全相信他這番從陰陽五行說附會而來的大話。他們甚至還從劉邦那兒，學會許多吹噓扯謊的本事，像劉邦的總角之交盧綰，就常常四處吹捧他「咱們老大可生就是一副龍顏哪！」

龍究竟生得什麼樣，誰也沒見過。但經盧綰這麼一說，劉邦手下擁他為老大的那班人，竟也怎麼看怎麼像了。說穿了，這實在是人情之常，就像幫會的頭頭，總要有那麼點特殊異稟，底下人才更服他。

不過，劉邦的相貌確有異乎常人之處。如果拿了繪著龍的圖來比照，還眞有點神似呢！他的眉骨高，鼻樑隆得更高，而鼻翼也很豐潤，整個輪廓看上去，彷彿就是龍的長相。劉邦的髯鬚也極秀逸，雖說龍鬚就像鯰魚的兩根鬚，但長度還長得多，劉邦的鬍鬚正是如同龍鬚般的長度，同時生得極美，極特別。若是一逕把劉邦的相貌往「龍顏」那方面去想，看起來也就越發像那回事了。

出身平民的劉邦，這時候在沛地不過還是個無賴漢，後來命運將他推到人世間最尊榮的地位，成爲大漢皇朝第一位皇帝，都是他這時做夢也想不到的。一直到遙遠的後代，人們還習慣把皇帝的尊容，美言爲「龍顏」。

劉邦平日在沛地廝混，出入賭場、妓院，上這些地方不能沒有銀兩，而他又沒有一技之長，所以每到山窮水盡的時候，他就跑到外地爲盜，做起宵小的勾當來。儘管不走正道，他每回盜竊財寶回到沛地，頭一件事卻是把那些來路不明的贓貨銀兩，散給幫夥兄弟。

能散財，正是劉邦所以能收攬人心的地方。

劉邦深好杯中物，就算身無分文，也不能沒酒喝。在沛地的酒館裡，劉邦最喜光顧王媼、武媼開的兩家小鋪子，他經常兩袖空空就闖進去，直喝到醉了也不提付帳的事。

這時代，酒肆茶樓人情周到，對於常客往往衡酌著賒欠，或是逢到年節才一次結清，她們對劉邦也行此方便，然而劉邦始終厚著臉皮白喝酒，對於積欠的酒錢提也不曾提。

起先，王媪和武媪一看到劉邦就暗暗嘀咕：「白喫酒的無賴漢又來了！」嘴上雖不說，心裡可都嫌惡得很。只是做生意的，哪有把客人往外推的道理，不付酒錢就暫且再由他賒著吧！

一段時日過後，這兩位掌櫃的大娘態度卻有一百八十度的轉變，劉邦每入店裡，她們總是百般招呼，慇懃備至，忙不迭地斟酒遞手巾。

這是怎麼回事？

原來，劉邦有一套呼朋喚友的本事。說得更眞切些，也不是他主動邀約，呼朋引伴，而是他獨特的儀表性情，令人不由得就想親近他。所以劉邦一上酒館喝酒，鎮上打聽到這消息的人，便彼此傳遞互約，很快就一齊趕過來，把家小酒館的位子全占滿了。這一來，酒客盈門，生意興隆，兩位大娘笑得都合不攏口了，哪還再計較劉邦這貴客的區區之數呢！

酒館裡，劉邦慣常坐首位，大家也彷彿只他有資格這麼坐法，自動讓出，尋其他下位落座。

劉邦雖並非目不識丁，但斗大的字也識不了一籮筐。由於胸無點墨，劉邦拿不出名堂來垂教他人，他對各地方的地理人情也不了解，沒有可供生意人取材的資料。終歸一句話，他除了偶爾吹吹牛之外，根本不是口若懸河、縱橫全場的脚色。

平常，他就把上身隨意倚著蓆上的藍布厚墊，靜靜聽著周遭人閒扯，聽到沒興致時，便坐起身來用兩手捧著碗，大口大口地灌下酒。劉邦喝酒常自顧自的喝，少有敬酒、邀酒那番客套。儘管相貌堂堂，劉邦卻是個粗人，只要略有醉意，索性就張手伸腿地躺下，全不管體統不體統。他的酒品也不怎麼好，常醺醺然胡言亂語，誰若勸上兩句，還動起氣來破口大罵，言詞粗鄙得簡直不堪入耳。

眾人和他處久了，都曉得他的脾性，不只不以為意，還覺得他率性得可愛。若說劉邦有長處，這也許是他唯一值得稱道的了。

劉邦每次出現在街頭，絕少是孤單單一個人，就算沒有一幫混混弟兄，至少也有個盧綰。生得虎背熊腰的大漢樊噲，也經常在劉邦身旁跟前跟後。樊噲對劉邦忠心耿耿，在劉邦打江山的時候，他是最得力的左右手，從不曾生過貳心，因而和盧綰同是劉邦的心腹親信。後來劉邦當上漢王，令他為漢軍將領，做上皇帝後，更封他為「舞陽侯」，死後並諡封「武侯」。在追隨劉邦打天下的眾多功臣中，他也是少數能得善終的人物之一，由此可以看出，劉邦對他確有特別的情份。

這時候，樊噲在沛地，還只是個屠狗的屠夫，當時狗就和豬、羊一樣，是圈養來供食的。屠夫雖為賤業，好歹也是一份正當工作，比起隨在劉邦身邊那群遊手好閒的無賴，樊噲便顯得踏實多了。

樊噲這個人，沉默寡言，忠誠義勇。他力大無窮，又善於擊劍，可謂天生武人。只要是劉邦的事，樊噲必定戮力以赴，甚至爲了他可以不惜一死。

「誰要是敢冒犯劉兄，我一定連他九族都劈成八塊！」

樊噲曾經拍著胸脯，對劉邦保證。在沛地，劉邦即使得罪人，也有樊噲爲他撐腰。久而久之，再有天大的事，劉邦靠著樊噲壯膽，一應沒有解決不了的。

劉邦、盧綰和樊噲三人，平日搭檔成行，後頭常不知不覺間就跟著許多人，他們都是自動湊上來結伴的，往往越走越發浩蕩。沛地想和劉邦交結的人太多了，**他雖然一文不名，卻無疑是這一帶舉足輕重的人物。而所以致此，正是由於他有一股莫名的、令人折服的無形力量。**

沛縣的地下老大

江蘇北部的沛地，是北方中原人卜居地最南端的僻陬。

戰國時代，南方吳國把此地納入版圖，而後吳國覆滅，越國勢衰，與吳、越同屬南人的楚國大舉北進，將包括沛地在內的泗水流域收歸楚國領土。但對沛地的老百姓來說，除了須向楚國官署繳納賦稅外，其餘生活上並無任何不便，也未受到楚國風俗的影響，或是嚴厲的支配控制。

安然保持自己傳統的沛地居民，常樂天知足地說道：

「咱們沛地，適巧在中原極南，楚國極北，再沒有一個地方比這裡條件更好的了！」

戰國時代，諸雄爭強，各國自有勢力範圍，這範圍一是政治軍事上的，一是文化風俗上的，相互之間，無不自成格局。唯有遍布沼澤的沛地，所受其他各國的影響遠爲淡薄，因而得以繼續留存遠古以來悠閒、恬適和安祥的氣氛。

這種氣氛，直到秦帝國興起才起變化。

早先中國大陸上，人們墾荒拓土，從遊牧到農畜，栽種五穀，飼養家畜，形成各自的聚落村莊；而後再聯合大片聚居的族群，形成更廣濶的範圍，與外地劃界，以武力自衛，國家才漸漸成形。

春秋戰國時代，諸國對百姓的統治方式，與秦帝國比較起來是遠爲和緩的。當各國逐一被併滅，成爲大秦皇朝的版圖之後，嚴密的中央和地方官制，有如巨網般籠覆每處地方、每個人民。**「法」的枷鎖，牢牢禁錮著人們，身不再由己，所有人都成爲皇帝的奴隸和勞役**；稍一不愼，觸犯了秦律，還會受到嚴懲，這使得每個人都生活在惶恐不安當中。

沼澤多而草木茂盛的沛地，此時也設了縣治，成爲沛縣。對於沛地百姓來說，單單此舉，已是擾民，但劉邦卻正因而產生政治的野心和慾望。

「原來天下就是這樣被治理的。」

劉邦開始有所領悟。過去，劉邦流連沛地，是因為這裡有許多與他氣味相投的人，像是生意人、賭徒、酒徒、陰陽家、盜賊、農民……，他喜歡這樣熱熱鬧鬧的過生活。而今，更吸引他的則是攙雜著政治的因素，那就是沛縣治理地方的權力象徵——縣署官衙。

「這紅通通、挺古怪的屋子就是縣衙嚒？」

當矗立著赭紅圓柱的縣署興工完成後，劉邦旁若無人地大聲取笑，和四周的幫夥鬨堂鬧過一陣後，他便大搖大擺地像回自家般，隨隨便便走進去。

縣官多是用當地人，除了照顧自己諸親友外，署內的一些雜辦，也是遣沛地一些小人物充任。這其中，自然有些人和劉邦原就熟識。既然有舊識代為向縣官傳播名聲，所以當劉邦招搖地被簇擁到衙內時，即使是大秦皇朝的地方官吏，也不得不對沛縣的「地下老大」客氣三分。

慢慢的，劉邦對縣衙摸得更熟了，也越發放肆起來。他不但戲弄衙內的小吏，高聲嘻鬧，甚至還在衙署裡頭午睡。

「就由著他吧，此人可千萬得罪不起呀！」

縣署中的吏役都彼此告誡。

劉邦表面上是個寬宏大量、不拘小節的人，其實私下裡卻分外記仇。若是誰對他出言不遜，鄙夷輕嫌，或是故意和他作對，儘管表面上依舊是笑臉相迎，但總會逮住機會報復。當然，出怨氣也不必由他親自出馬，只要放話下去，底下人自會辦得讓他滿意。

縣衙雖小，好歹也是秦帝國的官衙，執行的是秦律法，代表的是秦威嚴，怎麼說也有它的份量在。但是出生當地的小吏役，卻不敢倚仗衙署勢力的庇蔭，貿然得罪劉邦，因為一冒犯他，也許一出縣衙，就會招來一頓狠狠的修理，甚至橫死途中。

「這人的底細，恐怕是盜竊慣犯哩！」

雖說衙署內人人心知肚明，卻沒人敢聲張。自然劉邦不會在自己人的土地上幹這種丟醜的事，而是在外地犯案。其他地方既然不是沛縣衙署管轄範圍，也就沒有人肯多事拆穿，把麻煩往自己身上攬。

衙役先是睜隻眼，閉隻眼，就當不知道這回事，後來索性熱絡地和他打起交道，想透過這層關係，多了解地方上慣常生事之徒的動靜，方便自己肅安靖治。

開創漢業的兩個人

蕭何、曹參是沛縣當地人，都在縣衙中為吏。蕭何因為文辭流利，所以做了沛縣的主吏掾，是主司選署功勞的屬官，曹參則從旁佐助他。從秦帝國龐大的官僚體系看來，他們不過是職份卑微，起用自當地的最低層官吏而已。

這兩個人，在劉邦還只是平民的時候，曾經屢屢庇護他，予他特殊的照顧和方便，並且在劉邦起兵舉事之後，追隨左右，屢歷艱辛，終於協助劉邦創成帝業。**他們可說是漢朝開國居功最偉的元勳，也是史上留名的大人物，更是劉邦一生的轉捩點**。

蕭何後來做了高祖的丞相，在漢代是人人稱道的賢臣，也是極受後世景仰的名相。曹參則在劉邦、蕭何死後，成為二世皇劉盈——也就是惠帝——的丞相，他的名望雖不及蕭何，但也僅次於他了。

蕭曹二人，儘管都是法家政制下秦帝國的小官吏出身，但他們並非法家信徒，也不屬於儒家，而較接近於清靜無為的老莊思想。不過，這是後來兩人閱歷漸增長，熟透世情後的深刻體悟。在年事尚輕，還只是沛縣小官吏的時代，他們的政治思想並沒有一個清楚的輪廓，對政治也僅僅如初生之犢般懵懂。

大漢皇朝建元之後，高祖封長子悼惠王為齊王，賜予多達七十餘邑的封地。曹參以太子師的地位，曾受拜齊相，治理封疆。對這名長年追隨劉邦征戰沙場、攻城掠地的大將來說，出任齊相，是他生平第一遭。

曹參為人實事求是，虛懷若谷。他知道自己不諳治術，所以初進相國府，就亟亟察納雅言。

他鄭重其事地邀集百餘名齊地的飽學之士，虛心向他們求教安治百姓的高見。結果這些儒者引經據典，各有主張，一百個人竟有一百種看法，莫衷一是，使原本就困惑政治爲何物的曹參，越發感到茫然了。有一個人便向曹參進言：

「膠西地方有位奇士，人稱蓋公，此人是老子之徒，在治世方面別有見地。相國不妨召他前來參贊，或有裨益。」

曹參正當需才孔急，苦於人謀之際，聽說有蓋公這等人物，大喜過望，備極厚禮，遣人即刻將他請來齊地，親自討教。蓋公知道曹參如此禮賢下士，深受感動，也就收拾裝束，僕僕風塵隨差役趕去相國府回拜。

兩人一見投緣，親切寒暄一陣後，旋及切入正題。曹參爽言稱道：

「蓋公，請不必拘禮，凡關乎治世高見，尚祈暢懷直言，不吝賜教。」

「不敢當。」蓋公拱手爲禮，接著說道：「其實依拙見，**治世的機微巧妙僅僅『清靜』二字。清靜無爲，順性自然，則自可世平道治，民物阜康，天下太平，人心亦可得安定了。**」

曹參心領神會，連連歎服，頗有相見恨晚之狀：

「蓋公所言甚是，金玉良言，受教，受教。」

曹參又以各種問題請教蓋公，大半天的辰光彈指而逝，轉眼夕陽斜照，乃吩咐備筵留客。席間，曹參心中已有定見，酒過三巡，他又將閒談扯回正題：

「蓋公，曾聽人道閣下乃一介奇士，今日相見，果眞名不虛傳。我想延攬閣下入相國府，一切但憑您自主施爲，治理齊地，不知尊意如何？」

蓋公微微含笑，也不推辭：

「既然相國如此厚愛，在下理當效勞。」

「好，好。今後您大可放手行事，無需瞻顧，我就把政事全委交給您老了。」

此後蓋公執政九年，齊地大治。曹參以相國的身份，坐享政績卓著的成果，博得「賢相」美譽，這都要歸功於他的識人之明，以及知人善任的本事。

惠帝二年，蕭何過世，丞相職的缺位，命由曹參遞補。他在動身上任之前，在齊相國府交接職務時，對繼任相國鄭重說道：

「齊的政治，是寄託在獄市之中的，要用道理來開化百姓，不要拿刑罰去擾亂他們，今後我就將齊地獄市交託閣下費心了。」

所謂獄市，指的是牢獄和市廛。然而政治經緯萬端，涵蓋的範圍至大且廣，老相國何以不言及其他，單單重視獄市二端呢？繼任者不免狐疑滿腹，於是便問道：

「治世之道莫非沒有比這樣再好的嚒？」

曹參語重心長地回答說：

「**獄市兼受善惡，若窮迫奸人，讓他們無所容竄，久之必起亂事**。老子曰：『我無爲而民自化，我好靜而民自正』，故而我亦欲以道化其本，不欲擾其民啊！」

曹參這種想法並非晚年才受蓋公化染而得，早在沛縣爲獄吏時，就已顯露類似這般的作風，而他的長官蕭何，在這方面也和他屬一類的態度。只是蕭何在少壯時期即長於吏務，加以秉性溫和，他對於自己治下的沛地人民，擁有比曹參更深厚的感情。曹參甚至可以說是暗地裡以蕭何作榜樣，處處師習他，並且也不斷自我求進益。

「我把劉邦當朋友看待。」

蕭何經常這麼告訴曹參，他比那些因爲怕得罪劉邦，所以敬而遠之的吏役，態度上要更積極。曹參受蕭何的影響，遂也用朋友間的情義來待劉邦。兩名在衙府中半大不小的官吏，既然都把劉邦視爲朋友，也就難怪劉邦會旁若無人似地在縣衙來去自如了。

患難見眞情

蕭何和劉邦一樣，同是沛縣豐邑人，不過豐邑的範圍涵括好幾個里，蕭何是出生在離中陽里頗近的另一個村里中。雖然不是同一里的鄉親，但關係也是攀得到了，因而蕭何對「小同鄉」劉邦，分外覺得親切。

「劉兄，你這回可要大禍臨頭了，趕緊找個藏身的地方，等避過風頭再作道理吧！」

一次，劉邦闖了禍，東窗事發，沛縣府衙的上級官署泗水郡府衙，遣差役發出拘捕令，要捉拿劉邦治罪。蕭何先一步探聽到風聲，即刻親自前去向劉邦通知消息。

「噢，是這碼子事呀！」劉邦一副滿不在乎的神情，好像蕭何說的是別人家的事情：「這有什麼值得大驚小怪的嘛！」

劉邦在沛地算是個「地下老大」，既然有這種身份在，自然也要擺出個架式來，因而儘管他心裡已開始局促不安，仍要強自裝出一副事不關己的態度。

「劉兄，我看頂好的打算，還是先逃出縣城，到外地躲上一陣子。」

蕭何此刻倒眞是「皇帝不急，急死太監」。

「不，我不逃，大丈夫有什麼好怕的！」

劉邦雖然嘴上一味逞強，其實內心卻恨不得趕緊脚下抹油，溜之大吉。從他後來所經歷過的許多事來看，劉邦對自身處境的安危，一向至爲敏感，臨陣脫逃的把戲使得就像家常便飯，根本無須旁人爲他瞎操一份心。

蕭何卻是個老實人，依舊殷殷相勸：

「劉兄當然不是怕事之輩，只不過上面已經有令下來，命我等領你回去辦罪，就算為了不教我們為難，也請您幫幫忙，暫且藏身一時吧！」

劉邦聽到這話，眞是正中下懷，但還故示躊躇，拈鬚踱了幾步，才一副深情重義的語氣說：

「既然蕭兄有困難，我也不能不講義氣。那好吧！我答應你先到外地住個把時日，等事情過去了就回來。」

於是劉邦暫時隱居在沼澤地帶，過著亡命生涯。這期間，昔日追隨劉邦的一群浪蕩子弟，全無一人理會劉邦的死活，唯獨他的總角之交盧綰例外。劉邦對這件事始終未能釋懷：

「綰啊！我落難時只有你一人不曾離棄我，『患難見眞情』，此話果不假哪！」

劉邦回想起當年這段最辛酸落魄的往事，對始終如一地待他的盧綰，總是格外覺得感動。

必須擁有信陵君的肚量

劉邦是從什麼時候開始有窺伺天下的野心呢？這點可能連他自己都不十分清楚。但是，經常出入沛地縣衙的結果，劉邦不免會想到：

「治理百姓不是易如反掌的事嗎？」

劉邦對從政治世的態度，並不像蕭何或曹參，當成一件很愼重的事去思索，去學習。在他的想法裡，充其量也只有掠城奪地、大而化之的攻占念頭，至於占領之後如何安治百姓，那就成了他眼中枝微末節的瑣事。

劉邦沒有什麼學問，因而也從未以蕭何的識見水準思考過政治的事情。

在縣衙裡，劉邦偶爾能遠遠望見沛縣擁有最大權勢的官吏——縣令。然而這位縣令，外貌絲毫不起眼，瘦削乾癟得像條小魚干似地。劉邦對這個秦吏的本事也略知一二，他除了熟悉秦法而外，日常縣衙署裡的公事都不必躬親辦理，只要交給像蕭何、曹參一類的良吏，自己就可高枕無憂，坐享其成了。其實縣令若是這等當法，即使換任何一個人，也都能坐上同樣的位子。尸位素餐，誰不會呢？

「連那種人都能做縣令，我劉邦可更當得起了，只要底下有像蕭何這樣能幹的官吏，還有什麼需要費心的呢？」

劉邦不只一次這般暗忖。他甚至漸漸想得更深，也更遠了。

「別說一個小小的縣令，就是讓我當上郡守，或更是大秦皇朝的皇帝老爺，我劉邦照樣坐得起他們的位子，**難的不過是識人用人的眼光，和特殊禮遇的肚量罷了，這倒是難不倒我！**」

劉邦常常沉醉在這樣的奇想中，樂此不疲。他又想，萬一適逢時局動亂，只要他登高一呼，取下縣令首級，則沛縣就屬自己權威最大了，剩下的只要讓蕭何去料理，便萬事俱妥。

「不過，倘使我眞當上縣令，可得要讓百姓心悅誠服才痛快。這樣說來，我平時的作爲就很重要了。對，我必須像信陵君擁有極寬大的肚量才成！」

原是市井間流氓混混樣兒的劉邦，自從有了做縣令的想頭後，行止也一日日改變了。這種轉變，與曹參臨去就任丞相前，和繼任相國間的一番談話聯起來想，倒眞像冥冥中早有定數。

曹參認爲，獄市管理得太嚴厲，奸人被逼得無路可走，就容易演成變亂；而所謂奸人，正是像劉邦之流違法犯紀之輩。劉邦所以沒出亂子，是因爲身爲執法者的蕭何、曹參，用法不嚴正，故加縱容，所以連地下老大也被收服，乖乖地順從他們的好意。反過來說，倘若當追捕令下達時，蕭何等人果眞對劉邦窮追不捨，狗急必然跳牆，難保劉邦不會糾集樊噲一類賣命的嘍囉，衝入縣衙，斬殺縣令，甚或傷及無辜，最後由自己僭稱縣令。

總之，大難無劫後的劉邦，爲自己立下新志向，他第一個目標，就是做沛地的俠士。所以有此想法，還是其來有自的。

劉邦曾聽說過戰國四公子——齊國孟嘗君、楚國春申君、趙國平原君、和魏國信陵君的事蹟，其中他最爲仰慕的，就是爲當時各國俠客敬重的魏信陵君，其人禮賢下士，深得人心，因而門下食客多達三千人。

信陵君，這個傳奇人物，成了劉邦寤寐神往的對象。

魏無忌：戰國四公子之首

魏公子無忌，是魏昭王的少子，魏安釐王的異母弟。昭王死後，安釐王即位，封公子爲信陵君。其人稟性仁愛而能禮賢下士，無論賢與不肖，他都很謙遜的依禮結交，並不因自己富貴而驕傲，所以爭相投靠他的能人異士，竟有三千之多。

諸侯見魏王有賢能的公子輔佐，底下又有這許多俠客，因而有十多年都不敢加兵攻魏，後來信陵君又協助魏王，抵抗虎狼之國強秦的逼壓。然而自古「不遭人嫉是庸才」，信陵君儘管才德兼備，仍不免遭受魏王猜忌，同時也爲敵國反間計所苦，他的境遇充滿挫折，就如同楚國的屈原，懷才不遇，心情都是極悲苦，極堪歎惋的。這方面暫且不提。

戰國末年，各國人才輩出，身懷絕技、異稟和有智慧才能的人，四處遊走，各自尋覓諸國具實力的王侯公子，寄託門下，待價而沽。食客中多數是合住一處，但能力特爲高強者，有時也能獲賜獨立宅邸做爲報償。當時盛行的這種風氣，有個共通點，那就是主人待食客不問其身份貴賤，只要賢能聰敏，便網羅至門下，爲的無非「養兵千日，用在一時」。

這時期距離劉邦的時代，相隔還不到五十年。因而，人們對當年名聞遐邇的「戰國四公子」，記憶猶新，鄉閭之間更是時相傳誦。

據說，那個時代投靠四公子門下的食客，人人都自有一套本事，各為其主伺機效命。然而因為所侍奉的主人不同，對食客所具異稟的要求也有分別。比方說，齊國的孟嘗君連一些僅懷雕蟲小技的人，諸如只是善於模仿雞鳴狗吠的小盜，亦都納入賓客之列，稱為「先生」。其實，孟嘗君眞有危難的時候，這類食客所能提供的支援非常有限，眞正得力的好幫手，往往還是運籌帷幄的謀才。

「孟嘗君不是個了不得的人物，四公子中俠義兼備的信陵君才是一等一的角色！」

劉邦常常這麼評論道。

信陵君出身貴族，然而對門下賓客從不擺出架子，反而給予極優厚的禮遇。他求賢納才的故事，為已滅亡的魏國遺民所津津樂道，劉邦很輕易地便可從六十歲以上的魏國老翁口中，聽到這一類的傳聞。

其中流傳得最廣，幾乎人人耳熟能詳的求賢故事，就是信陵君禮賢侯生這一段。

禮賢守門吏，成就萬世名

當時，魏國定都大梁（開封），有位叫侯嬴的隱士，年已七十，家境清苦，為大梁夷門的守門官，這是極卑微的官職，人們對於藉藉無名的城門小守吏，自然不會特別加以注意。然而，信陵君門下的一名賓客，卻知道侯生的賢能，他向信陵君進言道：

「那夷門的守門人侯生，並非等閒之輩，門下耳聞其人特意隱沒大才，置身於市廛之間，公子求才若渴，想不致恥於下交吧？」

信陵君一聽，不假思索便欣然應道：

「既然此人淡薄名利，又具才德，我只怕求不到他的教誨，哪裡還敢嫌棄呢？明天我就備妥厚禮，前去拜望他老人家。」

第二天，信陵君果然整肅儀容，恭謹地帶著許多禮物，親自來到侯生寒傖簡陋的住所造訪。侯嬴也是魏人，他的身份在當時官僚制度中，只是最基層的小吏，而信陵君是顯赫貴族出身，兩人的地位在世俗眼中，判若雲泥。信陵君卻不以爲意，仍紓貴降尊想招納侯生爲賓客，這樣的胸襟器識，當眞難能可貴，也無怪劉邦會如此景仰了。

看到信陵君大駕前來，又奉上極厚重的贈禮，侯生自然心中有數。但他畢竟不是貪慕財利的人，對於這樣的待遇絲毫無動於衷，再三堅辭：

「在下修身潔行已數十年，終不能因爲守門困苦的緣故，就接受公子的財物。希望公子勿再擾我清修，臣唯願清靜度日而已。」

儘管初次相見無功而返，信陵君並不氣餒。過了個把日，他在宅邸設酒宴，大會達官顯貴和食客。當受邀的賓客坐定後，信陵君便坐上馬車，空著左邊的尊位，親自去迎接在夷門的侯生。

車騎在城門下停住，公子畢恭畢敬地向侯生說明來意，請求他移駕受宴，做自己的上賓。

侯生穿戴著破衣舊冠，雖明知是赴盛宴，卻沒有更衣前往的意思。他直上信陵君的坐車，自己找上位坐下，一點也不辭讓，而且暗中察看公子的神色。信陵君不僅毫無慍色，還親自駕車，手執馬韁越發地恭敬。車輿一路朝著公子的宅邸駛去，已經走了頗長一段路，侯生卻突然轉過身來，唐突要求：

「臣有個做屠夫的朋友，就住在市上，能否請公子掉頭繞回去，我想拜訪他。」

信陵君含笑點頭，又趕車往來路上駛去。

侯生的這位朋友名叫朱亥，是個埋身市井的勇士，不僅力壯無比，也屬賢智之輩。當朱亥的身影出現在眼前時，侯生便猛然叫公子停車，上前去見他的朋友，信陵君則仍坐在車上等候。

侯生和朱亥兩人談笑不絕，時間一刻一刻過去，公子已被他們拋在一旁苦候多時。另一方面，魏國的王族將相賓客滿堂，正等待信陵君回來開宴，這情形侯生自然也心知肚明，然而他就是故意要和朱亥閒扯漫談，看看公子會回以什麼樣的態度。

「若是尋常人，必定怒形於色的。」

侯生這麼想著，一面頻頻偷看公子。

這時，市上的人群都看到公子執著馬繮，獨坐在車上等候，跟隨公子的侍僕，則面露不耐，恨恨地嘀罵侯生。過了許久，侯生見公子始終和顏悅色，安然自若，於是又把手朝朱亥一擺，像是介紹般地，就在街路上放聲對公子說道：

「他就是我對公子說的那位屠夫朋友朱亥。」

侯生隨意在行路上扯大嗓門，對一名貴人說話，這是無禮至極的事，但信陵君恭謹的態度依舊不變。他走下車來，鄭重地向朱亥拜禮，並且殷殷相邀：

「請朱君無論如何賞光，和侯公同做我的上賓。」

朱亥卻把臉別過去，既不答話，也未回禮。他這樣的態度，其實並非毫無原由。因為**在那個時代，身居高位的達貴納請賓師，而降尊紆貴，無非為示知遇之恩，一旦居下位者領受這份恩情，則當對方遇危難時，就必須捨身相報，這是當時代的俠道，賓主雙方均是心照不宣的。**

信陵君對侯生、朱亥二人，自然也存有這樣的冀望，但這時只有侯生答應赴宴。朱亥並非貪生怕死之徒，只是還要再暗中觀察公子其人，是否值得來日用生命相護。而侯生，此時已無異預約了俠死。

於是，侯生辭別朱亥，上車到公子家邸。公子把侯生引導到上位坐下，就轉向滿室賓客鄭重地介紹。席中的王侯聽說坐在首位的，竟是個卑賤的守門人，莫不面面相覷，暗暗驚奇。等到酒半時候，公子起身走到侯生近前，舉酒環邀衆賓客，一同敬酒祝福侯生，這個舉動又是給侯生莫大的面子。宴會散後，侯生就對信陵君說道：

「公子，今天嬴爲你的盛情所做的回報，也算夠了。嬴不過是個區區的夷門守門人，但公子竟親駕車騎，迎嬴於衆人廣坐之中，本來不應當有所過份的，現在公子卻故意過份了。而**我想成就公子的盛名，所以在熙攘的市上久立和朱亥閒聊，讓公子委屈等候，市人看到公子不以爲忤，反格外恭敬，莫不讚揚公子是禮賢下士的有德之人，對嬴則備加責難，**因此公子的盛情待我，我實也已當即回報了啊！」

信陵君一聽，趕緊趨身向前，深拜爲禮，答道：

「侯公用心良苦，晚生明白。今後侯公便是晚生的上客。」

以死相報的賢士風範

其後，到魏安釐王二十年，趙國的長平軍被秦昭王所擊敗，秦軍乘勝追擊，又進兵圍攻趙都邯鄲。信陵君的姊姊是趙惠文王之弟平原君的夫人，由於有著這層姻親關係，平原君好幾次捎信給魏王和公子，請求救援。魏王先是派出十萬兵馬救趙，由魏將晉鄙統御，但救兵行至半途，魏王又因爲受到秦的脅嚇，突然變卦，命晉鄙暫時留軍於鄴地，觀望情勢。

平原君眼見家國危在旦夕，魏國卻遲遲不伸援手，便憤然派出許多使者，絡繹不絕地到魏國送信，信中屢屢責問公子道：

「原以爲公子高義，能救人於危難，而今邯鄲眼看就要不保，魏的救兵仍未到，怎麼說公子能急人之困呢？況且公子即使看輕我，忍心見死不救，難道也不可憐可憐公子的親姊姊嗎？」

信陵君見信，十分憂愁，多次親自請求魏王出兵，又請他的賓客中口才便給的辯士，勸諫魏王，但是用盡各種辦法，魏王因爲懾於秦的淫威，始終不肯聽進公子的話。

信陵君是個重情義的人，他眼見事情已迫在眉睫，不能再這麼耗下去了，既然魏王不肯撥派援軍替趙解圍，自己又理當不應獨求苟活，眼睜睜的見趙國滅亡，殃及親人，便斷然下定決心。他請賓客選好百餘乘的車騎，想和他們同去和秦軍一決死戰，和趙國共存亡。

然而，信陵君和一幫食客，畢竟人單勢孤，所要面對的又是強大的秦軍，這樣前去無異以卵擊石，白白送死。但事情已經危急到這種地步，公子也顧不得那麼多了。他率著手下賓客，離開首邑大梁，在經過夷門出城時，特意去見侯生，詳細地把他所以要死在秦軍手上的緣故告訴他，又向他訣別辭行。

侯生這時卻沒有對公子提出任何建言，只像是無關痛癢地說道：

「公子請好自爲之。嬴已經老邁不中用，就不陪公子同去了。」

照理說，曾經受恩於人的賢者，當恩公有難時，應是義不容辭獻策紓困的，而對有恩於人的這一方來說，其實也是期望對方能有所建言的，現在侯生不加聞問的態度，讓信陵君感到十分納悶。他依舊行拜別禮，便與賓客出城去。走了數里之後，公子越想越不快活，自忖道：

「我對待侯生，可說再週到也沒有了，天下人沒有不知道的，現在我要赴死，侯生卻沒有隻言片語送我，難道我還有過失的地方嗎？」

於是，信陵君又折回夷門，請問侯生。侯生這時笑道：

「嬴知道公子必定還會折回來的。」

接著，侯生教旁人走開，私下對公子一人獻上巧計，這計策也有用上朱亥的地方，他要公子派人去請朱亥同往。勇士朱亥聽說來意，便笑著一口答應。公子請到朱亥，得了良策，又過夷門向侯生辭行。侯生拱拱手說道：

「嬴本當同行，可是年老不便，怕成爲公子的負累。我且計算公子成事的那天，再向北自殺以送公子。」

信陵君照著侯生的計策去做，果眞擊退秦軍，拯救邯鄲，也保存了趙國。這時，侯生早已信守諾言，在公子大捷當天，向北自殺了。

戰國時代，受恩的賢士往往以死相報，侯生做到這一點，成就了賢士的風範。

要做信陵君第二

——我要做信陵君第二！

劉邦在未稱帝以前，常常聽說公子的賢能，等到即天子位，每次經過大梁，都不忘祭祀公子，後來更特地為公子設看守墳墓的人五家，世世代代在每年四季，奉祀不絕。

劉邦不喜歡好講道理的儒家，對於動不動就用嚴刑峻法苛待百姓的法家，也由於曾身歷其苦而極為排斥。至於道家，劉邦對箇中高妙奧義，似懂非懂，不能詳解。**唯有一個「俠」字，是他輕易就明白，又有前人的垂範可供學習效法的**。所以，信陵君成為他的範本，他的榜樣，私下裡，他常要暗把自己比做他。

在沛地初遇樊噲時，劉邦就曾告訴自己：

「這是我的朱亥。」

而蕭何、曹參等人，在劉邦看來，則是侯生一類的人物。當然，這是劉邦自己一廂情願的想法，其實這時候，蕭、曹二人的身份遠比劉邦高出許多。而且蕭何對劉邦最初的評價，也不太高。他曾經批評說：

「劉邦這個人好說大話，成事則少。」

這倒是一針見血的道破劉邦的性格。劉邦就是這樣一個人，大言不慚，好高騖遠，卻從來沒做過一件像樣的、能證明他所言不虛的事來。在蕭何認為，要做成功一件事，必得有權，還要有財，而劉邦二者皆無，即使有心成事，也不可能。偏偏他又不求長進，鎮日閒混，身份是個盜賊，錢財又常左支右絀，還妄稱自己是個俠客。

劉邦卻沒有這份自省，甚至還把蕭何想像成是屬下，認為自己就像信陵君一樣，有恩於他。

「蕭何不過是我的手下！」

他在街市上逢人就吹噓。這話傳到蕭何耳中，起初還一笑置之，到最後也忍無可忍了。

信陵君在道德品性上，最為人稱道的是謙虛，無論對方什麼身份和地位，只要認定是賢才，就用賓師之禮相待，自示謙恭。劉邦則不同，他對蕭何的態度不僅不恭敬，有時還顯得相當粗魯無禮。當然，信陵君因為出身尊貴，所以謙恭尤能顯出他的有德，而劉邦，一個赤貧如洗的無賴漢，若對人謙抑，看起來就像乞憐討憐，不會有人把那當成是謙遜的。劉邦或許也是礙於這一層，所以乾脆反其道而行。

其實，劉邦除了長得相貌堂堂，仿如「龍顏」之外，其他方面還眞乏善可陳。一張口說話，即洩露了無知粗鄙的原形，和才智兼備的信陵君，不但絲毫不能相提並論，簡直望塵莫及。

「劉邦的低俗眞惹人生厭。」

蕭何這麼想著，他倒著實希望把劉邦調教成一名謙謙君子，或是有情有義的俠士。

「這個人也許另有一面是可堪造就的吧！」

有時候，蕭何也對劉邦有這樣的期許。尤其當他聽到一些令人啼笑皆非的、甚至把劉邦神化的傳言時，他更會特別注意到劉邦天生的群衆魅力。

「聽那武媼說，劉邦每回在她店裡酒醉酣睡的時候，睡姿就像條栩栩如生的龍哩！」

自然蕭何是不可能去相信這些無稽鄉譚的，但是這樣的傳聞，相信的人竟不在少數。

誰是傳言的始作俑者呢？蕭何不用多想就猜得出，若不是武媼，便是跟在劉邦身邊那群喜愛他，同時善於誇大其辭、穿鑿附會的一幫徒衆。只是他們爲什麼如此崇拜他，每每把他說成像龍神一樣，即使聰敏如蕭何，也百思不得其解。

慧眼獨具的呂公

話說單父這地方，有位富紳，人稱呂公。

呂公擁有許多田地，放貸給佃農耕種。他家財雄富，又喜於和任俠之人往還，常常仗義疏財，眼光胸襟都極開濶，因而在地方上頗有名聲。然而，他無意間得罪一名小人，樹了仇家，不得已，只好舉家避難到沛縣。呂公過去就與沛地縣令熟識，既是故交，又有財力，因而縣令分外歡迎呂公一家人，把他們安置在自己的豪宅大邸中，殷勤備至地招呼著。

縣令有意讓遷居到沛地的呂公，和當地的大小官吏及地方上有頭有臉的人物結交，以便來日借重呂公的勢力辦事。左思右想，終於想出個又快又好的法子：他準備大開宴席，名義上是接風酒，實際則是透過他出面，把呂公鄭重地介紹給沛地人。

「聽說縣令家裡來了外地人，好像來頭還不小喔！」

這消息一傳十，十傳百，不多久大家都知道呂公這號人物，雖然沒有一個人認識他，但從縣令不敢稍有怠慢、殷殷款待的情形看來，大家也都猜得出，此人必定大有來歷。

縣令很快挑好一個黃道吉日，遣差人到各重要路衝張貼布告，前頭先把日期寫出，後面則刻意不寫受邀對象的名單，以免掛一漏萬，替呂公先得罪人。

「……本縣縣令公宴呂公，凡欲結交其人者，無論識與不識，均可與宴。」

縣令把這接風酒宴當件大事來辦，特別指定由做事幹練週到的蕭何主持。

到宴會那天，來客出乎意料的多，還不到預定入席時間，門前早已車水馬龍，把縣令府邸前的通路全擠個水洩不通。見到這番盛況，蕭何只得趕緊張羅增設席位，由內廳添到外廳，最後連前庭後院，也全擺滿坐席，儘管如此，還是有人陸續進來。

蕭何知道大家都想擠進內廳，好一睹呂公的丰采。但是內廳裡的席位畢竟有限，為方便控制場面，蕭何特別派兩名差役站在門外，向來客稟明，「贄敬」千錢以上的貴賓，請入內廳就席，不滿千錢者，則請委屈坐堂下的位置。這麼一來，就避免了爭執不讓的尷尬情形，而上賓下客也能一目瞭然，招待起來更不會失禮。

庭院的地面上遍鋪著草席，擺有幾個大酒甕，侍者在人群間找空隙，忙著穿梭來回，遞酒送菜。內廳也是賓主融洽，正喝得酒酣耳熟。

「能進內廳的貴客，差不多就這些了吧！」

蕭何巡視著宴會場，心想沛地有能力備上千錢禮金的已全入內廳，應該不會再有人進來吧！正當他這麼想的時候，一抬眼，望見劉邦剛踏進府邸大門，看來像是無意就地而坐，只立在那兒四處張望。這時酒宴已經進行多時，姍姍來遲的劉邦顯得既失禮，又不夠莊重。

蕭何遠遠望著他，不禁皺了皺眉頭，但既然受命做總招待，也只得趕緊趨前引他入席，免得教旁人看了，覺得不成體統。劉邦卻沒把蕭何放在眼裡，只朝他點點頭，隨意的掏出一片竹簡，遞了過去。蕭何低頭一看，幾乎為之氣結，上面就幾個大字：

——劉邦　一萬錢。

「眞是江山易改，本性難移，要吹噓也不先看看場合！」

蕭何心裡十分不以爲然，劉邦有幾斤幾兩，他比誰都清楚，不要說一萬錢，他連一百錢也湊不出來，這時卻放肆地空口說白話。然而，在職責上，他不能不把這方名刺轉呈呂公。蕭何先把劉邦領進外廳，叫他暫時等候，自己則直入堂上，走到正和縣令談笑的呂公面前，把竹簡交給他。呂公一看名刺上的數額，驚奇不已，旋即起身離座，快步朝外面迎去。

從戰國末期以來，人們就習於用財貨的多寡來衡量對方誠意，呂公也不是在乎對他而言區區的萬錢銀兩，而是一般人視爲厚禮的萬錢，其所顯示的心意。呂公認爲贄敬萬錢的劉邦，想和自己結交的誠意不比尋常，所以非親自迎他進來，不足以還禮。

蕭何見呂公這個舉動，趕緊追上前來，想攔阻他：

「劉邦這人好誇海口，其實根本拿不出萬錢來，您別理會他了。」

呂公卻笑著擺擺手道：

「不妨。**就是他眞的拿不出來，也算很有心了。若非實在想和我交朋友，又何須做作此舉呢？**我理當前去迎他的。」

說罷，呂公仍快步來到劉邦面前，親切地挽著他的衣袖，引入內廳，並且讓他坐在自己旁邊的席位。劉邦也不謙辭，大大方方坐了下來。呂公這時才細細端詳劉邦，他撫著髯鬚，邊打量，邊緩緩點頭，良久，深深歎道：

「生得好！生得好！」

「呂公，您這是在說我嗎？」

劉邦略顯遲疑地問道。

「當然，我從年輕時就愛相人，到現在看過的人不計其數，可卻從未見過你這般出衆達貴的面相。恭喜！恭喜！」

呂公像是掘到寶藏，振奮不已，頻頻向劉邦拱手道賀。

在當時，極盛行依天象占卜吉凶，以及用相術推斷一個人成就的高下。無論城鄉，每個地方都有算命先生，因爲替人看相而致富的，所在多有。劉邦在沛地自視高人一等，不把旁人放在眼裡，也正由於許多相士都斷言他日後定是大人物。劉邦，既沒有顯赫的家世，又沒有誇人的財富，更沒有過人的才能，他唯一可以依恃的，就是與生俱來的這副相貌。

「閣下來日必是了不得的人物啊！」

當呂公再三讚歎之時，劉邦卻頹然應道：

「您太過獎了，其實相貌生得再好，沒有眞功夫還是不濟事的。說來慚愧，就連方才竹簡上刻著的萬錢贄敬，也是我胡謅出來的，哪裡是眞有錢財呢？」

「千萬別這麼說，你太客氣了。」

呂公連連搖頭，是要劉邦不可妄自菲薄。他暫時打斷話題，向劉邦敬起酒來，劉邦直感到受寵若驚，便也痛快地和呂公連番互敬。酒宴將要結束的時候，呂公又對劉邦邀約：

「散席之後，可否再稍待片刻，我還有安排。」

劉邦本就無所事事，現在呂公又給他這麼大的面子，豈有不答應之理，當下就這麼說定了。

憑空得來美嬌娘

待宴會散去，呂公送走賓客，又向縣令鄭重申謝。忙過一陣後，劉邦就由呂公領著，朝縣令撥給呂家的屋宅走去。兩人徐步慢行，呂公這時向劉邦說明，他的相貌所以能稱得貴相的緣故，劉邦一一暗自記下來，準備事後再對一夥朋友誇耀。

不久抵達呂府，呂公差喚奴婢即刻去請夫人出來會見貴客。呂夫人一眼望去，就覺是個悍婦，劉邦恭謹地向她鄭重行禮，她卻把頭抬得高高的，只很隨便地點個頭，態度上像是十分鄙夷眼前這位客人。

「也難怪……」劉邦並不生氣，他想自己在沛地，不過是個市井無賴，又沒有任何足以傲人的名銜，憑什麼能得到人家的看重呢！

呂公對夫人的倨傲，面露不悅，但當著客人面前也不好發作，便暫時按捺著，吩咐她道：

「去叫女兒出來見客。」

此話一出，呂婦和劉邦同時吃了一驚。在那個時代，深閨的女兒家是不能輕易出見男子的，現在呂公竟然不避閒防，葫蘆裡不曉得賣的是什麼藥。呂婦見丈夫方才微慍的神色，不想再觸怒他，於是轉身差喚一個小丫頭，命她侍候小姐稍事妝扮，到大廳來見客人。

等了一會兒，這位少女掀簾出現在劉邦眼前，一雙滴溜溜的大眼睛，天眞無邪地盯著劉邦瞧，她的氣質和母親不同，蓮步輕移，盈盈施禮。

劉邦鑑於剛才以極恭敬的禮數拜見呂婦，卻招來難堪的對待，於是想著，不如以平常的態度處之，免得予人故意巴結討好之感。他微微點頭，算是還禮，又大方的凝視她。少女察覺劉邦直盯著自己，粉頰上不由得暈起兩片紅霞，顯得越發嬌媚，劉邦見這情態，心中為之一動：

「眞是個可人的小女孩啊！」

她，就是日後在歷史上，以陰殘狠毒著稱的呂后，但是現在卻無法從她稚氣未脫的臉龐看出絲毫端倪。也許是後來環境起了很大的變化，權慾私心改造了她，總之這是少女時代的呂后，自己也預料不到的。

「你看小女如何？」呂公回顧劉邦，含笑問道：「若幸不見棄，願奉君箕帚。」

所謂「奉君箕帚」，就是婉轉告訴對方，想把女兒許配給他的意思。呂公說這話的時候，緊緊握住劉邦的手，顯得無限誠意。

「你是老糊塗啦？在胡說些什麼？」

原本傲立一旁的呂婦失聲吼道。她把手插在腰際，氣急敗壞的責問呂公：

「你平常替女兒看相，不是都說沒有比她再富貴的嗎？」

「不錯，我們的女兒確實生得大貴之相。」呂公滿意地再看看女兒，溫和應道。

「既然如此，如今爲何突然改變心意，你不是說除非遇到能匹配得上女兒的貴人，不會輕率決定婚事嗎？」

呂婦咄咄逼人，從她的口氣，劉邦也聽得出濃濃的譏諷味。

「我哪裡是變卦心意，那位貴人就在眼前啊！」

呂公依然語氣堅定，他相信自己決不會看錯人。事後證明呂公確有獨到之處，他能在劉邦還落拓時，就看出他定有飛黃騰達的一天，而把女兒下嫁給他，在相術盛行的那時代，或許也不能說是偶然吧！無論如何，劉邦在還是藉藉無名之時，就娶了呂公的女兒，卻是千眞萬確的。

成家之後，劉邦不願仰靠岳家的財勢，遭人恥笑，自己又沒有養家活口的本事，就把妻子送回中陽里的老家。呂氏雖然是千金之軀，但也深知嫁夫從夫的道理。進了劉家之後，她每天樸質簡素，幫著翁姑到田間工作，又協助家事，過得十分艱苦。

劉邦儘管已娶妻，性子依舊不改，經常上沛縣街市蹓躂，像往常一樣過著放蕩的生活。

4 磨刀霍霍向秦廷

從這一剎那開始，劉邦雖不能說已成爲秦的叛民，但卻是個亡命的死囚，除非他能舉兵起義，另創王朝，否則勢將永遠逃亡下去。此時，他選擇了這樣的命運。

「蕭何不論人品、才幹、學識，都足爲我們的表率，要學做人，就要學蕭何。」沛縣百姓常常舉蕭何做榜樣，教導子姪輩。在這一帶，蕭何是人人稱道的好人，好官。

古道熱腸眞蕭何

身材並不高大的蕭何，是沛縣豐邑的農家子弟。儘管祖上不以書香傳家，但他勤奮向學，飽讀詩書，不僅精通文墨，還擅長算學，因而受到縣令的賞識，提拔他入縣府做官吏。蕭何天資聰穎，不多久便熟練吏務，成爲縣令少不了的左右手。

沛縣百姓對蕭何普遍有兩種印象。

其一是「宵衣旰食」「案牘勞形」，不論什麼時刻看到他，若非埋首公文堆裡，就是爲了公事和長官下屬在商談，或是爲鄉梓父老奔波效力，一天幾乎都不曾清閒過。另一個印象，則是老百姓有事求告時，他總是聚精會神，傾身凝聽，就像對方說的是自己切身有關的重要事情，尤其他睜得大大的眼眸，常令人覺得如孩子般純眞而誠懇。

「當蕭何望過來的時候，說也奇怪，格外的令人安心，很自然的就連難言之隱，也能對他一吐爲快呢！」

沛縣裡和蕭何說過話的百姓，幾乎人人都有這樣的感覺。

「是啊！他自己話倒不多，卻很樂於聽別人說話。」

蕭何確是如此，他天生喜愛照顧人，幫助人。對於名利的欲望十分淡薄，好像是專爲保護鄉里老少才存在的。老百姓對他又敬又愛，他也很自然地深孚衆望。然而，蕭何從不故意籠絡人心，他篤實正直，古道熱腸又急公好義，完全都出於一片眞誠。人們對他有口皆碑：

「只要沛縣官衙裡有蕭何在，我們就放心了。」

除了蕭何，沒有人更受沛地上上下下的信賴，因而蕭何對劉邦的態度，也深刻影響了沛人的想法。照說，蕭、劉二人不論在性情、行爲、品格上，都相去甚遠，不應是同路人。但蕭何卻處處庇護劉邦，使沛人也不得不對他另眼相看。

這究竟是什麼道理呢？

其實，蕭何也曾經對呂公坦率直言劉邦的個性：

「好說大話，成事則少。」

這該是他對劉邦最深切的認識，直到他後來成爲漢帝國的丞相，這句話仍在沛地被人談論，甚至流傳到後來，司馬遷爲撰寫《史記・高祖本紀》，來到沛縣取材鄉譚時，都還聽說過。

儘管蕭何對劉邦確曾有這樣的印象，但另一方面，卻又覺得劉邦實在有他可愛的地方，教人不忍對他苛求。正因如此，即使劉邦不斷惹事，他還是毫不遲疑地袒護他，替他解圍。**蕭何和劉邦之間的交往，由平淡，而友善，再轉爲積極的支持，主要還是因爲蕭何能忽略劉邦的短處，只看重他的長處**。

「劉邦雖然稱不上是有德之人，但卻有他難以言喻的可愛處，這不也是世所少見，值得看重的嗎？」

蕭何由衷覺得，劉邦身上有種天生的、極吸引人的魅力，這種魅力足以使人忘掉他的無行、無能。自古以來，人們習於用德行論斷良窳，只有人品好、有德望的人，才能受到愛戴，形成勢力。蕭何比之劉邦，當然更有德又有才，但才德皆具的蕭何，肯禮敬不如他的劉邦，這就是劉邦最大的長處使然了。

死心塌地夏侯嬰

夏侯嬰是另一個被劉邦的長處收服的人。他出生於沛，起先在縣府的馬廄做雜役，受到蕭何的提拔，而成爲下級縣吏。後來劉邦做了皇帝，封他爲汝陰侯。

夏侯嬰和樂師周勃都很喜歡親近劉邦，經常跟前跟後，劉兄長、劉兄短的討好他。一次，蕭何把夏侯嬰找來問道：

「怎麼你老是跟著劉邦到處晃呢？」

夏侯嬰不假思索地回答說：

「這樣才好照顧他呀！您也知道他這個人不知輕重，常常出紕漏，不跟著他，實在不放心他的安危嘛！」

蕭何從夏侯嬰對劉邦的態度，更加印證了自己的想法。

無所事事的劉邦，常愛到縣衙裡閒逛，偶爾心血來潮也會對縣吏惡作劇，開開玩笑。但有一次，他的玩笑可開大了。那次，劉邦拔出劍來，猝不及防的夏侯嬰被他的長劍空揮兩下，當然這是兩人間彼此在玩鬧，夏侯嬰左閃右躲，吃吃地笑著，逮住一個空檔，就想反手奪下劉邦的長劍。劉邦卻不讓他，就在你爭我奪之間，一失手，劉邦把夏侯嬰給砍傷了。

這可不是鬧著玩的，平民百姓擊殺縣吏，是死罪一條。劉邦頓時著慌，爲了保命，也不顧道義，竟留下血流如注的夏侯嬰，轉身落荒而逃。

當時在場的其他吏役，趕緊七手八脚地把夏侯嬰送去療傷。不多久，縣令也知道這件事了，他大爲震怒，親自去看夏侯嬰的傷勢，又問他：

「是誰把你傷成這樣？那人莫非眼中已沒有我大秦的王法，瞻敢在官衙裡當衆殺人？我定要立即逮捕究辦，以昭炯戒。你說，究竟是誰？我這就派人拿下他！」

縣令早就聽說，亂子是劉邦闖出來的。但在講法治的秦，務必要罪證確鑿，才能治人的罪。因此他要當事人夏侯嬰親口招出劉邦，如此才好定罪捉人。其實這是件可大可小的事，劉邦雖然傷了人，畢竟是無心之過，在情理上並非罪重至死，但縣令說話的神氣，卻彷彿劉邦犯的是滔天大罪，不可饒恕，只要證據齊全，必免不得他的死罪。這其中又有何原委呢？

原來，劉邦平日言行太過跋扈，隨意進出官府，不把他這個縣令放在眼裡，早就遭到忌恨。縣令對此事一直耿耿於懷，只是苦無機會能名正言順的辦他，如今好不容易有了拔除眼中釘的藉口，自不會輕易放過。

沒想到夏侯嬰不論怎麼逼問，就是不肯對縣令吐實，招出劉邦的名字。

「說！再不說，連你一塊嚴辦！」

縣令耐心盡失，最後終於搬出法條來脅迫。這件事任誰也看得出，是絕難善了了。最感痛苦爲難的，還是蕭何。他受命追查此事，得給縣令一個水落石出，但偏偏又是劉邦闖的禍。於是他只有運用各種方法，拖延時間。爲了顧慮夏侯嬰的安危，他也特地前去勸他：

「你還是供出來吧！至於劉邦，我會盡力維護他的。」

夏侯嬰把臉別過去，倔強的連連搖頭。蕭何見他這樣，就更進一步替他分析後果輕重：

「嬰，你要三思啊！知情不報，匿護罪犯，要受苦刑。到時候鞭笞加身，打入大牢，皮肉受苦，撐不過還會死的。你總得爲自己想想吧！」

沒想到夏侯嬰仍是不爲所動，他因爲傷勢不輕，還未調養好，人顯得很疲累，但仍有氣無力的說：

「只要劉兄沒事，我死也不足惜。」

夏侯嬰因爲堅持拒供，好幾次被拉到市集上，當衆剝去衣服，用竹板笞打。幸而獄吏曹參受到蕭何的吩咐，令用刑的衙役手下格外留情，這才使夏侯嬰少受許多痛苦。但他拒不吐實的罪名，仍使他被判坐監一年多，這期間，他始終咬緊牙關，不曾把劉邦供出。

「也難怪夏侯嬰願意如此護他，劉邦確實是個令人不由生死以之的人哪！」

夏侯嬰的作爲仁義至極，令蕭何欽佩。但他也從夏侯嬰這件事，看出劉邦獨有的、使人甘願爲其效死的魅力，他更加肯定劉邦的價值。

「今後定要好好器重他，栽培他，讓他能眞正爲地方做點事。」

蕭何對沛地百姓有著深厚的感情，他看重劉邦，絕非爲了自保，而是冀望有朝一日，劉邦能成大器，同他一起爲百姓謀福祉。

蕭何對時局觀察入微，他知道大秦皇朝氣數將盡，人民對繁重的賦稅和苛役，早已怨聲載道。一旦天下大亂，盜賊蠭起，乃至義軍、官兵各自據地爲雄，則生靈必遭塗炭。沛縣若不及早未雨綢繆，到時候恐難免受姦殺擄掠之慟。那麼誰有能力號召地方，組成自衛軍，保全沛人的身家安危呢？

「不就只有劉邦嗎？」

蕭何開始生出這樣的念頭。

沛縣原來那名縣令調遷他處，新換上的縣令一到任，便聽說蕭何精熟吏務，爲人風評極佳，因而分外倚重。蕭何靠著這層方便，亟思爲劉邦鋪路。

起先，蕭何想保薦劉邦做縣吏，但顧慮到他識字無多，恐難勝任，於是向縣令薦舉他做亭長。不多久，上面批准這件案子。劉邦原不知蕭何早已暗中苦思他的出處，此時天外飛來喜訊，不覺精神一振，歡歡喜喜赴任去了。

他做的是沛縣所轄的泗上亭長，管十個里，二百五十戶人家，儘管範圍不大，好歹也是一亭之長。這消息迅速在沛地沸騰起來。

「唷，還眞了得呢！」

一些平日看不慣劉邦遊手好閒的人，這時帶著酸味在嘲諷他。但更多人卻爲他感到高興：

「難得能討到這樣的差事，他該洗心革面，轉入正途啦！」

劉邦自己當然更喜不自勝，至少，他有個「高人一等」的名銜，往後誇口的機會更多了。

無業遊民幹亭長

亭的建築物，外觀仍是官衙形式，而規模較小。

在周代，一般建築物的屋頂，並沒有瓦片覆蓋。直到戰國時期，燒土製成的瓦才開始普及。秦朝時，包括亭這種最基層的官衙，則都覆蓋上瓦片。和環繞四圍、用茅草蓋頂的平常百姓家相比，顯出另一種威風氣派。

亭的內部也稍有講究，因爲秦的官吏偶爾奉派公差，過境他轄時，都在亭下榻食宿。牆上塗飾有燒貝而成的白色漆粉，看上去瑩亮潔淨，心曠神怡，其他陳設也比民家舒適得多。

這個時代，還沒有桌、椅一類的用具，那是宋初才有的設備。因而當時人都是直接在地上鋪蓆，席地而坐。蓆，是用草莖編織而成、可坐可臥的東西。像亭這種大小官吏往來暫住的地方，所用的蓆，週邊還織綴有各式美觀的花紋，較升斗小民使用的精緻許多。

亭長的差事，既瑣碎，又忙碌。他必須時時督促差役巡查周方的行道，保持潔暢，橋墩若是崩裂毀壞，也得趕緊修復，因爲奉派出差的官吏，隨時可能到來。在這些小地方出差錯，官吏不滿意，被奏上一本，以後日子就難過了。

麻煩事還不只這幾樁，最令劉邦苦惱的，還是接待官員時的縟節。首先，當長官蒞臨，他必須出亭恭迎，待引導入亭內，還得視對方的秩位行禮參拜。亭長的地位是秦吏中最卑微的，大凡前來投宿的官吏，品秩都高於他，因而不論來者是誰，幾乎都必須鄭重拜謁。

亭長和官吏的坐次也有尊卑之分，落座時要先請對方就上座，自己則謙退至下座，彼此寒暄猶隔著遠遠的距離。過去劉邦上武媼的店喝酒時，總是隨便地盤腿而坐，現在卻不得不顧著官禮，規規矩矩地跪坐下位。這些儀節，對粗獷慣了的劉邦，才眞是難爲的苦差事。

亭長份內的職責不只接待官員，主要的工作其實是「游徼」，就是巡查游民，掌捕盜、維治安的角色。這方面倒是劉邦的拿手好戲，他自己就曾經做過盜賊，知道路數，何況手下還有一幫隨時聽候差遣的舊日徒衆，爲他跑腿打聽，布線跟蹤。因而敢於在他上任之後還竊盜犯案的，無不手到擒來。

蕭何聽說劉邦當公差之後，奉行亭長的職務十分熱心，也深覺欣慰：

「看來，他還挺合意這差事，讓他先歷練歷練，倒是對了。」

不久，蕭何又風聞劉邦因爲當上亭長，特地親自設計了一頂「冠」，選用上好材料，令巧匠製作。想到劉邦愛炫耀的本性，蕭何不禁暗自好笑。

「冠」在古代，具有代表身份的特殊意義。亭長的職位儘管卑微，但仍屬於「士」的階層。古時候，士的身份高於一般平民，唯有士可以戴冠，普通百姓則只能用「巾」來束髮。這種習慣由來已久，可追溯到上古時期。

推崇孔子的儒家一派，特別尙古。孔子對周朝的禮制備加稱揚，曾發爲讚歎「郁郁乎文哉」。儒學在秦一代，由於受到法家主義的壓迫和抑制，尙不能成爲顯學，同時自其後悠久的儒家演變歷史看來，這時也還只是發端未久的初期階段。

儒家極重視禮教，並且唯合於古代服制精神和儀禮教化的表現，才視之爲「郁郁乎」的文明。因而就「禮」論服飾，便認爲凡「士」，必須正「冠」。

孔子所崇尙的「古」，是封建貴族時代，那時候士的階級是與生俱來的，另外擁有高深學問與技藝的人也稱爲士。**由於戴冠所代表的是士的身份，以及身爲士的自覺，所以這種冠禮其實已超出冠服制度，而比較著重思想方面。**

後來，經過戰國時期社會的大變動，貴族門第的力量逐漸式微，各國能人輩出，百家綻放異彩，再沒有人特意講究與生俱來的身份，只要自認爲是才德兼備的士，就可自稱爲士了。

然而，廢除封建制度的秦帝國時期，並非每個人都可隨意戴冠。這時著冠與否的依循所由是官制，因爲在制度上，官吏不同於平民百姓，地位仿若古時候的士，所以也必須戴上與身份相稱的士冠。至於一般小老百姓，平常只穿粗布衣服，頭上也隨便用布巾髻髮，望去即知只是平民的身份。

亭長劉邦手下有幾名「亭父」「求盜」，他們雖然是亭的役吏，但仍只是平民身份，不能踰越稱士。平常出入泗上一帶時，也像百姓一樣，在後腦勺結著白布巾髻髮，而不像劉邦能著冠。

劉邦性喜誇炫，既然擁有能戴冠的身份，便非要別出心裁，特製一頂與衆不同的士冠。他費盡心思，自己設計出外觀的形貌，吩咐巧匠製作。材料選的是上等竹皮，這種竹皮光澤亮麗，極爲劉邦喜愛，他還特地要求藝匠在竹皮上浮雕出深淺不同的精緻紋樣。製成的新冠，劉邦十分滿意，愛不釋手。

當身材挺拔的劉邦戴上這頂士冠後，眞是儀表堂堂，煥然一新，走在路上每個人都爲之側目，還有人猜測說道：

「劉公戴的那頂冠，應是南方珍獸獸皮所製，可不是尋常貨色，稀罕得很呢！」

這材料的確不是普通貨色，雖然並非獸皮，而是竹皮製成，但卻非當地出產的細竹，而是劉邦派人遠自薛地（今山東滕縣東南）採購回來的上等竹品。這種形式的士冠，始終爲劉邦所獨鍾，直到他創建大漢皇朝，當上皇帝以後，仍不時戴著它，因而人們特別稱這種冠爲「劉氏冠」。

蕭何：爲官鄉里不入朝

現在回過頭來再說蕭何。

依照秦代的郡縣制，郡以下是縣，不用說，郡所統轄的範圍比縣廣濶得多。沛縣，只是泗水郡管轄下的其中一個縣份。

在官制上，郡設有郡守、郡尉和監御史，其中監御史職司監督郡守、尉。蕭何的才幹受到泗水郡監御史的賞識，因而提拔他作郡卒史，蕭何任事的郡署距離泗上不遠，於是經常就近照顧劉邦，使劉邦的官做得更爲得心應手。

蕭何當上泗水郡卒史之後，不負監御史重望，官績列爲第一。監御史對於蕭何的幹才越發激賞，也越發歎服，便把他找來商議，打算再擢升個更好的官位。

「蕭兄，郡卒史的官職對你來說眞是大材小用，我想專程入朝薦舉，保你在朝爲官，不知你意下如何？」

這是一般地方官吏求之不得的大好機會，能進入朝廷，往後仕途可就前程無量了。沒想到蕭何卻毫不考慮地婉拒，他鄭重地向監御史辭謝道：

「大人對蕭何的栽培盛情，蕭何銘感於心，只是下官才疏學淺，不足以堪大任，唯恐累及大人的官譽。再者，下官夙願在故鄉終老此生，爲地方父老效力。泗水郡郡署與沛地不過咫尺之遙，可就近照顧，下官已心滿意足。如若陞遷朝廷官職，赴任他地恐將難免，卻非下官所願，尚祈大人成全。」

監御史雖仍再三以仕宦前途相勸，無奈蕭何心意已決，一再婉謝不肯接受，不得已，監御史只得作罷。

蕭何所以辭拒監御史的好意，他所說的固然也是原因之一，但眞正令他這麼堅決的，還是因爲他早已看出秦帝國衰亡的徵象。既然秦已盡失人心，入朝廷爲秦吏就萬萬不可爲，不如留在泗水郡，一來離故鄉不遠，二來人頭又熟，必要時還可協助劉邦防守沛地，保衞地方。

「或許將來時局動亂，倒是輔佐劉邦成就一番事業的良機。」

蕭何從這時起，就已暗暗生出這樣的念頭。他的眼光與識見，總是先人一著，所以進退之間，也分外知所取捨。

榮貴至極的好相貌

劉邦到任泗上亭長之後，每晚都必須在亭中夜宿駐守。當時秦代的法制，對官吏的假休定有「五日一櫛沐」的規矩。換言之，每隔五日，有以櫛髮沐浴為名的公假，劉邦也只有在這一天，才能回到沛縣豐邑中陽里的老家和妻小團聚。

呂氏這時已生下兩個孩子，儘管劉邦的父母尚在堂，但年事已高，耕事便由長兄劉伯擔荷，長嫂則主中饋。呂氏一方面要撫育孩子，另方面還得協助田裡工作，幫忙料理家中大小雜事。劉邦的長嫂是個極惡悍的婦人，呂氏在操勞辛苦之餘，受了不少委屈，直到日後貴為母儀天下的皇后時，對這段備嘗艱辛的日子，還屢有怨言。

劉邦對長嫂的憎恨也不下於呂氏。在他取得天下之後，分封劉氏宗親子弟極多，卻獨漏長兄劉伯諸子。他的父親太公不只一次幫著說情，劉邦每次都眉頭一皺，斷然回絕：

「若是其他劉氏子弟，情面尚容，唯獨長嫂的子息，休想得我蔭益。既然當初如此澆薄，今日就不該再存奢望！」

劉邦對長嫂的憎恨，起於一次刻骨的難堪。這事發生在他還是個浪蕩子的時候。有一次，他帶了一群朋友回家，請長嫂張羅用飯，這位嫂子見劉邦每次都帶些不體面的人回家來白吃閒飯，心中極爲嫌惡，便一把拿起瓢子用力直敲著鍋面，就像在說：「沒飯啦，請便吧！」客人聽到以後，自知不受歡迎，便都面色尷尬地趕緊告辭離去。

劉邦面子大失，勉強陪起笑臉送走客人，轉身就直入庖廚。掀蓋一看，鍋裡頭剩下的飯，招待完一班朋友還綽綽有餘。從這次以後，劉邦對長嫂積怨日深。直到當上皇帝，一想起這些難堪的待遇，猶咬牙切齒，憤恨難平。

劉邦當上亭長之後，每逢告休回家時，呂氏總是把他拉到一旁，訴說嫂子對她的欺凌和刻薄，往往說到委屈處，兩眼一紅，淚也掉了下來。

「我看算了吧，眼前也只有多忍著點了。」

劉邦每次聽到這些話，儘管老大不高興，卻也找不出話來安撫妻子。他雖好漁色，但不擅於取悅女人，更不擅於和女人爭論是非。

由於和長嫂不睦，劉邦每回櫛沐日返家，也儘量避免和嫂子照面，常在鄰近街坊探訪朋友，直蹓躂到夕陽斜照才回去吃飯。

一次，劉邦在午后就回到中陽里的老家，想先看看妻小，呂氏卻帶了兩個孩子到田裡工作去了。劉邦閒著無聊，又不想碰上長嫂，便到鄰家串門子打發時間。呂氏正在田間弓著身子，吃力地鋤著雜草。這時來了一個行旅狀的白髮老翁，走向呂氏。他邊用袖子拭去汗水，邊朝呂氏請求道：

「這位嫂子，小老頭可不可以向你討點茶水，解解渴？」

呂氏儘管自己已疲累不堪，但因深受父親呂公俠義好客的影響，遇到別人有所求時，仍相當熱心的招呼。她請老翁暫候，自己趕回家裡倒了一碗湯，又想到老人也或許肚子也餓了，便另盛了些飯菜，一齊送過去。

老翁見她這麼週到，頻頻稱謝。待吃飽喝足後，也不即刻起身告辭，只是靜靜地端詳呂氏，好一會兒，老翁欣然歎道：

「小嫂子，不——該尊稱您一聲夫人，您這相貌非比尋常，可是奇貴之相哪！」

這時代，人們對卜卦相命極看重，呂氏一聽，知道眼前的老翁與父親一樣，深諳相術，便把長子孝惠喚來：

「請您也相相我這孩子。」

老翁一見孝惠，便即失聲喊出：

「啊呀！原來如此。夫人，我方才說您面相奇貴，正是因爲這公子呢！」

孝惠，就是大漢皇朝的第二代皇帝。惠帝在高祖死後，繼承大統，呂氏也成爲皇太后。這些，都被老翁說中了。老翁又瞧了瞧偎在呂氏身邊的女兒魯元，說了一句「亦貴」，就拄起手杖，緩緩走開了。

不久，劉邦來到田裡探望妻兒，呂氏就把剛才一番奇遇，原原本本的告訴他。

「有這種事？我也要追過去請他爲我看看。」

說著，他拔腿便朝老人離去的方向追上去。狂奔了一段路，劉邦終於見到一個老邁的身影，正在前頭踽踽獨行。

「老公公，請留步！」劉邦先喊住那名老翁，又加緊脚步跟上前來。猶未喘定，劉邦就開口問道：「這位老人家，方才拙荊告訴我，您幫她和小犬、小女看過相，都說主大貴，可否請您也爲我相一相？」

老翁定睛一看，像是恍然大悟一般，連連點頭：

「啊！老朽這才眞正明白，剛才遇見的那位婦人，還有兩個小娃兒，原來都是託閣下的鴻福，才得顯貴。我這輩子，倒是頭一遭看到像您這樣榮貴至極的好相貌，榮幸之至，榮幸之至。」

劉邦聽說，喜不自勝，忙不迭地稱謝：

「蒙您老的好口采，來日若果顯達，必當厚報。」

然而劉邦稱帝後，雖苦尋老人行蹤，卻再遍尋不著了。

劉邦像空虛能容之器

這個故事，也許言過其實，而是出於有心人的杜撰或潤飾。當然，也或許眞有這麼一天，在中陽里發生過類似的事情，一名路經此地的老人家，受了呂氏施捨的茶飯，感激之餘，隨口稱讚她長得慧美賢淑，子女將來必敎導有方，能成大器云云。

但不論這究竟是否眞實，重要的是，人們相信這故事，而且很快就傳開來，而且不僅盛傳於當時，沛地民間甚至一直流傳到後世。由這一點，足可想見最先散播的那個人，必然具有極大的影響力量。

一項傳言能否取信於人，要看傳言本身是否具有說服力，以及講述者其人有無使人信服的份量。以蕭何的品德、人望，若由他傳述這故事，人們必然深信不疑，而換了別人去說，恐怕就算不被斥爲無稽，也是過耳即忘的。

蕭何爲了培植劉邦，用盡各種巧思，施展各種手腕，誠然不愧爲睿智的政治家。

所謂「先天下之憂而憂，後天下之樂而樂」，蕭何正是這樣一類人物。他並非鎭日正事不做，盡在胡思遐想，也不是唯恐天下不亂，但他眞正憂心的是：

——倘若有朝一日，世局大亂，到那時該當如何以對？

蕭何的憂患意識，自然不是無中生有，他關心時局，也觀察時局，把所見所聞統統放在腦子裡，不時想過幾遍，就能有條不紊地把利害輕重、前因後果拿捏出來。現在，他心裡最常興起的疑惑，就是萬一天下果眞生變，應如何應變，又該推派何人做爲沛地的中心人物，以擔當此重責大任？

最爲蕭何屬意的，不是別人，正是劉邦。

但劉邦從來在沛人的心目中，就是個愛惹是生非的遊民，如今雖做了亭長，也勉強說得上稱職，過去長時間留下的壞印象和惡名，卻不是一夕之間能抹去的。

蕭何腦海中浮現出劉邦魁偉的身影，堂堂的儀表，還有無可言喻的可愛神氣，他決心好好善用這些特質，在沛地製造出個人物來。依他想，一旦天下驟然起亂，他所塑造的中心人物——劉邦，要能如強力的磁石，把周圍的人都像鐵粉般吸附過來，借助衆力成就一番事業。

「劉邦乍看之下不過是平凡之輩，但若能略施小技，讓人們以爲天意要讓他做皇帝，那麼四方百姓口耳相傳，一定會自動攏聚過來，形成一股龐大勢力。這一來，沛地有了自衛的力量，便可有備無患了。」

至於劉邦才能庸碌，蕭何倒不以爲意，他認爲只要多尋幾個得力的輔佐者，自然能彌補不足。他又這麼想著：

「劉邦就像極空虛的器物，但正因如此，反而更為有利。」

在蕭何看來，能虛空方能容，劉邦就像張純淨的白紙，可容納許多有能有才的賢士。再者，劉邦的大而化之和開朗達觀的性情，在遭遇到困厄的時候，很能影響別人，從而使難關迎刃而解，至少也不會「楚囚對泣」般的使人心惶惶。倘使劉邦正逢時運，又能發揮所長，那麼也許眞有飛龍在天的一日。

劉邦仍在泗上做他的亭長。

他對捕盜的差事十分熱中，坐鎭指揮毫不含糊。蕭何聽說打從他上任後，附近一帶平靜許多，不只盜匪不興，連往常愛鬧事的小地痞混混，行徑也大爲收斂，這不能不說是劉邦的功勞。由他所轄的地區，人們已對他刮目相看，樂道他的作爲。這的確是個好的開始。

但另一方面，劉邦對接待官員之事，既厭煩又覺無聊，總是尋藉口走避他處，就是不願逢迎那些高官大人。蕭何有時也會聽到過旅的官吏對他埋怨「怎麼每次經過泗上亭，都不見亭長？」

蕭何則每每爲他袒護：

「大人有所不知，近來流寇猖獗，劉邦爲了維護地方平靖，四處奔命，所以不常在亭內留守，怠忽之處，實情非得已，還望大人格外體恤。」

蕭何所言確也是實情，流寇擾民的事情，各地方都陸續有消息傳出。官員聽得蕭何這麼說，反而還稱道劉邦是個為民著想的好亭長，大大嘉獎了一番。

這時，已是秦始皇在位的末期，他奴役生民，壯丁都被徵派到邊防當軍差，或是於各地興宮造殿，掘陵築城，從事辛苦的勞役。

逃亡的苦役愈來愈多，他們不敢投奔故鄉，因為逃役在秦是死罪一條。走投無路之下，群結成為流寇。這幫人舉目無親，衣食無著，便四處竄走，搶糧劫財，弄得天下到處不安靖。

人們越發懷念起過去戰國時代的生活。

那時期，儘管群雄割據，治安卻反而較秦朝好得多，至少沒有苛重的勞役，也不像如今這般混亂。在崇尚法治，又有官僚制度嚴密監控的秦世，人們卻悖離法紀，天下動盪不安，越治越亂，實在是一大諷刺。

徵調勞役的旨諭，終於還是送達泗上亭長這兒了。

劉亭長率勞役上咸陽

「唉！連我們這種小地方也不放過嗎？真是豈有此理！」劉邦收到召紙，老大不悅，慣以任俠之士自居的他，口口聲聲的嚷道：「把身強力壯的男丁全送去做勞役，難不成要叫老弱婦孺荷著鋤頭在田裡耕種嗎？無人事農，田地荒蕪，一家老小全喝西北風，還有餘力繳交重賦嚒？這倒好，逼急了大家全甭活啦！」

然而，他縱有抗旨護民之心，不過仍只是區區一個卑微的亭長，在朝廷中無權無勢，抗了命，身家性命堪虞，他違抗得了嗎？

秦朝對全國各地的戶口，掌握得極其嚴密。每個里都設有「社」，收藏著一里二十五戶的名籍，以供徵役收稅的憑據，故而又稱「書社」。巡官只要到這書社裡查閱戶口簿籍，則該里的人口、年齡，便可一目瞭然，百無一疏。這書社的制度，自古即有，但到了秦朝更爲完備，也更爲謹密。

沛縣縣署編造好徵役名冊，命轄內各亭長依冊調人。劉邦和其他亭長都接到指示，齊聚署內，除了領取名簿外，還要從他們中間推派出一個率勞役赴京稟到的人。這自然不是一件好差事，路途遙遠辛苦不說，若是半途有人結伴逃亡，湊不足額，還得連帶坐罪。

縣令的意思是要挑個有擔當、有膽識的人，承此重任，便問座下各亭長，有誰自告奮勇，責司此事。沒有一人搭話，底下頓時鴉雀無聲，面面相覷。

縣令見狀，知道這些亭長都是怕事之輩，也不強制指派，而要求他們公推，以示無有私心。

「就劉兄去吧！」衆人異口同聲地說道。

「怎麼這種好差事就找我？」劉邦悻悻然抗拒，他打從心眼兒裡就討厭這頂頂麻煩的事：「我才不幹哩，要去你們去，甭打我主意！」

其中有人就問道：

「劉兄，你是我們公推出來的合意人選，大家都覺得只有你行，怎麼你卻拒絕呢？」

劉邦瞪著那問話的，語氣極衝撞：

「哼！不爲什麼，就因爲我是劉邦！」

這根本就是個不算理由的理由，劉邦是在強辭奪理，又說不出個所以然來。在座的人聽了，都覺得既好氣又好笑。

「是呀！就因爲你是劉邦，我們才這麼服你，推舉你啊！誰人不知劉兄的膽識氣魄，是咱們沛縣一等一的好漢，你們說是不是？」

「嗯！對——對，劉兄是人見人稱的好漢，這重責大任還眞非你不能擔哪！」

衆人你一言我一語地搭搭唱唱，直捧得愛聽好話的劉邦心花怒放。他心情一好，面色不覺也和緩下來，於是群夥更著力慫恿他，終於說得他回心轉意，點頭答應了。

縣令也安慰他說：

「劉亭長，你儘管放心，只要把人如數帶到，你隨即便可打道回府，不會被抓去做苦役的。這趟去回來，我自會好好犒賞你。」

劉邦聽他這麼說，自也寬心不少。

目的地是驪山，就在秦都咸陽以東不遠，那兒正興工建造始皇死後的寓所——皇帝陵。這時秦始皇還在世，只是他設想深遠，爲求死後仍能享受榮華富貴，所以預造陵墓。

這陵墓的設計空前宏偉，需要在驪山山麓，堆積出方圓二公里、高百公尺的土臺，而這還僅只是皇陵工程的一小端而已。最艱難的部份在地底工事，秦始皇想布置一個如同生前的環境，於是在土丘之下另闢天地，天地之中又有深宮大殿，全部以銅錢圍砌，金光閃耀，熠熠生輝。地象方面，則有名山大川，如黃河、長江及諸流羅布其間，河川中的水用水銀權充，並藉著精巧的機械運轉，循流不息。天上是浩濶的穹蒼，掛有晶瑩潔玉雕琢的日、月，周圍還閃爍著衆多星子，光彩奪目。

既然是皇帝，身邊就不能沒有臣子，也不能沒有軍隊，所以陵寢內特別設了百官的席位，又製造無數個與眞人大小相仿的兵馬俑，陣伍齊整，望去煞是壯觀。

秦始皇爲進行這項工程，肇建之初便徵集了七十餘萬名罪犯，充作勞役。但築造皇陵的工程著實太浩大，較之修築萬里長城、阿房宮，乃至通達四方的馳道，尤需更精巧的技術，更多的勞力，因此工程一直進行得不順利，比原定進度遠遠落後。

這時，工事已進入塡土造臺的階段，人手更覺不足，便決定自全國各地徵用一般老百姓趕工建造。

中國歷代，沒有比秦朝使百姓更受磨難的，他們每年要繳納的賦稅，多達收成的三分之二。這筆奇重的苛稅，自然並非每個人都繳得起，但繳不起，就得要受罰。秦始皇最偏好土木工事，因而無力繳交稅賦的農民，便被罰往各地從事勞役。這一來，壯丁往赴做苦工，故鄉的田園只好任其荒蕪，第二年就更無力繳納稅錢，成了帶罪的囚犯。如此惡性循環，永無休止，人民既難以聊生，又被驅策奴役，因此種下秦亡的惡因。

「要逃就由他們逃吧！」

劉邦徵齊這種身份的男丁五百人，離開沛地，朝咸陽出發。

咸陽，在迢迢萬里以外，這群人不僅沒有車騎可乘，還得負荷著笨重的炊具，徒步前行。一路上，劉邦儘量爲勞役們交涉安排投宿落脚的地方，但多半時間還是露宿郊野。他們衣衫襤褸，身子被偌大的鍋釜壓得直不起來，長途跋涉著崎嶇的行路，艱辛困苦可想而知。

「唉！眞要把這些可憐人帶到咸陽驪山去嗎？」

任何一個有血淚的人，見到這種苦狀，都會於心不忍。劉邦雖然不是那種富悲憫慈心的仁者，但畢竟也和常人一樣，有血有淚。他與這些老鄉原就相識，朝夕共處下，越發有感情，眼見夥伴尙未做勞役，先就喫盡苦頭，劉邦感到悽然，更覺憤慨。

行進途中，他每每不自覺地喃喃歎道：

「可憐唷！老天爺爲什麼不睜睜眼，連我都不忍心再看下去了！」

跟隨著他的人都覺察得出，劉邦不是口頭上隨便安撫兩句，而是有感而發，從內心裡同情別人的遭遇。衆人無不受感動，因爲劉邦儘管做官，卻還能不顧自己的立場，說出這些有情有義的良心話。

劉邦魁梧的身軀和頷下的美髯，這時看在夥伴眼中，更像是個有仁德的賢士。

由於劉邦一路行來，不時在旁打抱不平。不多久，跟隨著他的這群人，也逐漸覺得前往咸陽是一件愚昧不智的蠢事。到了那兒，苦難才眞正開始。

其實儘管劉邦時時發出不平之鳴，但他絕非有意煽動這夥人起事謀反，除了悉數將他們帶去咸陽交差之外，他不曾想過利用他們，爲自己製造聲勢，這正是他率直可愛的地方。只是因同情而起的一種憎怨情緒，常不自覺就從神情言辭之中流露出來，而這不經意的作爲，卻深深影響了衆心。

「乾脆逃走算了，這樣好歹還能圖個重見天日。」

愁雲慘霧中，逃亡的念頭日復一日瀰漫在這支行伍裡，劉邦大而化之的個性，絲毫不察，反而還火上添油：

「在沛縣境內，大家人頭熟，尚能借到遮風蔽雨的地方安身，出了縣城，凡事就得自求多福了。旁的不提，光是夜裡野宿荒郊，就要派些人輪替値哨，豺狼虎豹不可不防哪！」

劉邦不知道這樣一番話，造成人心個個陰霾惶恐，還成天掛在嘴邊，不時叨絮。

一日，天將亮的時候，劉邦被同是中陽里人的一名親信，從睡夢中搖醒。

「什麼事啊？天都還沒亮呢，讓我再多躺會兒吧！」

劉邦揉著惺忪的睡眼，一邊直嘀咕著。

「劉兄，別睡啦！事情不妙，我方才起身，發覺睡在旁邊的幾個人全不見了，八成是夜裡摸黑逃跑的，你還不快點起身查看查看。」

「唔，有這種事？等天亮再說吧！」

翻了個身，劉邦又鼾聲大作，那名來報信的見狀，只好無奈的搖搖頭，退了出去。

天已大亮，劉邦起身打點好，便把衆人集合起來。清點的結果，竟已流失半數左右。

「他們大概都逃回家了吧！」

劉邦既不震驚，也不動怒，神色異常瀟灑。當他遭遇困難的時候，也許是天性使然，從來不令人感到他沮喪或狼狽，就如同春日暖陽下的湖面一樣平靜。

「算了，要逃就由他們逃吧！其他人收拾收拾，咱們繼續上路。」

第二天，情況又有變化。前一晚逃走的人，有些不敢回奔故里，又沒有其他去處，與其挨餓等死，不如苟活著歸隊，於是又回來了。但同樣的，也有些人耐不住前途未卜的煎熬，趁夜逃亡。這有歸隊的，有新逃跑的，清點的結果仍在半數左右。

對於逃而復返的人，劉邦全然不追究，也不在名冊上記下暗過，只是向他們點頭招呼：

「回來啦？回來就好，回來就好。」

出了沛縣以後，農民的思鄉情緒愈來愈濃，他們之中大多不曾踏出過沛地，對於人生地不熟的環境，既茫然又畏怯。人數終究是一天天在減少，劉邦不由歎道：

「照這樣下去，等到了咸陽，不就只剩我一個人了嗎？」

——這還得了，果眞如此，是要問罪處斬的呀！

劉邦一思及此，驀地一驚。他想，隊伍中就是只缺一名員額，上面也會對帶隊者嚴厲追究，何況是逃走半數以上的人，自己不但無法安然交差回故里，恐怕還要枉死異鄉了。

他此時的處境，猶如陳勝、吳廣途中受大雨和洪水所阻，無法趕在限期前抵達稟到，進是死，退仍是死。但他並沒有像陳、吳的膽識和魄力，更不敢鋌而走險，在同樣生死攸關的處境中，劉邦只圖藉酒發洩個暢快，他拿出官府提供的路銀，遣人買來大甕大甕的酒，和還跟在身邊的一群人就地喝灌起來。

他是這麼悠哉地逃避到酒鄉裡，與他比起來，陳、吳煽動人們起事謀反的作爲，就顯得有擔當、有勇氣多了。不過，劉邦的膽怯和怕事，倒也有一層好處，至少較能顧忌形勢的好壞利弊，而不致貿然唐突從事，招來殺身夷族的大禍。

劉邦酒到酩酊，埋怨的話喋喋不休：

「爲——什——麼？爲什麼把我丟下，一個個就這麼逃走了？」

他一邊抱怨，卻又想到那些人逃亡的下場，因爲即使逃回故里，巡捕也不會放過他們。這樣想著，他又不禁惦念著，傷心起來：

「唉！那些可憐人又該怎麼辦呢？」

劉邦閉上眼，一滴滴淚水滾滾而下。他這突如其來的眞情流露，令在座的每個人既詫異，又極感動。

「逃了也好，不逃，到了咸陽——驪山，也是前途難料！」

他像是自言自語地說道。其實，這是他帶隊的身份所最不該說的話。

「你們知道嗎？——驪山的皇陵裡藏著數不盡的金銀珠寶，爲了防備有人盜掘這些寶物，當今皇上已經甄用天下巧匠，布置各種機關，只要有盜賊進入，觸動弩機，立刻就會亂箭穿心，橫死其中。」

劉邦已經醉得不知說話的分寸，接下來他所說的，直聽得衆人不寒而慄。

「問題就出在這機關上。巧匠也好，勞役也罷，只要是知道珍寶所在，還有那機關如何布置的人，爲了不讓他們洩密，等到工事完竣以後，恐怕一個活口也不會留下，全陪著咱們皇帝大老爺殉葬去了！」

聽到這兒，大夥兒酒意頓醒，矍然變色：「你是說，我們做完苦工，還是得死？」問話的那個人早已哆嗦得面泛慘白了。

「不錯，就活到竣工的那一天。唉！至少你們還活得比我長哪！我這怠忽職守的罪，可是一到咸陽就要立刻處斬的，你們還有誰比我更慘？」

亡命的死囚

劉邦也被自己的話撼住了。他一把奪過旁人的酒杯，抵著唇，像要澆息體內沸騰的焦灼、恐懼，顫抖著喝下去。這酒，一點一點地發揮了效用，溶解著他心中的塊壘。他不久即恢復鎮定，以極平靜的聲調說道：

「我要離開此地，不再帶領你們了。」

衆人一聽，又是驚愕：

「若是連亭長也走了，我們其他人該怎麼辦？」

「你們想去哪裡，就去哪裡。沒有去處，願意跟隨我的，就跟我走吧。」

這時大家心裡都胡亂揣測著：

「亭長莫非眞要做流寇去噻？」

其實也難怪他們會做此想。既是逃亡，走投無路時，爲求餬口保命，這是唯一的生存之道。

「肯跟我走的，即刻報上名來。」

劉邦望著所剩無多的民伕夥伴，心裡也揣測著究竟多少人願意跟從自己。

從這一刹那開始，劉邦雖不能說已成爲秦的叛民，但卻是個亡命的死囚，除非他能舉兵謀事，另創王朝，否則勢將永遠逃亡下去。此時，他選擇了這樣的命運。

附和著，願意跟隨他的，只有寥寥十餘人。劉邦搖搖晃晃的站起身，頭也不回地朝前走去。酒的勁道陣陣發作，他踉踉蹌蹌地踏著凌亂的步伐，勉強撐持著，直想趕緊離開這個地方。

剛剛成為他部屬的那十幾個人，也忙著收拾什物，荷了糧食，背著銅釜，就匆匆地追著劉邦後頭走。

「劉兄，咱們該往哪兒去？」

一個走得快的，追上前來問道。其實，劉邦自己也不知該投身何處，但既然被問到，他就隨便指出一個方向：

「喏，就那兒！」

他說著指著，脚步也不覺就朝自己比劃的方向走過去。劉邦儘管已露出醉態，但仍本能地提醒自己：

「去哪兒都成，總之要裝得像成竹在胸的樣子，若是連我自己也說不出個去處來，他們還能信服我、跟從我嗎？」

劉邦深知此時此刻，再不容許屬下離散了，否則一個人形單影隻，又沒有人手打點喫食，張羅住宿，自己是決計無勇氣獨撐下去的。這麼想著，便又加重語氣說：

「往那兒走，就可以遠離官道，省去許多麻煩和危險。」

劉邦和屬下一行人，走了大半夜，在天將破曉的時候，才尋到一處隱密的林間樹下，就地露宿。

＋

向晚時分，精神也蓄養足了，飽餐一頓之後，隨即又起身趕路。越走，地勢越發低陷，眼前盡是泥濘的沼地，舉步唯艱。這時雖已入夜，但明月當空，映照著脚下的路猶稱清明。劉邦邊走著，還邊拿著酒勺喝酒，畢竟酒能壯膽，也能給他無以名狀的力量。

赤帝之子斬白蛇

沼地裡可供人行的道路極狹窄，一不留神，便會滑落泥淖，十分危險。於是劉邦差二人先走，作前鋒探哨，遇有狀況，命其中一人趕緊回報。走了一段路之後，先行的回來稟報劉邦：

「前面有大蛇橫在路中，過不去，劉兄暫且退回去吧！」

這時劉邦已喝得差不多醉了，把手一揮，便喝道：

「壯士出行，還怕什麼？」

說完，直向前走，果然見到小徑上盤著一條樹幹粗的灰白色大蛇，橫阻在那兒。

「就這個嗎？什麼好怕的，待我斬了牠闢路！」

劉邦拔劍在手，奮力擊去，他又劈又砍，竟將大蛇砍作兩段，前路豁然打開，他迷迷糊糊地走了過去。再走幾里路，酒仍未醒，終於臥倒在路旁，睡得不省人事。行在後頭的人，走到劉邦斬蛇的地方，見到一名老婦夜裡獨坐那兒，傷心地痛哭，覺得奇怪非常，便問道：

「荒郊野地的，您一個老人家在這裡哭什麼？」

老婦紅腫著雙眼，哽咽地應道：

「我的孩兒被人殺死人，教我怎麼能不哭呢！」

那人更覺得納悶，又問：「您的孩子怎麼被人殺死的？」

「我兒是白帝之子，他變作蛇，橫在路中，不想卻被赤帝之子給殺了，眞是太冤了啊——」

這人以爲老婦胡言亂語，正想捉拿她，不料那老婦卻忽然消失不見了。

當這人走到劉邦醉臥之處，恰値他一覺醒來，就忙將此一奇遇的經過情形說給他聽。劉邦這才知道自己果然有異徵，若照這人所言，自己確實就是赤帝之子了。

當然，這樣一則故事，恐怕又是出自蕭何的潤色渲染，而從杜撰的情節，亦可察知他用心良苦。怎麼說呢？

因爲秦皇朝自建國之始，就祀奉白帝，那麼斬殺白帝之子的劉邦，就等於是擊潰暴秦的人。這層影射不但有著寓意，更和劉邦出身的傳說——赤龍之子——遙相呼應。在劉邦的故鄉，人人皆知他是赤龍所生，這會兒再附會個赤帝，就更加令人深信不疑了。

劉邦率領這十餘人藏身於沛地的沼澤間。這回他卻未再出沒爲盜，因爲他擔心難得跟隨他的這群民伕，會瞧不起這種行徑，甚至棄他而去。然而，荒煙野地裡，沒有喫食，既不潛入市集爲盜，糧銀也不會從天上掉下來，再這麼耗下去，遲早大家要一起餓死。萬般無告中，劉邦想起一個人。

——蕭何……

蕭何接到劉邦求援的信函，才知道他離開縣衙後的遭遇。不久他便捎信過去，要劉邦寬心，暫時掩身沼澤裡，食糧用物自有安排，並告誡他切勿輕舉妄動，免生意外枝節。另一方面，他則暗中把同情劉邦的里戶一一組織起來，結成祕密黨社。凡是加入這個以劉邦為中心的祕黨，就須向蕭何派出的庶務繳納規捐。

對一般農家而言，既要應付秦帝國的租稅重賦，又要額外負擔一筆捐銀，並非易事。蕭何當然明白這點，因而特囑庶務照著他想好的說詞去遊說：

「暴秦無道，咱們升斗小民無依無恃，還能在這苛政下捱多久？不如集合起力量來，培植劉邦的勢力，一旦成氣候，揭竿而起，便能及早結束如今痛苦煎熬的日子。眼前要另籌穀物捐銀固然極辛苦，但這不過苦在一時，來日必可保千萬計報償，更可蔭及子孫，何樂不為呢？」

這番話，果然聽得人心大動。水深火熱中的小老百姓，所汲汲企求的，不正是這般遠景嗎？許多人被說服了，他們願意更為縮衣節食，捐輸劉邦。

蕭何成功地為往後中國悠久歷史，樹立一個平民革命的新典範。

祕密結幫，擁劉起義

陷入絕境的劉邦，再次承受蕭何的恩情。沒有蕭何，劉邦即便不淪爲打家劫舍的流寇，也要餓死荒郊，落個悲慘下場。蕭何對劉邦的情義，旣深且重。儘管如此，蕭何表面上仍不動聲色，繼續在泗水郡做卒史。幹練有爲又忠於職守的他，態度一如往常，不曾啓人疑竇。

當蕭何獲知劉邦任由率去的五百人各自逃命，甚至自己也帶了十餘人逃匿沼澤間時，首先想到的不是怪責，只有憂心。他雖已看出秦亡的徵兆，但這時大局尚稱穩定，一切也都還在秦的掌控之中。因此，他不敢貿然化暗爲明，只能私下援助劉邦，擴張他的勢力。

蕭何自己旣是監郡御史的屬官，若有人揭發劉邦畏罪匿藏沼澤，以他的身份、立場，自得緝拿歸案。所幸此事除了劉邦遣人暗通消息外，並未走漏風聲，郡的監御史乃至其他官吏渾然不知，也省卻他不少麻煩。

然而，蕭何仍有許多事要爲劉邦安排。當務之急就是親自往赴沛縣，籌設祕密組織。他藉口老家有事，請假回沛地去。

在沛縣，沒有人不認識蕭何。爲求行蹤隱密，也爲了不使人察覺身爲郡卒史的他是劉邦同黨、祕密組織的主謀，他只得喬裝改扮，趁夜裡摸黑潛回縣城。回家之後，他足不出戶，暗中遣人把曹參和夏侯嬰從縣衙請來。

曹參是蕭何過去的心腹部屬，這時在沛任獄吏，夏侯嬰則做縣令的馭伕。

「蕭兄僕僕風塵趕回沛地，又急召我倆密見，想必有大事相告？」

曹參滿腹疑雲地問道。

「不錯，是關於劉邦，他一時間不能再在縣城露臉了……」

蕭何面色凝重，把事情的經過說了個梗概。

「此事萬萬不可洩露出去。」

蕭何再三叮囑。因為此時，依秦法論罪，劉邦便是欽命要犯，一旦落入官府手中，足可當即問斬。

「為今之計，只有委屈他暫時匿身沼澤野莽，不過要派人知會他，此時此刻非比往常，斷不可再率性任為，做出雞鳴狗盜的事，否則就是我也救不了他。另外，我們還要供他食糧用物，而且要在縣城各地廣結黨羽，一方面獲取捐銀統籌運用，一方面也好形成勢力，以備來日。」

後來劉邦起事，東征西討時，也是靠著蕭何為他運籌帷幄，調度兵員，補給糧餉。這時候，蕭何所做的正是類似的事情。

「劉兄要躲藏到何時？」

夏侯嬰突然想到這問題，兩眼疑惑的望著蕭何。

「到天下動亂。」

蕭何意味深長地回答，他似乎極有把握時局不久將起變化。夏侯嬰咀嚼這句話，驀地領會，又追問道：

「您是說要佐助劉兄起兵抗秦？」

「正是此意。」

蕭何應著，表情卻平靜得一如止水。

「既然如此，我們要如何爲劉兄效力？」

夏侯嬰一向視劉邦如手足，這時更是一副義不容辭的模樣，聽候蕭何差遣。蕭何把暗結祕幫的主要任務，做了一番分配。由他自己盱衡全局，總攬擘劃；曹參的工作也不輕鬆，除了要設法庇護劉邦，還要和夏侯嬰一同擴張推擁劉邦的祕密組織，這是極艱鉅的任務；夏侯嬰被分派到的，主要是跑腿一類的差事，勞力之外，也得費點腦筋。

劉邦在沛地擁有許多天賦異稟的追隨者，如樂師周勃和屠夫樊噲等人，夏侯嬰得先私下拜訪他們，轉達蕭何、曹參「擁劉邦起事」之意，並且借重他們的才幹，膺任祕幫裡的重要職位。此外，他還須謹慎將事，挑出閭里間可以共成事的民伕，說服他們效忠劉邦，以及輪流祕送糧秣器用至劉邦藏身之處。

「還有一點，劉邦今後的身份可不同於以往，須得時時在言談行事間，顯露出對他的信服和敬重。」

蕭何認爲，脫胎換骨，搖身成爲祕幫首腦的劉邦，得先獲得幫衆的尊崇，才能發號施令。

「我向來由衷敬服劉兄，此事自不待言。」

夏侯嬰急急表明心跡。

「不錯，這我也看得出來。只是往後不便再稱兄道弟，我們須把他視同主子，自讓爲奴僕，所以得改口其他稱呼，才能顯出他的份量。」

蕭何低頭沉吟了一會，驀然撫掌說道：

「就稱他沛公吧！這稱呼既親切，又可明白道出劉邦在沛所擁有的至尊地位。」

蕭何的思慮確是周到縝密，從稱呼上讓沛人先入爲主地產生向心力，把劉邦當王侯般畢恭畢敬的服事，則「望之儼然，即之也溫」的劉邦，自能凝聚衆屬，形成力量。

在夏侯嬰的奔相走告下，中陽里二十五戶里民全加入了祕幫。一則是由於劉邦的總角之交，亦爲中陽里人的盧綰從旁協助說服，再者也是夏侯嬰搬出蕭何這塊金字招牌，由於蕭何素孚人望，有他作後盾，里人對劉邦也重新有番認識，除了同鄉情誼，這該是他們肯入幫的主要原因。

留在劉伯家裡協助耕稼的呂氏，由周勃口中得知有關劉邦的種種，知道丈夫平安無事，又有一班人擁戴供輸，她既感安慰，也放心不少。其後劉邦數次輾轉遷換隱匿地點，周勃都會設法通知呂氏，因而對於丈夫的行蹤和處境，呂氏皆詳知其情。

瑞氣隨行，天子氣象

這天，中陽里一名年高德卲的父老前來拜呂氏：

「夫人，可否引我前去會見沛公，幫裡有要事急需面陳。」

這位父老恭謹地說明來意，呂氏趕忙答應，轉身入內更衣，又收拾了些新近爲劉邦縫製的衣服，便提著小包袱領著父老上路。他們來到芒碭兩山的山中，經過一番周折，終於尋到劉邦隱居之處。

「咦！這地方如此隱密，你是怎麼找著的？」

劉邦見到妻子，大爲詫異。因爲呂氏過去不曾來過，而這次除了領著一個對其住處毫無所悉的人之外，並沒有其他人同行，這自然讓劉邦極爲納罕。

「你每到一處，我即刻便知。」呂氏含笑說道：「你住的地方，上頭時帶有雲氣，所以只要一看到雲氣，就能尋到你了。」

「雲氣？」劉邦聽妻子這麼說，心中暗暗驚奇：「你是說我所到之處，自然氤氳隨形？」

呂氏神祕地點頭輕笑。

這當然不是眞情，呂氏可能只是從別人口中得知丈夫詳細的棲身之所，並且被告以那地方時有煙雲瀰漫，才依樣尋來的。

「您也看得出來嗎？」

劉邦不敢置信地又向那名父老求證。

「我歲數大了，老眼昏花，倒沒看到什麼。不過尊夫人確實看見的，我們迷途時，她就上高處眺望，見到此地雲氣密陳，才朝這方向一路尋來。」

「果有此事，豈非天子氣象之異徵？」

劉邦一經附會，自比天子，心裡十分快活。

「瑞氣隨形，天子氣象」的傳聞，很快地傳遍沛地，沛中子弟願意追隨、歸附沛公的人愈來愈多。蕭何的巧計再次得逞。

秦始皇出遊道崩之事，隨著二世帝胡亥的即位和爲父皇發喪重葬驪山，而逐漸爲百姓知悉，人心動盪自是不在話下。

劉邦東徙西遷，隱匿在潮溼的沼澤區中，不得伸展。對於喜好交朋結交、四處遊蕩的他來說，這種日子眞是乏味透了。就在他抑鬱難當之際，幫衆傳來一個大消息，令他精神爲之一振。

「宿縣的大澤鄉有人造反了！」

每天都有新消息傳到，情況也一天比一天詳細。

「是發配邊防的兩個軍伕陳勝、吳廣帶頭的。」

陳、吳二人也像蕭何一樣，耍了故弄玄虛的手段。他們在絹布上繡了朱紅色的字「大楚興陳勝王」，然後把它塞入魚腹中。買魚的人，不知就裡，回家剖開魚腹，乍見絹布，這精心設計的「神跡」便立時傳了開去。

亡楚的遺裔對這項傳聞津津樂道，他們一心想復國，陳、吳就是利用楚人這種深切的敵愾心理，指出亡楚將再興，而興楚者陳勝必王天下。

當時的百姓對宛如神話的奇譚，往往深信不疑，衆口鑠金。

陳、吳二人起事之初，只有同困於大澤鄉的一群軍伕追隨，但短短一個月間，勢力急遽擴張，成爲擁有戰車六、七百乘，步兵數萬，騎兵千人的大軍。然而由於終歸敗亡，有關他們起事的諸多傳言，後來就被百姓斥爲無稽，議論紛紛。劉邦初起時的異徵，雖然也是穿鑿附會，卻因爲他當上漢帝，所以無論赤帝之子或雲氣的奇譚，乃至其他更爲荒誕不經的傳聞，則無人不視其爲天意瑞兆，而言之鑿鑿。

言歸正傳，這時天下開始動盪不安，人心思變了。

大秦皇朝是中國有史以來最短命的王朝。

國祚有如曇花一現的癥結，該歸咎於賴以立國的嚴苛的法家思想。秦始皇用一張密網禁錮每個人民，唯有他自己超脫於法律之上，是天地間唯一的法源，因而他死後，百姓不再受法的束縛，也不再聽命於執法的秦官僚。郡縣與官僚制度，旦夕間土崩瓦解。

沛縣的情形就是如此。擁有相當於過去王侯身份，執掌大權的縣令，如今漸失威勢，地方上舉足輕重的人物，開始嶄露頭角。

沛城的四周有城廓環繞，其中有無數亭里，里是最小的行政單位，轄二十五戶里民。時局變化後，每個里都各推出二名父老，父老中猶得人望的，則被公推爲全沛地的長老。這個人身繫整個沛地的安危，因而接受推選之後，便亟亟著手籌劃，他首先召集各里父老商談禦城工事。

當務之急，莫過於建立一支護城軍，以備陳、吳的軍隊攻掠過來，即使不是他們，其他各縣自組的私軍，也有侵進沛地的可能。消息一天天傳來，已知有好幾個郡署縣衙爲百姓攻占，郡守、縣令緊也慘遭弒殺。情勢越發惡化，組軍練兵勢在必行了。

殺縣令，叛秦廷

蕭何逃出泗水郡署，回到沛縣。

由於事態緊急，縣令緊急召集舊日部屬蕭何、曹參，闢室密商：

「依蕭兄高見，我當如何自處，但請直說無妨。」

蕭何早料他有此一問，不假思索就回答道：

「縣令心中想必已有盤算，不如說出來，我們再合計合計。」

這是道破縣令別有心跡的話，也是暗示蕭何已心裡有譜。

「蕭兄果然瞞不過，事到臨頭，我也就實心相告。依拙見，不如乾脆背秦，率領縣軍，投奔大楚將軍陳勝旗下，此外已別無良策。只不知蕭兄可願助一臂之力，責司徵募兵員？」

蕭何微微搖頭，露出爲難之態：

「名不正則言不順，縣令是秦廷敕派的官吏，只怕難以服衆。」

曹參也從旁幫腔：

「蕭兄說得不錯，若由你發號施令，我敢說沒有人會聽命行事的。」

縣令一聽，整個人像洩了氣似的，神色凝重起來。曹參又緊接著說：

「爲今之計，最好還是召劉邦回縣，他自從縱放所屬的勞役，便受累逃亡，如今隱匿在沼澤叢莽中，不少人歸附他。若由他主導護城一事，必可即日成軍，守住縣城，這是保鄉護土唯一的上上之策。」

縣令這才知道，劉邦早已暗中集結武力，擁兵自重，頓時驚惶萬狀。他轉頭望向蕭何，像在徵求意見。

「我的想法和曹參一樣。」

蕭何氣定神閒地迎向縣令求告的眼神。這一來，縣令即時軟化了，他明白蕭何在沛人心中的份量，若拂逆他的意見，既不濟事，且難保命。

「就依你們的意思去辦吧！」

縣令無可奈何的同意了。

商量定案以後，蕭何隨即把屠夫樊噲召來，吩咐他火速趕往劉邦處，通報消息：

「你就說是縣令委請他率軍返沛，並會大開城門隆重相迎，請他盡速動身。」

蕭何刻意不說這是縣令的召命，只說是委請。因爲他認爲縣令親口說出自己要背秦時，就已不再是秦官，也無權支配劉邦，他唯一尚存的作用，只是命令開啓城門而已。縣令卻大爲不悅，正色問道：

「明明是命他部衆返沛，怎說成委請？」

蕭何也不稍讓，當即回駁：

「自然是稱委請爲宜。」

「此話何來？」

「縣令已明白表示棄秦之意，如今身份與庶人無貳，理當無權召令『沛公』劉邦，所以稱委請才妥當。」

縣令看到蕭何執意的態度，不禁怒火中燒，暗忖：「原來他和劉邦是一丘之貉，我卻一直被蒙在鼓裡。看來事情並不單純，還得多計議才好。」

樊噲得了差事，即刻出城去了；另一方面，縣令卻突然變卦，召來僚屬通令道：

「緊閉城門，無論何人一概不准放行！」

屬下奉命，紛往四面城門部署。最先獲悉這道命令的，是縣令的馭伕夏侯嬰，他心中暗想：

「不妙，這老賊竟出爾反爾，蕭、曹二公恐怕有危險了！」

夏侯嬰這一想，趕緊馬不停蹄地前去通報，蕭、曹和劉邦的祕黨也來不及收拾，立即搭上縣令的座車。他們自知如若冒險留下，定會招來殺身之禍，因而斷然決定出奔。夏侯嬰馬韁一勒，長鞭一揮，便直下城門，在縣令的手下尚未接獲閉門的通知之前，有驚無險地飛奔而過，順利逃出城外。

不久，縣令得知蕭何等人已逃逸無蹤，而且還是乘著自己的座車揚長而去，不禁又氣又惱，派人喚馭伕夏侯嬰興師問罪。來回報的卻是另一名小衙役，他囁嚅著說：

「稟大人，原來夏侯嬰也是劉邦的黨徒，他私自盜用您的車輿接載蕭何等人，此時恐怕已和劉邦會合去了。」

縣令頹然癱倒，他怎麼也想不到會發生這種事。如今，只得從速在城門附近布置，躲在縣城裡過一天是一天了。

蕭何一行人出城不久，便在路上遇到劉邦的軍隊。

劉邦依舊戴著那頂士冠，騎在馬上。

「蕭兄嗎？辛苦了！」

劉邦高聲地向蕭何招呼，頻頻揮手。

待來到近前，蕭何掃視眼前這支隊伍，其中半數以上都是熟面孔，只是看起來狼狽不堪，倒像丐幫子弟。他恭立在劉邦的坐騎前，一一稟陳幾件要事進行的情況，劉邦含笑傾聽，待他說完，只是滿意地點點頭，卻沒說片句感謝的話。蕭何對於他這樣的態度，不僅不以為忤，還欣慰他已顯現出將軍的架式。

稟報完，蕭何轉身朝著隊伍大聲喊道：

「各位都辛苦了，我們即刻回城！」

當這支浩浩蕩蕩的軍伍抵達沛縣的城門下時，大門早已關上。

「通知父老來開啓城門吧！」

蕭何建議劉邦親自修書一封，然後繫在箭梢上射入城內。其實，這信箴若由蕭何具名，則城裡任何人看到箭書，都會即刻喚來衆人大開城門相迎。但進退有度的蕭何卻不願踰矩，他自視爲劉邦的下屬，既是下屬，行事便不能有損劉邦威德，同時也得讓劉邦不致對他產生猜忌。思慮周延的蕭何此時已抱定宗旨，往後仕事劉邦必得有新一層顧慮，好在他也已習於佐理的角色，並不以爲委屈。

射進城裡的箭書，輾轉遞送到父老手中。他們在城內召集平日暗中訓練過的壯丁，編成隊伍，決定前去迎接劉邦等人。

「且慢，所謂一山不容二虎，既然要迎沛公入城，就得先處置縣令，你們看該如何發落？」

「當然是立刻殺了他！」

衆口同聲，事情馬上有了決定。於是父老們命令挑選幾名彪形大漢，分頭去找躲藏起來的縣令。這幾個壯丁人手一棒，奉命而去。

縣令被依令處置了。

父老率先到城門迎接劉邦，氣氛空前熱烈，百姓都夾道歡迎這群沛地子弟的歸來。劉邦被簇擁到縣衙，這時爲首的幾位父老懇切地請求道：

「沛公，今後縣城就請您主事吧！我等必竭誠擁戴，萬死不辭。沛地安危全在您手上了。」

一番謙讓之後，劉邦終於答應。

經過商議，蕭、曹二人以軍師身份佐助劉邦，盧綰則爲貼身侍從。劉邦所率的軍隊重新編整過，換上簇新的戎裝，羅列在縣衙前。隊中挑出幾名能帶陣的，爲首立於前排，其中包括馭伕出身的夏侯嬰、役人任敖、樂師周勃、行商灌嬰，以及看來最爲慓悍的樊噲。

這支隊伍精神抖擻，昂然站立，前列一排全都手執象徵赤帝之子的紅色旌旗。

縣衙的庭苑已設好祭壇，備妥牲禮。劉邦領著衆人焚香祭禱，虔誠禮敬傳說中最古的皇帝——黃帝，以及戰神蚩尤。旋即戰鼓擂起，當擂聲歇止，劉邦用牲血染紅鼓面，衆人也肅穆地指天爲誓，效忠劉邦。

從這一刻開始，劉邦踏上了滅秦興漢之路。

5. 挑戰暴秦第一人

陳勝是第一個向秦強權挑戰的平民，他的聲勢如同滾雪球般越滾越大，他的崛起，正是動搖秦朝國本的第一聲喪鐘。

秦京師咸陽乍看下仍十分平靜，在這通都大邑中往來的百姓，神態從容而悠閒，唯一稍顯異狀的只有城東間歇傳來流寇騷動的消息。

咸陽屬關中，在天然地理位置上占盡優勢，因而生活其間的百姓，乃至皇族，莫不以此為恃，無論關外是何景象，他們照樣過著歌舞昇平的日子。另一方面，由於天險函谷關的屏障，外面所發生的事，也無法輕易傳入此地，因而儘管已有叛民蠭起，在咸陽卻嗅不到這種氣息。

關中盆地，金城千里

關中盆地在中原偏西，是通往西域的要衝，遙遠西方的文物常經此流入，具備有陸路貨運樞紐的功能。北有要塞蕭關，禦擋匈奴入侵，西矗散關，南聳武關，遏阻蠻夷進犯，東邊則有最爲險要的函谷關把守重鎮。

天險之外，渭水橫貫關中，大小支流滋潤了這片廣袤的黃土大地，爲居民帶來豐饒和富庶的物產。戰國末期，此地區更廣闢灌溉溝渠，耕地面積大爲擴增，其後人口繁衍更加迅速。當戰國時期秦國定都咸陽時，就已爲往後稱霸天下，奠定良好的根基。

關中，有「金城千里」之稱。

咸陽城跨渭水大河上，湖光山色，綠蔭遍野，再加上壯麗巍峨的宮殿，直是一幅人間勝景，令人悠然神往。

秦始皇統一天下之後，勅命十二萬戶富家遷居咸陽，充實京都，又大興土木，建造麗宮。爲紀念自己立下的事功，他命人仿造被他所滅的諸國宮殿形貌，重新依樣建於渭水河畔。當時，人們稱咸陽爲「天府」。

與此同時，西方古羅馬對於大秦聲威或也略有所聞，盛極一時的咸陽與帝國首都羅馬，該是足可媲美，遙相輝映的。

秦始皇在位時，諭令建造寰宇最大的宮殿——阿房宮，但未及見其築成，他便病逝巡幸途中。胡亥即位之後，首次下達的詔旨，就是趕工完成此一奇偉的宮殿，以及安葬父皇的驪山陵墓。徵召的數十萬勞役全在咸陽城內外作息，各個市集巷道常見他們往來的身影。

咸陽城裡皇族、官吏達數萬之衆，尚有五萬名始皇的近衛軍，爲了固守京師，日常勤練射術武藝。這時，京都的景象就和始皇在位時一般。

隻手遮天的假皇帝

二世皇胡亥其實並不特別愚昧，只是爲人不體恤，不明人情，因而視界極爲褊狹，思慮亦極浮淺。對於水深火熱中的人民的痛苦，他不僅視而不見，冷眼看待，甚至還執意變本加厲地驅策他們，較始皇在位的嚴峻有過之而無不及。

他初登寶座，原跟隨父皇身邊的一班老臣——右丞相去疾、左丞相李斯、將軍憑劫——基於一片赤忠，向這位新皇諫言：

「吾皇聖明，臣等斗膽直言，爲我大秦社稷之長治久安計，懇請即賜命停造浩大工事，以平息民怨，重攬人心。」

他們一再奏本諍諫，並爲新皇詳加縷析天下生民所受諸苦。依照秦制，發配邊境守疆的軍役稱「戍」，以水運輸送賦穀的勞役稱「漕」，利用陸運稱「轉」，興工所需的勞役則稱「作」。

這戍、漕、轉、作四端，迫使天下百姓離鄉背井，荒蕪耕事，男女老少各無所歸，致令民生凋敝，而流離失所者更淪為盜寇，四處竄擾。

「朝廷對於這些流寇自非束手無策，各地都派出精兵緝拿，一旦發現當即處斬；只是此輩流寇日益猖獗，抓不勝抓，斬不勝斬，儘管官兵疲於奔命，而勢仍不可遏。唯今但憑皇上英明決斷，先停建阿房宮，使庶民得以休養生息，方是求靖治本之道。」

老臣言之諄諄，希望能用這番道理說動胡亥，令他明白民不聊生的後果直接關係到秦帝國的興亡利害。無奈冷心腸的胡亥偏偏聽不入耳，他對這些話嗤之以鼻，反倒過來教訓老臣：

「唐堯、虞舜、夏禹，你們可都知道吧？」

衆老臣當然知道，他們一聽胡亥提起古聖人，莫不欣然靜候下文。只聽胡亥接著說：

「在朕眼中，他們一無可取，愚昧至極。」

這話說得老臣們為之愕然，明明是聖王賢君，偏說成愚夫，究竟是何道理？

「先說堯舜吧！身為君王，卻居處陋室，食用粗簡，我大秦就是小小一名守門人，日子也過得較他們適意，至於禹更是庸碌懵昧，成天只知治水，有君王的福份而不知享，日夜操勞。較之在驪山掘土造陵的勞役，尤為自苦。這些人愧稱古聖，何可取之有？」

說到這裡，胡亥停下來環顧幾位老臣，臉上露出極輕鄙的冷笑。在他想來，自己的看法理當爲天下共尊，人臣尤當仿效遵循，照著皇帝的心意治理萬民。若不能善體君心，反而然提出進言，拂逆旨意，則是本末倒置，枉爲人臣了。

胡亥又以一臉不以爲然的表情說道：

「所以朕不以堯、舜、禹爲典範，正是因他們不明君王之道。以德化民，大謬。韓非子亦曾言及此，於朕心戚戚焉。」

老臣越發聽得不是滋味，卻不敢辯駁，只得無可奈何地聽下去。

「父皇不也與堯、舜、禹反其道而行嗎？」

胡亥連始皇也搬出來說嘴，他意猶未盡，滔滔不絕：

「雖反其道，以法治民，天下人誰敢不臣服，江山社稷又何嘗動搖？所以衆民敬服天子，並非因天子有德，既不是要如堯舜那般貧窘，也非如禹連奴僕都不如，才能得到敬重。天子只要掌有天下，唯我獨尊，就可盡享天下財富，指使天下生民，爲所欲爲，行所欲行。如此，人民方知天子所以尊貴之處，自會油然生出畏服之心。」

他這番話，全是承自始皇的法家思想。

「治天下只要依法，嚴施刑罰，則治世不過易如反掌，衆民也不敢妄爲悖法犯紀之事。」

提到悖違法紀，胡亥突想起老臣把流寇蠭起怪罪到自己身上來，不禁撩起怒意，連諷帶刺地說：

「如今函谷關以東流賊橫行，目無法紀，你們不知反躬自省，倒歸咎爲先帝遺業、朕所承繼的諸般工事。莫非流寇起亂，還要父皇和朕來擔罪嗎？嚴執刑法，斷其根，枯其葉，不是你們這些股肱之臣份內所當爲嗎？眞教朕寒心！」

說著，胡亥又轉念一想，越發覺得這幾個老臣非但是不明事理的糊塗人，且又執法不嚴，怠忽職守，才助長了流寇的聲勢。他們的罪較那些寇賊匪類尤無可逭；更不可饒恕的是悖逆君臣分際，責怪天子的不是，此風若長，皇帝還有什麼威嚴呢？

思及此，胡亥憤恨難當，決意要重重地嚴懲，以儆效尤。他把這三位赤膽忠心的老臣打入大牢，除了李斯被揑造罪名，舉族夷誅外，其餘二人也在獄中鬱憤自盡。朝中大臣眼見胡亥對先帝遺臣如此處置，敢怒而不敢言，人人自危，再無剛直之士敢冒大不韙觸犯龍顏。朝政就在奸宦趙高的專擅下，國事日非，終致種下大秦皇朝覆亡的惡因。

趙高是中國歷史上最有名的大奸臣，他的權勢慾望永無止境，貪狠而陰毒。但他極善察言觀色，掌握人心的弱點，因而每施詭詐巧計，常能得逞。

胡亥是個只聽好話的皇帝，趙高就看準這一點，極盡逢迎諂媚之能事，時時加以歌功頌德，而胡亥對他的建言，也無不言聽計從。

過去始皇曾聽信盧生所言，遁居深宮中，遊佚無定所，朝政大事皆透過趙高輾轉上命下達，也不輕易接見臣屬。趙高回憶起這段往事，狐假虎威的權力滋味令他利慾薰心，食髓知味的趙高，便依樣畫葫蘆地蠱惑新皇胡亥。

「皇上尊貴之身，應遠離塵世俗人，滿朝文武，莠氣紛雜，實應避而遠之。」

胡亥原就無心問政，此時趙高所說又言之成理，況且還有父皇的先例可循，他便索性落得輕鬆。於是，二世皇胡亥不再上朝聽政，垂詢國事，他縱情淫樂，鎮日留連後宮，一切都交由趙高代爲視事。

趙高不但再度成爲挾帝自恃的「假皇帝」，同時對於不利自己的消息，隻手遮天，不讓胡亥知道。他專擅獨斷，陷害忠良，在秦廷已弄得天怒人怨，而胡亥仍絲毫不察，沉緬於日日笙歌，懵昧於天下太平的假象。

秦廷，一天危似一天。

陳勝：反秦第一人

秦二世元年七月，中原一帶霪雨霏霏。

陳勝、吳廣和同行的戍役受困在大澤鄉，進退維谷，眼看勢必延誤稟到的限期，在進是死、逃也是死的情況下，他們選擇揭竿而起這條路。陳、吳所部的流民軍就在雨勢滂沱、泥濘遍地的沼澤區中，迅速地擴張勢力，壯大起來。

最初，這支軍隊顯得毫無章法，凡事因陋就簡，數百流民伐木做爲武器，截竿綁上布巾權充旌旗。但初生之犢不畏虎，他們鬥志高昂，首先偷襲當地秦軍，便旗開得勝，於是劫獲大批兵器，這才正式成軍。

「長太子扶蘇和故楚名將項燕號召天下，奮起抗秦。」

陳勝假他人之威名，飛檄四方。這冒名起事的謀略果眞奏效，獲得廣泛的響應。

秦始皇的長子扶蘇深得民心，天下人莫不望其解厄於倒懸，雖然此時扶蘇早已爲佞臣趙高謀害，自刎身亡，但人民卻尚不知情。他們一心願望仁德兼備的太子扶蘇成爲新皇，普施甘霖，治理天下。

當然，除了扶蘇素孚人望之外，有了名將項燕將軍輔助，更無異如虎添翼，可保大秦邊蠻不犯，國域靖康，只是百姓並不知道項燕也已亡故。

由於陳勝抬出的這兩名大人物，正是人心所向，因而登高一呼，衆民紛紛起而響應，歸附旗下的人越來越多，形成一股頗爲可觀的勢力。

陳勝雖然是農家子，但年少時即有大志向。一次，他在田地間耕種，酷暑當頭，很覺辛苦，便擱下工作，跑到壟上休息，心中悵恨良久。他感喟地說：

「有朝一日富貴了，也絕不會忘卻今日的苦楚！」

旁邊有個爲人傭耕的農夫，聽了笑道：

「你是個種田的，怎能富貴呢？」

陳勝長歎，應道：

「唉！**燕雀怎知鴻鵠的志向啊！**」

他不是將軍出身，也非門下食客成千的公子，卻因爲有著雄心壯志，終是名留青史，成爲反秦的第一人。

在赤手空拳，無依無恃的景況下，陳勝施用「虛張聲勢」的計謀，順利收編許多軍伍，展開他討伐暴秦的事業。儘管陳勝不諳兵法，也沒有軍略上的幹才，但初起事時卻意外得心應手，左右逢源。他乘破竹之勢，所向披靡，手下的士卒也不再是群烏合之衆，他們擁戴陳勝，各盡所能，朝著同一目標邁進。

當陳勝在大澤鄉一舉得勢之後，旋即以迅雷不及掩耳之速攻陷鄰近的蘄地（今安徽宿縣），再以此地爲據點，接連攻下周邊的銍、贊、苦、柘、譙等處。他招降秦兵，充實軍容，又掠獲大批戰利品，有了充裕的糧秣、武器和馬匹車乘後，實力大增，乘勝推進到河南一帶。

這時候，陳勝的軍隊擴張成有車乘六百、馬千騎、士卒達數萬人的大軍，下一目標直指陳城，若能再下此城，則實力更盛。

「收復故都，中興大楚！」

兵卒個個摩拳擦掌，無不念茲在茲。

陳城，這有著磚紅城垣、風光明媚的地方，是楚人魂縈夢牽的故鄉。戰國末期，楚國輾轉遷都，最後定王都於陳城(今河南淮陽)。迄至秦帝國創建，將郡治設於此地，由秦官統轄支配。

陳勝旗下大軍多爲楚人，陳勝自己也是楚人。在中原人眼中，楚人有著異族血統，也保有奇風異俗。以戴冠爲例，中原人士只在士的階級中可見，但楚的後人即使是普通百姓也習於戴冠，而且他們所戴的冠相當獨特，一眼望去，便知是楚人之冠。

陳勝揮軍兵臨城下時，陳城的郡守聞風喪膽，棄城而逃。城裡只剩幾名秦吏仍率軍作困獸之鬥，然而不過剛交鋒，秦軍就節節敗退，終於不免被殲滅的命運。

大軍銀甲熠熠地進城，把這楚的故都收復爲根據地。陳勝入主故楚舊都，予人的印象宛如楚王，因而四方流寇都視他爲盟主，前來歸附。

在沛地舉兵的劉邦、起於吳中的項氏叔姪也不例外，他們雖然奮起抗秦，但兵力有限，只能依託大勢力，投靠陳勝麾下。當然，這是形勢使然，暫時的權宜之計，他們並不曾有長久寄人籬下、委屈以終的打算。一旦時機成熟，便是揚名立萬之日。

——成功竟這般的容易嗎？

陳勝自己也詫異此際的時運。的確，從起事到入主陳城，一切都如有神助般，未嘗吃過敗仗，除了順天應人之外，也只能說是因緣際會了。

陳勝的勢力不斷膨脹。這時候，他不再需要像初時那般招兵買馬，號召群衆，安坐在陳城郡署內，聲名自然遠播八方。尤其在他統有的版圖鄰近——今安徽、江蘇、河南一帶，大小流民軍都仰慕他的威名，爭先恐後地前來奔附。

陳勝是第一個向秦強權挑戰的平民，他的聲勢如同雪球般越滾越大，他的崛起，正是動搖秦朝國本的第一聲喪鐘。

在各方勢力蠭起擁戴陳勝的時刻，並非沒有人靜靜地冷眼旁觀。

巢湖畔的「楚一遺民」

「秦的亂象已現，敗亡只是遲早的事，陳勝雖先人一步起事，最後王天下的卻未必是他。」

一名居住在巢湖畔的奇特老人，盱衡局勢，生出這迥異於人的想法。

距離陳城以南不遠處有個巢湖，居巢鎮就在湖畔，依山傍水，景色怡人。老者卜居在這處小鎮上，有些田產，日子過得頗為寬裕。他學富五車，博古通今，家中四壁皆積藏卷書，閒來不是翻閱典籍，便是發為議論。這老者並非迂儒，所見所識均高人一等，慧眼獨具，因而雖好發議論，說的卻並非窮極無聊的牢騷話，事後印證確有先見之明。

這白髮老翁就是范增。

年已七十，稱為老翁實不為過。但年事雖高，范增卻老當益壯，身骨健朗。他雙眼炯炯有神，手脚敏捷，運步如飛，性情更是返老還童，毫不故作矜莊，總率直地流露喜、怒、哀、樂的情感。

據說故楚還在的時候，他曾往他鄉屈就小官吏，又傳說他曾是楚公子春申君的門下食客。但是范增自己不愛回憶過去，也不曾向人提起前塵往事。他精力旺盛，宛如少年人，或許就因心態的年輕、熱情，才使他的目光永遠朝向未來，而不願回首過去吧！

這樣一個老人，卻也有他嚴肅的一面。

「做人要講節義。」

他經常三句不離這口頭禪。范增指的是對亡楚的情義，是心向故楚的氣節。

「吾何許人也，楚一遺民！」

以「遺民」自視而不言及其他，范增這另一句常掛在口邊的話，也流露著對楚至深的情感。

「范增之老，唯願有生之年親見吾楚中興！」

由於他懷抱這種志向和氣節，他經常戴著楚冠，一方面以明心跡，再者也是自我惕勵。

楚冠又稱南冠，是用羊皮製成，無論材質、外觀，都與北方中原人的冠大不相同。過去故楚國力鼎盛的時候，楚王即戴飾這種皮冠，臣屬則須視身份而定。但楚亡國後，冠制隨之廢佚，遺民爲緬懷故國，便以戴楚冠慰藉念舊之情。范增的戴楚冠，也有這層涵意。

陳勝起事後連戰皆捷，獲得意外成功的消息，很快便傳到范增所居住的居巢鎭。這裡的百姓大爲喧騰，不少人都競相投效到陳勝麾下。但是也聽到另一種聲音：

「陳勝在進掠陳城之前，冒名自稱扶蘇，吳廣也佯稱項燕。他們的出身其實根本只是平凡百姓，並非故楚名門之後。」

楚人對出身、家世，看得極重，這點比之中原人有過之而無不及。何以產生此種差別呢？這得從南北兩域的生活形態說起。

中原一帶自古就是以粟、麥、雜糧爲主要農業作物，居民彼此交易，在物產上互通有無，因而貨幣經濟隨之發達。同時他們又藉地利之便，與輸入馬匹、毛皮的異族接觸頻繁，從而受到外來民族的刺激，使原本由貴族和奴隸組成的社會形態瓦解，代之以新興的地主階級和佃農構成的社會。

楚國所在的南方則略有不同。這區域以稻作爲主，更由於土壤肥沃，物產豐饒，收穫的農作輕易就能自給自足，因而同中原比起來，貨幣經濟侵入農村地區的情形較少。

說來，要想窺知遠古遺風，則在江南地方遠比中原容易。

在秦以前的戰國時代，七雄並立，諸國社會變動十分劇烈，以下犯上的風氣極盛。唯獨楚國沒有這種惡例。在楚國，世襲貴族代代掌有政治與軍事大權，門閥觀念異常濃厚，是生活在中原的老百姓難以想見的。楚人稱這些貴族門閥爲「世族」，特別禮遇和尊敬。

故楚時代，世族中門第尤高的名門望族，首推悲劇詩人屈原所由的屈氏，此外景氏、昭氏也與屈氏齊名。這些世族子弟擔當楚國政治、軍事上的要職，在社會中享有舉足輕重的地位。

項氏家族出過名將項燕，但門第尚不及屈、景、昭三氏。盡管如此，陳勝在舉兵之初，令吳廣冒名大將軍項燕，主要原因，不止在於項燕的將才，還由於項氏也是楚國世族中饒富盛名的一族，藉此使得素來重視門第家世的楚人信賴臣服。

然而，陳勝、吳廣在順利接掌陳城之後，恢復眞實身份，楚人才恍然發覺吳廣不過是陽夏地方（今河南大康）一個無名小卒而已。

住在居巢的范增向來關心時局，這類消息自然也有耳聞。當整個市鎮對陳、吳一片嚮慕之聲時，范增卻仍持著平常心，冷眼靜觀進一步的發展。

「在居巢，唯有范老夫子獨到的眼光，才能識透天下大勢。」

雖然受到鎮民這樣的推崇，但並不意謂范增擁有爲首帶頭的身份；只是由於他見多識廣，分析事情時往往一針見血，所以無論發生大小事情，人們自然而然便會前來請益，領受教誨。

范增，是閭里間公認的智者。

陳勝成敗的關鍵

自從陳勝發兵舉事之後，地方上許多血氣方剛的少年人，頻頻出入范宅，當地父老也紛往求教，他們都想知道對於陳勝的作爲，居巢該如何回應。

「且暫時再靜觀些時候吧！」

范增只淡淡地這麼答覆。

「范老夫子恐怕眞是老了！」人們對范增出人意表的平靜態度，咸感不以爲然。有人甚至激動地無法自抑，厲言衝撞：「陳勝所部大軍殆皆楚人，他們已經奮勇站起，爲振興楚國而戰。這支楚軍是中興義師，凡我故楚遺民不但不應該坐視，更要責無旁貸地施予奧援，毅然從軍。范老夫子素尙節義，而今袖手旁觀，莫非臨陣畏事？」

范增並未動氣，他冷靜地反問：

「何以見得他們果眞是以復興楚國爲職志？」

他言辭剴切地直指要害，又加重語氣詰問道：

「縱觀陳勝起兵迄有今日，何曾眞有團結楚人，志在復國之意？」

那名莽撞的少年，不曾想到這麼深遠，頓時被問得啞口無言。范增又接口說道：

「故楚先王的後嗣由遺臣護持，隱姓埋名，匿居山野。秦朝官吏雖不知情，但同爲楚人，只要有心必不難找到，陳勝曾派人去找過嗎？」

一席話驟然點醒衆人。

其實，范增並不是個拘式、不知變通的人，也非執意定要恢復昔日王族的權勢地位，冥頑於門第之見的人，他所希冀、籌謀的，只是如何讓楚國遺民結實地團結起來，滙聚成一股中興楚國的力量。

團結需要核心。他知道擁戴先王遺裔，必定有相當大的號召作用，可以凝結向心力，促進團結。反之，師出無名，即使一時獲得成功，失去楚人的忠心支持，其勢也終不可久。

——問題在於：陳勝是否有這樣的胸襟和識見，能否找來先王後代自請遜讓？

在范增看來，陳勝功成或身敗，端視其能否把握這個關鍵。如果陳勝不明箇中道理，戀棧一時的權勢，不肯推擁故楚名正言順的王族承嗣，必會走向敗亡之途。在這種情況下，他又何忍把居巢的鄉親子弟推上征途，白白送命呢？

盤踞陳城的陳勝，果眞被范增料中了。

一個原本藉藉無聞的升斗小民，在短短數月間，搖身成爲大軍統帥，既連番攻城掠地，又有強大實力，稱王的念頭遂逐漸滋長。

當初在赤手空拳、無一可恃時，爲了吸收兵源，壯大聲勢，冒充太子扶蘇，又令吳廣佯稱項燕。如今業已打出一片局面，陳勝就不甘再埋隱眞實姓名，像個流寇的大頭目般，爲人所輕賤。

「不如乾脆自立爲王吧！」

陳勝野心勃勃地這麼想。

秦朝立國之後，廢除封建王侯制度，改採郡縣制。但民間百姓對新制的嚴峻與繁瑣，怨聲載道，他們反而較懷念戰國時代王侯制度下的生活，賦稅既輕，又沒有如此苛重的勞役。陳勝意圖稱王，倒不盡然是爲重拾過去的舊制，他的崛起，無非是想解救不堪秦帝國壓制和煎迫的殘民，才奮起反抗。如今獲得意想不到的成功，權勢之念自然隨之而生了。

稱王，必須受衆民擁戴。於是陳勝召集陳城的地方士紳，徵詢似地問道：

「託天之幸，在下與一幫子弟兵擊退秦軍，復興陳城，只不知地方父老有何期望於我，若能有效勞之處，必不託辭。」

當然，他已暗中先事部署，這時便有人率先應道：

「將軍身先士卒，奮勇抗秦，解救陳城百姓於水火之中，重燃我楚人中興社稷之志，論此功，將軍理當稱王！」

若照常情，遇上這種場面時，常都會像劉邦一樣，謙言推辭一番，先客氣地加以婉拒，待對方再三提起後，才予以接受。但陳勝卻由於出身的緣故，不懂得這些手腕，當下便滿口答應，毫不辭讓。

陳勝大模大樣地就位，國號定爲「張楚」。

所以不稱爲「楚」，也許是陳勝的心虛膽怯，畢竟他雖是故楚遺民，卻並非王室血脈。逕稱爲「楚」必招人非議，而他又不願將得來不易的高位拱手讓人，擁先王承嗣，自讓次位，遂想出這個既與「楚」搭得上邊，卻又非正楚的國號。

中國歷史上，國號通常只採單單一個字，譬如夏、商、周或趙、魏、楚，乃至於秦，皆是如此。採用兩個字的則大抵是異民族所建非正統國家，或是藩屬於中國的蠻貊之邦，或是由中國皇帝賜封名號的外邦，諸如朝鮮、吐蕃、南詔、月氏、烏桓、大食等即是。

「陳勝啊！你的路到此爲止」

范增在居巢也聽到陳勝稱王的消息，儘管已在意料之中，乍聽之時仍不免詫異：

「他這麼快就稱王了嗎？」

繼而也慨歎、不勝惋惜地說道：

「此舉實在不智，**陳勝啊！你的路只能到此爲止了！**」

不久，項梁和項羽在長江下游的吳中地方舉事，消息輾轉傳到居巢。范增向來關心天下大勢，任何新消息經過他耳中，很快便能成有用的情報。他發現項氏叔姪原來系出楚的名門項氏，並非陳勝、吳廣之流。

——這對叔姪對復興故楚或有大用！

所以產生如此想法，是因爲范增看重項氏後人，並相信出身望族的這對叔姪，必能充份了解和採納自己的建言，從而尋訪楚王子嗣予以擁立，堂而皇之揚起「楚」旗旗。果眞有這樣的作爲，就可以團結起一股足以滅暴秦的強大力量了。

「陳勝就差在這步棋，如果項氏能照我的計謀去做，滅秦指日可待！」

范增捻鬍陷入沉思。他想，這不過是自己一廂情願的看法，至少得先打聽一番，看看項梁其人是否可堪受教。很快的，他從一名吳中過來的行商口中，對項梁有了深一層的認識。

「項梁精通文墨，博聞廣知，對賢士備極敬重，且能察納雅言。爲人風評甚佳。」

范增這才一掃心中疑慮，整裝出發。不久，他在薛地登門求見項梁，初次謀面，兩人都有相見恨晚的感覺。范增於是留在項梁身邊，擔任軍師。

胡亥的老師與恩人

在京師咸陽，宦官趙高威勢正如日中天。他的言行舉止，儀態神情，與過去始皇在世時早已判若兩人。

趙高從前侍候先帝，如同跟隨主人形影不離的一隻貓。這隻貓狡猾異常，行走時輕得不發出一點聲響，又懂得察言觀色，迎合主人的心意。他總能在秦始皇還未吩咐出口之前，機伶地自動把事情安排好，又能奴顏卑膝地奉承始皇，討他的歡心。尤其在始皇晚年，趙高已溶入他的生命中，成爲他不可或缺的一部份，彷彿如果沒有趙高在，始皇便缺手少脚，什麼事也做不成。

但現在，趙高與二世皇胡亥間的關係，卻和先帝時代截然不同。

「大秦的立國思想何在？」

趙高揚著又尖又高的聲音，教誨胡亥這個年輕的皇帝。

胡亥自小跟隨太傅趙高求學問，趙高教他認字、寫字，教他法家思想，也教他帝王之學。由於胡亥從年幼時起就受教於趙高，因而由爲師的口中說出來的話，他咸信是至理良言，自然也受到極大的影響。

在胡亥心裡，兩人除有師生情誼外，趙高還有恩於自己，如果不是這位恩師，自己無論如何也登不上皇帝寶座。爲此，胡亥對待趙高遠超出師生間的情份，甚至倚仗到言聽計從的程度。

「只要是恩師所言，決計不差，朝政大事朕亦無須多費心了！」

胡亥喜好逸樂，要他一派正經地上朝，群臣枯燥乏味的奏稟，他是怎麼也提不起興趣的。他最感興趣的還是和後宮嬪妃嬉鬧，這也正是趙高教給胡亥的帝王之學。趙高爲了爭權的私心，蠱惑生性喜好漁色的年輕皇帝：

「皇上身繫社稷安危，而欲善治天下，首須繁衍龍種，故而頻御嬪妃，爲帝王首要之務。若違此道，不僅天所不容，亦將喪失天下人的敬服，甚而四方生變，群寇亂起，皇上不可不愼！」

這番話正中下懷，胡亥更能冠冕堂皇地過他縱情恣慾的生活。他把旺盛的精力和慾望全轉移到暖玉溫香裡，日夜耽溺女色，沉迷後宮，將朝廷政事一舉拋在腦後，不聞不問。

接見百官的重任，順理成章地由趙高接手。他擺出仿如皇帝的架子，接見朝臣，口氣和舉止也不再相稱於他的宦官身份。

一來爲了「繁衍龍種」的堂皇藉口，再者也是趙高授意不得隨意會見「莠氣紛雜」的百官，胡亥對衆臣，乃至對天下事，都陌生到幾乎一無所知。

在秦中央組織的體系下，有一項習慣是趙高因疏忽而忘了廢除的，那就是前方將帥在戰況危急時，有派遣使者直入內宮面稟皇帝的權力。秦始皇在世時，爲防萬一立下這個規矩，他認爲將軍雖率兵衝鋒陷陣，但皇帝才是全軍的最高統帥，唯有英明睿智的皇帝，才能當機立斷繼續前攻或退守，抑或增派援軍。

趙高所以竟大意到忘記這項成規，是因自秦始皇統一天下後，未曾大興干戈，過慣了太平歲月的緣故。

陳勝、吳廣剛發動叛變時，秦的地方官吏掉以輕心，以爲不過是流寇騷動，只要派當地駐軍平剿，便可戢止亂源，於是便沒有驚動朝廷。沒想到，這卻使陳、吳等人坐大，甚至占據郡府陳城，而陳勝更自命「張楚王」（世稱陳王），派兵四出與秦軍交戰。顯而易見，這已不是尋常的流寇爲亂，而有覬覦帝位的野心。

這樣的情勢自不可與尋常的賊寇相提並論，也遠超出地方軍的戰力，唯有請求中央馳派援軍，才能及時遏止叛亂勢力的擴張。於是，傳令兵千里迢迢飛報咸陽。

當傳令使者面稟胡亥叛軍實情之後，年輕的皇帝錯愕不已，他不能置信有人敢對秦帝國造反的事實。

「一派胡言！」

胡亥震怒的厲斥信使。胡亥的反應，旁人是很難理解的。除非有個人曾經歷過同他一樣的成長環境，同他一樣處處受制於趙高，否則絕無法了解他思考事情的方向。

不只造反，還有許多事胡亥都被蒙在鼓裡。他早已經習慣透過趙高知道世間一切事情，不論學問、知識、思想方面，就連朝政，以至於生活，他都少不了趙高的提示。因而趙高不曾向他稟報的事，即使從旁人口中得知，他仍無論如何不肯相信。

「果眞出了亂子，趙高必會讓朕知道。」這個才二十出頭的皇帝，一逕這麼頑固地想著：「更何況不是流寇，而是造反，要眞嚴重到這地步，朕豈有不知之理？」

胡亥壓根兒也沒想過有人敢造反，這時候聽信差的呈報，不由得火冒三丈。

「你好大的膽子，竟敢在朕面前危言聳聽！」他直跺脚，又連連揮手：「來呀！去把趙高給朕叫來！」

趙高匆匆趕到，當了解事態之後，心中暗叫不妙：

「我真糊塗了，居然把這老規矩疏忽掉，還是先想法子安撫皇上再說。」

於是他定一定神，不由分說便把那名傳令兵給關入大牢，定下欺君罔上之罪。同時，為了防範以後再有類似情事發生，他也費了一番周章地先事部署。他先找來幾名心腹宦官，仔細地交代道：

「為人臣子該當為皇上分憂解勞，勿使煩心，故而今後若再有傳令兵來報，不論戰況如何，一概稟報皇上流寇皆已剿滅，切不可透露半點實情，讓皇上憂急，知道嗎？」

「是，屬下知道該怎麼做，請公公放心。」

從此以從，雖陸續仍有許多傳令使者前來呈稟戰況，但一進宮門，壞消息全成了捷報，因而胡亥始終不曾聽說過陳勝的名字，也沒聽過項梁、項羽之名，更別說此際勢力最小的劉邦了。

直到胡亥被弒那天，所有足以滅秦的叛徒，他都毫無所知。

恐慌氣氛籠罩咸陽城

趙高隱約知道函谷關以東的情勢：「不過是些流民騷亂而已，沒什麼好擔心的。」儘管事態已經愈演愈烈，他仍然自欺欺人地這麼想著。

事實上，自幼入宮的趙高，對於應付此類情事，不曾有過經驗，表面上雖裝作一副成竹在胸的樣子，其實卻六神無主，一籌莫展。他擅長的只是宮廷權勢的內鬥，以及對皇帝的操縱控制，對於宮廷以外的事情並不了解，更遑論軍事上的謀略和用兵遣將了。

世局益發惡化，流寇蠭起，各地都傳出當地秦吏遭弒，大小勢力團體擁兵自重的消息。原已湮滅的前代封建制度，如今在以法立國、推行郡縣制的秦帝國各地死灰復燃。最明顯的例子，就是各地如雨後春筍般，出現許多像陳王一樣臨時成立的封建王國，有的遣使者赴陳王處，併納於陳王轄下，有的則在故鄉自立為王，稱趙王、魏王、齊王等。

陳王的軍隊繼續向西揮進，最後進逼到戲(地名)，這是通往關中的一處要塞，靠近函谷關。

咸陽城頓時籠罩在一片恐慌不安的氣氛中。

秦軍源源不斷地派出，但由於發生騷亂的地方不只一處，因此軍隊一出函谷關，便不得不把兵力分散，開赴各地鎮壓平剿。兵力一分散，勢力就變得薄弱，當抵擋不住來勢洶洶的民兵時，各個小部隊都紛紛向咸陽請求增援。這時咸陽也陷入群龍無首的狀態，身兼大軍統帥重任的皇帝胡亥，仍然過著醉生夢死、聲色犬馬的生活，對於外面爆發的大事渾然不覺。

秦廷中掌軍務的大臣，也無人盱衡全局，擘劃對策，只是一接到求援信函，便把秦兵派出去。不久，咸陽城的軍力眼看就呈中空狀態了。

城裡百姓群情譁然，士氣也大受動搖。

「正本清源之道在剷除陳勝勢力，所謂擒賊先擒王，只要拿下陳勝，他的餘黨自會潰滅。」

軍務大臣的看法一致，都向趙高進諫全力擊潰陳勝，以救亡圖存。

然而，京師幾乎已無任何兵力，要摧毀陳勝軍，談何容易。

事態雖然已迫在眉睫，趙高卻仍延宕鎮剿的時機，他這種態度，無非是基於私心。他想，這時候若選派將帥統兵平寇，萬一因而立下大功，獲得勢力，對自己豈非一大威脅。趙高不願見到競爭者出現，這也就是他瞞天過海，不讓二世皇胡亥知道戰情惡化的根本原因。

胡亥一向將國事交由趙高全權處理，一旦被他知悉事實眞相，心生畏懼，也許會將大權收回，直接下令任命將軍。這麼一來，皇帝很可能透過戰爭與衆將有頻密的接觸，甚至賦予被他賞識的大將以重權。由於這層利害，在京師咸陽稱得上將領的人才，都受到趙高蓄意的排擠，他壓抑他們，不讓他們有出頭的機會。

「唉！放眼朝中，竟沒有一個能堪重任的良將！」

每當朝臣向趙高進言，他總是故作喟歎地報以冷笑，並且表示並非他不用人，而是無人可用。這次是眞到了生死存亡的關頭，幾位大臣不得不鼓起勇氣，力薦將才：

「章邯倒是個不錯的人選，派他做大將，或能力挽狂瀾。」

趙高對章邯並不陌生，他一聽，不假思索便道：

「他行嗎？據我所知，他不過是掌財務的少府，只是一個文官罷了！」

「章邯眼前雖是文職，但系出將軍門第，先帝過去征滅六國之際，他也立過不少汗馬功勞。此人忠耿正直，不妨一試。」

趙高低頭沉吟，一會兒才抬起頭來說：「好吧，待我先見見他。」心裡卻已抱定宗旨，只要章邯的態度有絲毫不遜，便不給他任何機會。

章邯：秦廷的最後希望

在秦中央的衆官之中，章邯可能比任何人都了解事態的嚴重性。他官拜少府，主管漁政和稅政，因而對地理十分熟悉。這次的大動亂，起於沼澤區的勢力最爲強盛，不僅鄰近地方的租稅完全斷絕，漁稅也無以徵收。

各地稅吏呈遞給章邯的報告，將稅源短缺或中斷的原由詳加陳述，無形中具有戰情分析的作用，章邯因此能對秦域各地的情勢有通盤的了解，不但較武官所知更多，甚至曉得哪處地方是平靖的，哪條重要通道是順暢無阻的。這一切，他都了然於胸。

「此際正是我獻身報國之時，除了我以外，恐怕沒有人更明白天下大勢了！」

章邯對秦廷一片忠誠，他度量寬宏，富於決斷力，且待人溫厚，是位深得軍心的將才。由於爲人忠直，他結交到不少朋友，朋友中不乏警覺到秦廷危在旦夕之人，他們紛紛向章邯表示：

「章兄，唯有你出任將帥，方能拯救社稷！」

故友舊僚也爭先向他表明心跡：

「章兄若掛帥，我等必誓死效忠！」

章邯雖也有報國平寇之意，卻不主動表態，他等待著時機。

另一方面，趙高在衆官力薦之下，終於派人來傳喚章邯前往謁見。章邯的幾位深交知道這消息後，一則以喜，一則以憂，他們善意地忠告道：

「章兄此去，應對上可要格外小心，萬不可觸怒宮中小人，爲了大秦的安泰，只要能達到率軍平撫陳勝軍的目的即可，其餘都可暫時隱忍。」

又說：「將軍遠征之際，最重要的是不能令君王的近臣有所疑忌，因而不但不可以得罪趙高，反應當迎合他的心意，否則一旦在千里之外告急求援受拒，徒添困擾。再者，若不討好那個小人，章兄即使建下軍功，也難免招災惹禍，滋生事端！」

章邯是知道輕重的人，他將至友的諍言牢記在心，在面謁趙高之前，先在心裡盤算妥一番說辭。

趙高在宮中接見章邯。章邯恭謹地請安問好，雖是低姿態，卻不卑不亢，又不會使趙高產生壓迫感。此時唯一最令章邯困擾的，是兵源問題。

「大人命下官爲將軍的栽培盛情，下官感激不盡，只是關於兵力，無論如何還要靠大人的力量來調集。」

這種態度令趙高大爲心悅。

「哪裡，朝廷正需要像你這樣的人才效力。至於你說兵力的調集，此話怎講？」

趙高溫和地問道。章邯卻不正面回答，他先兜了個圈子：

「驪山陵、阿房宮都是先帝遺業，現在我朝子民正加緊趕工，欲早日完成此神聖而巨大的偉業，以償先帝遺志。這些工程的完成意義深遠之至，必可揚我大秦聲威，永垂青史！」

趙高聽得此言，心中暗自驚訝，因爲這些艱鉅的工程動用數十萬民力，早已怨聲載道，也爲秦廷帶來危機，趙高自己就曾不只一次受衆官進諫。如今見章邯口出此言，不由得便將他引爲知己。

「說得好，說得好，放眼朝中，還眞無幾人有你這等識見。」他像是心情整個放鬆了似的，用對老朋友的口吻發起牢騷來：「難得你能善體君心，先帝的想法枉遭群臣曲解，其實先帝眞是睿智英明，他讓天下百姓從事勞役，對畏避勞役的人施加刑罰，如此百姓才知法的可怕，才知循規蹈矩，天下自然大治。」

這分明是歪理，趙高卻把這歪理奉爲圭臬。

「此人果眞居心不仁，視天下蒼生爲一己私物，任意驅使。這種人位居高位，難怪大秦根基動搖，眞是朝廷大不幸！」

章邯內心鄙夷的這麼想著。

對趙高而言，他私心裡並不希望章邯在戰場上建下大功，名望遠播。當然即使這成爲事實，以趙高的手腕，隨意安上一個罪名，下旨賜死也是輕而易舉的事。但更高明的一著棋，則是令章邯畏服自己，事事聽命。因此，趙高認爲在章邯面前，一則應適度表現出威嚴，另一方面卻也要面露和善，收攬其心。

「言歸正傳，你方才提到得藉我的力量調集兵員，這話怎麼說呢？」

趙高擺出一副洗耳恭聽的樣子。

「大人英明，目前我朝處境危殆，需有非常的魄力和舉措，才能挽狂瀾於既倒。」

「嗯！願聞其詳。」

章邯雙眼炯炯有神地望向趙高，切入正題：

「不論是驪山陵或阿房宮的工程，都有大批罪犯夾雜在良民間從事勞役。僅僅罪犯的數目就超過二十萬人以上。先帝遺志固然應早日完成，但事有輕重緩急，依下官拙見，不如下達大赦令，饒恕他們的罪狀，而後收編爲御軍，讓他們有衝鋒陷陣、報效朝廷的機會。這是眼前一時間即可收編大軍的唯一方法，還望大人成全。」

將罪犯變爲士兵，這意見使趙高大吃一驚。他也清楚，那些罪犯成份參差不齊，隨時有倒戈的可能，除非有一名善於帶兵統御的良將，否則充其量也只是群烏合之衆，成不了大事。趙高低頭沉吟良久，緩緩應道：

「好吧，此事我會上稟，請皇上裁奪。」

他的想法以爲：萬一事敗，也不過眼前這個人落個淒慘下場而已。於是趙高即刻前往覲見胡亥，把章邯的建言當成自己的意見呈報，然後再薦舉章邯爲將軍。

由於茲事體大，按照慣例，凡關於軍務大事，均需由皇帝臨朝，召集文武百官，廣納衆議，再作成裁決。翌日早晨，許久未臨朝的皇帝胡亥親自主持早朝，百官齊集，恭立殿前。

胡亥徵詢衆臣對平剿流民的看法時，章邯如期地首先出列上奏，他的進言與趙高的獻策如出一轍，不明就裡的胡亥只當趙高有先見之明，且想法與章邯不謀而合，甚爲欣悅。他對趙高更加地信服，章邯所言趙高早已先一步向他建議，因而他欣然接納，當即下令大赦罪犯，並命章邯爲將軍。

倘若生在承平時代，章邯希望自己是個文官，哪裡會像現在這樣接下生死難料的戰務，還刻意去諂媚趙高這種小人，甚至自己獻計張羅原本應由朝廷派調的軍隊，且其他無論後援補給和軍糧等，也要親自向各衙署交涉。然而不如此顧全大局，秦的滅亡將近在咫尺。

章邯深知軍勢的強弱，取決於各級指揮將領的能力，他將所有參加過秦歷來戰爭的兵士升格任用，又擢拔故屬舊僚領軍布陣，並且整肅軍容，配發兵器。因而這支大軍絕非烏合之衆，而是有紀律、有擘劃和領兵人才的軍伍。

自始皇以來，秦軍皆著黑色戎裝，旌旗也是黑色，當這支大軍烏黑般一片地掩覆大地，走出咸陽，經險巇，揮向函谷關時，彷彿就像是道路、山林都捲起烏雲似的，十分壯觀。

能餵飽肚皮的就是英雄

在這片廣袤的大陸上，當皇朝式微時，整個大地就成了流民的天下。

流民需要的不是唱高調的理想，而是現實的民生問題的解決。換句話說，能吃飽不挨餓，是他們唯一的要求。因而，**流民所擁戴的英雄，說穿了，只是能保障他們有生存所繫的食物罷了**；而無法給養流民的頭頭，不是遭到叛離，就是落得隻身逃亡的下場。

食物可以靠掠奪而獲得，統有百名流民軍的小頭目攻下某村莊後，將糧食吃盡，之後這村莊裡的人又成爲流民，再去攻擊別的村莊，在被攻擊與攻擊之間，流民人數就會迅速地膨脹起來。

此外，原先頂多只能給養百名食口的小頭目，爲求生存，亦可能率著所部流民投靠能給養一千人的頭目，然後當流民人數擴張到超出自己能力範圍，無法再顧全食指浩繁時，又會合流於有能力給養萬名食口的頭子那裡。於是，能力強的英雄豪傑底下，很快便會聚集五萬、十萬的流民軍，形成一股嚇人的勢力。能確保二十萬、五十萬流民飲食無慮的人，則必被視大英雄，最後定會受流民推舉爲王。

因此，有意吸收龐大流民的人，勢必得迅速控制穀倉地帶。

以陳勝爲例，他若想養活不斷膨脹的流民，單靠既有的掠地已不足以應付，倘使讓納入麾下的流民挨餓，後果的嚴重性不只是屬下轉而投靠其他人，甚至還可能因此惹怨憤，招來殺身之禍。所以如何籌措足夠軍糧，應是陳勝的當務之急。

但陳勝這時當未覺察到食糧的重要性，也不覺事態的緊迫。所幸陳勝當初舉兵的地方靠近穀倉地帶，同時起兵後只歷經小規模的轉戰，且幸運地攻下豐饒富庶的陳城。

「只要到陳城便不愁吃了！」

這一點，人盡皆知。於是有關陳城的消息傳到四面八方的流民耳中，他們爭先恐後轉移陣地，投奔陳城而來。

陳勝麾下的軍隊不斷擴張，倒並非在於陳勝有何德望，而是陳城豐富食糧的魅力吸引了大批飢餓流民。但流民人數越聚越多，再富饒的物資總有吃盡的一天，陳勝勢須未雨綢繆，尋找新的穀倉地帶取而代之。他卻在高高在上稱王，志得意滿之餘，大意地忽略了這個關鍵。

不過，陳勝儘管忽視了食糧的重要性，充其量也只是不夠積極而已，還未糊塗到坐等天降的地步。他派遣麾下諸將，與保衛穀倉的秦軍交戰，企圖攻掠大秦的幾處穀倉，只是他始終沒有爲鼓舞士氣而親臨陣前。

不取滎陽就要不戰自敗

在這個朝代——往後歷代也是如此，隸屬朝廷掌管的穀倉，均置於有水運之便的城市。所謂穀倉，並非地上建築物，而是開鑿出一個又寬又深的深穴，內闢房室和一些設置，然後將穀物傾入其中。通常每個洞穴的規模足以讓數萬人食用數月之久，相當龐大。

由於這些穀物是以租稅名義徵收，因而係公有，非屬私人。其後在有唐一代，首都長安附近（關中）曾因歉收而穀物闕如，當時的皇帝就率領百官離開長安，遷居穀倉四旁，在那裡連續吃了數個月的存糧。僅僅是宮廷人口即達數萬人，若再加上衆官眷屬，恐有五、六萬人之譜，全靠這官倉的食糧裹腹，長達數月。

在衆多官方穀倉中，離陳城最近的一處，位於滎陽這地方。

滎陽是鄭州東方的一個小城市，藉著水利之便，此地可通達位於遙遠西方的首都咸陽。南方的穀物租稅泰半都經由大川和運河滙集到滎陽，先存放此處穀倉裡，再一批批地送抵西方。

如果將滎陽攻占下來，陳勝就可使旗下大群流民免於飢餓。

「再不取滎陽，我軍就要不戰而敗了！」

吳廣提出這個警訊，是在陳勝收容的流民膨脹太過之後的事情。然而此時要克服業已臨頭的飢餓，爲時已晚。流民之間控訴飢餓的不滿情緒日益賁張，怨聲四起，士氣低落。

「取滎陽並非易事，吳兄，你願意擔此重任嗎？」

陳勝稱王之後，對一般人的態度跟著傲慢起來，唯獨對昔日一同舉兵的吳廣另眼相待，言談間亦常流露出倚重故友的相惜之情，此由他賜予吳廣「假王」稱號可見一斑。吳廣則不同，自舉事以來，他對過去的戰友仍一本初衷地相待，因而風評較佳。然而就在決定率兵攻打滎陽之際，譭謗的流言也隨著飢民的不滿而起。

「不讓我們吃飽，自己卻攀爬上『假王』的高位，享盡權勢，眞教人齒冷！」

這般冷酷的抨擊，其實只說明了一件事，也就是前頭提過的，**民生問題的解決能力成就了英雄，萬一不幸失去蓄養屬下的能力，英雄也就不再成其爲英雄了**。對這點，人們是絲毫不講理、不顧情面的，他們可以在一夕之間將原本高高捧著的人，重重的摔落地面。

吳廣終於認清這個現實，他率領大軍包圍滎陽。

這時早在始皇在世時就官拜丞相的李斯，尚未遭趙高謀害。李斯諸子中，李由爲滎陽所在的三川郡（河南省）郡侍御史。當各地烽煙迭起之際，他首先安撫郡內百姓，並親自率軍，守在滎陽城內，指揮應戰。

吳廣在運兵遣將和軍略上，都只是個門外漢，因而揮軍滎陽久攻不下。他和陳勝最初領著流民軍舉事時，憑著初生之犢不畏虎的血氣之勇，再加上天時、地利、人和，乘著燎原之勢，連戰皆捷。正因爲如此，從未吃過敗仗的陳、吳軍驟遇強敵，信心也開始動搖。

原非軍旅出身的吳廣面對這樣的情勢，完全不知所措，也缺乏大將臨危之際的鎮定。

被指派攻占滎陽的吳廣，徒勞而無功，在城外維持對峙的僵局。另一方面，在陳勝的命令下，一支遠較吳廣軍強大許多的數十萬大軍，也自陳城出發，目標指向秦都咸陽。這支軍隊在陳勝麾下係屬精銳部隊，按照陳勝的如意算盤，先長驅直入函谷關，取得此處之後再進入關中，然後一舉擊潰咸陽。

陳勝由於親自下令此次重大作戰，而得以脫離單純的流寇頭目的身份，保住第一個向秦帝國挑戰的名聲。

陳勝軍的第一場敗仗

周文是陳勝的旗下大將，負責全權統御陳勝軍，達成滅秦的非常任務。論年紀，周文已是遲暮老人。他並非流寇出身，在陳勝進掠陳城之前，他就已居住當地，且深受陳城父老敬重。周文學問好，通達事理，年少時英氣煥發，爲了淑世的理想，他貢獻自己的才能，在楚國春申君的門下爲食客。最令他自豪而津津樂道的往事，就是曾追隨故楚名將項燕轉戰各地。

「請告訴我們有關項燕將軍的事情吧！」

每當城內慕名而來的年輕人造訪時，周文總不忘一提對其影響至深的項燕，而年輕人也對神馳已久的這位名將有著濃厚的好奇心。周文只要提到項燕，常能滔滔不倦地談上一兩天，無論是對其人品，或用兵的神妙，皆心儀讚歎不已。他最後的總結，往往是：

「我這一生最幸運的，莫過於親睹過項燕將軍的丰采！」

他對項燕鉅細靡遺、活靈活現的描述，彷彿他自己就是項燕一般。確實也難怪他如此熟悉，過去他擔任的就是項燕的幕僚，時有機會與他接觸親近。但當時，他的職責並非帶軍作戰，而是一名「觀日使」，這是在軍營中占卜時辰吉凶的吏員，也就是隨軍的占卜師。

陳勝的軍隊中不乏秦的降兵，卻沒有足以勝任統御大任、專精軍務之人。他聽說周文的賢才與過去曾追隨項燕的經歷，便喚人請他相敘。

「周先生，久仰大名。我開門見山地冒昧問您，若是拜閣下為大將軍，率軍殲滅暴秦，閣下可有信心肩此重任？」

「只要我肯，還沒有什麼事情是我不敢擔下來的！」

周文自信滿滿地這麼想著。他雖然只是一介占卜師，但由於受項燕習染已久，再加上隨著歲月與日增長的智慧，使他不會妄自菲薄。更何況參與作戰的經驗，與曾經追隨項燕的輝煌往事，一直是他最深感自負之處。

「若蒙大王不見棄，在下有絕對把握，必使大王夙願得償！」

周文神采奕奕，直截有力地應道。英勇少年的蓬勃朝氣，重新在這個老人的身上散發出來。陳勝深深被周文自信而堅定的神氣所吸引，也為他言語之間透著的忠誠所感動，當下就決定把將軍的印綬賜予周文。他把麾下的主力大軍撥調給周文，並下令即日揮軍征戰咸陽。

周文確實擁有如他自己深信不疑的將才，但是他屬下的大小指揮官，說穿了不過是各地投靠來的流寇頭目，並不像過去項燕軍陣中那些受過訓練的軍官，不了解帶兵之道，這是陳勝軍一個很大的弱點。

儘管如此，周文仍勉力克服，他盡可能運用兵略彌補，使這支良莠不齊的雜牌軍竟順利攻下函谷關，迫使秦將節節敗退，進而深入關內。他的表現，既出色，且難能可貴，令陳勝極為滿意。但是接下來就沒那麼幸運了。當周文所率的陳勝軍進入關內後，由敵將章邯所部的秦大軍也來勢洶洶地趕到。周文的軍隊頓時方寸大亂，士氣也大為低落，因為秦軍的來勢的確太懾人了。

由咸陽急行趕來的章邯軍，雖然絕大部份係由罪囚組成，但齊一的戎裝，震天的鼓鉦，自然呈現出一種鋼鐵般的精神和鬥志。此外，他們擁有優越的兵器，良弓強弩，鋒劍利刃，這些都不是周文軍所能比擬的。

章邯以秦的正規軍為前鋒，精銳盡出，因而兩軍交戰不久，周文的部隊立即潰敗四散。章邯乘勝追擊，而周文則節節敗退，最後向東逃到曹陽（在今河南省），才好不容易在此地站穩脚步，暫時駐屯下來。

靠著周文的力量，陳勝軍在曹陽維持了兩個多月的防禦姿態，然而不過喘口氣的時間，章邯又率大軍前來圍剿，周文的部隊仍舊被打得潰不成軍，勉強突破重圍，逃到澠池（在今河南省）之後，士兵各自顧著逃命，周文軍終告全面瓦解。

在悲愴與絕望之下，周文就在此地自戕身亡。

這是陳勝軍第一次打敗仗。

默許刺殺吳廣的陰謀

當周文在疆場上浴血奮戰之際，陳勝卻在陳城臨時建造的宮殿內，過著帝王般的生活。流民對於陳勝盡顧自己享受榮華的態度開始不滿。正在此時，久攻滎陽不下的吳廣，也走上悲慘的命運。

由於周文所率的主力軍被章邯軍所制，無法馳往奧援，因而吳廣指揮包圍滎陽的軍隊，便彷彿一支孤軍，一旦章邯趕至，即有腹背受敵的危機。陣營裡的士兵極度恐慌，情緒也變得激動暴躁，他們將久攻不下的原因歸咎於吳廣的無能，軍隊中散溢著一股不安的氣氛。

吳廣的部將眼見人心不服，於是密謀刺殺吳廣。可悲的是，這個陰謀還獲得吳廣視爲至友的陳勝的默許。爲首行刺的田臧在逆弒官長之後，取下吳廣的首級送到陳勝那裡，陳勝爲了服衆，對過去一同出生入死的伙伴，情意蕩然無存，甚至擢賜田臧以相當於故楚大臣的職位——令尹——以示嘉許。

陳勝的冷酷無情，可以從另外一件事再次得到印證。

這已是他稱王的末期。一日，有一位曾經和他朝夕相處、情同手足的故友來到宮殿前，請求謁見。這位故友是農民出身，他想見陳勝，只是爲了重溫舊誼，並非想夤緣附勢，貪求富貴。然而，看守宮門的侍衛執意不讓他入內，粗魯地斥退這個憨直的農人。

農人卻不氣餒，每天守在路旁等待陳勝出行。這一天終於被他等到了。當陳勝的車騎威風凜凜地出現在他眼前時，他一個箭步飛快的到車前，充滿感情的叫喚道：

「涉（陳勝字涉）！」

陳勝定睛一瞧，認出這個昔日友伴，他略一躊躇才應聲，互相寒暄過後，陳勝臨時改變主意打道回府，且將舊友引入宮殿。農人眞是個十足的鄉巴佬，左看看，右看看，一邊興高采烈地讚歎不已：

「涉，你住的地方實在太好，太華麗了，眞教人羨慕哪！」

陳勝對故友的頻頻讚美，也感到得意非凡。

農人辭別陳勝，離開宮中後，每天在街上逢人便說陳王是自己的老朋友，十分引以爲傲。有些人不相信，他還把宮中所見歷歷描述出來，並且透露陳勝在還是農民時並不勤事耕作，以及一些陳年往事。這些話輾轉傳到陳勝屬下耳中，不久，陳勝也知道了這件事。

「大膽！他竟敢說出那種話損我身爲大王的威嚴，饒他不得！」

於是，盛怒的陳勝下令立即斬殺那名舊友。自從發生此事件後，追隨輔佐陳勝的老友彷如大夢初醒，許多人爲了明哲保身，也爲了不恥他的作爲而黯然離開。

抗秦英雄死在車伕手中

章邯所率領的秦大軍在擊潰周文軍之後，士氣如虹，聲勢更盛，一路揮軍直搗黃河畔，包圍由田臧掛帥的陳勝軍。雙方不過交戰數回合，陳勝軍便棄甲四散，田臧甚至還來不及逃走，就戰死在亂軍中。

章邯軍終於步步進逼到陳城，陸續收復鄰近的小村莊，陳勝在慌亂中，匆促逃出陳城。僅僅數十天前，陳勝還志得意滿地享受他的帝王生活。現在，他卻像隻落水狗般夾著尾巴亡命，幸運之神不再眷顧他。

陳勝帶著一支殘兵，猶做困獸之鬥，他親自指揮了幾次小規模作戰，每次都嘗到敗績。他先轉入汝陰（在今河南省），又流亡到下城父（在今安徽省），這時，他的部隊早已單薄得不堪一擊，而各地都重新受到秦軍控制，不論攻擊任何小村莊，都得不到一點糧食。

「大王，還有沒有軍糧？把可以裹腹的東西統統分給我們吧！」

士兵捱不住難忍的飢餓，擁向陳勝的營帳前。失去保障糧食能力的陳勝，再無資格當王了，部隊裡每個人都憤憤不滿，就像吳廣當初成爲衆矢之的，被歸咎爲無能一般，陳勝此時的處境，比他的故友曾經面對的更爲險惡。

爲了生存，人性中最自私、殘酷的一面會赤裸裸地呈現出來。

「如果把陳勝殺死，便可以換來大家的糧食了！」

士兵中許多人都這麼想，只要取下陳勝的首級，向秦軍投降，糧食問題就可迎刃而解。這想法最後被莊賈付諸實現。

莊賈是陳勝的馭者，他先暗中與同夥謀定，然後在行軍途中，趁陳勝毫無防備之際，拔出利劍猛刺其腹，陳勝當場斷氣。莊賈取下陳勝首級後，把衆人全召集過來，他坐上馬車，將陳勝的首級高高舉起，且大聲宣布陳勝的罪狀。之後，莊賈就派出使者向秦軍投降，並且被編入秦軍的一支，駐屯於陳城。這隊人馬可說是因爲莊賈，才得以獲得秦軍的糧食，保住性命。

情勢仍不穩定，過去爲陳勝心腹的呂臣，不久就在新陽（在今安徽省）一地重組殘黨，這批人皆頭戴青帽，稱爲「蒼頭軍」，成員幾乎都是楚人，他們矢誓繼承陳勝軍的遺志，復興大楚。

「我們要爲陳王報仇！」

蒼頭軍復仇的呼聲響徹雲霄，他們如疾風般襲擊陳城，斬殺逆弒陳王的莊賈，與秦軍對抗。但秦軍對於這場暴亂並未做出反應，章邯等人所率領的各軍都忙於平定四處頻起的叛亂，不再有餘暇理會陳城發生的這些事情。

楚人之中不是每個人都像莊賈，陳勝被刺的時候，有人憐其死，爲他收拾遺骸，葬在碭地。

後來劉邦路過碭地時，還追念不已地歎道：

「當初我受陳勝起兵之舉的激勵而亟思看齊，生出滅秦之志。若沒有陳勝，今日恐怕也沒有我劉邦！」

劉邦不僅以帝王之禮參拜其墳，並置三十戶於墓旁，責令祭祀清掃。

陳勝死了，張楚也滅亡了，陳王在位只有短短六個月。

5. 乘風破浪渡長江

「再也看不到江南岸了，對岸也在水的盡頭……」獨自在船樓上酌酒的項梁，不覺一股悲涼之意湧上心頭，他越喝越急，一杯接著一杯，像要藉酒力硬把什麼給壓下去似的。

自陳勝舉兵以來，雨勢一直連綿不斷。叛亂在華北一帶並不激烈，但在故楚之地卻呈燎原之勢，尤其頻起於安徽、江蘇二省，也就是長江下游的低溼平野。

洪水叛亂，形影相隨

這一地區的雨量集中在夏季，洪水往往淹覆千里。陳勝就是在盛夏中受制於洪水，進退維谷，終於導致舉旗叛變。而在其他地方，洪水淹沒房舍、田地，甚至整個村莊，使村民不得已成爲無家可歸的流民，以攻擊劫掠其他村鎮過活。故楚的舊轄內，人們像洪水一般形成漩渦，激成湍流，其勢壯盛而難以摒擋。

洪水與叛亂在許多地區有如共生關係。

洶洶的洪流截斷了人民的生路，糧食作物付諸東流，因而連同縣城在內很多地方都有叛亂發生，東陽縣(在今安徽省)就是一例。

「讓我們塡飽肚子！」這種強烈的需求使人們的心結合在一起，東陽縣城內，人民如潮水般湧向縣衙，聲嘶力竭地狂喊：「打開縣城的穀倉！」

縣令卻悍然拒絕，甚至命令衙役趕走集結在衙署前的人群。

暴亂終於不可避免的爆發了。

城裡的少壯人士殺氣騰騰地衝入衙內，取下縣令的首級。他們歡呼著打開穀倉，將原本要送往京都咸陽充作租稅的穀物劫掠一空。其他縣城也是如此，當搶來的穀物食糧吃盡之後，全縣縣民就變成流寇，攻擊其他縣城，或是投奔其他地方具有強大勢力的人物底下，以求獲得糧食。

東陽縣的人民在群情激憤下殺死縣令，當他們頓時察覺到群龍無首的尷尬處境時，不覺慌了手脚。情況十分緊迫，若不盡速推舉一個領導者，那麼雖然開啓了倉庫大門，眼前見到堆積如山的食物，卻還是無法平均地加以分配，勢將釀成另一場暴亂。

首領最重要的工作可說是分配糧食，群衆對所信服的頭目賦予權力，並且冀望能在他的指揮下，得到公平的分配，而要做到公平、公正，就須推舉出一位有德之士。

在東陽縣裡有位才德兼具的人物，他是在縣衙裡負責文案的陳嬰。

陳嬰的亂世處世術

陳嬰在東陽縣所扮演的角色，如同沛地的蕭何，他也是出生當地的官吏。由於縣令是秦帝國法家主義下的執法者，因此每與縣民的想法扞格不入，甚至受到憎恨，這時候，當地出身的官吏就必須扮演緩衝對立的橋樑角色，一方面要顧及民衆的難處，一方面又要照著縣令指示的方針行事，於是各自運用手腕，權宜將事，以便兩相圓通。

擁有這種才幹與能力的，在沛地是蕭何，而在東陽縣則爲陳嬰。

「擁立陳嬰先生做我們的大王吧！」

穀倉前人們群起鼓譟，大家異口同聲地呼喊著。陳嬰聽說後大驚失色，趕緊避到熟人家裡躲藏起來。他這種舉動倒不是故作姿態，在處世方面，他是個謹愼到非常小心的人。他認爲在亂世中，自己絕不是個能當流民頭子的人，這一點，自己比任何人都淸楚。

不久，他被前來找尋的人強制拉出熟人家中，像被拖著似地拉到縣衙前，衆人再次高呼要他接受推擁，做大家的王。

陳嬰在情非得已之下分配了官倉裡的穀物，這類工作他本已駕輕就熟，同時人們也由於對他有著先入為主的好感，因而對於被分配到的數量咸信是公平的，欣然接受。這種信服感又進一步加深衆人擁他為王的意念。

在東陽縣城，老一輩的幾乎都已不過問時局，一切泰皆由年輕人控制，於是少壯人士中推出代表向陳嬰遊說，甚至幾近強迫，目的只在要他點頭答應做王，領導東陽縣的人民。

很快的，縣裡年輕人統統聚集起來，人數超過兩萬人，如此壯盛的聲勢和震耳欲聾的擁戴呼聲，使陳嬰更加覺得畏怯。他東躲西藏，想逃避衆人的請求，但總是被尋到他的藏身之處。最後，他無奈的以「尙要請示老母」為由，先遣代表離去。

儒教在這個時代雖還沒有很大的影響力，但把孝道置於倫理的核心，已是每個中國人根深蒂固的觀念，陳嬰的這個理由，使代表不得不暫作退讓。

當他回到家裡和母親商量時，遭到一口回絕。

「當什麼王，我絕不答應！」

陳嬰的母親是位睿智、有見解的婦人。所謂大王，說起來好聽，實際上只是流民的頭目罷了，他必須持續不斷的為底下的流民找食物，或至少要讓他們一直保有這樣的期望。說穿了，大王唯有在這種前提下才能存在，一旦失去供養屬下的能力，不是被趕下大王的位子，就是慘遭怨憤的飢民殺戮。這些，她是非常清楚的。

「一夕之間驟得令名，是大不祥，不如有所屬從，事成則得封爲侯，不幸事敗，也易全身而退。」

她所說的「不如有所屬從」，就是意謂著與其強出頭而稱王，不如退居次位，僅僅做參謀或將帥，這樣一旦有變故，尚可全身而退。而唯有如此，才是在亂世中明哲保身的辦法。

知子莫若母，陳嬰的母親極清楚兒子的能力和個性，他不是能獨當一面的人，魄力與決斷力也嫌不足，即使勉強攀上高位，始終還是坐不穩那位子，因此她無論如何也不願孩子涉險。

於是，陳嬰便以兩個理由回絕東陽縣民的擁戴，其一爲即便他願帶頭叛變，但營中無大將，勝算渺茫，最後恐只落個讓大家枉送性命的下場。其二爲就算受到推擁稱王，然而給養兩萬人並非易事，他自忖無此本事，因而不敢承下這大任，恐有負衆人所託。

陳嬰的自知之明與陳母的睿智，使陳嬰避開了貿然行事、莽撞愚勇的悲慘後果。

召平以拯救父老爲己任

除了東陽縣發生的事之外，廣陵縣（今之揚州）內也有叛秦情事。

召平是廣陵縣人，當陳勝對秦發起叛亂時，他也意圖據有自己土生土長的廣陵縣城。然而，他雖然雄心萬丈，卻缺乏首領之幹才，以及使衆人信服的號召力，終歸失敗。

失敗的原因之一，在於他雖然是當地出身，卻擁有秦賜封的爵位。秦帝國實施官僚制度，但也保有前代貴族制（封建制）的某些特色，而重新訂定爵位制度。這制度肇始於戰國時代的秦國，是由法家主義的政治家商鞅擬定的。

召平曾有意把廣陵當作禮物獻給陳勝，這點與陳嬰倒是挺相似的。

——爵以功爲先，官以能爲序。

由這句話可知，爵位的高低是以功勳而定，而官位的高低，則視才能高下而定。若把有功蹟的人封爲大官，那麼其人若無賢才和任事的能力，就會招來弊害，所以應封爲爵，以別身份。

爵的等級分爲十八至二十級，最末級稱爲「公士」，最高的一級稱爲「侯」，而召平就是列等「侯」級。

提到侯，不免使人聯想到類似諸侯的封建氣息，但秦僅僅取其名，並沒有分封食邑的實質意義。在「侯」的稱呼之上，一般均冠上地名，召平即爲世襲的東陵侯，聽起來像是大官，實際上全然不是回事。對東陵侯召平而言，他其實與當地的小地主或自耕農沒有兩樣。

徒擁虛名，卻毫不受重視的召平，心中時興感歎：

「連秦的地方小官吏也沒把我放在眼裡！」

他的抑鬱苦悶是很難讓因暴秦而受勞役重稅折磨的人了解的，但他的不滿程度卻較他們有過之而無不及。廣陵縣令與他商洽公事時，從不鄭重其事地邀他至縣衙商談，這使他備覺受到輕慢。事實上，秦官僚幾乎都無此修養和風度，他們喜歡端出架子，以顯得高高在上。

召平擁有悲天憫人的胸懷，他所關心的，所憤懣的，也由個人榮辱跳脫到生民的痛苦。他有時會去求見縣令，希望得到減輕苛役的承諾，然而縣令對他這種建言向來置之不理。他眼見百姓早已不勝重荷，而有意為民喉舌的自己又無法申張公理，內心苦痛與日俱增。

「秦廷已盡失人心，天地也終將不容！」

召平對秦由失望而至絕望，他甚至認為秦若覆亡，反而是人民的福氣。儘管如此，在陳勝尚未舉兵之前，他也未有過鼓動人民的想法。

由於自負於良好的教養，召平雖同情百姓，卻也與他們保持距離，但若說他是個高傲的讀書人，則又未必。平日他親自揮鋤耕地，在窮究事理之外，幾乎都專心一意於農事上，他所種的蔬菜甚至比一般老百姓田間所種的還好，總之，他是個十分奇特的人。

召平在農事的成績不僅遠近知名，他自己也常引以為傲。尤其他所種的瓜特別肥美，果肉豐腴，表皮呈現出透亮的光澤。改朝換代、秦亡漢興之後，他仍舊勤於農事，在關中的長安城外種瓜，由於他種的瓜與衆不同，又因爲他是亡秦的東陵侯，故而被稱爲「東陵瓜」，名聞遐邇。

在召平晚年時，漢朝名相蕭何曾親往他所住的茅廬就政事向他請益，據說蕭何事後對召平的評論是這樣的：

「召平其人德高才偉，足堪輕易勝任一國宰相。」

儘管蕭何對召平如此推崇，**召平卻缺少在亂世中成大事的條件——收攬人心的吸引力**。

「一切包在我身上！」召平就是至死也吹不出這種牛。不過，他卻擁有本諸良心的正義感和拯救衆生的使命感：「如果我不設法拯救廣陵父老子弟，還能冀望誰呢？」

誠然，亂世中的群傑，各有他們懷抱的理想與願望，但是否能成就大事，卻得靠諸多條件的配合。而召平在這方面，顯然仍力有未逮，以致徒有壯志，卻未能克竟其功。

當陳勝起兵之後，各地叛亂便隨之迭起，廣陵縣也動搖了，召平原想登高一呼，統合廣陵，無奈卻告失敗。百姓並沒有麕集在他底下，反而掌握在縣令手中。總之，他完全失敗了。縣令欲將他除之而後快，在不得已的情況下，他只好率領五十餘名部下逃亡。

有趣的是，這支隊伍人數雖少，卻武裝得有板有眼，召平捨棄家當，用以購置軍裝，理由是不願讓自己的手下被誤爲流寇，同時他也考慮到日後若能與陳勝合流，則人數雖少，只要儀容威武堂堂，就不致受到輕慢的待遇。召平儘管不長於實務，卻很會動頭腦，這方面他是準備得非常周到的。

爲了投奔陳勝，召平帶著一班子弟兵逃出廣陵後，就輾轉流浪各地，一邊探訪陳勝軍所在的位置，一邊朝著那方向前進。

然而，對於有自尊、有教養的召平來說，流浪生活是他所過不慣的。流浪需要搶奪，是他所不願，但不掠奪就會捱餓，且若遭到其他流寇的攻擊，也必須與對方奮力交戰，以求自保。除此之外，要接近陳勝所在的地方，也極艱難。

不久，大批秦軍出了函谷關，到處擊潰陳勝軍，情勢頓時逆轉。這時候，召平的小部隊也失去歸屬的方向，他們頓覺孤立，也感到飢餓難耐。

「故楚名將項燕的後裔在吳中（今之蘇州）舉兵了！」

正在前途茫然之際，這個傳聞燃起一線生機。召平進一步去探聽消息，得知其人原來是項燕之子項梁，既是忠良之後，又是智謀之士。

「既然如此，就去投靠項梁吧！」

他決心既定，便率著手下來到長江北岸。自古以來，長江被認爲是不易渡過的大川，他的子弟兵備妥許多小舟，只要渡過江水，就是吳的故地，而且是風土民情大不相同的江南天地。

項梁：盤踞江南，虎視江北

現在暫時把召平擱下，回頭看看項梁的情況。

項梁在各地起義叛變的群雄之中，可說是最不費吹灰之力就兵變成功的一人。他取下吳中縣令的首級，先統有吳縣，再進據郡轄。不言可知，郡是集合衆縣的大行政區，項梁控制的是會稽郡，他殺死郡守而後取而代之。這些事都在極短的時間內一氣呵成。

項梁雖然大可獨立稱王，他卻並未這樣做，僅是延用秦官僚制度上的名稱，自稱爲郡守。這是他與衆不同的地方，如果仔細推敲，也許理由在於江南民情的考量。換言之，當此之際，或許以秦吏的身份下達命令，較能讓百姓馴從。

會稽郡轄地爲戰國時代吳、越故地，後來列入楚的版圖，但使用的語言仍和楚語有所不同。吳、越人單獨時像羊一般溫馴，但當他們結合起來時卻慓悍得有如虎狼。項梁知道他們有一種通性：對上層的命令相當忠順。他一刻也不拖延浪費，很快就決定下一步棋，並且命姪兒項羽去完成任務：

「羽兒，你負責平定江南，使他們服從。」

項羽受命，即刻整裝出發，他馳騁於江南全境，鎮撫域內百姓。不久，已有八千人追隨其後，項梁對糧食問題毫不擔心，江南是漁米之鄉，供應軍糧必充足無虞。
項梁盤算過，只要渡過長江北上，就是流民的根據地，但若前進到此處，軍糧恐大有問題，與其受制於糧食不得伸展，不如暫時留在江南，先使民衆馴服，並且把這地方變爲項氏的金城湯池，做爲自己的根據地。
項羽也是同樣的看法：
「叔父，姪兒認爲應暫時據守江南。」
「嗯！我正有此意。只要咱們蓄積實力，盤踞在這地方，則在江北消長的各勢力，聽到我項氏的名聲之後，必會主動前來投靠。」
項梁不愧是智謀之士，他坐擁會稽山水，卻對長江以北虎視眈眈，且極關心那兒情勢的變化與發展。因此他派出許多偵騎前去探聽消息，其中他最感興趣的還是陳勝的動向。
這時，陳勝的勢力就如枯木乍燃，越爲熾烈。不久，偵騎回報：
「陳勝有復興楚國之志，故定名號爲『張楚』。」
「張楚？」項梁極爲納罕：「何以不逕稱爲楚，而要稱什麼張楚？」
他像是自言自語，又像在發問，透著好笑的口氣。
被派去打聽的人原是江北地帶的小佃農，後來才遷居到江南，成爲項梁手下的偵騎。也許是因陳勝也是佃農出身，備覺親切，因而他對陳勝頗爲袒護。

「若貿然稱楚，則楚的遺族名門定然不悅，陳勝想是顧及到此，才稱張楚，以示有別吧！」

「這麼說，他是自謙了？」項梁沉吟著，他想知道陳勝究竟是何等性情，又擁有怎樣才能的人：「依你看，平心而論，陳勝是對故楚遺族自抑謙讓的人嗎？而這種自謙是性情使然，或是一種策略的運用呢？」

那名偵騎經此一問，頓時沉默良久，一會兒才應道：

「可能是計謀吧！」

「果眞如此，陳勝恐怕就不是我原先以爲的那種等閒之輩了。」項梁暗忖。

這時，偵騎又接著說：

「張楚者，就是大張楚的威勢，他稱此名號，較不易予人獨攬重權的印象。」

「確是如此！」

「所以，故楚的名門貴族就會很自然地想去奧援陳勝，恐怕這才是他定名『張楚』的眞正原因吧！」

又過不久，另一名偵騎帶回消息：陳勝已經稱王了。

「哦？」

短短幾個月前才舉兵的一個沒沒無聞的農民，如今已遽爾稱王，儘管他掠據了足以稱王的廣大土地，稱王也應是理所當然，但似乎仍顯得失之輕率。

「稱楚王嗎？」

「不，他自稱陳王。」

「陳王——」

項梁感到意外，他不得不佩服陳勝的深謀遠慮。

故楚雖覆亡已久，但楚王後裔尚在人世間，若不顧及此而自稱楚王，難免有冒名頂替之嫌，既為人所不恥，亦難服衆，陳勝必是想祛除這層疑慮吧！

自視為項氏祖譜上的外人

項梁的大半生都在飄泊中度過。

他一直沒有娶妻生子，但這並不意謂著他厭惡女人，而是有著特殊的隱衷。項梁所喜歡的女人和世俗的眼光不同，他不愛那種驚艷型的美人，而偏愛身形纖弱，且有著不幸身世的女人。由於他抱定宗旨一輩子做單身漢，所以他的女人們始終無法長久和他共居一室，只能孤伶伶地分居各地，等待他不定時的往視。深閨寂寞是他的女人必須忍受的，因為項梁從不肯多給她們一點承諾，或是停止流浪生活，安定下來。

吳中也有項梁的女人。她們零散地分居在簡陋的屋舍中，即使在項梁成為會稽郡的統轄者，住在前郡守體面而華麗的宅邸後，他也不願將女人們接來同住，寧可自己在星夜中喬裝前往，聊解情思。

「叔父這麼做，實在是太冒險了！」

姪兒項羽時常暗自憂心，他認為如今項梁的身份與王侯無異，隨時可能遭人暗下毒手，謀奪他的地位。而項梁卻還是從前流浪的老書生模樣，獨自在市井間穿梭，一個人留宿女人屋中。

項羽屢次苦勸無效之後，終於忍無可忍地對項梁說：

「叔父就算不娶妻成家，至少也應在宅邸中蓄妾，依您現在的身份，可以說已貴如王侯，卻仍時常流連於閭里的女人閨室中，傳揚出去，恐怕有損德威。再者，姪兒也不願叔父為此危及身家性命。」

以前當項羽攔勸自己時，項梁都會找許多藉口搪塞，這次聽到項羽帶有教訓意味的口氣衝撞自己，他長長地歎口氣，然後像是下了很大決心似地，幽幽說道：

「羽兒，你有所不知，為叔實在是有難言的苦衷……」

他湊近姪兒項羽身邊，低聲耳語：

「爲叔並無傳宗接代的本事，這輩子是注定無後了！」

向姪兒透露自己無生育能力的事實，使項梁十分赧然，他若有所失地別開頭去，表情頓時變得陰沉。項羽此時才自知失言，但已刺到叔父的痛處，一時間他也顯得不知所措，室內瀰漫著一股沉悶的氣氛。

「不孝有三，無後爲大」是中國人自古以來的觀念，而在那個時代，那個社會，更認爲中斷繼嗣是最大的不孝，項梁對於自己沒有承嗣能力的缺憾，一直耿耿於懷，甚至爲此斷了成家的念頭。

「你現在該明白了吧？」項梁勉強壓抑住激動的情緒，正視著項羽，又說：「我和一般人終究是不同的。」

身爲項燕之子，雖是沒落的貴族，但他仍然擁有項氏大家長的地位，只因爲不能生子，他在心中才暗將自己視爲項氏族譜上的一個外人。

「叔父，即便如此，娶妻成家又有何不可？」

項梁苦笑道：

「娶妻卻不傳宗接代，後患無窮！」

「何有此言呢？」

項羽一頭霧水地問道。

「爲叔志在奪取天下，若果如願，則如今所娶的妻室，將來便順理成章坐上皇后寶座。這一來，她的族人難免不獲勢力，而一旦外戚得勢，不把我視爲繼承人的姪兒你給放在眼裡，或是陰謀不軌，將你暗殺，纂奪王位，我怎能放下心呢？」

項梁以無限慈愛的眼神望著項羽，又說：

「將來爲叔要讓你當上太子，還要由你祭祀我項氏祖先，爲此我寧可終身不娶。」

這話就等於表明他不過把自己視爲一個「外人」罷了，甚至帶有些隱者的味道。然而自古可曾有過帶著隱士氣息的人興創王朝的前例？

「叔父眞是有心做皇帝嗎？」

項羽不覺感到懷疑，儘管他不能完全明白項梁的用意，但尊敬叔父的心情絲毫未變。

假特使，眞授官

現在再把話題拉回召平身上。

召平率領子弟兵渡過長江後，來到岸邊不遠處的高地遠眺。

「眞是別有洞天！」

召平望著遼濶的江南原野，秀麗的景致與平靜祥和的氣氛，使得幾經顚沛流離的召平，有種恍如隔世的感覺，心情也豁然開朗。

一行人走走歇歇，途中沒看到一個流寇，想是項羽的鎭撫做得十分徹底，每家每戶皆各安其室，田間也一片欣欣向榮。

召平對項氏叔姪越發佩服，他想項粱雖富智謀，若無項羽的勇猛，壯志恐亦難伸，這對叔姪倒眞是相得益彰，必能有更大作爲。

他們終於來到吳中城牆之前。與江北縣城的城牆外觀相比，這兒不僅顯得簡陋，也相當冷清。城門有許多守卒來回巡視，召平整理一下儀容，對其中一名守卒報上名號：

「我是東陵侯召平，要見項粱先生。」

他隨即又加重語氣，煞有介事地說道：

「去請城門守司官長來相迎，我是以陳王特命敕使的身份帶令前來的！」

這當然是句謊話，是召平自己捏造出來的。

召平首先假設自己是陳勝，然後擘劃計策：

——在危急存亡的緊要關頭，若不先力保江北的根據地，並且收攬表面上像是保持中立的江南軍，那麼在秦大軍節節進逼之下，遲早會被擊潰。要重振陳勝軍的勢力，目前唯一方法就是使項梁的江南軍北上奧援，而召平業已背叛秦廷，倘若秦軍獲勝，將難免於被殺的命運，所以撥調五十餘名士兵隨從召卒渡江而下，向項梁傳達陳王的勅命，要他即刻率軍北上支援。

「但像項梁這種名門之後，會把陳王的命令放在眼裡嗎？」

儘管召平隱約有著不安，表面上仍強作鎮定。當他獲准進入城門之後，所受到的待遇極為隆重，一路被引導到秦的郡署中，奉上座，且允許他隨身佩劍。

且不論召平是否獲得勅使的待遇，毫無疑問地項梁對他已是備極禮遇。

召平方坐定，外邊走進一人，身上未佩劍。

「此人想必就是項梁了，他未佩劍，大概是表明已將我尊為勅使吧！」

召平細細打量走進來的這個人，身形出乎意料地短小精瘦，額頭寬廣，雙眼炯炯有神。他一逕走到召平面前，曲膝前傾上半身，行跪拜禮。

「啊，他果眞以勅使之禮相待！」

正當召平這麼想的時候，項梁的舉動卻令他大失所望。

若叩頭之後一動不動地俯磕在地上就是「稽首」，為對待勅使的禮數，但項梁卻只用額頭磕碰一下地面隨即就抬起頭來，這動作不過是「頓首」之禮，為貴族之間的禮節。換言之，他並未把召平看做勅使，也意味著不承認陳王的地位。

「慢著——」召平不由驚惶起來：「項梁先生，我是以陳王勅使的身份前來的。」

項梁卻彷彿沒聽到似地，避開他的問題。

「東陵侯召平先生光臨會稽，敝人榮幸之至。」說完站起身來，親切招呼道：「廳內已備妥酒菜，請吧！」

項梁正要上前拉召平的手，未料召平連連退後兩步，貌似不悅道：

「項梁先生，請以勅使之禮相待。」

——勅使之禮？

項梁知道眼前這個人極爲固執，不允許他避重就輕，儘管他絲毫沒有和陳勝敵對的念頭，但一聽到勅使仍覺十分刺耳。若自己執勅使之禮，無形中便等於自貶身價，成爲陳勝的部屬，但斷然峻拒似又不妥。於是項梁決定先聽聽看勅命的內容，再決定如何行事。

「執禮之前，可否先透露勅命所言爲何？」

「透露勅命？」

召平面有難色，這樣做不就失去自己的份量了嗎？

「召平先生，你就當我不在場，就請於一旁自言自語吧！」

「此人果眞足智多謀，想得出這麼妙的權宜之計。看來他倒挺適合做軍師、策士一類人物，只不知若當百萬雄軍的總帥，是否也能稱職？」召平暗忖。

「好吧，我這就自言自語好了！」他擺出一副勉爲其難的表情，把視線移到一幅字畫上，說將起來：「陳王志在重振大楚聲威，但尙未逕稱楚王，且刻意定名號爲張楚，這其間自有微妙緣故。所謂張楚究竟係指楚，或只是楚的權宜之名呢？」

「召平眞是口才便給，深諳迂迴之術，難怪能得到陳勝的賞識。」

項梁重新把召平的份量掂了掂，他覺得召平有些地方與自己頗爲相似。

「張楚是振興楚國的準備階段，因此它的官制不以秦制爲據，而上承楚制。故楚時代官位最高的丞相，是稱上柱國。」

——上柱國……

項梁已經很久不曾聽到這個熟悉的官名，不覺十分懷念，楚語和其他地方的語言不同，此刻聽到，項梁分外覺得親切。召平繼續說道：

「陳王需才孔急，但當命何人做上柱國呢？楚不同於秦，特重血統和家世，然而故楚的王孫貴族多已湮佚於草野，唯有項梁於亂世中嶄露頭角，底定江南，成爲衆人仰慕的人物，故而陳王欲以項梁爲楚的上柱國，而特命勅使召平達此任務。」

項梁聽到此，當下平服，叩首在地：

「臣即刻率軍前去滅秦！」

召平見項梁主動執以敕使之禮，且自稱為「臣」，表面雖不動聲色，心下卻大為高興。

項梁突出此舉，其實已在腦海中快速的盤算過。他之所以接受勅命的理由在於，所有義軍都在江北的戰亂中消長，而勢力最大者為陳勝，雖然由他授命而獲楚官職並非項梁衷心所願，但既稱為楚的上柱國，則無論如何也不會被視為流賊，而是帶有正統的，堂堂義軍將領的感覺。雖然任命他的是地位值得懷疑的「陳王」，但接受任命的自己卻確確實實是項氏嫡系，陳勝也會因把自己任命為上柱國而增添聲勢，有利於他。

總之，若是舉起楚上柱國的旗幟向北揮進，相信群雄必會爭先恐後納入麾下，對擴張自己的勢力也大有裨益。

「綬印在此，待我取來交予你。」

說著，召平正要取出時，項梁卻趕忙加以阻止：

「且先不急，還需擇吉日行大典，屆時再正式向衆人宣布，並賜綬印。」

項梁認為此事應經由公開的儀典廣告周知，不僅麾下大將要參加，所有兵卒亦當聚集於吳中城前觀禮。他想像車輿列隊排開，旌旗迎風飄展的壯麗景象，以及如流水般不息的樂聲，盛大的慶典，甚至還要派人向四方群雄飛報——江南的項梁業已受陳王之命，就任楚卿上柱國之職。

「就在儀典當日全軍北進！」

項梁斬釘鐵地說道。

臥虎藏龍的項氏陣營

爲了將項羽引薦給召平，項梁特派快使到南方陣線，把負責鎮撫和收編部隊的姪兒召回來。接下來的每一天，項梁都爲召平設筵，席間把將官級的部屬介紹予召平認識。這些人泰半是項梁自吳中城內發掘出來的能人，望之便覺出衆。

「項梁究竟不是泛泛之輩！」

召平暗自欽服項梁物色人的獨到眼光，最初他不甚欣賞項梁的書生氣息，但能從草莽中收攬到這麼多傑出將領，終究是有其過人之處。

鍾離昧（鍾離爲複姓）就是一個不凡的人才，智勇兼備，當他雙眼望著人的時候，直像把人看穿看透似地，犀利無比。儘管他禮數周到，天南地北的話題極爲豐富引人，但召平在與他對談時，仍會感到受到一股莫名的壓力，彷彿無法不受其震懾。

「此人不僅有智謀之才，想必也是叱咤風雲的勇將。」

召平兀自思索。

經過進一步探聽，原來鍾離昧並非吳中人，而是伊盧人，極喜結交朋友。談話間，召平發覺兩人有許多同識的朋友，而且都是些怨憤秦廷的六國遺臣或遺民意識強烈的人。單單從鍾離昧多年來汲汲於尋求這類志同道合之士，且與他們交往密切這點看來，便可窺知他是怎樣的一個人。言談間，鍾離昧提到「韓信」這名字，是他結交的好友之一，召平過去也曾同他照過面。

「這傻子可眞是與衆不同！」鍾離昧用充滿友情的聲調說：「本想趁這次機會，把他叫來與大家見面，可是用盡方法，他卻在最後關頭又不知去向啦！」

說著就大笑起來。日後，韓信曾效忠項羽轉戰各地，後來卻由於受到冷淡而投奔劉邦，成爲他屬下一名大將。

席間還有一人，名叫季布。

「在項梁的衆屬之中，季布應是第一等人物。」

召平暗中觀察一番後，對於自己的揣測越發的有把握。季布其人，望之便是異相，眉宇間雖不似鍾離昧英氣迫人，那細長的雙目卻格外引人注意，笑起來的時候也深具魅力。他不像鍾離昧口若懸河，卻是個很好的聽衆，每當召平開口時，他總是傾身專注地凝聽。

季布是道地的楚人，直到他死後，在楚人間仍廣爲流傳著一句話：「黃金百斤，未如得季布之一諾」。由此可知，他是極重視信諾的人，一旦能得到他的承諾，便有如獲得重金，十分貴重，也相當可靠。他鮮少用心機去算計，卻有著強烈的任俠精神。這種人若成爲將軍，相信許多足智多謀的策士都會爭相投入幕下，而所率士卒會奮勇殺敵，不計性命。

「項梁底下眞是人才濟濟，不像北方陳勝軍只是烏合之衆。」

召平尙未見過陳勝的宮廷和他的軍隊，但項梁這個陣營，卻使他直覺能成就更大的事業。當然，陳勝初起時一舉成功，聲名大噪，就這點而論，項梁似乎還及不上他。但若說到君臨天下，卻不是奏一時之功者能勝任，需有超凡的氣概與睿智，更重要的是命運的推波助瀾，凡此種種，召平認爲項梁都已具備良好的條件和資格。

「不過，項梁的崛起並非緣於他是個人物才被抬舉出來，而是幸運地身爲名門之後。」

召平十分淸楚這一點。

召平項羽，針鋒相對

數日過去，吳中城內又增添許多生力軍，項羽也從南方趕回來了。

酒宴方酣，廳口突然人聲嘈雜起來，不久，一個彪形大漢像是推開衆人般闖了進來，在他周圍的人剎那間彷彿變成沖向船頭的小浪花，自覺渺小。大漢一路豪爽的笑著行來，絲毫不拘禮節，雖然這場酒宴的主賓是陳王的勅使召平。
這個大漢就是項羽，他已脫下盔甲，但還身著戎服，直走到項梁近前時，他才歛起豪放不羈的表情，畢恭畢敬地請安：
「叔父，我回來了！」
召平既然是主客，按說大可坐等項羽前來招呼問好，但項羽一直沒有過去見客的意思。召平看在眼裡，也未露出慍怒的表情，只是起身離坐，主動朝項羽走去，這個舉動令項梁略感不安，於是趕忙從中做介紹。
項羽的反應卻僅是隨口應了一聲「噢！」
召平被這出乎意料的態度給弄得失了方寸，又有些懊惱。他也是系出名門的子弟，少年時曾因為好奇，交往過無賴漢和盜賊，已習慣無禮之人，但像項羽這麼不懂禮數的人，卻還是頭一遭碰到。
儘管召平已面露不悅，但項羽根本視而不見，仍自顧自的抓起一塊帶骨的肉往嘴裡塞，嚼動了兩下，順手又把吐出來的骨頭朝窗外丟。幾乎就在骨頭落地的同時，傳來一陣動物的嗚吼聲。
「咦？」項羽探出頭去張望，看到原來是隻狗，便失聲笑了出來。前些日子，他還常出入山野中，方才一閃而過的念頭使他幾乎誤以為外頭是隻兇猛的老虎，待想起自己已回到城內，還疑神疑鬼地，不覺好笑。

「你養狗犬嗎？」

召平隨機拾來一個話題。

「嗄？」項羽像是終於發現召平似的，將視線落到他身上：「沒錯，是養了幾隻。」儘管表情有如孩童般純眞，語氣卻透著「問這些做什麼」的意味，召平竟頓時慌張起來，似乎在爲方才的問題做解釋：

「只是隨口問問！隨便問問！」

項羽奇怪地望著他，默不作聲，召平也想不出該接什麼話，於是兩人的交談暫時打住。事後召平才知道，項羽養的狗犬性情極兇悍，頗類似匈奴用以看管羊群的狗或豺，與敵人交陣時他會縱放那些犬隻跑到陣前將人咬死，據說這種事情已經不只一次發生。

「此人莫非以炫耀粗暴爲榮？」

召平雖這麼想，但看起來，項羽卻又不像是那樣的人。

酒席間，召平對於項羽的佩劍始終覺得礙眼，他的耿耿於懷，是由於無法苟同如此無禮的態度。在這個時代，凡參加正式的宴席，無論有任何理由，都不容許吃飯時隨身攜劍。

「就說一句他不中聽的話吧！」召平忍無可忍，決定當面訓誡他。然而，這可是需要相當大的勇氣。召平深吸一口氣，正色說道：「項羽先生，宴席上佩劍是楚人特有的儀節嗎？」

項羽靜靜地瞪視召平，不久，當他會過意來，即刻便起身卸下寶劍，同時面紅耳赤地，像是犯了錯的孩子被逮到似的，有些手足無措。這時，他已年滿廿四歲，稚氣卻猶未脫盡：

「方才失禮，請見諒！」

當項羽率直地道歉時，原先予召平不好的印象頓時一掃而空，他甚至反倒挺喜歡他如此的明快爽朗。

——不愧是項氏子弟！

項羽隨手將卸下的劍交給身旁的鍾離昧，卻未察覺他接下劍後現出的不悅之情。也許不久前鍾離昧只是流浪市井的庶民，但現在他已投效在項梁之下，擔當一軍之將，也是有體面、有身份的人物，大而化之慣了的項羽卻又疏忽此點，當眾讓一個堂堂的將軍為自己提劍。他甚至不知道自己無意間已犯了他人大忌，**有時一個人為了體面和自尊，是不惜殺人或背叛的。**

另一方面，項梁步到召平身旁，鄭重行禮道：

「今後還望您對愚姪籍兒（項羽本名籍，羽為字）不吝賜教指正。」

「果不愧貴族風範！」

召平微笑頷首，對項梁的態度極為欣賞。

「籍兒自遠處一路奔波趕回，下馬後也未及更換正服便直接趕來赴宴了，疏忽之處，尚祈海涵！」

項梁替項羽遮掩佩劍的失禮之過。當然，這話一半是眞，一半卻是假的。

原本項梁差人飛報項羽，是說陳王勅使駕臨，要他即刻趕回參加宴席。往赴爲勅使所備的酒宴，自然應更衣換裝，這種禮數項羽應該了解。所以當項梁看到項羽的裝束後也覺得詫異，但略一思索，他便完全明白項羽所以如此的用意。

在項羽眼中，根本不把陳勝當成「王」看待，既然不承認他是王者之尊，更遑論他派來的「勅使」了，這也許就是項羽最初的想法。

「召平還眞有本事，能讓籍兒乖乖就範。」

項梁心想，著戎服、佩寶劍的項羽對召平以無禮相待，召平也不隱忍屈服，直指出他的過失，當面針鋒相對，項羽想是佩服他這點，才爽快地卸下佩劍吧！

召平則又看到項羽的另一面：

「這個年輕人太過自恃，以致輕忽了統御部屬『帶人帶心』『人和爲貴』的重要，無意間恐怕會得罪不少人呢！」

他的有感而發，是因爲從鍾離昧身上臨時發生的事情上察覺出來的。宴席散去後，召平回到自己房裡安歇，當他臥倒在牀時，不禁自問：

「召平啊召平！你看項氏叔姪是取天下的人物嗎？」

左思右想，卻想不出個所以然來。身逢亂世，誰能料得準下一刻會發生什麼事呢？一切不都是命運在推著人往冥冥中注定的、卻是人無法預料的未來行去的嗎？

「再也看不到江南岸了！」

那一晚酒宴結束後，項梁悄悄換上庶民裝束，走向星空下沉寂的街市。沒有人會想到，這片廣大轄地的統有者，竟在這樣的深夜裡，獨自走在街道上。

他一路上頻頻回顧，確定無人跟蹤，經過許多迂迴的暗巷，終於在一處極隱蔽的地方停下。他摸索著找到一個老舊的木板門，輕叩兩聲，又壓低聲音說：「是我！」

裡面即刻有了回應，傳來拉開門閂的聲響，嘎然一聲，門開了，現出一個女人的身影，將項梁迎了進去。

女人身上的一縷幽香，總讓項梁懷念起兒時依偎在母親身旁的景象，女人和母親身上散發著同樣的梅青香，只有在這時候，項梁才能重新拾回自己所僅有的幸福的兒時記憶。

最初遇見她時，是在泰縣，那時候她還是個被賣身在市、楚楚可憐的少女。項梁把她買下來，安置在吳中城外的田莊。大片良田是他送給女人的禮物，另又僱了莊稼漢做田間的粗重工作，收成所得足夠女人生活上的一切開銷。

女人性情十分沉靜，笑起來時有種說不出的韻味，最教項梁喜歡。項梁在外頭的一切眞實作爲，她全被蒙在鼓裡，只以爲他是個行商，是四處做買賣的生意人。她更不可能知道項梁曾經砍下縣令的首級，掌有吳中縣，又掠取會稽郡，當上郡守這些事，而且她也很可能不會想知道。

「這樣就好。」

項梁常常這麼想。對於沒有成家立業的項梁來說，男女之間的關係唯有如此最爲理想，而且他的個性原本也就是喜愛無拘無束，四海爲家，散發著強烈的旅人氣習。女人也只把項梁看作是浪跡天涯的行商，不知他何時出外旅行，也不知什麼時候會回來。

項梁每次來到這兒，總會睡到次日向晚時分才醒來。但這一次，天尚未透亮，他便起身搖醒枕邊人：

「我得走了！」

女人揉揉惺忪的睡眼，迷惑地望著他：

「已經傍晚了嗎？」

「不，天就要亮了。」

項梁把一袋金子放在女人枕下，並囑咐她仔細藏好，不要讓人看見，以免被竊被搶，甚至惹來殺身之禍。隨後，他緊握住她的手，深深凝視著說道：

「那個幫忙做田事的莊稼漢，人既可靠又老實，如果在三個月內不見我回來，你就依託他去吧！」

說完，他離牀更衣。

「這次要去哪兒？」

女人一反平常地問道。

「北方，要渡過長江。」

「渡長江？這麼遠——」她忍不住追問：「什麼時候回來？」

「等天下平靜了可能就會回來。」

女人知道當項梁心意已決時，她是無法挽攔的，於是她不再多說什麼，只是靜靜地伺候他穿好衣服，送他出門。項梁的身影漸行漸遠，不久消失在黎明前的黑暗中。

他終於沒有再回來。

這日午后時分，項梁舉行了盛大的儀典，他命數百名官階較高的部屬列隊廣場前，四周豎起五顏六色的旗幟，在敕使召平的正式宣布下，接受楚卿上柱國的官位，並恭領綬印。

不久，儀式結束，吳中城內的士兵歡聲雷動，「大楚」的歡呼聲不絕於耳。士兵排成一支支隊伍，敲鑼擊鼓地在街市上遊行，每個人都由衷為項梁受封感到可喜可賀，同時也慶幸自己今後不再是流民，而是楚的官軍。

項梁隨即以上柱國的身份向軍神祭禱，奉獻犧牲，而後又舉行出陣儀式，把麾下大軍分成數梯次，分批向北出發。

往北，必須渡過長江，遼濶如海一般的川流對江南軍而言，是第一道考驗。

這得先編列船隊才行。在這方面，項梁早已胸有成竹。他先估算所需的船數和搭載能力，然後定出開船的間隔時間，分批出發。此外，在爭取新兵源上也毫不含糊，由季布、鍾離昧擔任前鋒，渡江後先從事鎮撫，同時等待陸續開往的軍隊。

事情安排得十分漂亮。

不久，項梁和項羽率領主力軍，組成大船隊，航向長江。雲層顯得異常的低，江面瀰漫著霧氣，四面一片白茫茫，兩頭皆望不到岸。

「再也看不到江南岸了，對岸也在水的盡頭……」

項梁獨自在船樓上酌酒，不覺一股悲涼之意湧上心頭，耳邊只有拍浪擊船之聲，眼前只見煙水迷霧。他越喝越急，一杯接著一杯，像是要藉酒力硬把什麼給壓下去似地。楚人平時都開朗樂天，但一遇緊要關頭，情感上便驟然轉爲悲愴和傷感。項梁此時的心情便是如此，他不斷倒酒，想把這樣的感覺狠狠拋掉。

前方依舊是一團迷霧，他微微有些醺然地想，待會兒只要看到任何陸地或風景，就要以此來占卜自己未知的前途。

船隊終於開到長江的江心，這時不遠處突傳聲響，一艘輕舟疾駛而近。

「是艘小船？」

項梁準備以這艘來路不明的船隻來占卜前途命運。

小船上搭乘著一個看似傳令兵的使者，在徵得同意後，登上項梁所在的這條船：

「我是東陽的陳嬰遣來的使者。」

傳令使者首先表明自己的身份，然後恭謹地奉上陳嬰親事所寫的信函，項梁拆開一看，原來陳嬰欲率領二萬人與自己的部隊合流。

「陳嬰先生是何許人？」項梁問來使。

「陳嬰先生曾經在東陽縣爲官，素有德望，原來衆人欲推擁他爲王，但礙於母命難違，他只肯擔任東陽軍統帥，而將全軍拱手獻予閣下。」

項梁刻意按捺欣喜之情，不露半點顏色。

「母命難違？」他的口氣彷彿覺得奇怪，但隨即又接口道：「此人必定事母至孝吧！」

「項梁先生可願接收東陽軍？」

「可——我還要重用他！」

項梁簡潔有力的這麼回答後，使者面露喜出望外之情，像是受了很大的恩惠，他敬謹地稱謝再三，便拜別項梁，乘船回去覆命。項梁繼續酌飲，他想到方才那位來使離去時歡天喜地的神情，又想到這整樁事，不覺脫口而道：

「此乃天助我也，果真好兆頭！」

貳・中原逐鹿之卷

7. 古來征戰幾人回

秦兵見人就砍，揮刀就殺，混亂中也有不少人被踐踏致死。急著趕回本營坐鎮指揮的項梁，卻連出陣的機會都沒有，便不明不白地死在亂軍中。

渡過長江之後，項梁率領大軍繼續往北推進，途中不斷吸收大小流民團體，聲勢日漸壯大。

「項梁先生不同凡人！」

這樣的讚譽四處飛傳，一方面因為他是楚名將項燕之後，但更重要的是其人品和才德，人人稱服。

唯一遺憾的是，項梁身材並不高大魁梧。在這個時代，人們習於把將帥認定為身形偉岸、強悍，或至少生就一副令人望之儼然的異能之相。然而，這兩者項梁皆闕如，乍看之下，他不過像是個垂垂老矣的書生，缺乏受衆人仰戴的要件。

項梁對此也有自知之明，因而他盡可能不把自己暴露在衆目睽睽之下，藉以藏拙。

「什麼？他就是項梁？」倘若人們心裡升起疑問，甚至失望，則由數萬之衆好不容易凝聚起的壯盛氣勢，也許轉眼便煙消雲散了。

項梁也擔心這一點，所以他在軍隊中鮮少露面。行軍途中，他多數時間都耽於車上，在這裡擬定作戰計劃，對衆將下達命令，也在這兒午睡和用餐。

來到逐鹿的大舞台

「我的身子骨越來越不聽使喚了！」

有時候項梁會頹然地這麼想。

年輕時鍛鍊的強健體魄，經過長期流浪生活的折騰，已日漸衰疲遲鈍。同時年紀大了，整天在車中顛簸，腰際常覺得像被拆散似地痠疼，日積月累下來，整個人的精神也爲之消沉，即使在這麼順利的景況中，仍會掉入日益萎縮的思想泥淖裡，難以自拔。

「還是順其自然吧！」

即使無法打倒強秦，只要能使楚國振興，也足夠了。項梁開始產生這種不足爲外人道的想法。他也漸漸察覺，每當獨處時，總會莫名地陷入深深的抑鬱中，他告訴自己，若再不稍微活動筋骨，這種情況會更惡化下去。

這天日沒時分，項梁悄悄換上農民裝束，或混入士兵群中，或在夕陽斜照之際趁著餘暉到山野踏青，這時候他彷彿魚歸大海，鳥返天際，精神完全舒展開來，心情也輕鬆快活，和關在車子裡的時候判若兩人。他確實需要這樣的源頭活水，爲他重新貫注生命力，拾回蓬勃朝氣。

當大軍前進到淮水畔，項梁再次指揮調度船隻，但這次已無需使用像渡長江時那樣大的船。北岸後方一片綠意盎然的景象，使項梁頓覺陰霾一掃而空，大爲振奮。

只要渡過淮水，就不再是人文粗野的蠻貊之區，離漢民族的文化核心地中原也更近了。遙遠的北方有條又寬又長的黃河，這條河川灌溉著其下游偌大的平原，淮河就在它南方。而黃、淮河之間的平原，自古以來就是文明的肇始地，和群雄爭霸的大舞台。總之，淮河是這塊大陸的南北界線。

「長江太大了，眞正有益於人的川流還是這條淮河。」

項梁不由自主地對淮河產生好感。

黃河向東流，淮河也是東流的，兩河之間則有無數河川糾結著或向南流，或向北流。而各大小河畔，均形成都邑，項梁和他的軍隊正朝此前進。

渡過淮河不久，項梁又網羅到一名悍將。這個人就是黥布，他是毛遂自薦而獲重用的。

「黥」是古時候在犯人額上刺字的刑罰，這種犯人叫「黥徒」。居處江南的異民族譬如越人，也有在臉上或身上刺青的風俗，但在中原一帶卻視此為野蠻不文，只有受刑的罪犯才會施黥。

黥布是六地(在今安徽省)人，本姓英，其名「布」為當時貨幣名稱的一種，十分易記。他在六地頗有名氣。英布生就一副虎背熊腰的體格，氣力蠻強，性情粗猛。打從少年時代，就被鄰里認為絕不可能安安穩穩過平凡日子。替他看過相的人甚至斷言：

「這孩子長大以後必遭刑劫，但劫數一過，便能花滿乾坤，天地一新，成王成侯！」

英布後來果然因為在鄉里間橫行霸道，遭秦吏逮捕，成了黥徒，並和其他囚犯一起被押解到驪山，從事建築皇陵的苦役。沒多久，他便成為衆囚的頭子，只要說「黥布」，工人裡無人不知，無人不曉。

「黥布」這渾號，也是從囚犯同夥中喊出來的。

就在陳勝舉事前後，黥布逃出驪山工地，帶著仰慕他的囚衆輾轉各地為盜。後來為吸收流賊，壯大聲勢，黥布想到推擁一名有德之人為首，他聽說番陽縣縣令吳芮被尊稱為「番君」，便前去拜見此人，把他抬舉出來，進一步擴大勢力。

不久，他又聽說楚遺臣項梁之名，也探聽到此人業已率領大批勇士北上，實力一日日遽增，便派出使者前去自薦。

「黥布？」

乍聞其名，項梁就已可略知其人，再從使者處聽說他的氣力、為人，對他也就有更深一層的期待。項梁自忖，己軍正缺少可打先鋒、摧敵陣的善戰將軍，雖有姪兒項羽，但同時多處作戰時，單靠項羽一人也是分身乏術。畢竟項羽的部隊勇往衝鋒之際，其他部隊後勁不足，戰力必然不能充份發揮，因此猛將最好至少二名以上。

項梁當即請來使回去覆命，設宴邀約。

黥布如約而至。

這晚，項梁特意準備豐盛的佳餚美酒，並召集衆將作陪。酒宴剛開始時，黥布一語不發，只顧埋頭飲酒吃菜，顯得和同桌格格不入。項梁起初還擔心，但見酒過三巡之後，紅光滿面的黥布話興也來了，與衆人打成一片，這才明白黥布的性情。

於是項梁當衆宣布，把他和項羽一樣任為先鋒大將，而且對他特別禮遇。

項梁的軍隊日益壯大，下邳（在今江蘇省）成為他們的根據地。

下邳濱臨泗水，至今古城猶在，名為邳縣。春秋戰國時期是下邳的黃金年代，那時下邳為邳國國都，以繁榮富庶著稱，至秦朝則成爲縣城。這個稱得上名邑的城市，鍾靈毓秀，後來成爲劉邦謀臣的兵略家張良(字子房)，與此地也有一段因緣，這是後話。

當然，此時項梁連張良的姓名都未曾聽過，也不知道他後來會成爲一個深通兵法的戰略家，更想不到他會投效在劉邦旗下，使自己的姪兒項羽喫盡苦頭。

奉戴陳王誅叛逆

項梁在下邳的大本營中，接獲驚人的消息。

「陳王大敗，下落不明。」

「擊潰陳勝軍的是秦大將章邯。」

章邯是何許人，倒不是項梁最關心的，他腦海裡所想所急的唯有代表亡楚的陳勝，畢竟是此人定了「張楚」的名號，也是他任命自己爲楚卿上柱國。對項梁而言，雖尚未親謁陳王，卻已視其爲主君。

誠然，任命項梁爲上柱國，只是召平的詐略，就連陳勝自己也不知情，但項梁卻被蒙在鼓裡，渾然不知。因而在他看來，原本打算與之合流的陳王及其勢力如果眞被消滅，這才是非同小可的首急之務。

「該怎麼辦呢？」

項梁在曾經是縣令的署衙中，獨自苦思，但卻全無頭緒，他雖然素有智謀，但卻是需要經過長時間的思考，而非屬於臨機應變型的人。

日子一天天過去，陳王依舊生死未卜。這天，終於有新的消息傳來：

「陳王的舊屬秦嘉擁立景駒為楚王。」

一聽到這消息，項梁直覺陳勝已被秦嘉那批人所謀弒：

「若陳王果真已死，則身為上柱國的我，不就成為亡楚最具身份的人嗎？」

然而要讓世人公認自己的地位，勢須身經百戰，這也是唯一一條路，亦即與秦廷官軍決一死戰，當嘗到勝利果實的同時，也成就了自己的權勢威望。

「嗯！**除了打勝仗之外，沒有其他選擇，人民永遠是追隨勝利者的**，只有這樣做才能獲得天下人的擁戴，登臨高位！」

項梁終於理出一個輪廓，但除了秦廷這個頭號敵人外，他還得先考慮眼前處境，從當務之急著手。

根據掌握到的情報，擁護「楚王」的秦嘉軍，正在方與（在今山東省）和定陶（山東省，今之定陶）一帶竄動，這群流民與秦的地方軍勝敗互見，勢均力敵。對項梁而言，這就是他的當務之急。

——得先征討逆弒陳王的秦嘉！

儘管秦軍才是眞正的共敵，各地流民軍都應團結起來，一致與之對抗，但項梁卻把討伐秦嘉列在第一順位，這其間自然有他的道理。

秦嘉擁立的景駒逕自稱「楚王」，勢將混淆視聽，徒生困擾，此事非盡速解決不可！如果坐視景駒這個來路不明的人當楚王，且爲世人認同，則楚卿上柱國項梁，不就得納入他的旗下嗎？

項梁即刻下定決心，命英布從速率軍前去征討。

但還有一個問題，就是兵員人數恐怕不足。英布靈機一動，隨即向項梁建言解決此問題的可行之道：

「過去原隸屬陳王麾下的大軍，如今樹倒猢猻散，逃竄到各農村鄉野，窘迫度日，想來他們必正在尋找可以投靠的勢力，只要將那些人統統吸納過來，即可立時成軍。」

英布說的確實有理。項梁驟然間有茅塞頓開之感，對英布的急智高見著實讚賞一番。主意既定，項梁運筆如飛，很快便書寫好檄文，準備發送到各地。檄文內容是這樣的：

「逆賊秦嘉背棄戰敗之主君陳王，另易其主，譖稱楚王，此大逆不道之妄舉，爲人臣所共唾，今項梁身爲楚卿上柱國，理當爲主君復讎，望天下有志之士齊聚項梁左右，共襄聲討叛賊秦嘉之義舉。」

項梁一方面命快騎飛報四方，一面派遣以英布爲首將的一支勁旅做爲先鋒，舉著項梁的旗幟向前推進，他相信途中自會有陳勝的殘兵爭相投靠。

這檄文寫得冠冕堂皇，義正辭嚴。所謂「陳王」只是出身農家的流民頭目，而且稱王也不過短短六個月。項梁在這卷檄文中，卻把他尊崇得有如世襲皇族子弟，歸根究柢，他這樣做的目的只有一個，那就是透過對陳勝的崇敬，將秦嘉和景駒之流貶爲「叛徒」，以求師出有名。

這種論調自古以來即是檄文的基本形貌，項梁不過是更換幾個主要人名罷了。

「陳勝死後反倒更尊貴過生前呢！」

項梁想著，啞然失笑。

首先是崛起於大澤，鼓動反秦叛變成燎原之勢，這種喚起抗秦的行動本身就是功勳一件，雖然最後敗亡，歸於塵土，但其名卻還有發揮號召力的利用價值。其實陳勝並非眞是什麼天縱英才，而是時勢使然。在他死後，由項梁肩負報讎、滅秦的使命，同樣也不是因爲項梁的個人力量，而是形勢所造成。

英布一出手，秦嘉人頭落

英布首次啣命出征，便打了一場漂亮的勝仗。

他在各地不斷吸納陳王的殘餘勢力，一路推進到秦嘉所在的魯地（在今山東省），首戰便旗開得勝，將秦嘉軍逼退到胡陵（在今山東省）。他又乘勝追擊，將之一網打盡，秦嘉終於命喪疆場。

英布深知此時正是亟謀兵源之際，因而寬大為懷地接受敵兵的投降，並加以安撫收攏，於是軍容更為壯大。後來景駒倉皇逃到梁地，下場仍不免和秦嘉一樣，含恨死在這裡。

英布建了大功。

「得防備此人，還是先移陣胡陵，就近監督著他才好！」

項梁聽到前方傳回的捷報，雖則歡欣雀躍，但又暗自猜疑英布的忠貞，於是即刻命令餘軍撤出下邳，把根據地移到英布剛占領的胡陵。項梁這番舉動，其實無異是將英布的成功橫刀奪來，但英布對此絲毫不以為意，他並建議項梁：

「我等何不乘戰勝士氣正旺之時，西向與秦的章邯軍決一死戰？」

「這倒不急，」項梁躊躇滿志地說：「秦軍什麼時候都可以摧毀！」

他說這話時是半認真的，由於崛起之後一切都極為順利，使他的信心也越發膨脹起來。

回首來時路，初起時叔姪倆在秦軍空虛之處發展勢力，並且零星與偶然遇上的秦地方軍交戰，接著趁勢與流民軍合流，征討秦嘉、景駒之徒，又大獲全勝。就在這連戰皆捷的情況下，雖尚未正面遭遇秦官軍，但項梁已起了輕敵之心。

「就算是秦將章邯又如何！」

項梁心想，陳勝軍所以會敗在章邯手下，是由於陳勝不懂兵略，而且那群烏合之衆與自己軍陣中兵員的素質相去太遠，若換成自己率軍與章邯交鋒，必是十拿九穩。

「我項某人可是常勝將軍！」

然而項梁卻還有件事一時間無法解決，那就是兵員素質雖佳，與秦軍相較兵力仍大爲懸殊。他希望能擴充到擁有多於秦軍一倍的兵源。

秦將章邯手下有三十萬大軍，項梁則只有十萬，要把十萬擴增爲六十萬，怎樣才能做到呢？

「其實原本並不難，只要一路西進，自可水到渠成，但如今，偏偏章邯的軍隊又橫阻在穀倉地帶……」

項梁盤算著西向進入關中之前，必經黃河流域，這地區有秦廷自全國各地搜刮來的糧食，儲放於穀倉中，櫛比鱗次。譬如滎陽的敖倉，安邑的根倉、涇倉。穀物以外則有澠池的鹽倉。又，洛陽、宣陽、皮氏、夏陽等城市則堆滿了國庫所屬的鐵。

且先暫不提鐵，只要能控制這區域的穀物和鹽，就能塡飽百萬流民的胃，而流民之中至少一半以上是年輕壯丁，稍加訓練，給予武器，則破秦指日可待。

但是，秦軍也不會放棄這些穀倉地帶，章邯爲了確保軍糧來源，正在上述各穀倉附近屯駐大軍，布陣防守。陳勝就是因為意圖掌握那些糧倉，才遭到章邯大規模的反擊，被打得潰不成軍。總之，**若能攻下這些倉庫，就等於取得了天下**，而要掠獲這地區，須先和章邯對決，但如今對決兵力又不足，項梁的思慮就圍繞在這上頭打轉。

這時候，項梁的大本營已由下邳轉移到胡陵，而這一帶的糧食眼看就要食用罄盡了。項梁派出許多探子蒐集情報，經過整理判斷，下一個攻擊目標以薛地最佳。

根據這個判斷，大軍開始向薛地移動，此時這龐大的流民團體本身並無多餘存糧，只能在所經之處就地取糧，若途中有任何差錯，則全軍頓成飢民，勢將不戰而亡。項梁隱約感到不安，但又強自把這種不安的感覺壓制下去。

「也許是我過慮了！」

他決定盡量爭取時間，畢竟再拖下去，一旦各地食糧都被吃光，無異自取敗亡。

活埋降兵省軍糧

項梁派姪兒項羽擔任先鋒，劫掠穀倉，自己則率餘軍向薛地推進。

項羽率領的先鋒部隊，首先把目標指向官倉之外的第二大穀倉地帶——襄城（在今河南省），為的是搶奪軍用食糧。此處亦有秦軍防守，並不易攻陷。但是當項梁尚未進駐薛地，半途中便接獲佳音，項羽終於攻克襄城。

「眞不愧是我姪兒！」

項梁喜獲捷報，頓時如釋重負。

陷城後，項羽對秦降兵的處置十分殘忍。他把數千名降兵分批綑綁，在城外挖了一片大坑，將這些人悉數活埋。這種大量處決的手段接二連三爲項羽使用，不過首創此酷刑的卻非項羽。活埋之刑究竟從什麼時候開始已不可考，前代雖曾有過殉葬者活埋入坑的先例，但做爲刑罰施於罪犯之身的，查諸史實記錄，秦始皇還是第一人。

他把四百六十餘名儒生，活埋於咸陽市郊，鑄成史上著名的坑儒慘劇。而當地（陝西臨潼縣西南）自唐以後，便被稱爲「坑儒谷」。

項羽活埋戰犯的原因不同於秦始皇，他的動機不在於施刑罰；他的理由是：**如果讓秦降兵活著，就得供給他們食物，而這將徒然損耗得來不易的襄城穀倉食糧，爲了不造成浪費，也爲了養活自己的子弟兵，因而寧可放棄招撫秦降兵，而置之於死地。**

項羽成功的完成劫糧任務之後，迅即將穀物運載上車，直奔項梁軍暫駐的縣城。

項梁親自來到城門邊，迎接高奏凱歌的勝利隊伍，項羽遠遠望叔父，掩不住內心的喜悅，不斷飛鞭在空向他表達心中的狂喜，而項梁見到跟在部隊後頭的糧車綿延數里，宛如長霞，也同樣喜不自勝。

下馬之後，項羽三步併作兩步，飛快來到叔父身邊，興沖沖地報告戰勝經過，接著又若無其事地說道：

「叔父，那些會糟蹋我軍食糧的秦兵，全給活埋了！」

項梁也只是點點頭，輕描淡寫地帶過，並未批評或責難。雖然親如父子，項梁仍擔心隨意的呵斥會招來反感，甚至使項羽不再替他這個叔父賣力。

「且隨他去吧！」

對於坑埋秦兵之事，項梁始終未多置一語。

獲得充裕食糧之後的項梁軍，繼續朝薛地前進。

一路上，項梁仍不斷派人四處飛報檄文，並言明將在薛地會合。這檄文發揮極大的效果，過去擁陳勝為王的流民軍，自從主君敗死之後，不僅失去中心人物，各軍伍也遭秦軍各個擊破，流竄各地。他們正是日暮途窮，顛沛困頓之際，項梁的出現，不啻為這群陳王餘黨重燃希望之火。

於是自然而然的，許多小首領主動靠向項梁這一方，他們原本已無力再給養手下流民，遂率領各自的小勢力投奔薛地，納入項氏麾下。

當項梁和他的軍隊就快接近薛地的時候，年高七十的居巢老人范增，也風塵僕僕地趕來和項梁會面。他引用楚之占卜師南公的預言「楚雖三戶，亡秦必楚！」如此策勉項梁，自然有他的用意。范增苦口婆心地向項梁進言，建議他盡速派人走訪亡楚王孫：

「**閣下若能擁立故楚皇裔為王，則楚遺民必會爭先恐後投效貴軍陣營**。過去陳勝即昧於此理，逕自稱王，以致人心遠離，你務須借此前車之鑑，免重蹈覆轍，好自為之，是為萬幸！」

項梁彷彿遭當頭棒喝，對這一針見血的高論十分拜服，同時也想到，若依范增之計行事，要擴充一倍軍力實在易如反掌。

范增不僅熟曉天下大勢，明於兵理，也相當清楚秦軍狀況。此外，項梁軍雖在流民勢力中兵威第一，但范增仍察知此軍的幾個弱點，向項梁直言道破。他說的每句話都一語中的，令項梁既驚且歎，當即延攬帳下，備極禮遇。

牧羊人搖身一變楚君王

薛地是個古城。

遠溯至周代各國還是城市國家的形態時，薛地就已是薛國的疆域，由此也可想見這片土地是何等豐饒。而隨著時代的推移，繁榮富庶更是有增無減，及至戰國時期，農業生產越為發達，薛地也更加豐足。

在戰國時代，薛地被劃入齊的版圖。戰國末期，齊王將著稱於世的王族孟嘗君封在此地，而薛地也因爲孟嘗君益添光彩。

「孟嘗君在薛，招攬諸侯賓客，與四方賢人、身懷絕技者相交結，咸厚遇之，以是傾天下之士，食客數千人。」這些事情在項梁那時代，仍在市井閭里間傳爲美談，猶如同時代發生的事一般，幾乎人人耳熟能詳。

秦代將薛地置爲縣城，人口極衆，項梁相當欣賞這個城市的活力，當他率軍進入這座古城時，本欲即刻住進原縣令的豪華宅邸，但被范增攔住了。

「楚王不久將會到來，這幢華屋還是留待楚王住居爲宜。」

不得已，項梁只好揀了一處較小的屋舍住下，想到自己舉兵以來所作所爲就像王侯一樣時，他不免爲自己此時的景況有些抱屈。

項梁派人四下尋訪，終於找到一位故楚王孫，名叫心。心是楚國最後一位君王懷王的嫡孫，他在楚滅秦興之後，流落民間，被庶民收養，幫忙田間農事與放牧等粗重工作。這時，心已二十五、六歲，仍整天徘徊於牧野。一日，當他正彎腰撿拾曬乾的羊糞時，項梁與范增遣來的特使不速而至：

「我等奉命請閣下赴薛，就楚王位。」

身著粗布衣服，周圍盡是羊群的心，聽說特使的來意後不覺大吃一驚。他自然不可能留有王族時代的記憶，從小他就已習慣於受人指使，備嘗辛酸，身份甚至不比一個少爺。心的鼻樑特別高挺，相貌稱得上一表堂堂，當他靜靜凝聽他人說話時，神情中總流露出一種天生的威儀，令人不由得肅然起敬。

「有意推擁我爲王的這位項梁先生，人品如何？」

王孫心雖然因這突如其來的好消息精神爲之一振，但長於憂患的他，思慮總較一般人更顯得小心謹慎。他隱隱然感到不安：

「也許我不過是個被利用的工具，一旦失去利用價值，就會遭到弑殺……」

思及此，他認爲有必要在應允之前，先探聽淸楚項梁是個怎樣的人，尤其重要的是其人品。

「項梁先生素有德望，且知書達禮，義勇忠耿，他一生志在復興大楚聲威，斷無覬覦王位的野心，也絕不致做出大逆不道之事，請閣下盡管寬心。」

特使察言觀色，知道王孫心的疑慮所在，遂鼓起如簧之舌進一步加以說服。

「既然如此——」心略一躊躇，又說：「當王可以，但有個條件。」

使者納悶地望著他，不明就理。心又接口道：

「我的意思是既然稱王，就要擁有實權，而非任憑臣下左右的傀儡。這點，項梁和他手下的人可能做到嗎？你先回去問明清楚，再來回覆我吧！」

「這是理所當然，何勞特意吩咐。」

項梁按捺自己的不悅，故示謙卑地點頭答道。

使者把項梁的回話一字不漏地帶到，並且刻意將項梁恭謹的態度加油添醋地描述一番。王孫心一聽大喜，終於首肯。於是項梁愼重其事地安排好一支隊伍，浩浩蕩蕩地前往迎接。

在馬前馭者的鳴鑼喝道下，衆人簇擁著王孫心朝薛地行進。

這時候，心已更換上項梁爲他準備的王袍，整個人煥然一新，神采奕奕，絲毫看不出往日還是個牧羊人時的落魄。所謂人逢喜事精神爽，王孫心想到自己這番自天而降的機遇，以及錦衣玉食的前程，氣宇越發軒昂，散發出一種王者的威儀，不愉快的過往也頓時煙消雲散。

在王孫心的身旁有一位老人始終乘坐副車，像要保護他似地，這個人就是宋義。

當大隊人馬行進到半途時，王孫心突然喝令隊伍停止前進，並且叫喚宋義。宋義不知發生了什麼事，急急走下車，來到王孫心跟前。

「我看起來像位君王嗎？」

宋義仰望他，不覺眼角淌淚：

「王何出此言，您原來就是天生的君王啊！」

宋義由衷說出心裡的話，於是大隊人馬再次開拔，繼續朝薛邁進。

宋義：流亡貴族的首腦

事實上，當四方紛獲檄文時，不只是落拓的流民首領，連不在少數的楚遺臣也認為能謀得一官半職，因而蜂擁投奔項梁。這些人在戰場上其實都派不上用場，只是耗吃食糧而已，但他們卻成為故楚名門項氏的裝飾點綴，雖然同是遺臣，他們的地位都不及項氏，因而也就像過去楚國時代，對項氏極為禮敬。

獨獨宋義不同。只要提到「楚的宋家」，無人不曉，那是戰國時期地位最高的楚國貴族世家。宋氏歷代世襲令尹的官職，令尹是官位最高的上卿，宋義就出生在這樣的家族，但當他繼父職為令尹的時候，楚國就滅亡了。而現在，這個人也率著族人護送王孫心來到薛地。

「此人竟還在人世嗎？」

項梁與其說是驚訝，不如說是感到嫌惡。雖說項氏也是楚的名門望族，但論到家族名聲卻遠不及宋氏。更令項梁備受威脅的是，宋義也是位能人，他不僅精嫻楚官制，且不論政治、陣仗，全不含糊，就是項梁自己也覺得未必及得上他。

「看來我辛辛苦苦打天下，將來或得拱手讓人都說不定呢！」

項梁有些懊惱地想。

另一方面，宋義自從楚國滅亡，自己也落魄民間後，對人情世故體會更深，因而初次與項梁謀面，他便刻意自我謙抑，稱頌項梁：

「項公長袖善舞，處世圓和，今日能將楚的勢力擴張成如此規模，項公居功厥偉。區區在下若能效犬馬之勞，實爲畢生榮幸！」

這番話原已謙卑至極，項梁猶能聽出弦外之音，而暗暗感到惶恐：

「宋義分明是話中有話。」

他最在意的是宋義提到「能將楚的勢力擴張成如此規模，項公居功厥偉」這句話。因爲這句話意味著，項梁其實不過是對楚有貢獻的份子之一，而宋義身爲令尹，只要有機會，必能對楚有所貢獻，甚至論功也不見得亞於項梁。

事情變得越爲不妙。薛地幾乎放眼盡是楚的貴族。項梁爲了招募兵源，大肆在檄文中宣揚「凡我故楚遺臣，咸來薛地，共襄中興大業」「我等擁戴楚懷王嫡孫爲楚王，係眞正楚之正統」……。這些文字發揮了很大的影響力，使沒落的貴族刹那間潮湧而出，在薛地街市上隨處可見。

這些人除了擁有一份虛銜之外，既沒有任何才能，也派不上任何用場，他們就如同在襄城被項羽擄獲的秦兵，只是徒然損耗食糧而已。但畢竟楚人向來是重出身的，他們對自己的身份有一份自恃，同時對於地位最高的令尹宋義，更是無比尊崇。他們前往拜見宋義的時候，仍舊遵循舊有禮制，膝行至他跟前，畢恭畢敬地參拜。

於是很自然的，宋義成流亡貴族的首腦人物。

項梁看在眼裡，中心極不痛快。雖然由項梁一手建立的楚軍，仍舊視項梁為最高統帥，但那些坐享其成、飯來張口的沒落貴族，卻似乎只把項梁放在次等地位。這些貴族思想昏瞶，仍自我陶醉在楚的空中樓閣裡。「楚」，名雖存，實已亡，而做為業已亡國的遺臣，又有什麼足以自誇自恃的呢？

遺臣以為楚貴族的存在，是「雪中送炭」，流民也是因他們的歸附才尊敬項梁，投奔其麾下，乃至於不惜犧牲生命。但在項梁看來，這群有名無實的貴族前來歸附，不是「錦上添花」，反倒有些「畫蛇添足」了，他對這些人既嫌且惡。

「這世上實在不需要貴族這種累贅！」

項梁暗自嘀咕。儘管項梁自己也是系出名門望族，但長大之後，半生漂泊，早已洗脫前代的貴族意識。他在舉兵之初也曾多少利用了自己的家世背景，但基本上，他並未經常自覺到自己的貴族身份，或者說並不因爲自己是貴族就覺得高人一等，就以此論尊卑。

甚至於他儘管對秦暴政深惡痛絕，卻也不得不持平而論：

「秦雖苛虐，但官制確實優秀。」

重點是，秦並無貴族。秦中央只選任有能力的人擔任官職，根據法來驅動整個體系，約束人民。

戰國時代的各國雖也採行用人唯才的觀念，譬如著名的戰國四公子招攬有才有能者爲門下食客。但在上位者卻沒有徹底勵行，如信陵君雖有賢才，卻遭魏安釐王猜忌，以致抑鬱以終，予秦有可趁之機。因爲相似的理由，各國最後也都一一被秦攻破，歸於覆亡。

項梁曾經詳察對照過秦朝之前與秦朝以後的政治體制，因而十分了解所謂貴族，並不等同於賢臣。他甚至想到更遠以後的事：

「若能傾覆秦廷，創建新王朝，故楚體制恐不宜照章延襲，還是採用秦的法制較爲理想。」

矛盾的是，眼前要打倒能力主義的秦，不能不運用舊有的貴族力量。就算項梁不願承認，家世爲他帶來莫大的助益，卻是千眞萬確的事實。而楚王與遺臣聚全起的號召力，更是難以衡量。

此刻項梁引爲當務之急的，是大量招募流民。同時，他必須鼓舞起滅秦的旺盛士氣，把像范增一樣心繫故國、痛恨暴秦的人團結起來，敵愾一心，致力爲創建新的楚帝國而戰。

貴族百官，兩大痲煩

回過頭來談王孫心初進薛城的事。

項梁率領衆將在薛縣城門恭迎新王，在這之前，宋義特地先入城與項梁商討過對新王心的稱呼。項梁、宋義、范增三人商議的結果，一致認爲以「懷王」相稱最爲妥貼。懷王是故楚的末代君王，也就是心的祖父，他們認爲若要使新王爲天下周知，稱懷王是最快也最好的辦法，於是即刻就決定下來。當項梁初次謁見新王心的時候，便逕率衆將以懷王相稱。

懷王心被迎到從前縣令的豪華宅邸，權充宮殿。

在擁立新王後不久，項梁即驚訝的發現，宋義一直待立在懷王身邊，幾乎寸步不離。這種舉動，顯示宋義以舊楚的令尹自居，而遺臣也視他爲令尹而禮敬；更讓項梁爲之氣結的是，傳達勅旨竟也成了宋義的任務。

其實說起來這並不算僭越，因爲在楚歷來即有此慣例，只是項梁到此時才發現一個冷酷的現實：**貴族唯有擁立王之後才能稱爲貴族**。

自從懷王心來到薛地，許多痲煩事也隨之而來。

王立於朝廷，百官就須著朝衣朝冠覲見，目前雖處於非常時期，未必如承平時代一樣，但繁文縟禮卻仍不可廢。這對長久以來已習於庶民生活的項梁而言，著實不堪其煩，同時他也驚訝自己的祖上竟能如此度日。

遺臣和貴族覲見懷王的禮節極爲瑣碎繁複，這些均由從前擔任式部官的一位遺老來負責。

「這可夠麻煩的！」

項梁心裡不斷抱怨著，卻還有個更爲棘手的問題：君王既要統領百官，就得先把百官「製造」出來，這包括定官名與位階，以及找出適當人選，僅僅想到「百官」就已夠讓項梁頭疼了。

「范增這老頭眞把我害慘了！」

項梁再沒有比此刻更憎恨自己奉爲賓師般加以敬愛的這個老人，若不是他多事想出這種法子，自己也不必如此大費周章。

項梁開始懷念過去無拘無束的生活，至少在懷王尚未到薛地以前，項梁軍的體制只需爲考慮作戰而擬定，毫不拖泥帶水。然而如今既已走到此一地步，沒有百官，朝廷就無法舉行儀式，而不舉行儀式，朝廷也就不能成其爲朝廷，當眞是騎虎難下。

最令項梁感到困擾的，是定出百官身份的尊卑之序，因爲舉行儀式時，衆官須依各自的序列，在君王面前羅列就位。

「唉！算了吧！」范增安慰他道：「我們既然以正統自詡，就不能像陳勝稱王那般草率，眞正的君王原來理應統率衆官，彼此以君臣之禮相待，這才是正道啊！」

兩害相權的上上策

衆官人選，由范增擬案。

范增命人用小刀削製一片片竹簡，然後在上面寫下官職及人選姓名。他把最先完成的竹簡遞給項梁，接過來一看，原來寫的是令尹宋義。

項梁帶著不以爲然的神情，嘲笑似地複誦一遍：

「令尹——宋義。」

「此人的職位不能輕易更動，因爲他原就是令尹，衆人皆知。宋義就此官職有如星子不能用人力去移動，已經爲大家根深蒂固地認定，我們還是順乎人情行事爲妥！」

范增自然明白項梁心中的不樂意，不待他開口，便主動道出所以然的緣由。

「是嗎？」

項梁仍舊不服氣。

「試想，人盡皆知的事實若故意作僞，我們今後還有立足餘地嗎？況且懷王也視宋義爲令尹，勉強拂逆其志，豈不是削弱君王的權威，如此一來，既會把這對我們有絕大用處的人得罪了，也不能服衆。所以**兩害相權取其輕，寧可暫時先以懷王的意向爲意向，才是上上之策。**」

范增說得頭頭是道，令項梁無從辯駁。

「不過，我們卻可以不讓他把持實權——」范增像在安撫似地又補充說道：「令尹雖然官位最高，但也只是文官，不涉陣仗。既然掌握不到軍權，就不會有實力坐大。這一點，你倒可儘管放心。」

聽到此，項梁的辭色終於和緩：

「那麼就照范老夫子所言定案吧！」

范增點點頭，書有尹宋義的竹簡擺在案頭另一端，又取了一片竹簡寫下「上柱國」。

「接下來就要費點腦筋了，我對上柱國的人選最感到困擾。」

上柱國，原是項梁過去所拜的官名，但論地位，卻在宋義之下。

「我不願意。」

項梁斬釘截鐵地向范增表態，這是過去少有的舉動，由此可知他決意甚堅。

「我知道。」

范增含笑點頭。上柱國也是文官。故楚時代，這是根據實力而任用的最高階官職，鮮少論及出身家世，通常皆由下層貴族子弟來擔任，或是庶民中特別具才幹者勝任。

「陳嬰是平民出身。」范增撫鬚說道。

「不錯。」

「我想他應該可以適任這個官職。」

項梁恍然大悟，不覺笑出聲來：「原來范增心中的人選是他。」

項梁終於逐漸了解范增背後的用意。

曾經是東陽縣縣吏的陳嬰，雖被當地百姓擁戴爲首領，但對於伴隨高位而來的重擔，卻缺乏一肩挑起的勇氣，他寧可寄託在更大的勢力底下受庇蔭，因而迅即投效項梁旗下，並以東陽縣二萬民兵做爲見面禮。陳嬰在東陽縣固然是人人稱道的名吏，但在其他地方則只是個藉藉無名的小卒。他不懂率軍，也不會陣仗，把這樣一個安插在上柱國的官位上，表面上似乎威風體面，骨子裡卻毫無份量，全然是奉送虛銜而已。

項梁很快就明白范增的懷柔把戲，對他報以會心的一笑。

接著，范增又把各式各樣的人，一一安上適當的官職。就這樣忙過一輪之後，他突然若有所思地放下筆，遞給項梁一片竹簡，同時問道：

「這個人該如何安置？」

竹簡上寫著「劉邦」。

劉邦是沛人，鄉黨尊稱其爲沛公。

「劉邦……」

項梁覺得耳熟，但一時之間就是想不起來。

「忘了嗎？此人前些時才來過薛地，在表明投奔我方之後，還開口要借調軍隊。」

「啊！原來是那位高大的男子。」

項梁眼前驟然浮現出有著令人稱羨的美髯，以及身形高眺的劉邦。

據項梁聽說，此人受到陳勝起兵激勵，奪下沛地，繼而向四面出兵，不久即與泗水郡郡守所率的秦地方軍對面交戰，戰果勝敗互見。

劉邦老友窩裡反

劉邦第一次打勝仗是在故鄉豐邑，他帶著子弟兵，與親自率軍前來包圍的泗水郡監官頑抗，最後突圍而出，奮勇摘下監官首級，並乘勢進逼，追拿到郡守加以處斬。後來，爲了養活底下大批人手，他又率軍輾轉征戰各地，欲取得軍糧來源。

劉邦雖然包圍了亢父和方與兩處地方，卻久攻不下，只好長期布陣城外，僵持對峙。由於陣營駐紮在食糧欠缺的野地，既無法確保戰力，又招募不到新的兵源，境況十分窘迫，劉邦也灰頭土臉，喪氣透了。

屋漏偏逢連夜雨，緊接著又發生一件更令劉邦懊喪的事情。帶兵在外的劉邦將故鄉豐邑交給老友雍齒暫管，不料他卻背叛自己，把豐地據爲己有。

雍齒背後有魏國撐腰，魏也是戰國時代遭秦併滅的國家之一，但現在卻和楚一樣自立稱魏。靠著這股勢力的支持和奧援，雍齒把豐地防守得異常牢固，劉邦無論如何也收復不回。於是，他失去自己賴以立足的根據地，一切等於又得從頭開始。

不久，劉邦就在氣急敗壞之際感染風寒，病勢不輕，遂返回沛地休養。他對於自己時運如此不濟既憤且惱，更可恨的是豐地偏是被老朋友雍齒強占，這使他尊嚴蕩然無存，顏面掃地。

劉邦少年時代遊手好閒，經常耽在沛地晃蕩，也在此地結交不少人。然而眞正說起來，沛地並不是他的根，他的老鄉是與沛比鄰的豐邑。如今，眼睁睁地看著這片家園被人搶走，而鄉黨子弟竟也擁護叛徒雍齒與自己對抗，劉此時此刻的心境，確實是情何以堪。

在此順便談談雍齒這個人。

雍齒與魏國素有淵源，他的背叛劉邦，起因於魏將周市的一句話：

「你若肯離開劉邦，加入魏，便即刻封你爲魏侯。」

雍齒因而二話不說，旋即棄劉邦而投奔魏，並強霸豐邑。原本他和劉邦是同路人，觀察力極爲敏銳，肚量也很寬大，應是大有作爲的人，問題就出在劉邦待他的態度傲慢無禮，在莫可奈何之下，他只有尋求自立。

「豐邑百姓不可饒恕，尤其雍齒那匹夫，眞恨不能喫他的肉，喝他的血！」

劉邦在病榻上，想到痛心處，猶不免咬牙切齒，信誓復仇。

豐邑其實並不是一座大城，只是比里稍大的鄉下村鎭，但也有城牆，而防守其中的雍齒雖有魏作後盾，實際上鄉黨人數卻非常少，這時候的劉邦軍薄弱到甚至無法奪回一個小村鎭，後來卻能率領黨徒爭霸天下，這究竟是怎麼回事吧？

對沛地和豐邑的居民而言，其後情勢的演變是他們無論如何料想不到的。

有個題外話暫且一提。

在劉邦心中斥爲賣主求榮、忘恩負義的雍齒，後來獲得劉邦的寬恕——不僅寬恕，還再度任他爲部將，轉戰各地，大加重用。由這點可知雍齒其人如何驍勇善戰，另一方面也可看出劉邦獨有的——且不論是否矯飾作僞——寬大爲懷的胸襟，是如何的能容忍異己。

劉邦取得天下不久，宣布要論定功罪，賞罰衆將，一時之間人心惶惶，每個人都想到自己曾犯的過錯，甚至曾經得罪過劉邦的地方。在這種人人自危的氣氛中，不免有人畏罪受懲，而起叛變的貳心。

然而劉邦確有其獨到之處，為了安撫眾人，他採納張良的雅言，把大家都知道他最憎恨的雍齒挑出來封侯，且刻意首先公布。此舉果然奏效，**眾人看到連雍齒這樣不可饒恕的負義之人，都能得到寬恕與厚遇，盡釋前嫌，也就安下心來，無意再興兵造反。**

投靠項梁借兵馬

劉邦大病初癒，即一心湔雪前恥，他發誓無論如何都要把豐邑攻下來。

「倘若不收復豐邑，豈不是要讓故鄉的人給看扁了？」

劉邦不願意在家鄉父老面前一輩子抬不起頭來。

但兵力卻是個大問題，為此他不惜去攀附任何勢力。陳勝敗亡之後，其部下秦嘉擁景駒出來做楚王，劉邦便毛遂自薦前往求見，低聲下氣地自請為楚王部屬，他的目的只有一個，就是借兵攻打豐邑，然而此事並不順利。

之後，劉邦和他的小部隊到處流竄，曾與秦軍在蕭地（在今江蘇省）交戰，但全然不是對手，最後被打得落荒而逃。接著，他又與其他小勢力合流，聯手攻打碭地（在今江蘇省），這次則幸運地攻占下來，並俘獲敵兵五、六千人，使軍力初步擴張，繼而推進到下邑（在今江蘇省），一舉陷落，獲得豐富食糧。

這時兵員有了，劉邦把軍力統合起來，兵臨豐邑城下，但雍齒極具掌握人心的本事，加上善用兵略巧妙防禦，劉邦依舊搶攻不下。由此可知，在故鄉，許多人對劉邦的評價都十分低下。

這也難怪，他年輕時只會無的放矢，空口說大話，又不體念父兄操勞，協助耕事，甚至勒索過家鄉的有錢人，得逞後拿著銀兩到沛地沽酒喝。

好逸惡勞，生活放蕩，是鄉人對劉邦僅存的印象。與之相比，外地來的雍齒因來歷不明，加上善於籠絡人心，自然比劉邦吃香得多。豐邑鄉民也寧可聽命雍齒，揚棄劉邦。

就在久攻不下之際，劉邦來到薛地。這是他最艱難的時候，他求見項梁，想向他借調攻打豐邑的將兵。既然有求於人，理所當然地先要自請為其部下。項梁在薛地熱情地待他，卻沒有馬上承諾他的要求，因為當時項梁正忙於策立懷王的事情，分身乏術。

對項梁而言，劉邦的自願投效，正符合他擴張勢力的方針，理當大表歡迎；美中不足的是，劉邦不僅未帶人來，反而要求從自己這兒借調軍隊。當然，借他之後可以併吞豐地，等於又膨脹了勢力與糧食來源，這算盤仍是打得通的。

就在令劉邦苦候之際，王孫心前來薛就王位，一陣忙亂後，這件事就這麼給忘了。

「劉邦還不成氣候。」

項梁撇一撇嘴，語帶輕視地說。

「是啊，此人確實還沒什麼勢力，不過……」范增先是點頭附和，繼而若有所思地說：「雖然尚不成氣候，但觀其手下幕僚，個個看來都是器宇不凡、出類拔萃的人物，這些人都能信服他，擁護他，足見絕不能將劉邦和尋常的流寇頭子相提並論。」

「你當眞這麼想嗎？」項梁被范增這一說，頓時改變心意。他沉吟良久，想著處理劉邦的方法：「畢竟此人不過剛投效我方，尚未立軍功，隨意安插官位，恐惹人非議，並非良策。但倒有一計，可讓他明白我們看重他的心意，只要挑一個官位高的人率領部隊，借調於他，這樣一來，儘管未獲一官半職，想來他也應該滿意了！」

范增也覺得這辦法很好，於是問道：

「那麼派誰去呢？」

「就派官拜五大夫爵位的將士十名好了！」

五大夫在楚的爵位制度中位列第九爵。後來項梁還另外撥付五千兵員給劉邦，於是劉邦歡天喜地的率了借來的將兵離薛，重新投入圍城的豐邑戰事中。

人事案已大致擬定，最後輪到項梁自己了。

「我究竟該膺任什麼官職才好？」項梁詢問道。

項梁本是一軍統帥，只因為擁立新王，也就不得不退居次位。這處境是范增一手促成的，因而他格外同情項梁這份委屈，且早已想妥一個腹案，要讓項梁能置身於官位和爵位之外，擁有更大權威和保存實力。

這個擬案，就是封項梁為「君」。

戰國時期，齊有孟嘗君、趙有平原君、楚有春申君、魏有信陵君，號稱「戰國四公子」，這些王族公子擁有大片封土，對國事的處理也有舉足輕重的地位，有時甚至像是在王國內擁有獨立的政府，儼然是個小王。

對於這樣的安排，項梁極表滿意，至於名稱，則由自己擇定為「武信君」。不過志在率軍征戰的項梁，並不願自己遭到薛地的懷王和朝廷的掣肘，於是他巧妙的避開，決定置都府於盱眙（在今安徽省）。

常勝將軍誇傲輕敵

如是經過數月。

項梁向來做事十分謹愼，因此花了很長時間做好充份準備。不久，一軍、二軍、三軍陸續從薛地開拔，這是西進討秦的開始。秦的根據地在遙遠的西方咸陽，項梁最後的目的雖在摧毀秦都，但經過仔細的擘劃，仍須先向北行。

北方有黃河東流。

黃河正是通往上游秦都咸陽的水路。進一步說，這是一條供應秦都食糧的重要補給線，黃河流域各大都邑都有自己的糧庫，唯有攻下那些地方，才能予咸陽致命的一擊。於是項梁先向北揮進，集中火力攻打亢父（今山東濟寧），把劉邦久攻不下的這座都邑輕易拿到手。

由於劉邦過去曾有與亢父交鋒的經驗，因而這次攻城，他被任爲將領之一。又因爲這是劉邦歸附項梁之後第一次作戰，力求表現的心情自然格外強烈，他督勉衆屬，要求大家全力以赴，奮戰到底，士氣極爲高昂。和他搭配作戰的還有項羽軍，項羽不同於劉邦，常身先士卒，奮不顧身，親自在陣前殺敵，使部下的士氣大受鼓舞。盡管劉邦領導的部隊沒有這麼勇武，但衆屬卻擅用謀略，進退神速，可說各有千秋。

「劉邦帶軍果眞有本事！」

項梁不由得對他刮目相看，於是每戰一次，便增派更多兵力給他，劉邦自然也就多多益善。

「給他更多兵力，他才能有更大的發揮。當初范增果然沒料錯，劉邦如今已漸成氣候，對我無異是如虎添翼，我得好好重用此人，萬不可埋沒了！」

項梁興起惜才之心。於是當全軍向更北的東阿（今山東省東阿）進攻時，項梁索性把劉邦擢陞到與項羽同級的將軍，分別擔任左右翼，並撥給他更多人馬。

項羽和劉邦同時並進，渡過黃河支流濟水，在其北岸包圍東阿，不日便順利攻陷。占領東阿城，就等於控制住黃河下游，此處已離秦都不遠，也是通往咸陽的要隘。

「終於來到東阿了！」

項梁大大舒了一口氣，這一路來一直緊繃著的神經也大為鬆弛，他天生悠哉的性情又顯露出來，甚至開始輕敵，認為所謂強秦也不過爾爾。

項梁有意向懷王誇示自己的軍威，卻又不好叫懷王移尊就駕，於是派出急使邀請令尹宋義前來，美其名是邀他同賞江水，其實只是特意塑造一個談笑用兵的形象，想藉此暗示自己的能耐。

宋義來了。

「他莫非忘了自己仍置身在險惡的戰場上，怎就此自大傲慢起來，彷彿不把敵軍當回事？」

宋義深不以為然。

此時項梁已把軍隊一分為二，其中一半由自己親自率領，正為進攻遙遠南方的定陶作準備。

另一半則分配給項羽、劉邦，目標指向濟水畔的城陽（今山東省濮縣附近），這支隊伍業已出發。

這是兩面作戰。

「用兵之道當避免分散，盡量集中。項梁擁有的兵力並不多，何以反其道而行，貿然兵分二路，自暴其短呢？」

宋義對此極為憂心，對項梁的大意輕敵更是不敢苟同。

然而項梁毫不在意宋義的看法，因為在他心裡，宋義不過是個中看不中用的貴族後裔，除了幸而有個足以傲人的家世之外，一無是處。事實上，項梁也低估了宋義，他雖然沒有指揮布陣的經驗，但對兵法的研究並不在項梁之下。

「如此盲動，與飛蛾撲火何異，再要一意孤行，終會痛嘗苦果，悔之莫及了！」宋義暗忖。

宋義想的確實比項梁深入，也許是旁觀者清，當局者迷吧！項梁儘管以所向披靡之勢，從亢父一路攻陷東阿，同時也來到黃河支流濟水畔，但綜觀這條行軍路線，顯而易見地秦軍並未全力防禦，而且這範圍內的秦軍力，本就較為薄弱。

——倘若就此輕估秦將章邯，可就大大不妙了！

宋義曾經用心研究過秦廷大將章邯的戰略，發現到有個屢試不爽的法則，就集中火力以大敵小，以眾擊寡，予來軍迎頭痛擊，悉數殲滅。因而，章邯每逢出征，均極力避免兵力分散。

眼前章邯猶擁重兵於西方，對他而言，若撥出相當軍力遠征亢父與東阿，便無法施展他最擅長的策略。與其打沒有把握的仗，不如暫不去理會東方一時的勝敗，坐視秦的地方軍出戰。項梁卻不察敵將的居心，以爲連戰皆捷，章邯軍必也能手到擒來，全然把對手看扁了。

宋義一席話，項梁一條命

宋義靜觀大勢，心中了然，但項梁畢竟才是眞正的大軍統帥，自己又有何置喙餘地呢？

「想不到項梁對兵略如此無謀，這不是率著楚軍走險路嗎？」

尤其兩面作戰，最容易遭敵軍各個擊破，項梁卻仍執意涉險。

「令尹大人……」項梁把宋義帶到濟水河畔，對著悠悠的江水，意氣風發地說：「我將率一軍遠征定陶，勝算十中有九，請務必隨軍出征，以振士氣！」

定陶與項羽、劉邦所要攻占的城陽相距甚遠，這將使兵分兩路的軍隊各自陷於孤立無援。

「何以非遠征定陶不可呢？」

宋義愼重地問道。項梁卻並未正面回答：

「我對定陶有著深厚的感情，而且曾經在那兒住過一段時期，對當地風土人情極爲熟悉。」

他就這樣三言兩語地輕描淡寫過去，隨即便把話題轉開了。

「看他不願深談，莫非是在定陶有女人？」

宋義不得不以自己的想法塡補項梁言有未盡之處，他曾聽說項梁在流浪生涯中，各地都蓄養有女人，而且這些女人都深愛著他。

宋義的揣測大致不差。項梁所以決定率軍遠征定陶，一方面是因定陶較之城陽更接近章邯的根據地，他認爲在和秦軍決一死戰時，與其讓項羽和劉邦做先鋒，不如自己走更前線。話雖如此，離章邯駐軍地近的地方還不少，倒非一定得選擇定陶不可，眞正原因就是此處住著項梁甚爲傾心的女人，並且在會稽時還探聽到她的消息，據說過得並不好……。

項羽、劉邦不負衆望，一舉攻下城陽。

另一方面，項梁自東阿取道西南，在行軍途中不斷遭遇秦軍，這些小規模的作戰絲毫無法抵擋勢如破竹的項梁軍，他們不僅順利抵達定陶，而且在短短數日之內便攻城掠地，戰事出乎意料的容易。

然而，定陶的輕易陷落，並未使宋義就此安心，反而疑懼更深，他直覺其中必有蹊蹺。

定陶位於秦章邯軍的行動範圍內，而項梁軍卻是孤軍深入敵陣之中，若發生突如其來的狀況，其他部隊必不及支援，屆時遠水救不了近火，項梁軍只有挨打的份，後果如何可想而知。

宋義把自己的想法告訴項梁，規諫他切不可掉以輕心，但忠言逆耳，項梁正是得意忘形之際，哪裡聽得進去。

不過才幾天的工夫，宋義竟一語成讖。自遙遠彼端湧出大批秦軍，滿山滿谷地急行而來，不久，定陶遭到包圍和攻擊，敵軍來勢洶洶，戰情一夜之間逆轉。秦的攻城軍與日俱增，項梁派人擄獲一名秦兵，盤查拷問的結果，才知竟是章邯率領的秦正規軍。

「什麼？是章邯……」項梁雖強作鎮定，仍不免感到懊惱和後悔：「唉！一時失察，早知該預留後路，眼前卻哪裡去調援兵呢？」

宋義見項梁言語中已有悔意，便順水推舟道：

「也不難，就派使者去齊請求援兵吧！」

齊同楚、魏一樣，業已自立，戰國時代故齊的王族後裔田氏，受到陳勝崛起的激勵，隨之在齊地揭竿而起，立爲齊王。但由於內部情況複雜，雖曾和項梁的楚軍保持聯繫，卻未在作戰上取得一致的步調。如今進退維谷，前有追兵，後無奧援之下，求助於齊已是不得已的最後一條路，項梁只好點頭同意。

宋義爲項梁獻上此計，其實別有用心。他想，即使派遣使者赴齊求援，這一去一回少說也得好幾天工夫，定陶恐怕撐不到那時候便會陷落，爲了自保，不如自告奮勇擔任求援使者，趁定陶尚未被攻陷之前逃出去。

宋義逃離定陶之後，朝前往齊國的路上行去，途中正巧碰上齊派出的使者，這人是齊的高陵君顯，也是宋義舊識。宋義不僅沒有請求他即刻率軍去定陶解圍，反而提醒這位原本要去會見項梁的老朋友道：

「閣下若是要去定陶，大可不必趕路了！」

然後他又把秦大軍圍城的狀況大致說明一番，暗示老友此際前去，恐凶多吉少，爲免受池魚之殃，甚至落得全軍覆沒，還是撒手不管的好。

宋義的一番話，將項梁軍推到絕境。

不明不白死於亂軍

繼續苦撐等待軍援的項梁，即使在如此危急的情況下，仍不改昔日作風。

儘管不是夜夜如此，但總有好幾個晚上，趁著夜色，他獨自一人微服出遊。他也許是在路上攔住老人，打聽從前這一帶曾住過這麼一個女人，如果記得，如果知道她的下落，如今遷居到哪裡去了。他最後終於尋到那女子沒有，因爲不久就遭逢變局，也就無從得知了。

論將才，章邯顯然遠在項梁之上。圍攻定陶的秦大軍，便是由他直接調配的。他精選一支部隊，日夜操演，做夜襲訓練。

這晚，在城內守軍酣然入夢的暗夜，他的部隊神不知鬼不覺，成功地攀上城牆，等到守城兵卒受到驚動起而抵擋時，已經來不及了。一陣慌亂中，幾個秦兵互相掩護著開啓城門，這時等在城外的大軍如洪水般一擁而入，廝殺之聲劃破靜夜，響徹雲霄。

喬裝改扮成農民的項梁正走在回營的路上，他驚見事態的嚴重，心急如焚，發狂似地奔向本營，一心只想著趕緊回去坐鎮指揮，但再也來不及了，他的身影一下就被洪流般的秦軍淹沒。

秦兵見人就砍，揮刀就殺，混亂中也有不少人被踐踏致死。**一代英雄，卻連出陣的機會都沒有，便不明不白地死在亂軍中**。

另一方面，項羽和劉邦的軍隊攻下城陽之後，由於章邯的主力軍指向定陶，不僅北方城陽的秦軍呈眞空狀態，毗鄰的濮陽乃至雍丘也鬧空城，於是他們又趁機攻下這些黃河流域的城市。

8. 血染宋義溼錦被

宋義揉著惺忪的睡眼，面對著項羽，一臉莫名其妙地問道：「是魯公嗎？這大清早……」還不待他把話說完，項羽已一個箭步衝上前，大喝一聲：「欺君罔上的狗奴才，納命來吧！」

八月，黃河流域上野菊怒放，正是秋高氣爽的時節。

黃河及其支流的景觀對楚人而言是極罕見的。黃土經常乾涸，沒有水田，家家戶戶都用泥土製成的磚來築牆，而草木更遠不及楚地的綠意盎然。

當項梁率軍暫駐定陶之際，無論項羽或劉邦，都僅僅是接受項梁指揮的支隊將領而已。但兩人合作無間，一路沿著黃河流域向西進軍，就兵力來說，項羽軍占壓倒性的多數，士氣也遠為旺盛，主要原因或許係士兵多為楚人之故。

與北方人（狹義的漢民族）相較，楚人身材較為短小，一般說來氣力也較弱，但是他們熱情而衝動，團體行動時，總能精誠一致地進退。這種強大的團結力量，使居住於黃河流域的北方人備感威脅。

當時的楚語和北方中原的語言出入頗大，因此楚人來到黃河流域時，語言上就說不通了。

誓報殺叔血海深仇

楚軍由於和首領項羽說同樣的語言，擁有共同的文化背景，因而對他自然有種北方人難以理解的親近感。同時項羽又是世間少有的勇將，當他一馬當先，奮勇殺敵時，部屬的鬥志也被鼓舞起來，勇往直前。

身先士卒的勇者氣魄，是項羽所以能令眾人信服的重要特質。

在這個時代，兵卒對將領是以英雄來看待，而做爲英雄的外在條件，則須氣力過人，威武昂揚。項羽堂堂八尺之軀，且力能扛鼎，首先就符合了身爲亂世英雄的條件。然而那時代的兵卒對將領的依賴程度也相當高，明白的說，一旦失去中心人物，群龍無首，則即使原本是百萬雄兵，也會倉皇潰散。

項羽是天縱將才，衝鋒陷陣時的英勇果敢，當代可說無出其右者。宋義就曾用「猛如虎」來形容他，確是十分恰當的評語。不過，宋義對項羽一直不懷好感，他把項羽比喻成老虎，在那個時代尚有粗魯兇悍的意味，未必全是正面的評價。但對於被「猛如虎」的人所率領的軍隊來說，卻會因而大壯其膽。

項羽和劉邦站在同一條陣線上，他們或爲前鋒，或爲後盾，互相支援，一一攻下黃河流域各城市，眼看就要來到中原最重要的都邑陳留（河南省開封附近）時，傳出總帥項梁戰敗身殉的噩耗。

「不可能！叔父不可能死，是誰膽敢假造這種惡毒的謠言，咀咒我叔父——」

項羽僵直著身體，顫抖地說著，隨即激動不能自抑，一把揪起報喪的使者，怒喝道：

「你還沒打聽清楚就敢在這兒胡言亂語，我叔父在定陶明明打了勝仗，你卻說他戰敗身殉。去——重新給我打聽仔細再來回報，不要站在這裡讓我抽斷你的舌根。還不快滾——滾！」

項羽發狂似地猛力抓搖著使者的雙肩，再一舉重重地把他推震得倒退好幾步，使者踉蹌摔倒在地上，驚駭的望了項羽一眼，便趕緊跌跌撞撞地衝出門去。

彷彿用盡全身氣力般，項羽頹然癱倒在座，眼角禁不住淌下一滴滴的淚。他的耳邊猶迴盪著使者來報時說的話：

「項梁將軍的主力軍深入敵方勢力圈的正中心，在告援不及之下，被秦將章邯一舉擊潰，將軍也不幸身殉亂兵中……」

他連連搖頭，仍舊不肯相信：

「一直所向無敵的軍隊突然大敗，連像叔父這樣的常勝軍也戰死，這誰聽了能相信呢？」

然而，後來卻不由得他不接受事實。

項梁死後，他麾下僥倖逃出的殘兵陸續前去歸附項羽軍，他們所言就如先頭來報喪的使者說的一樣，都道項梁將軍不幸殉難，連誰下的毒手也無從得知。

項羽感到深切的哀傷，叔父之於他亦師亦父，自小養育他，教導他，如今這個對他一生最重要的人，就這麼慘死了，一種蝕心之痛深深嚙咬著他。悲痛難抑的項羽握緊拳頭，狂怒咆哮著誓報此不共戴天的血海深仇。

項羽的部將雖同感悲憤，卻面有懼色，他們這時都想到，過去的勝利恐怕只是僥倖，甚至是章邯布下的陷阱，意在讓他們輕敵，而後一舉殲滅。這樣一個善於謀略的勁敵，讓眾將心上涼了大半截，**項梁的死，不就是死在輕舉妄動，逞血氣之勇嗎？**他們開始冷靜下來，警惕與反省。

「章邯不愧是名將」

這個不幸的消息，也傳到劉邦軍的陣營中。

「事情是怎麼發生的呢？」劉邦自問。

對劉邦而言，項梁雖然對自己有著知遇之恩，把自己提拔到和項羽並駕齊驅的大將，但畢竟不是自己人，同時相處時間也不長，因而劉邦其實心中無感傷，他只覺得納悶和恐懼。

無論如何，己方的主力已被摧毀，剩下的自己和項羽已形同孤軍。且不提這種恐慌感，事實上，在劉邦而言，他的疑惑更深於畏怯，他百思不得其解，一向常勝的項梁何以竟喫敗仗呢？以劉邦的腦袋，自然是不可能想得出答案來的。

每逢遭遇難題，劉邦總是一派無知的表情，而這種過份的平庸，卻反而醞釀出項羽軍所沒有的一種熱烈的氣氛。幕僚和屬下看到劉邦臨事時的反應，不覺間便會主動自願地爲他效勞解惑，絞盡腦汁地輔助他，爲他擘劃。這在項羽乃至其他大將的營幕中，都是不易見到的。

話雖如此，劉邦倒也不是個扶不起的阿斗，儘管他無法做到深入的分析和判斷，但對別人的意見卻能很快理解並掌握本質。

每當劉邦聽到蕭何等人的條分縷析之後，彷彿恍然大悟般豁然開朗，**他由衷佩服這些得力手下的見解，並且毫不掩飾地連連讚歎，這種態度使下屬更樂於爲他賣命，也更樂於貢獻自己的才智。**

劉邦所理解到的這次事件的本質，首先是秦帝國的強大實力，再者是指揮秦大軍的章邯其人是一名了不得的大將。由幕僚口中得知，章邯在征戰謀略上有個習慣，就是大量集結，避免分散，讓有限的軍隊集中戰力，發揮無限的制敵力量，全力加以摧毀擊潰。

既然有這樣的策略，在各個不同的戰場自然也就會呈現戰力疏密不均的情況。

對於黃河流域諸城，章邯不惜令其大唱空城計，聽任楚軍蹂躪，也不調兵支援當地的秦駐軍。而當項梁孤軍深入秦軍戰力最集中的地區時，章邯則早已枕戈待旦，只等項梁軍入得甕來，便如揮起大鐵鏈擊小石一般，輕而易舉加以粉碎。

「不錯，我等正是沿著黃河一路朝西進攻，打了幾次漂亮的勝仗。如今回想起來，其實這都是章邯刻意讓我們得勝的，我們不明就裡，只道是秦軍力薄，不擅陣仗，還沾沾自喜，卻是踏入陷阱尚不自知危殆。章邯果眞不愧是個名將！」

儘管章邯是頭號勁敵，劉邦卻仍率直地表露出對他的佩服，這看在屬下眼中，反倒覺得是一種氣度，一種胸襟。劉邦所到之處，總會令他周遭的人感到德者風範，因而智士賢人莫不爭相投效其幕下。

不過在軍隊的士氣方面，劉邦軍卻遜於項羽軍。這一方面是由於劉邦只予人「德者」的印象，而絲毫沒有大將的勇武悍氣；另一個原因則是劉邦重用的蕭何，在軍紀上的要求十分嚴格，禁止士兵在占領地區肆意掠奪，擾亂民生。

自古以來，士兵與盜賊的行徑往往很難劃分清楚，打勝仗時，士兵若未受到將領的約束，便易橫行無忌，勢掠民家，搜刮戰利品；而**士氣的提升，每每也建立在戰利的掠奪上，被將領視爲一種手段加以運用。**

但蕭何對於這種雞鳴狗盜，甚至肆無忌憚的強梁作風，卻深惡痛絕，不屑同流。蕭何認爲，推翻暴秦，是因爲秦如同餓虎，而如果自己爲滅秦也變成貪狼，那麼當初掀起這場戰爭就毫無意義了。由於秉性方正，處世有原則，蕭何定下嚴格的軍紀，並且認眞執行。

蕭何是負責張羅全軍糧食的人，爲讓衆兵信服，嚴守紀律，他特意把立下的規矩解釋作一種策略的運用，同時公告周知：

「我軍嚴禁掠奪，凡所攻占之地，應竭盡所能與民敦睦，使當地百姓自願提供糧食，成爲我軍的堅實後盾。若不守此綱紀，橫行擾民，失去民心，則糧食必遭匿藏，即或強奪亦屬有限，斷無法源源供應。爲免自絕生路，凡我子弟兵，切勿自誤。」

蕭何存心仁德，深明「己所不欲，勿施於人」的正理，而此一念之仁，也可省卻他爲籌糧源疲於奔命的張羅之苦。

儘管如此，仍有少數士兵依舊行搶，但與項羽軍相比，程度上卻輕得多。這種差別作風，使得各城鎭對此二軍的風評截然不同，無形中，劉邦的名聲和德行愈爲遠播，百姓對他是張手歡迎，而對項羽軍豺狼虎豹似的行徑，則避之唯恐不及。

不過，單就士氣這方面來說，蕭何所下達的軍令是違反「常理」的，使士兵的期待大受挫折，因而劉邦軍的士氣並不如項羽軍旺盛。

君子報仇三年不晚

項羽仍按照原定計劃，進攻陳留城。

在總帥項梁已敗亡，主力軍也潰滅的情況下，依舊勇猛無懼地向眼前敵人挑戰，確實符合項羽的性情，和一向的行事作風。然而劉邦軍雖也被項羽軍捲入攻城之戰，但無論是劉邦、乃至整個楚軍，對敵人都感到強烈的畏懼。部將甚至不願靠近城牆，士兵就更不用說了，一批批地趁著暗夜摸黑逃跑。

劉邦巡視陣營，深知軍心業已動搖，不禁憂心忡忡：

「看這光景，是絕對打不贏的，說不定還會像項梁一樣慘敗呢！」

自舉兵以來，習慣喫敗仗甚於打勝仗的劉邦，對於戰果勝負的直覺，遠較項羽敏感得多，他已從籠罩全軍的悲觀氣氛，看出潰敗的徵兆。

劉邦當然不願坐以待斃，經過一番商討，他率著幾名幕僚前往項羽的營帳，準備說服他先打退堂鼓，其餘的再從長計議。當一行人進入項羽營帳中，劉邦立刻率部下恭謹地向他參拜，如同對待主君一般。這時劉邦已經四十一歲，在那樣的時代這年齡有兒孫輩也不足為奇，他對年方二十五的項羽採取如此低姿態，就輩份與身份而言，都是自降一格。

劉邦一開始就採取這種謙卑的態度，主要還是蕭何提供的智慧。畢竟項氏在楚軍心中有著至高無上的地位，若在不經意間疏忽禮數，恐招致無謂的反感與阻力。行禮如儀之後，劉邦特意擺出一副嚴肅的表情，他並沒有直截了當地道破眼前敵強我弱的態勢，以此要求退兵，而是既委婉又言之成理地建言道：

「項梁將軍亡故，我軍咸感哀傷，而尚留在新都盱眙的懷王此刻猶須加強戒護。依拙見，不如暫停攻打陳留城，先折返新都，召集衆將，議定重整旗鼓之策，方為當務之急。」

這時在項羽身邊的范增也連連點頭。

范增過去一直隨侍項梁，擔任軍師，定陶大敗之際，這個老人喬裝成農民，順利自秦軍的重重包圍中脫逃。途中曾多次遭到敵兵攔截盤查，但他被曬得黝黑的膚色和蒼蒼白髮，總令敵兵失去戒心，只當他是個普通老百姓，因而每一次都被放行，有驚無險地通過層層關卡。

范增對方位的辨別神準無比，年輕時常往各地出遊，也從未迷途過。這個特殊的本領，在逃亡之際，確實幫了他大忙，不僅可避開險路，省卻麻煩，還能讓他在最短的時間內，抵達自己要去的地方。

離開定陶後，范增只在夜裡趕路，長達五天多的路程中，即使是在黑漆漆的夜裡，也不曾走錯方向，最後終於回到項羽的營幕中。

這之後，范增就順理成章地留侍在項羽身邊。對進攻陳留之舉，他抱著和劉邦同樣的想法，並不認爲眼前是適當時機。他甚至先於劉邦向項羽提過退兵的建議：

「以守代攻，以退爲進，萬不可在劣勢中逞勇，爭一時意氣。還是保存實力，再漂漂亮亮地打一次有把握的仗吧！」

也許是范增的話早先已或多或少地發生作用，此刻又有劉邦等人規諫，項羽這次終於接受勸告，當即下令暫停攻打陳留，回轉新都。

然而范增由於自己曾苦勸項羽多次未受採用，而劉邦一出馬，便教項羽回心轉意，使他既意外，又頗不是滋味：

「原來他並非執意非攻打陳留不可！」

事實上也難怪范增心裡不是滋味，當初他建議項羽撤退時，項羽還老大不高興，信誓旦旦要爲叔父復仇，要摧毀陳留城。然而此際一見到劉邦，卻立刻放棄這個念頭，聽從他的見解。

「劉邦這個人實在有股難言的力量，竟連少主這麼頑固的人都被他打動了……」

從這時候開始，范增心裡便有個揮之不去的陰影。

項羽的用意，其實范增並不了解。他是一個比范增所認識的更優秀的年輕人。

當項羽知道叔父項梁戰敗亡故，已有自知之明，那時候也暗自想過撤退的時機。他認爲，如果眼前因爲傳出叔父的死訊慌亂退卻，對全軍士氣必是一大打擊。此外還有一層顧慮，亦即項梁的英名，在衆人心中根深蒂固，而繼承叔父地位的自己，若欲取而代之，勢必得建立起勇武無畏的形象，絕不能表現得像個懦夫，臨事畏首畏尾，落荒而逃。

這層顧慮在維繫軍隊士氣上確屬必要，萬一在決策時有任何閃失，則原本無堅不摧的軍伍，也可能在一夜之間土崩瓦解。

這就是項羽沒有立刻回應范增建言的理由。

其實自從叔父死後，項羽面對范增時，心情也十分矛盾。他雖然沒有形諸於色，但內心對范增仍是多少懷有不滿，畢竟這個老人原是叔父的軍師，最後卻讓叔父敗死定陶。

「這糟老頭……」

項羽暗暗咒罵，還有一絲莫名所以的憎恨。

後來范增就像扔掉破舊的草鞋，換穿新履，轉而投效項羽幕下，甚至未被要求就自命軍師，任何大小事情總要參上一點意見。

「他究竟是怎樣一個人呢？」

儘管對范增有著怨懟，但項羽的心胸似乎特別寬大，對於摸不清究竟是倨傲，或是不在乎顏面、沒有私心的范增，他也懷有淡淡的好感和敬意，所以說這是種既複雜且矛盾的感覺。

因此項羽完全無意去責備定陶那件事情，但叔父項梁畢竟死在這場敗仗中，他也不刻意犒賞范增的辛勞。總之，這時期兩人間的氣氛相當尷尬，甚至連打招呼都覺得不自在。

對於項羽古怪的態度，范增不免嘀咕：

「這小子差他叔父太多了！」

常敗將軍襯托常勝將軍

說起來，項羽倒眞要感謝劉邦給了他台階下。

項羽和秦軍交鋒，屢戰屢勝，他的所向無敵，使楚兵個個佩服得五體投地。這樣一個人人豎起大拇指，認爲了不起的大將，確實難以開口說出撤退一類喪氣的話，而劉邦正好爲他解了這個騎虎難下的圍。

「所幸虧了他！」

項羽大大鬆了一口氣。

對於劉邦的膽怯無能，項羽並不感到嫌惡，甚至認爲這對自己是很好的襯托。在他看來，劉邦和自己是全然不同的兩種人，一個是「常勝將軍」，一個則是「常敗將軍」。劉邦也許是敗仗喫多了，習以爲常，不論慘敗到什麼程度，他仍舊可以厚著臉皮，不痛不癢，無動於衷。

若非劉邦對進攻陳留心生畏懼，先開口要打退堂鼓，項羽還眞想不出一個正大光明的藉口，在不損及顏面和自尊的情況下，率著衆將兵全身而退。另外還有一層好處，就是楚軍不致對項羽感到失望，仍舊把他當大英雄看待。

——沒有比和及不上自己的人共事，更教人快慰高興的了！

項羽覺察到其中的微妙，所以他不以劉邦的軟弱爲忤，反而深慶有這個庸才來彰顯自己。此後，由於劉邦軍相形見絀，項羽麾下的士兵也不時對他們冷嘲熱諷，自詡爲精壯慓悍，勇武威猛，卻嘲笑他們有如縮頭烏龜，畏首畏尾。

正因爲有劉邦這個懦弱的同僚，益發顯得項羽出衆，加深人們的印象。劉邦和他的軍隊就像是爲了烘托項羽軍，同時鼓舞他們成爲強者而存在似的。

撤退時兩軍的表現，正可印證這一點。怯懦的劉邦軍先行向東撤退，項羽軍則擔任較艱難的斷後任務，且戰且走。他們二人終於平安地將大軍帶回後方。

彭城（今之徐州）是楚軍東山再起的根據地。

此處早在春秋戰國時代就十分繁榮，與劉邦的故鄉同在一區，均屬泗水郡管轄，位居農業地帶，也是水路交通的要衝。

順道一提此地往後的輝煌歷史。日後項羽自立門戶，把都府置於此地，向四面八方擴張聲勢，自稱「西楚霸王」，於是彭城一夜之間揚名立萬，各方矚目。迄至有唐一代，改稱徐州，此後又陸續更易名稱，並且經常發生重要戰役。

這地方之所以成為兵家必爭之地，屢屢爆發戰事，主要原因在於道路四通八達，大軍易於集結，擁有良好的戰略條件，亦即兵法上所謂的「衢地」。

彭城自從受到項羽和劉邦的青睞，便再擺脫不了這樣的命運。

「請懷王移駕彭城，與大軍會合。」

項羽遣特使到懷王處，轉達這項訊息。懷王即刻動身，但心裡卻忐忑不安。他之所以一接到臣下派人傳來的消息就輕易出動，完全是受制於當初被項氏擁立為王的弱點。如今項梁已死，懷王開始覺得自己不應再做一名傀儡。

權力腐化了宋義

懷王唯一可依恃的是出身故楚貴族的宋義，他現在幾乎形影不離地隨侍懷王左右。

不久之前，宋義還跟著項梁遠征定陶，所幸在定陶尚未遭敵軍陷落前，他便自請為求援使，率了一支勁旅順利自秦軍的包圍中脫逃，僥倖免於戰死。後來半路上遇到齊派往項梁陣營的使者高陵君顯，遂勸他不要誤蹈虎穴，並帶著他一同去見懷王。

「宋義先生確有先見之明，雖然虛驚一場，終究是全身而退。和枉死的項梁將軍相比，眞是高明多了。在下也是託天之幸，得以路遇宋先生，才不致千里迢迢趕去送死。」

高陵君頻頻向懷王讚歎宋義。他還意猶未盡地說：

「宋先生能料中定陶一役必喫敗仗，足見其深諳兵略，他日必能一展雄才。」

懷王正愁身邊沒有一個懂得征戰謀略的得力助手，經高陵君一提醒，頓覺自己糊塗，此人不就遠在天邊，近在眼前嗎？

過去懷王一直以爲宋義世襲令尹之職，只精於儀典，如今驟知他還有兵略方面的長才，不禁大喜過望：

「此人必得好好重用！」

宋義的長袖善舞，通曉世局，以及長於機變，這些懷王早已略有所感，再加上他還具有將領的才能，就眞的無可挑剔了。懷王心想，若由宋義出任新興楚國的領導中心，統御項羽、劉邦等大將，自己就可免於身爲傀儡的恐懼，也不必再受挾制：

「即便宋義別有居心也無妨，至少可先以宋義之毒攻項羽之毒……」

在懷王看來，與其受制於項羽，不如依恃宋義來得好些。

這時宋義已年過半百，他出生在一個大家族中，子嗣衆多，門戶興旺。族人聽說宋義受到楚懷王重用，極具聲望，便從四面方擁來投靠他。他們攀附宋義的權勢，連八竿子外的遠親也來請求庇蔭。

正所謂「一人得道，雞犬升天」，宋義也不計較血緣的親疏之分，他認為既然自己已位高權重，對族人乃至家中奴僕，就應多方關照，供吃給住。這種情況在古時大家族中是輕鬆平常的事，也不獨宋義如此，只是身逢亂世，有能力供養浩繁食指的終究不多。

宋家是故楚的名門旺族，旁支極衆，包括婦孺家奴等在內，上上下下多達三千人，家族人口可說十分龐大，因而開銷起來難免驚人。

在這方面，宋義並不比項羽身旁的軍師范增，經常是來去一人，保持清望。他必須養活一大家子，供他們食衣住行無虞。

楚國今後還要經歷無數戰爭，與強敵暴秦相抗，而宋義這時卻已因族人大批的聚集過來，深受家累所拖。他不僅要供他們喫喝，還要運用權勢為他們做各種安排。

人，難免是有私心的，卻需先認清形勢，以及更重要的責任。流浪時期的宋義對是非能辨得分明，然而此刻，私心卻將一切都混淆了。比如他之所以過度介入齊國內政，就是起因於私心作祟。

齊和楚一樣，其實並非公認的國家，而是過去被秦滅亡的戰國時代封建諸國，趁著秦帝國動亂驟起之際，揭起故國旗幟的勢力之一。各方流民團體均歸附故國王族，並延用從前的國名，而稱趙、魏、楚等，齊的情形大致也是如此。

崛起狄地（在今山東省）的田儋，趁陳勝叛亂時也發動兵變，斬殺狄縣縣令後自立，稱齊王。田儋一族在齊滅後一直流落民間，兵變成功之後才舉起故齊的王家之姓田氏旗幟，並轉戰齊的故地，加以平定。而後便以此為根據地，不斷擴張聲勢。

秦廷自然無法坐視各國舊勢力死灰復燃，派出大將章邯四處圍剿，以摧毀這一類自立國為首要之務。

章邯可不是省油的燈，他親自率軍鎮剿的結果，戰功彪炳，令各國舊勢力聞風喪膽。

竄入魏地自稱魏王的咎，在臨濟（在今河南省）遭到秦大軍重重包圍，他一邊奮力苦撐，一邊緊急向齊的田儋求援。田儋於是立即率齊國大軍趕去援救，然而終究不是章邯的對手，大敗於臨濟城下，田儋也戰死殉難。

田儋死後，齊國內部大亂，最後由田氏宗親另一族派抬頭，此派推出眞正擁有故齊王家血統的人稱王，並且將本族的田氏子弟或任爲宰相，或任爲將軍。至於與田儋一起奮戰前線的田儋之弟和堂兄弟（田橫、田榮）等人，則都遭到刻意的疏遠。

他們在戰場上出生入死，到頭來卻受漠視，憤慨之餘，遂率領殘兵，轉而投靠楚項梁門下。由於獲得項梁做爲強而有力的後盾，這派人馬又重整旗鼓，趕走在位的齊王，另立田儋之子爲新王。

被趕下台的舊王和該系族人不甘示弱，又分據各地，各自建立自己的勢力，他們爾虞我詐，都想稱王。於是齊國內部的糾紛日益紛雜，爭端時起，甚至都已忘了秦帝國才是共同的敵人。

呑下高陵君的誘餌

宋義是個善於權謀、心機深沉的人。

當他所屬的楚國與秦軍連番交手之際，宋義甚至已插手其他自立國的內政，譬如齊的內部糾紛，同時他還暗中掌握了其中一派。

前面提過，齊的田氏分爲舊王派與田儋派，而這兩脈族人又各自分裂成幾個派系，彼此聚散無常。宋義在定陶郊外偶然遇到的高陵君顯，就是齊的田儋派中一個支系的代表。定陶戰敗之後，宋義決定將高陵君引薦給懷王，在回程途中由於朝夕相處，無話不談，遂使兩人的交情更進一步。高陵君甚至起了拜把之念，主動向宋義請求：

「若蒙宋兄不見棄，今後何不以兄弟相稱？」

在高陵君的想法，眼前自己在齊的一派勢力尚無以自立，同時各派間也內鬥不斷，若沒有其他自立國援助，不僅紛端無法止息，自己這派勢力也永無抬頭的機會。他認爲楚已成氣候，單看楚軍壯盛的軍容，就可知其實力。因而若能掌握住楚的有力人物宋義，那麼不論發生何種狀況，都能得到必要的援助。

高陵君所以要極力巴結宋義，可說是因爲對自己這派人馬的前程、乃至稱王寄以相當高的期望。

宋義自然也很清楚這一點。但是他樂意被利用，畢竟他也有用得上高陵君的地方。

「齊國目前眞是無一寧日，明爭暗鬥，各自爭強，就連推舉一名宰相，也是意見紛雜，相持不下。」一路上，高陵君用萬般無奈又感慨的口吻這麼提到。接著他說得更露骨了：「依我看，與其誰也不服誰，一直虛懸這個缺位，不如就用別國的人才，這樣誰都沒有話說！」

宋義聽到此處，格外留意。

「照我的意思，不如乾脆請宋兄的公子宋襄到敝國來做宰相。宋兄以爲如何？」

高陵君終於明白表態。他這算盤的確打得很高明，若宋義之子當上齊國宰相，則將來齊國有急難時，楚軍自然會伸援手，對齊國而言，無異是人質在握，當然划算。

而在宋義這方面，能輕而易舉地長期宰制齊國，還有比這更好的事嗎？

「我只要隨便動根指頭，就可以左右齊國命運了……」

宋義自我陶醉地想著，心中不禁大喜。然而，插足他國內部糾紛，而對某派施以援手，並非明智之舉，因爲一旦引發激烈的內鬥，勢必受到牽連，捲入爭端。再者，若齊受制於秦而向楚告援，則不僅自己，連國家也會受到拖累，甚至傷及元氣。田儋率軍援助魏王咎，最後死於秦將章邯之手，殷鑑不遠。

宋義貪戀權勢，利慾薰心，他這會兒哪還能警覺這麼多。他所想的，並非是使楚國蒙利，而是爲了自己這門家族的利益。一方面自楚國獲得食邑，同時又能從齊國分霑食祿，數千族人與奴僕的生計，一半就讓齊國去負擔，這對宋義是再好不過的事了。

「就只怕襄兒平庸，不足以勝任一國宰相的要職。」

宋義以退爲進，故意謙讓道。

高陵君知道自己的建議，其實正中宋義下懷，這時不過是習慣上不免要先推拖一番罷了。爲了表明誠意，他又連連懇辭請託：

「宋兄，請您務必答應。所謂『虎父無犬子』，他日我齊國要借重令郎之處還很多，就請您別再謙辭了！」

「還是讓我再好好想想。」

高陵君會過意來，於是又說：

「即便令郎一時間不就手，宋兄大可一旁指點，何須過慮？」

話中之意，大有把齊貶爲楚之屬國，拱手讓宋義隨意指使的味道，這就算不是賣國，也相去不遠了。

事實上，只要秦廷一息尚存，就沒有所謂「齊國」的存在，充其量只能說是一個據有齊故地的遺民勢力，更別提這舊勢力的內部還彼此糾紛不斷，內訌時起。如果宋義頭腦夠冷靜，就應看出插足這種勢力是極爲不智的舉動，不僅可能分不到一杯羹，甚至還會爲捲入紛爭而付出慘痛的代價。

宋義原本大可坐視不管，將全副心力投注在興楚的本份上，然而他卻被非份的妄想所蒙蔽，一頭栽進這樣曖昧不明的情勢中。他沒有想到，讓自己的子嗣去做齊國宰相，則往後由於立場尷尬，即使所思所言確實是爲了楚，也不免被人懷疑是爲齊，不會再有人眞心信任他的主張，如此一來，遲早在楚會失去地位，兩頭落空。

宋義終究敵不過利誘，他答應下來，也把禍端攬上身。

若說宋義有任何值得同情的地方，或許就是自從跟隨懷王「投靠」項梁之後，一直未能擁有明確的地位，而為了要確立自己的地位，就必須有所表現，藉以爭取懷王的信賴，以及衆人的信服。

因而，宋義必須掌握任何機會，一方面擴張自己的影響力，一方面加強鞏固懷王的王權。畢竟唯有懷王的王權抬頭，自己才能在其羽翼下充份伸展。對一個公卿出身的人而言，這已經是他所能想到的最好辦法了。

高陵君對宋義這種心思摸得十分透徹，他們是以利相結合的，在此前提之下，他若能助宋義一臂之力，就等於也是幫了自己的忙。因此，他之所以不斷向懷王薦舉宋義的能力，無非就是要替自己鋪路。

威儀浩蕩的造勢策略

宋義隨侍懷王，從楚都盱眙長途跋涉到彭城。此期間，他贏得了這位年輕君王的信任。「畢竟是身為故楚令尹的士大夫，忠誠可感。除他之外，再沒有更忠心的人了，也再沒有更值得推心置腹的人了！」

懷王由衷感動地想著。

宋義是怎麼把懷王給收服的呢？他把自己的私慾說成冠冕堂皇的忠君行爲：

「齊將隸屬於我大楚，今後陛下可擁有直屬的軍隊，不必多所顧忌了！」

言下之意，似乎暗示著他日項羽、劉邦若起貳心，懷王也大可高枕無憂，因爲尚有由他爭取來的齊軍爲依恃，在必要時聽候懷王差遣，征討逆賊。這話直說進懷王心坎裡，他深深被打動，對宋義感激莫名。

自前線撤回的楚軍，屯駐在彭城外，彭城則專爲懷王而騰讓出來。劉邦軍駐紮於遠離彭城的碭（在今江蘇省），此地位於彭城以西；呂臣率領的一軍則駐營於彭城之東；至於爲數最多的項羽軍，就在彭城以北。

登高至彭城城樓上，放眼遠眺，盡是楚旌旗迎風飄展，五顏六色的旗幟把整片大地編織成綺麗多姿的景觀，在秋日的長空下，特別奪目。

時序已進入九月。

項羽率領衆將，各自驅策坐騎，迎懷王於南郊，他們前後護衛著懷王的輿列，朝彭城的南門行去。

在後代的儒家思想普及之前，周公所訂的禮樂制度就已發展成高度的文化意識，且深植人心。尤其王與侯，由於身份的尊貴，禮節與樂儀也格外隆重。但秦建國之後，卻對這些禮樂教化從根本加以推翻，秦不僅推翻了昔日的封建諸國，也趕走原本在各地擁有封疆食邑的王侯。秦於郡置郡守為長官，用以取代王，縣則置縣令，藉以取代侯。

秦定郡縣制，並設監督官，若發現有敗德的地方官吏，只要一紙諭令，就可予以免職，這就是新制的好處。同時郡縣的長官，無論權勢和地位，都不能與過去的王侯相提並論。由於百姓對新制不習慣與排斥感，有時甚至會對地方官吏橫加侮辱。

從彭城南門浩浩蕩蕩進城來的懷王隊伍，有著與過去統治這地方的縣令所沒有的威嚴氣氛。彭城百姓看到前呼後擁的車隊，聽著鐘鼓齊鳴的樂聲，都感覺彷彿時光倒流，又重回到久遠前的那個世代。

雖然他們並不見得真的認為封建王侯的統治最理想，但更沒有人對秦廷治下的生活感到滿意。秦帝國所定的體制確實有其長處，但要在這片廣大的土地上施行，則至少還要歷經千年以上的琢磨，才能使之成熟。此外，秦的苛役重稅，令百姓民不聊生，人們對體制良窳毫無置喙的餘地，他們只能默默承受，承受不了的時候就只有造反或死亡。

因而，百姓在痛苦無告之餘，不免會懷念起過去的世代，以及那世代下遠爲自由優裕的生活。正因爲這個緣故，人們看著懷王盛大的車隊從眼前經過時，自然而然便感到歡欣鼓舞。

「做個高高在上的君王，眞讓人羨慕！」

劉邦也以一名將軍的身份參雜在隊伍中，他和彭城百姓一樣，流露出興奮和羨慕的表情。他出生於鄉下地方，就是在過去，也未曾親睹過君王的御駕，直到秦世，他才在一次偶然的機會中，看到始皇的巡幸隊伍。總之，這次古典又壯盛隆重的場面，著實令他大開眼界。

另一方面，同樣混在車陣裡的項羽，卻一點兒也沒有劉邦那樣的反應。

項羽心裡感到很不舒服。

其實原因很簡單，原本叔父項梁輕而易舉就可自稱爲王，也理當是眼前這支隊伍的矚目焦點，卻因爲找來一個山間的牧羊人，平白地把自己打下的一片天拱手讓人，最後還死在陣前。倘若當初叔父不擁立懷王，那麼叔父死後，率領這支車隊入彭城，接受百姓夾道歡迎的，必然就是名正言順繼承叔父地位的自己。

爲此，項羽心中鬱鬱不平，胸口有一股說不出的鬱悶灼燒著，四周的歡欣氣氛只是更觸動他的心事。

項羽暗中憎厭宋義，是他找來故楚掌典儀的老臣，煞有介事地演出這麼一場君王臨幸的戲，除了宋義，沒有人想得出用這種方式為懷王製造聲勢，顯露威嚴。盡管項羽惱怒不已，卻也不得不在這刻意塑造的隆重氣氛中，接受自己被貶抑為臣屬的身份。

「那懷王不過是個庸才，有何德何能震服百姓，若非宋義這個老賊想出巧飾威儀的詐略，我也不必矮一截、低著頭做幫襯。越想越覺這老賊可惱可恨，不是我項氏叔姪，他們君臣二人能有今天？」

項羽一路上直犯嘀咕。他兀自想著心事，對周遭的熱鬧光景視而不見，充耳不聞。面對此時此景，項羽慨歎造化弄人，在追念情同骨肉的叔父之餘，也有著一絲悲涼和感傷。

宋義之心路人皆知

彭城是個熱鬧的地方，百姓多靠做買賣維生。市鎮裡一般人家都居住在矮小的房舍中，唯一引人矚目的只有縣令宅邸和署衙。

這不是京城，自然也沒有可供百官參謁的朝堂。

「太簡陋了，這種地方如何能委屈懷王臨朝議事，又如何進行群臣謁拜的大禮？」

宋義一進署衙便叨絮不休，連連挑剔批評，甚至還提出要蓋建臨時朝堂的意見。

「這是戰時，別再費事了！」

項羽一副老大不高興的樣子，直言衝撞。

雖然項羽未考慮到自己的身份和語氣，但所言卻也不差。如今正是兵馬倥傯之際，別說「楚」不過徒具其名，而無實質內裡，就是在從前，君王蒙塵遷至他處，也得因陋就簡，著戎服以代王袍，厠身在如同北狄所居住的營帳中，並且就在營幕中召開軍議。

現在稱王已是言之過早，更哪裡是百官群衆著朝服晉謁的時機，宋義明知眼前形勢不宜，卻還到處嚷嚷著要建朝堂，正是司馬昭之心，路人皆知。

項羽也一眼就洞穿宋義的居心。

原本宋義未必是如此尙文重禮的人，之所以一再強調這些枝節，無非就想藉由繁文縟禮，彰顯懷王的威嚴，並藉以震懾底下流寇出身的衆將，從而提高隨侍懷王身邊的自己的權威。其實他也知道建朝堂的主張，根本不值一提，甚至連經費與人力均付闕如。他這樣做，除了虛張聲勢之外，無一是處。

「當務之急不是臨朝領受百官拜謁，而是召開軍議，商討大計。宋大人還是費心著即安排軍議事宜吧！」

項羽語帶嘲諷地對宋義說。儘管受此難堪，世故老道的宋義倒也挺有肚量，他不再和項羽針鋒相對，立即便開始安排舉行軍議。

地點擇定縣衙。

彭城的縣衙有個議事廳，地方還算寬廣，宋義就把這兒一分爲二，前面一半僅設懷王與自己的坐席，另一半則擁擠地設置衆將的席位。席次的先後順序，也由宋義一人決定。

項羽的席次雖然位列衆將之首，坐在後半廳的最上席，但仍舊不比宋義高。其餘依次爲劉邦、呂臣、英布等人。范增在項羽的薦舉下，也獲得相當於將領的待遇，敬陪末座。

等衆人坐定，懷王和宋義才一派溫吞，姍姍來遲。

事前，宋義已派下人告訴衆將如何拜禮，當兩人一出現，大家便依言拜謁。宋義威風凜凜地掃視衆人，對施禮時動作有誤的，當即出聲指責，被點到名的人手脚更爲僵硬，顯得面紅耳赤，極爲窘迫。

出乎意料的，只有項羽一人的表現最爲合宜，這完全得歸功於業已故世的項梁，他在項羽還是個少年的時候，就不殫其煩地教導他所有的禮法儀節，因而項羽甚至不需要特別提醒，便能表現得停停當當。

劉邦可就不行了，他的禮法最差。原本就不喜拘謹的劉邦，這時笨拙的學著旁人依樣畫葫蘆，儀態舉止甚是可笑，行禮如儀後，他已窘得滿頭大汗。

由於會議一開始便如此大費周章，議場氣氛遂因瑣碎的禮法而變得拘謹起來。只有宋義一個人恬適自得，他首先做了開場白：

「項梁將軍征戰不力，他所率的楚軍在定陶慘敗，全軍潰滅，使我楚元氣大傷。」

宋義用責難的語氣厲色說道，此話一出，席間衆人更是坐立不安。項羽臉上青一陣，紅一陣，正待要發作，卻聽得宋義又接口道：

「至少秦將章邯是這麼以為。」

宋義並沒有言過其實。

章邯在定陶一役立下戰績，予楚軍幾乎致命的一擊。當他得到項羽、劉邦、呂臣相繼退卻的情報，就判斷楚軍一時間不可能再起。因此，在定陶大獲全勝後，章邯連喘氣都沒有，隨即馬不停蹄地率領麾下大軍急奔北方。他先渡過濟水，又沿黃河北上，包圍鉅鹿（今河北省刑台西南）。

鉅鹿位於趙的故地。

在這次勢如燎原的反秦大亂中，趙國遺民張耳、陳餘兩位策士，推擁故趙的王孫為趙王，以獨立國自居。然而，趙王手下的兵員不多，他們最先以信都（位於鉅鹿附近）為都府，但旋即遭到秦兵的攻擊。由於情勢危在旦夕，趙軍毫無選擇，只得忍痛撤離都府。宰相張耳背著趙王，倉皇逃入鉅鹿城後，旋即緊閉城門，高掛免戰牌。

秦將章邯當然不肯放過這個斬草除根的大好機會，於是指揮三十萬大軍，重重包圍鉅鹿城，坐待城內糧盡援絕，不戰而降。

趙國已是大難臨頭。

張耳等人派出一批批向四方求援的使者，這時燕國業已自立，齊、楚也分別傳來趙國告急的消息。當懷王與宋義準備進駐彭城以前，趙國特使就已求見過宋義。衆將對這些近在眼前的事矇然不知，宋義卻能先一步掌握情報，這使他在主持軍議時所說的話，格外顯出份量。

項羽先前卻不知趙國有難，一心只在如何重振楚軍上頭打轉，同時在衆將中第一個發言：

「眼前的局勢……」

話剛出口，宋義就強行截斷，自顧自的接道：

「眼前局勢一夕數變，趙的鉅鹿城已被秦大軍包圍，坐鎮指揮的正是章邯！」

宋義出人意表的這番話，使軍議頓時變得像以他爲中心，衆人瞠目結舌，不約而同地全睜大眼睛盯住他。項羽首先打破沉默：

「章邯是何時抵達鉅鹿的？」

就連項羽也感到驚異莫名，不過才多久的工夫，這個秦廷大將已先克定陶，再圍鉅鹿。用兵的神速，決策的果斷，當眞令人佩服。其餘衆將也是一陣騷動，交頭接耳，議論紛紛。

唯一令他們感到安心、甚至暗自慶幸的，是章邯沒有乘著定陶戰勝的餘威，窮追不捨直下彭城，而轉到北方的鉅鹿圍困趙軍。否則席間衆將此刻能否保命尚成問題，哪還能群集在此共商軍策。不過，一時間雖僥倖得以喘口氣，一旦趙的鉅鹿城陷落，彭城恐怕就是章邯的下一個目標。覺察到這種危機的席間衆將，在稱幸之餘，仍不免忐忑不安。

先入關中便封王

在冗長的討論中，軍議幾度中輟，讓衆人有休息的空檔。休息時，衆將或飲茶，或步出帳幕找尋各自的幕僚，說明會議經過，並徵詢意見。在中斷幾次之後，當衆人重新回到廳上議事，懷王做了重大發言：

「我軍最終目的在摧毀關中……」

懷王先簡短地起了個頭，當然這是不言自明的事情，誰都知道。

關中的名聲自古就極爲響亮，其悠遠的歷史，輝煌的文化，乃至政治軍事上的地位，在在都是無與倫比的，也因爲這樣，這個地方歷來皆爲兵家必爭之地。環繞著關中的要隘有武關、散關和蕭關等重要關口。一般所指的關中是函谷關內側。

從中原越過函谷關，進入關中之後，便是豁然開朗的廣大盆地。儘管地勢較關東爲高，水利卻相當發達，渭水滋潤了乾硬的黃土，使農業生產欣欣向榮。即使與函谷關以外的地方隔絕，此盆地也可以綽綽有餘地供養龐大人口，自給自足。

過去周代曾置都府於關中，秦帝國也把京城置於此地的咸陽。其後，漢建國亦定都於此。唐代置京都於長安時，已接近關中的全盛期。但唐世不同於秦，關中的農業生產大幅銳減，甚至必須仰賴其他地方輸入糧食。

懷王說得不錯，攻下秦都咸陽所在地的關中，乃是揭竿而起的抗秦義軍最終的目標。只要摧毀關中，懷王就可繼秦之後，另建王朝，當上皇帝。然而，涉世未深的懷王心，接著卻貿然說出一番未及深思的話，同時也埋下日後的禍端：

「衆將各盡全力與秦交戰，**誰先入關中，我便封誰做關中王！**」

他慨然和衆將做了此番約定。

由關中向來所擁有的政治、經濟上的價值來看，這場激烈競爭的勝利者「關中王」，一旦在關中得勢，則離皇帝寶座也就不遠了，屆時還有誰會把掌握不到實權的楚懷王給放在眼裡？

這是每個有野心、有企圖的人，不需動大腦都想得到的，偏偏懷王就想不到這一層。

這個單純的年輕君王，滿心以爲面對強敵秦軍，唯一可以挫其驕焰，鼓振士氣的方法，就是立下目標，不吝獎賞。如此衆將在厚利之下，必能拚死奮戰，而最大的獲利者還是自己。

他這個如意算盤，美則美矣，終究卻事與願違。

在最後一次中輟軍議的休息空檔，懷王和宋義避開衆人私下商討如何調兵遣將，以及斟酌將職的官階序位。爲了確立君王的威嚴和權力，決議既定就即刻發布命令，不再聽取衆屬的意見。兩人商討的主要結論，是以楚軍爲主，各國援軍爲輔，揮兵指向北方的鉅鹿城郊，集結衆力，齊心和章邯的主力軍交鋒周旋。倘若鉅鹿之戰未能殲滅秦軍主力，則楚遲早將爲章邯所滅，因而這一役非比尋常，是決定楚生死存亡的關鍵一擊。

宋義希望懷王能賜封自己爲上將軍，結果獲得慨然允諾。問題在於項羽的待遇。宋義提議封他爲次將，然而楚王卻面有畏色：

「項羽會同意嗎？這是否有點委屈他了？」

畢竟無論怎麼說，楚軍原本僅隸屬於項梁，而其地位的繼承者項羽也是一名勇猛的戰將，要他心甘情願接受宋義指揮，談何容易。懷王的疑慮，宋義心知肚明，爲了安撫項羽，也爲了祛除懷王的不安，於是他又提議道：

「就授項羽以魯公之稱吧！」

用好聽的虛銜籠絡自己需要的人才，是王侯經常使用的手段。懷王一聽這建議，當下如釋重負，滿口應承，愁容也頓時爲之一展。宋義隨即提出他的戰略：

「由我指揮的這一軍，將目標定於關中，西向摧毀咸陽的勢力。如此一來，刻在北方鉅鹿的章邯，眼見關中重鎮有遭乘虛而入之危，爲了護衛京城，必得分出一半兵力，馳救咸陽。一旦分散他的大軍，削弱他的實力，則鉅鹿的決戰，自對我楚軍大爲有利。」

宋義說得頭頭是道，懷王越發對他刮目相看，於是事情就這麼定案了。

當勑命由宋義口中傳達出來時，項羽被重重的激怒了。

「你莫非是不滿次將之職？」

懷王慌張地問道。

然而項羽卻正眼也不看他一眼，只一逕狠狠地瞪視宋義。他冒著熊熊怒火的眼眸像燃燒了般，視線由宋義臉上慢慢移向他的喉頸。宋義不覺感到頸項上一股灼痛，又彷彿被架上一把冰冷的劍，一縷寒意驟然襲上心頭，涼透全身。

「放肆，這是御前！」

宋義老羞成怒，大聲呵斥道。項羽依舊不發一言，卻也不收回淩厲的目光。兩人又僵持許久，項羽終於忍不住握起拳頭來，嘶聲吼道：

「爲什麼不讓我進軍關中！」

在座衆人聽到這就是項羽怒不可遏的理由時，都感到十分意外。

按說，赴援鉅鹿的是楚的主力軍，建立軍功的機會較大，而由宋義所率領的機動部隊，則遠爲吃力。所謂進攻關中，不過是掩耳盜鈴的欺敵之計，可以說只具有設下陷阱的任務和實力，即使項羽有先入關中稱王的想法，這種可能性還是屬主力軍爲大。

然而，項羽卻沒有想通這一點。

懷王強作鎭定，爲了維護權威，他無意收回成命，對項羽的不服也僅冷眼旁觀，不吭一聲。項羽過去曾有過屠城的紀錄，那是發生在襄城被楚軍攻陷之時，因而在場衆將也不願項羽率領機動部隊，以免歷史重演，使楚失去人心，自取滅亡。於是衆人紛紛起身安撫項羽。

宋義卻無視眼前的紛亂場面，繼續宣讀勅命，封項羽爲魯公，做次將，劉邦則任命爲機動軍部將。劉邦此時頓覺受到輕視，其餘衆將聆聽職務調配後，也與劉邦有相同的感覺。

項羽仍怒意未消，衆人苦口相勸，你一言我一語地，最後范增也離席，悄聲附耳對他說：

「如此安排未嘗不是件好事，你就心平氣和接受吧！」

范增的話對項羽還多少有點作用，於是他回到自己的坐席上，不再僵持。懷王和席間衆人至此才大吁一口氣。

蠅蟲盤繞的卿子冠軍

時為閏九月的上旬，楚軍自彭城開拔。天色尚未亮，數萬支火炬遙相輝映，望去煞是壯觀。劉邦所率的一支軍伍悄悄自彭城以西的碭地出發，因而沒有多少人見到他們出陣的景況。另一方面，號為「卿子冠軍」的宋義，以及項羽的軍容，則壯盛到彷彿掩蓋住染紅泗水的晨曦。所謂「卿子冠軍」，是懷王特意褒尊宋義的稱號，意指令尹世家公卿出身的宋義猶如公子，且功冠三軍，堪任上將軍。能以上將軍的身份率軍發兵，這是懷王對他的抬愛，也是對他文武雙全表示嘉許之意。

沿途，懷王並命特使喬扮密探，把「卿子冠軍」的名聲和軍容，傳到鉅鹿的敵軍陣營中。這用的是攻心之計，目的在混淆視聽，影響敵情。

清晨的朝露溼氣極重，車輪碾過碎石，發出轆轆的聲響，前後簇擁的騎兵和步卒有如被雨淋遍一般，渾身溼透。宋義的車輿位列中軍，在他之前有項羽率領的先鋒部隊，其後則有被任為末將的范增尾隨，四周還有執旗的騎兵護衛前後左右，宛如衆星拱月，雲伴紅霞，一望便知身份不同。

宋義放下水綠色的帳幔，悠閒地卸下冠帶，換著寬鬆的便服，他這時看起來和尋常人一般無貳。由於食量驚人，車輿內堆藏著許多鹽漬的肉脯，儘管車子搖晃得厲害，卻絲毫不減他的食慾，他隨手大把大把地抓著肉脯塞進口中，喫得嘖嘖有聲，即連蠅蟲飛繞嘴邊也不去揮趕，只一逕自顧自地享受美味。

「卿子冠軍的車旁不知何故，滿是蠅蟲呢！」

范增派出的密哨一臉不解地向他回報。

這名白髮老人率領一軍殿後，原本應跟在項羽身邊擔任謀臣的范增，爲了宋義有意使他和項羽隔離而向懷王要求下，才以末將身份殿軍最後。

不過范增並未時刻或忘自己身繫輔佐項羽的任務，他一方面要指揮帶隊，一方面則爲了替項羽謀計，不僅偵騎四出，遠至敵陣蒐集情報，還在己方的衆將四周安置眼線，他尤其想探知宋義的動靜。

「蠅蟲？」

范增也覺得匪夷所思。

這時候，時序已是閏九月，沿途的民家正開始儲備糧食，準備過冬，蚊蚋蠅蟲也漸漸少了。然而已不多見的蟲蠅卻成群飛聚在宋義的車旁，這可就令人納罕了，究竟是什麼原因呢？

范增派密探再去細察，當探子把宋義貪婪的喫相維妙維肖地模仿給范增看時，他不禁被逗得捧腹大笑。

「原來卿子冠軍人前人後完全是兩回事，從他口腹之慾的強烈，可知此人確實貪念甚重！」

范增斂起笑容，若有所思地下了結論。

宋義等人發兵到安陽。

安陽的範圍很小，不比縣城，充其量只稱得上是個小市鎮而已。以今天來說，這地方位於山東省曹縣以東，在彭城的西北，距離彭城不過五日左右即可到達。宋義一到安陽，便下令大軍駐營，逗留了幾天依舊按兵不動。

「此處距離鉅鹿尚遠，我等離開彭城才幾天就駐紮營地，不知上將軍用意何在？」

性急的項羽頻頻遣人催問，但宋義只是一味敷衍，並不告知原由。

日子一天天過去，已是在安陽的第十天了。

范增又加派密探偵察宋義的動向，對於獲取己方情報更難於偵測敵情這件事，老將范增感到一種深沉的悲哀和痛心。

宋義就像個善做買賣的生意人，無時無刻不在吹噓自己的貨色，張口閉口說的盡是忠君報國、振楚滅秦的熱忱和理想，但實際上看來，這恐怕只是僞善者的說辭。范增得到的消息越多，就越加深他這樣的想法。

「這個令人齒冷的僞君子」

從地緣關係上來看，安陽距齊近在咫尺，宋義應是爲了私心才滯留此地，以便就近促成其子宋襄赴任齊國宰相。這從宋義不斷派使者去齊，以及齊國經常遣使來安陽，便可知一二。

「這個令人齒冷的僞君子！」

范增私底下咬牙切齒地痛罵。他想告訴項羽事情的眞相，卻又有所顧慮。項羽一心只想爭霸關中，且早已爲此對宋義心存不滿，倘若此刻告訴他，不知這莽漢在衝動下會做出什麼事來，如果因而壞了大計，就更糟了。

范增於是決定暫且不提，再靜觀一段時日。

陣營裡的士兵開始感到飢餓了。安陽是個小市鎭，沒有秦的官方糧庫，附近一帶也不興農作，大批人馬很快就把僅有的軍糧耗盡，士兵挨家挨戶地到各村莊強行搜刮糧食，不久，民糧也已被劫掠一空。

當地百姓首先嘗到飢餓之苦，隨之楚軍也因無糧裹腹，痛苦難捱，偏偏這時天候又日漸寒凍起來。

安陽一帶為低溼之地，林木並不茂盛，當士兵把僅有的一些樹木砍伐殆盡，無法再升火取暖時，飢寒交迫的苦況，令愛護自己手下將兵的項羽大為不忍。他看到受飢寒折磨的士兵，對宋義越發地忿忿不滿。

滯留安陽轉眼已四十六天。

項羽再也無法按捺，怒氣衝天地前去找宋義理論，他當著衆人的面，毫不客氣責問道：

「上將軍莫非想在安陽過冬？」

不給宋義還嘴的餘地，他又接著咆哮：

「秦軍圍趙王，是在鉅鹿，不在安陽。我等理當盡速帶兵渡河，楚軍外面攻去，趙軍在城內接應，裡應外合，秦軍指日可破，何難之有？如今閣下忝為上將軍，臨陣畏敵，白白在此耗時間，還以何面目對楚王、對我楚軍！」

宋義經此衝撞，卻還是神定氣閒，他慢條斯理地對項羽解釋：

「魯公，你可曾見過搏牛之蝱？蝱大在外，蝨小在內，以手擊牛，可以殺其上之蝱，而不能除其內之蟣蝨，這就有如我等只可大力伐秦，而不可以救趙。」

為使項羽理解他的用意，宋義又進一步說道：

「現在秦國攻打趙王，倘若章邯得勝，他的兵將勢必疲憊，我可趁他兵疲之際再去打他；若是秦軍打不勝，我就率軍向西邊進發，那麼秦國必定更不堪一擊，爲我楚軍所滅。若說到披甲上陣，我不如你，至於運策籌劃，卻是你不如我了！」

宋義說完，似笑非笑地盯著項羽看。項羽一時辭窮，但旋即又理直氣壯地吆喝：

「我軍已飢寒難捱，閣下卻厚待齊來使，夜夜美酒佳餚，全然不體恤我大楚子弟兵，這你又作何解釋？」

「魯公哪——」宋義仍舊一派安然，應對自如：「我這可是職責在身。懷王命我親善友邦，接待齊國來使無非是爲楚國的利益，非爲一己之私，閣下理應深明大義才是，如何尚且出言責難？」

宋義接著反脣相譏道：

「不錯，是有少數楚兵因飢寒而生怨，但究其原因，他們之所以抱怨不平，無非也是對我大楚不夠忠貞，還望魯公多方告誡，曉以大義！」

項羽自然也聽得出他話中帶刺，於是悶悶不樂回轉營地去了。

翌日，宋義率領盛大的列伍出安陽，此事立刻傳到在城外駐營的衆將耳中。范增懷疑事有蹊蹺，派人前去探聽消息。結果回報說宋義業已和齊國談妥讓其子宋襄擔任宰相的條件，且親自送行，此刻已到無鹽。下一個探子帶回的消息，則是宋義正在無鹽大開酒宴，爲其子餞別。

「這心口不一的老賊！」

范增對宋義假公濟私的行徑，鄙夷咒罵。

這時天氣一天比一天冷了，又不停下著大雨，兵卒身凍腹飢，士氣大爲消沉。范增眼看再這樣下去，楚軍勢將像被雨水浸蝕的泥土，崩潰瓦解，他終於下定決心去找項羽，把事實眞相一五一十、原原本本的向他報告。

「宋義和齊國的交結，只是私相授受，哪是爲楚，大軍所以停滯不前，忍飢受寒，到頭來卻是成全這別有心機的小人，實在可惱可恨！」

范增老邁的身軀也因激憤而顫抖。項羽先是一陣錯愕，旋即深吸一口氣，勉強壓抑怒火：

「一切都只爲了他一人的徇情營私？」

長久以來，宋義都戴著忠誠的面具示人，如今被揭發，項羽才知道他瞞騙了所有人，原來他的所作所爲，全是爲自己。

項羽抬起頭來望著不久前才張貼的軍令狀，那是在他到宋義本營興師問罪的翌日，由宋義下達發布全軍的一道命令，上面寫著：

——**猛如虎，狠如羊，貪如狼，強不可使者，皆斬之。**

項羽當然知道這是針對自己而發，所謂凶猛似虎，狠毒似羊，貪心似狼，有強硬不聽其差喚的，都要殺，那麼最該殺的就應是貪婪陰毒的宋義。

過去雖常受到冷嘲熱諷，但由於對宋義家世的顧忌，以及被他一手遮天的出衆演技所矇騙，項羽對他雖恨之入骨，卻仍有所忌憚，不敢造次。現在既然從范增口中得知眞相，他是無論如何也不肯善罷甘休了。項羽於是對身旁的范增說道：

「我軍原應全力攻打秦國，現在反而久留安陽不去，年歲既荒歉，百姓又窮竭，士卒每日只吃芋和豆，他卻大宴賓客，不率兵渡河，靠著趙國的糧食和趙合力攻秦，反說要趁他師老兵疲再去打。他哪裡知道強秦要攻打一個新起的趙國，在勢力上必綽綽有餘。趙一旦滅了，秦國只有更強，有何兵疲之機可乘呢？」

見范增頻頻點頭，項羽又接著道：

「況且敵將章邯威名遠播，我王早已弄得坐也不能安席，把一切都託付在將軍身上，大楚的安危存亡，就在此一舉。如今他不憐恤士卒，只顧徇自己的私情，早已枉爲社稷臣子，就算天地容他，我也饒他不得！」

狗奴才，納命來！

這一晚，宋義回返安陽。項羽立即展開行動。

當他獲得宋義回城的確實消息，趁著夜色，他悄悄離開自己的駐地，在天亮之前到達城門。守門兵卒見是項羽，只道是有急事，旋即大開門限。項羽疾奔到宋義宅前，卻遭到衛士攔阻。

「我有要事在身，須緊急面謁上將軍！」

說著，項羽一把推開衛兵，直衝而入。

當項羽大濶步闖入宋義寢室時，響聲驚動了仰臥在牀、好夢方酣的人。宋義揉著惺忪的睡眼，吃力地撐起肥胖的身軀。他面對著項羽，一臉莫名其妙地問道：

「是魯公嚒？這大清早……」

還不待他把話說完，項羽已一個箭步衝上前，大喝一聲：

「欺君罔上的狗奴才，納命來吧！」

說時遲那時快，出鞘的寶劍直刺向宋義的咽喉，頓時血染錦被，一片殷紅如水墨畫般渲了開去。宋義手下的將領，這時聞風趕到，一見此情況，全都驚惶莫名，面面相覷。項羽滿不在乎地用下顎撇指宋義屍首道：

「宋義私自通齊，危及我大楚社稷，懷王震怒，密勅羽狙殺，以儆效尤！」

眾將噤若寒蟬，不敢抗駁。不久，天色漸亮，項羽把各軍部將全部召集於宋義的宅前，朗聲宣布：

「宋義和齊國密謀在楚國造反，楚王私下叫羽誅殺他。各位可有意見？」

諸將皆畏服於他，其中一人更顫聲道：

「想當初創立楚國，擁立懷王的，便是將軍的家族，現在將軍誅殺叛黨，撥亂反正，是爲楚建功，我等對逆賊之受正法，額手稱慶尚且不及，豈有妄發護短謬論之理？」

「所言正是。」項羽感慨萬端：「想我打從追隨叔父自江南吳中起兵，以至渡過長江、淮水四出征戰，營中何曾出過這種胳臂朝外彎的人，大家莫不爲振興楚國，視死如歸，全力奮戰。宋義其心可鄙，死有餘辜！」

說著，不覺熱淚盈眶。

衆人也深受感動，於是當即議定，一致擁立項羽做假上將軍。

爲了斬草除根，永絕後患，項羽隨即差人追捕宋義之子，在齊國地界將他撲殺。倘若不殺死宋襄，也許他會說服齊征楚，橫生枝節。直到使者回報宋襄業已斃命，項羽才放下這樁心事。

另一方面，他又差桓楚通報懷王，懷王得到消息，既驚且懼，隨即主動下敕命，任項羽爲上將軍，接替宋義的缺位。於是項羽終於重新掌握住原就該由他出掌的楚全軍。他一掌兵權，旋即下令由他管轄的當陽君英布和蒲將軍率二萬兵卒渡河，解救鉅鹿。

這時，秦將章邯手下有三十餘萬大軍，而項羽軍則僅區區七萬。

9. 滅秦決戰鉅鹿城

「鉅鹿將成爲擊潰暴秦的誘餌。」「只要各國勇士群集鉅鹿平野，則與秦之間最猛烈、也是最後的決戰，必在此地。」張耳望著一臉無奈的趙王，意味深長地說道。

秋日已逝，冬意轉濃。

項羽率軍往北前進，黃土高原上草木枯黃，越往北上，天候越嚴寒，放眼盡是凋零景象。

過去，項羽只是一介武夫。

「這塊璞玉，眞是可堪雕琢！」

謀將范增暗暗激賞項羽的表現。前次編制時，范增受命擔任末將，但當宋義被項羽斬殺，懷王擢升項羽爲上將軍——楚軍總帥——之後，范增便主動辭去將職，像從前一樣擔任項羽的幕僚，爲他運籌帷幄。

范增眼中一塊的璞玉

中原情勢，一日沸騰過一日。

戰國時代諸國於各地割據自立，恢復舊稱。但諸國國內態勢都極爲紛亂不明，許多野心勃勃的人或者擁立血統曖昧的君王，自封爲侯，或者一再廢除先前推擁的王，轉而由別人、甚至自己取而代之。

范增雖老，在行軍途中卻仍執意不乘車輿，策馬而行。他常常撫著馬鬣，喃喃歎道：

「但願有生之年，能眼見暴秦覆滅！」

范增對秦的憎恨始終不曾稍減，雖然他也認爲秦的某些新制，確實有優於封建制度的地方，但由於法家主義思想，卻使得原本立意頗佳的新制，淪爲禁錮生民的桎梏。百姓有如驚弓之鳥，又像被網住的雀禽，無一日不生存於水深火熱之中，只能做垂死的掙扎。

「若能擊潰暴秦，解救生民於倒懸，我范增便可功成身退，了無遺憾了！」

至於秦滅之後繼而興起的是怎樣的王朝，范增則未寄予特別的關切。他想，無論是誰家天下，只要能令漁夫歸於池沼，農民安於田圃，商人居於市廛，並將刑具束諸高閣，使人民能夠休養生息，就已足夠了。

在馬背上，他時常誦念《老子》中的一節：

持而盈之，不如其已。
揣而梲之，不可長保。
金玉滿堂，莫之能守。
富貴而驕，自遺其咎。
功遂身退，天之道。

范增儘管滿腔滅秦的熱望，但絕非出自私心，這時他就已決定，事成之後將雲遊四海，遁隱山林，成全自己豁然無私的心懷。

對於項羽不似宋義的陰險狡詐，范增感到十分寬慰和滿足。雖然項羽大可逼退懷王，或是請任宰相，但他都並未這麼做，他的身份仍只是懷王旗下的一名將軍而已，朝暮所思也只是如何為楚攻城掠地，建立戰功。此時的項羽在范增眼中就像是一塊璞玉，他對這個像孫子一樣的壯漢，感到極為歡喜。

——這憨小子真是純若白紙，毫無城府！

范增年輕時就周遊天下，對各國政局動向瞭若指掌，也看盡其間的爭權奪利、勾心鬥角的醜態。因而他見到項羽坦蕩率直得近乎天眞的行徑，在暗自好笑之餘，也生出一種護持的感情。

由於春秋戰國的動亂，各國都出了不少賢人、策士，或爲王侯獻策，或擔任說客和刺探。戰國時期在上位者，無不遍訪人才，藉以蒐羅政情，而那些投效名門的食客，也醉心於成就自我的樂趣中，甚至肯爲此捨棄個人利害得失，乃至於性命。**就在這種背景之下，一種賢者策士的文化逐漸形成。**

而范增，由於浸淫在這種文化之中，所以也有著同樣的情懷。他的前半生是在戰國動亂中度過，後半生則以亡國遺民自居，在秦帝國統治下苟且偷生，俟機而動。

直到陳勝舉兵於大澤時，范增已七十歲了，本當隱居老家，寄托於田園，他卻毅然決然投奔項梁，並且獲重用，擔任幕下參謀。這固然是范增得以貢獻自己，一展長才的機會，但眞正驅使他把握此機會的原因，主要還是發自內心深處的使命感。

人心世事兩難料

范增念茲在茲的唯有滅秦復楚，在他看來，項羽的勇猛固然難能可貴，但若要成大事，就不能徒有勇而無謀了。

「項羽好戰成癖的性情，反而使他疏忽了謀略的重要，我可得好好提醒他！」

范增想，項羽既然將要踏上北方的主要舞台，那麼除了了解敵己雙方的作戰實力外，還必須告訴他與戰爭同等重要的事——政情。在北上途中，范增就像過去的項梁，他以亦父亦師的心情爲項羽啓蒙，告訴他許多有關趙國的事情。

「可曾聽說過張耳、陳餘？」

范增趁著大軍紮營休息的時候，到項羽營中攀談。

「沒聽說過，他們是善類或是惡徒？」

每當聽到陌生人名，項羽總要先判別善惡，但所謂善惡，哪有如此是非分明的答案，范增也無法立時回答他，只能先就兩人的背景和經歷去描述。

張、陳二人都在戰國時代擔任過策士，同爲魏國遺民，早在秦帝國創建以前，就是魏國知名的才具之士。他們有許多相似的地方，譬如同在大梁出生，而且同鄉同里。此外，二人年少時都娶了富家千金，因而從事政治交結時，也有相當雄厚的財力做後盾。

秦始皇滅魏國之後，聞悉此二人對魏人擁有極大的號召力和影響力，便在各地懸賞公告：「凡緝獲張耳者，賞千金，緝獲陳餘者，賞五百金。」

這兩人是曾一同指天誓地、生死與共的刎頸交。當秦廷驕焰正盛之際，兩人不斷化名逃亡，經常是形影不離。由於這次的動亂，兩人又再度活躍起來，先是投奔爲首叛變的陳勝旗下，擔任參軍之職。其後陳勝敗死，兩人又鼓動直接轄管他們的將領，把軍隊推進到故趙舊地，且擁立將軍爲趙王。

由於擁護趙王有功，二人自然也都得享高位，其中張耳當上右丞相，陳餘則做了大將軍。他們的這番經歷，可說也是這兩年多以來，有如雨後春筍般成立的自立國最典型的創建過程。

不久，他們所擁立的趙王，被私通於秦的一名將領弒殺，於是張耳、陳餘就訪尋眞正具有趙國王族血統的歇，並擁爲新的趙王。

「唉！各地的世局都是一夕數變！」項羽歎道。

「可不是嚒！人心難料，所以世事也難料！」

范增若有所感地應著。

「儘管一開始張、陳二人擁立的是他們自己推舉的趙王，但集結在他們麾下的趙兵卻是如假包換的，這就相當難得了！」范增接著說：「趙軍的士氣極旺盛，他們秣馬厲兵，枕戈待旦，一心在興趙亡秦，說起來，他們的鬥志，可不輸於將軍手下的楚兵。」

「既然如此，何以會在鉅鹿受困？」

項羽不解地問道。

「就是因爲內爭才誤了大事，秦將章邯對這些事情瞭如指掌，所以趁虛而入，攻他個措手不及。」

范增像是替他們不勝惋惜地述說著。

的確，章邯已在定陶殲滅楚的項梁軍，並殺死總帥項梁，當他大獲全勝之際，便判斷楚國元氣已斲喪殆盡，不可能再起。於是他立刻決定下一步棋，傾全力北上圍趙，使因內爭而自削實力的趙國毫無招架之力，困坐愁城。

章邯：叱咤風雲的超級戰將

戰國時代趙的國都爲邯鄲(今河北省南部)。張、陳二人新建的趙也定都於此。

秦將章邯在決定攻趙以前，已花了一段時間做好各階段的準備，當計劃妥當之後，才把攻擊的矛頭指向邯鄲。章邯仍以他慣用的手段，集中全力不斷強攻，最後終於以智謀取勝，輕而易舉地再下一城。

這時在叛秦的各勢力中，出現數不清的王侯將相，但還沒有一個人是公認的名將。當此之際，項羽廁身在叔父項梁名望的光芒之後，並無人注意到他的將才。而此時朝關中進軍的劉邦麾下衆將，日後雖然都揚名立萬，且在輝煌的漢朝建國史上占有一席之地，但在這段時期，卻還只是沒沒無聞的小角色。

相形之下，章邯的才氣就顯得光芒萬丈了。日後秦的叛軍在歷史上取得正統地位，這個了不起的大將反而成為不受注意的配角，或許也是這時始料所未及的吧！

無論如何，章邯確實是叱吒一時的風雲人物，他率領秦兵輾轉投入叛軍火海中，予以個個擊破，同時一直得宜地掌控軍心，維繫內部的團結，這點不只證明他擁有武將的條件，也證明他的統御能力十分傑出。

章邯作戰的特色在於靈活調度，他首先慎選攻擊重點，一旦做成決定，便以迅雷不及掩耳的神速將兵力大舉集中，全力給予致命一擊。此外，他在作戰時也常調用工兵，動員所有利於戰果的力量，這也是他的克敵制勝之道。

章邯開始針對邯鄲思考：

「邯鄲城對趙來說該是十分棘手吧……」

之所以有這樣的想法，並非全無憑據。如果邯鄲就像各造反的縣城或郡治一樣，那麼城裡的百姓在襲殺郡守和縣令之後，就會擁立封建時代的故國首領，在遺民意識下團結起來，防守自己的城廓壁壘，以免遭受秦國大軍的攻擊。

然而邯鄲卻有它獨特的背景，這是個商業繁盛的大城市，不但是故趙國都，更是中原重要的流通門戶，來自各地的生意人、工役都川流在這個大都會中。由於門戶大開，許多並非趙國遺民的人也成爲當地百姓，因此這地區的遺民意識不若其他地方強烈，即便有人登高一呼，應諾者也乏其人。

但是張耳、陳餘卻不察，甚至還把一個來路不明的人擁爲趙王，大搖大擺地率軍入城，唐突地向地方百姓宣布：

「從現在開始，邯鄲就是趙國國都。」

旋即，趙王等人嚴厲地控制整座城邑。此舉是大不受歡迎的，畢竟一旦開啓戰端，商機便會斷絕，而邯鄲一旦成爲趙都，也就無異會成爲秦的攻擊目標，屆時所招惹的戰禍，將是絕大多數邯鄲城民不願見到的。

當然，邯鄲城裡也不乏趙國遺民，他們的遺民意識固然依舊強烈，問題是：張、陳二人並非趙人。

「他們不是魏人嗎（大梁，故魏國都）？魏人而擁立趙王，簡直荒唐，若不是爲了利用趙人遂行自己的野心私慾，怎會如此胡作妄爲？」

邯鄲城內的百姓都私下議論紛紛。

「邯鄲百姓不過是懾於張耳、陳餘的淫威，表面上順從而已！」

章邯洞悉到這一點。儘管如此，單就攻城之戰來說，邯鄲卻擁有得天獨厚的天險，難以攻陷。此外，人工築造的城牆，既高且牢，把整座城結實地環衛起來，就是再薄弱的部隊駐守此處，也能抵擋住大軍一段時日。對於把靈活運兵視爲唯一法寶的章邯而言，讓大軍在此地耽擱時日，阻滯不前，將是一大致命傷。

然而，章邯又不願錯失收復重鎮的機會，即使把陳、張的軍隊全部驅離，若不妥爲安置，必會前頭走隻虎，後頭引隻狼，最後弄得秦軍疲於奔命。邯鄲既然是天險要地，總會有繼之而起覬覦此地的叛軍意圖據而稱雄，這是章邯必須防備的。

經過深思熟慮，章邯決定施以設陣誘敵出城的謀略。他首先出動大軍包圍邯鄲，獨獨網開一面，故意讓趙王等人有逃生之路。

這時陳餘並不在邯鄲城內，守在城裡的只有護衛趙王、掌握兵權的張耳。事實上，陳餘、張耳二人都從未跳出過故趙末年擔任說客策士的角色，同時也缺乏陣仗經驗，他們當初把故趙之地納爲新版圖時，主要靠的也是舌燦蓮花，而非武力。

這也正是他們最自負的地方：不戰而獲故趙三十餘城邑。

張耳登上城樓，放眼盡是秦的黑色旌旗，敵強我弱的態勢頓時立判，他無意強作困獸之鬥，於是說服衆人，領著趙王趁隙逃往北方。

這一切早在章邯意料之中，他甚至篤定地告訴手下部將：

「他們此去必是北方鉅鹿！」

章邯下令揮軍北向，分批開拔。長於智謀的王離擔任上將軍，是前鋒部隊；其次以勇猛聞名的蘇角率領中軍，而由秦的老將涉間殿後；至於主力軍，他則刻意留在身邊，進駐邯鄲城內。

入城之後，章邯隨即安排把邯鄲二十餘萬百姓遷往河內之地，並嚴禁秦兵濫殺無辜。為了祛除百姓屠城的疑慮，他在兩天之內就把二十萬人撤空，除了士兵外又徵用工役共數萬人，把牢固的城牆一舉加以摧毀。

章邯用的是堅壁清野的方法，意在使敵人無法再以銅牆鐵壁與秦對峙，也不能再從這裡獲得任何人力物力的支援。他做得乾淨而俐落。

順道一提，漢朝曾重建邯鄲城，地點在距今邯鄲四公里處，名為「趙王城」。

鉅鹿：擊潰暴秦的誘餌

鉅鹿位於邯鄲東北，在華北平原的正中央。

自古以來，肥沃的土地孕育了豐饒的物產，使鉅鹿不僅農業興盛，也成爲一座重要都邑。秦帝國成立之後，設郡治於此，地位益顯重要。這是一個規模相當大的城市。趙王歇和張耳倉皇逃到此地，陳餘也前來會合。不久，章邯的麾下大將王離等人追兵趕到，很快就把鉅鹿包圍起來。張耳下令緊閉城門，並安慰趙王：

「鉅鹿城內我趙兵極衆，且糧食無虞，必不至於陷落，但請王寬心。」

另一方面，張耳則派出求援特使，奔告四方。

遊說叛秦勢力聯手爲趙國解圍，說起來該是策士張耳駕輕就熟的本事。然而此際，雖然諸國王侯相繼自立，但絕大多數都只遊走於秦勢力所不及的夾縫地帶。儘管各叛軍勢力一致呼喊著「伐秦」口號，卻鮮有實際行動，這些目不暇給的新興王侯，可說幾乎都是貪圖一時的權勢地位，以及利慾作祟，才捲入是非圈的。

張耳試圖以合縱策略，打動諸國出兵。

在這個時代，「合縱」已成爲人人耳熟能詳的用語。戰國末期，秦國獨強，因而與之對立的其餘六國（韓、魏、趙、燕、楚、齊）遂締結攻守同盟。六國在地理位置上，是呈由北到南的縱形排列，所以要結合各國之力禦秦，便稱爲「合縱」。

直到秦國內部叛軍蠭起，這用語才再次經常被使用到。雖然這時期尚有許多勢力未脫離流寇聚合的階段，但彼此間爲了互相利用，仍常藉合縱之名聯結。

「臣已遣人遊說諸國王侯合縱抗秦，想必援軍不日將到。」張耳一再寬慰席不安枕的趙王：

「**只要各國勇士群集鉅鹿平野，則與秦之間最猛烈、也是最後的決戰，必在此地！**」

張耳果然一語中的，往後發生的事證明他此時的先見之明。

「鉅鹿將成爲擊潰暴秦的誘餌。」

不容否認的，張耳等人所興的趙，不過是個弱小國家。然而，鉅鹿城內尚有數月存糧，因此也並非沒有一線生機，他們若能固守城門，就能誘使秦軍傾全力投入鉅鹿戰場，身陷泥淖。秦在她的主要根據地關中盆地業已呈現失血狀態，章邯軍就是秦的一切武力，若能在此一舉摧毀他，下一步便可長驅直入秦都咸陽，徹底殲滅暴秦。

「**我們應該以身爲秦的誘餌爲榮！**」

張耳望著一臉無奈的趙王，意味深長地說道。話雖如此，所謂誘餌唯有援軍到來才能成立，倘若援軍不來，鉅鹿不過是座孤城而已。

張耳確實長於外交，他特別叮囑求援特使在奔告四方王侯時，要強調鉅鹿一役的重要性，若是趙國滅亡，則楚、魏、齊唇亡齒寒，勢將成爲秦的下一目標，歷史又將重演。因而這一役，也是決定諸新興自立國生死存亡的關鍵，各國務必同舟共濟，團結擊敗秦軍，才能免重蹈覆轍。

張耳的這番話使者們如一傳達，結果大爲奏效，各國紛紛派出軍隊，往赴鉅鹿。

秦的最後一場大戰

秦將章邯也與張耳一樣看待鉅鹿之戰。不過，他所看到的卻是另一面。章邯也把鉅鹿當做陷阱，意圖誘使所有叛軍都聚集城外，然後一網打盡，永絕秦的禍根，讓二世皇得以高枕無憂，天下太平。

「**鉅鹿之戰相信是秦的最後一場大戰！**」

章邯彷彿勝券在握，大有一勞永逸的想法。當鉅鹿被王離等人包圍之後，章邯自己就駐於鉅鹿南面，築甬道以運輸糧餉。他把主營置於棘原城（今河北省平鄉縣附近），以便隨時可以機動調兵陣前。

「我可有的是耐性，就看你們能捱到幾時！」

章邯好整以暇，並不急於出兵。但是秦軍也有弱點，就是幾乎已不能從關中再補充新兵源。因而章邯不願損兵折將，一兵一卒的陣亡都是無法彌補的損失。

「須得有個保持實力的法子才行！」

於是章邯命令王離等人，在鉅鹿周圍築造堅固的軍壘，夜間就駐守在此。另外，他還展開工事，進一步發揮甬道的功能。在道路兩旁，工兵剷土往上堆高，就靠著這些土墩做掩護，以便於防守和補給。這項工事還有另一種作用：襲擊通過甬道的敵兵。

范增在北上途中就得知這項情報，他認爲章邯遠比他在傳聞中聽到的更了不起。

章邯所以展開這種無比龐大的攻防工事，也許或多或少受到秦始皇熱中營造的影響，但兩人動機卻有著天壤之別，章邯築造攻守兩用的甬道，爲的是確保子弟兵的安全，以及糧食補給不出差錯。**確立補給線和要求安全，是章邯作戰時的兩大考慮的要素**，爲了達成這個目標，唯有開闢一條又長又堅實的甬道直通前線，才能發揮作用。

張耳的飛檄驚動四方。

北方有一個小國，叫做代，即使像代這樣的蕞爾小國，也呼應張耳的號召。代在戰國時期與趙國接壤，後來被趙襄王併吞。直到秦起動亂，代才再度興起自立。代的自立，說起來張耳也有一份功勞。他把軍隊調給兒子張敖，駐屯於代的故地，又讓張敖依其計謀，煽動當地百姓，招兵買馬，重建代國。

當張敖從代國率領一萬名兵卒趕到鉅鹿時，城內低迷已久的士氣頓時大爲振奮。張耳也喜出望外，派使者飛檄各地：

「即如代之蕞爾，猶不畏暴秦，義伸援手，此足證天欲亡秦，亡秦必於鉅鹿！」

在張耳長袖善舞的手腕下，各國援軍陸續開到。北方有燕軍馳抵，齊軍也隨後而至，還有其餘數國諸侯率兵前來。然而，當他們看到秦軍圍攻鉅鹿的規模之大，都受到震懾。

最先到達城外的代軍眼見秦重兵包圍的態勢，不僅不敢越雷池一步，還退到安全距離以外，搭建軍壘，守在陣地。因爲實力相差太過懸殊，他們不願以卵擊石，自投羅網。後來馳抵的各國軍隊便有樣學樣，仿效代國，建了十餘處壁壘，之後就按兵不動，靜觀其變。

事實上，他們發兵的動機只爲了不願背負不義之名，既已出兵到鉅鹿郊野，在「義」字上似乎也勉強說得過去了，要再進一步爲義拚死犧牲，絕對犯不上的。各國軍隊都認爲鉅鹿遲早會被秦軍攻陷，保命之道唯有隔岸觀火。

「援軍不像援軍，他們莫非都忘了來此的目的嗎？」

張耳在城內氣急敗壞地咒罵。他只是一介文士，而非武夫，但要突破如此惡劣的情勢，打破膠著狀態，卻除了強大的戰力外別無他法。此時，他便如籠中鳥，動彈不得。

「鉅鹿勢會陷落！」

各國援軍不約而同這麼想著，甚至比敵將章邯更爲肯定，張耳的生死至交陳餘的態度，便可印證這一點。

貪生怕死的刎頸之交

陳餘已不在鉅鹿城內。

先前，爲了擊殺外通秦廷、弑逆趙王的將軍李良，陳餘率領一支軍隊和李良苦戰，最後終於得勝，李良潰走亡命。因此，當趙軍還在邯鄲城時，陳餘就已暫時和張耳分道揚鑣，個別採取行動。後來趙王和張耳逃入鉅鹿城，他也曾前去會合，但隨即將卒數萬人駐守於鉅鹿北面，這就是當時所謂的河北之軍。

由於秦軍日益加重包圍，鉅鹿告急，先後多次派遣求援特使，向屯兵於常山（在今河北省）的陳餘求救。陳餘雖然每一次都說會立刻發兵爲趙王解圍，但始終毫無動靜。

權力使人腐化，這時候的陳餘就是如此。

「趙王、張耳，鉅鹿將是你們的葬身之地，你們就認命吧！」

陳餘有著幸災樂禍的心情。

這時，駐守在鉅鹿城外的代、燕、齊等各國將士，也發出不平之鳴：

「趙國有難，身爲大將的陳餘竟然見死不救，卻還要我們冒著性命安危，趕來赴援，眞是豈有此理！」

陳餘成為衆矢之的，由於受不了各方的交相指責，在巨大的壓力之下，他終於動身南移，但也只是推進到鉅鹿城外，便不肯再向前踏進一步了。

前面說過，陳餘和張耳曾在秦隆盛時同被重金懸賞，共度一段漫長的患難歲月。二人本要義結金蘭，但張耳年紀較大，陳餘就像他的子姪輩，於是以義父、義子相稱，一齊指天立誓，終此生必患難生死與共，富貴貧賤不移。存在他們之間的，可說是種像父子、又像朋友的感情，令旁人為之豔羨不已。而現在，義父當上右丞相，義子成為大將軍，二人都躍為枝頭鳳凰，但世俗的榮華騰達，就是他們的初衷嗎？

其實不是。

最初把他們緊密結合在一起的力量，是打倒暴秦，解救蒼生的熱情理想，也是同為天涯淪落人，壯志難伸的情結使然。只是這一切都在攬奪權力之後變了質。張耳倒還好，陳餘卻改變許多。

「除我而外，還有誰當得起趙王？」

這樣的執念左右了陳餘整個思考與行動。在他看來，眼前受困於鉅鹿城裡的趙王，不過是他和張耳二人在路旁撿來，然後施捨他一頂王冠的傀儡而已，一旦失去利用價值，不是被趕走，就是死路一條，終究不可能久居其位。到那一天，繼位的人選無疑只有張耳和自己，但張耳年事較長，形同自己的父執輩，若按長幼論尊卑，無論如何也輪不到自己。

「不，王位非我莫屬，絕不拱手讓人！」

被權力慾望沖昏頭的陳餘，早已把義結父子之盟這檔事，全然拋諸腦後。而情勢的急轉直下，正稱了陳餘的心意。

「趙王、張耳就像被丟進鍋釜裡的菽豆，只等章邯興風煽火，我就可坐享其成了！」

陳餘一直袖手旁觀，靜待秦軍替他拔除芒刺。

城中糧食已盡，士卒和百姓哀聲不絕。張耳對於陳餘狠心見死不救，悲憤莫名。他找來自己的親族張黶、陳餘的親族陳澤，命二人出城往北，當面質問陳餘。他們喬裝改扮，趁著黑夜摸出秦的陣地，來到陳餘駐屯的營中。

「右丞相對將軍所爲切齒痛心，既誓爲刎頸之交，何以大難臨頭便背信負義。如今丞相性命危在旦夕，閣下卻將軍隊久置北郊，袖手坐視。不忠不義，必遭天下人恥笑，往後尚有何面目立足於世？」

陳餘卻仍無動於衷，只隨口敷衍道：

「秦軍共有三十餘萬，在鉅鹿城外便多達二十萬，而我的兵力不過區區二萬之譜，莽撞行事無異羊入虎口，徒讓子弟兵白白送死罷了。與其同歸於盡，不如日後替趙王、丞相復仇。試問若連我的性命也斷送了，他日還有誰能爲他們雪此血海深仇呢？」

二名使者露出極爲鄙夷不屑的神情，一人當下駁斥他：

「人尚且在世，可救而不救，卻託辭久遠以後的事，未免謬之太過！」

另一名使者接著詰問：

「就是全軍覆沒，將軍也當義無反顧。所謂人無信不立，過去丞相多次遣使相召，將軍都告以即刻赴援，我等在城內望眼欲穿，卻始終未見動靜。今日失信於患難之交，他日必連麾下軍心也失去，能不三思？」

在二人連聲咄咄逼問下，陳餘只得無奈地提出折衷辦法：

「就派五千兵卒去吧！」

但陳餘顯然無意親自率軍涉險。於是兩個求援特使便自告奮勇，打算把這五千人偷偷引入城內。然而，他們尚未接近城門，便遭秦大軍半途攔截，被殺得片甲不留。

私斬宋義，大快軍心

鉅鹿城內，趙軍業已因糧荒瀕臨潰決。

在楚國方面，項梁軍在定陶慘敗之後，懷王大懼，於是由盱眙遷往彭城不久，便併合項羽和呂臣的軍隊，自爲上將統率，另一方面任呂臣爲司徒，用呂臣之父呂青爲令尹，以劉邦爲碭地郡長，封爲武安侯，令他只統率碭郡的兵馬。

後來的事前頭提過，懷王因高陵君顯的進言而重用宋義，拜他爲上將軍，並尊稱他卿子冠軍。但楚軍在宋義的指揮下，只前進到安陽便駐地久留不去，次將項羽見其以私害公，震怒之餘親手將他斬殺後，掌握了全軍。

事實上，衆將所以對項羽私斬宋義的行爲，不僅毫無怨言，反而額手稱慶，一來固然是因爲宋義徇私，和齊國交結，令衆人義憤塡膺，但最主要的原因，還在於宋義坐視楚兵捱餓受凍。

楚軍在安陽停留了四十餘日，糧食無以爲繼，天候又轉寒凍，兵卒個個抱怨不休，軍紀也難以維繫，再任由發展下去，就會發生叛逃之類的嚴重態勢。流民軍原本就是爲了裹腹才四處流浪，身爲將領，至少得滿足這項最基本的要求；宋義怠忽了這個義務，就等於失信於民兵。

正在衆將不知如何安撫手下日益不滿的情緒之際，項羽起而一舉解決衆人的難題。雖然襲殺上將軍宋義有違軍中倫理，然而身處亂世，尤其又從新的統率者口中獲得糧食保證，也就無暇再顧及這麼多了。

那麼項羽打算從何處取得軍糧呢？

宋義被殺之後，項羽即刻公告全軍，稱趙國苦守的鉅鹿城裡有著充盈的糧餉，只要能替趙解圍，大敗秦軍，往後必可保食用不盡。低迷已久的士氣瞬時被項羽這番話鼓振起來，他們重燃鬥志，在項羽的一聲令下，朝北方趙王受困的鉅鹿城奮進。

項羽英姿勃發地策馬而行。

過去，貴爲公卿的上將軍宋義只乘坐華車，從不騎乘在馬背上，項羽則不然。在楚軍開拔的第一天，項羽就放了一把火，將宋義生前的座車燒得乾乾淨淨，直到軍行數里遠之後再回顧，猶見長空下裊裊升起的黑煙。

宋義每每在軍旅中刻意顯露自己的權威，甚至還乘坐裝飾得十分華麗的車輿。爲了讓衆人懾服於自己公卿出身的家世，和卿子冠軍的地位，他特別命人製作一輛有如故楚朝臣乘坐的車輿，四周還跟隨著侍衛的座車，以及執旗的騎兵，乍看之下，倒像是君王出巡一般。

宋義有他堅持理由：「若不如此鋪張，難令楚兵畏服。」

戰國時代的楚人和居住在華中、華北一帶的漢民族不同，他們特別敬重貴族和看重門第、家世，這就是宋義深知楚人風俗的地方。但項羽並不理會這些。他喜歡身著戰袍，御馬馳奔。由於體格魁梧，他的馬上英姿比華車美服更能顯現出蓋世豪氣，也更令士卒由衷欽服。

「只可惜他有勇無謀！」

范增常不覺拿項羽和其叔父項梁作比較，而感歎這美中不足的遺憾。項羽倒不這麼自覺，他認爲范增擅長的謀略，不過是些瑣碎的枝微末節罷了，在一決勝敗時根本不足爲取，戰場上需要的僅僅是萬夫莫敵的勇武，而不是一堆文謅謅的大道理。

「足智多謀又如何？」項羽曾經不以爲然地告訴范增：「究竟戰場上是以氣力見眞章，徒有智謀也不足取勝！」

他打從心底就這麼認定，所以范增對他的告誡，常是馬耳東風，聽不進去。

項羽對氣力的依恃，並非承自從小調教他的項梁，他是個天生的武人，他也相信只要仗著武藝，便能披靡一切，所向無敵。

「唉！這孩子眞是冥頑不靈。」

范增常被項羽似是而非的謬論弄得又好氣又好笑。雖然莫可奈何，他仍然一本初衷，盡量跟在身邊提醒他。范增這麼想著：「如果沒有老夫，他終要吃大虧的，眞指望頑石早日點頭，也可省卻我爲他擔這許多心事！」

隨著向北日益推進，范增所得知有關鉅鹿的情報，也越來越多、越詳細。

鉅鹿平原上有二十多萬秦軍嚴陣以待；相對的，反秦陣營中，各國援軍退至一段距離外分散地築蓋軍壘，而只以五千、一萬爲單位，即使連同城內的趙軍合起來計算，不過也八萬而已。

項羽軍也不多，爲數七萬。

「怎麼看都勝算渺茫。」

范增憂心忡忡。范增在行軍路上挖盡心思，想找出一個出奇制勝的法子。

這是一個以戰力決定勝敗的時代，將帥的任務在增加和確保己軍人數，因而每在戰前，總要使盡外交上一切手段，號召更多士卒聚在麾下。然而如今絞盡腦汁，也再招募不到可用之兵了。

當然楚軍都被有意的蒙在鼓裡，並不知道確實情況。身爲統帥，爲了不長敵人志氣，滅自己威風，通常面對自己士兵時，總會把敵軍人數報得少一些。此外，在軍營之中談論敵我雙方的強弱，也是一大禁忌，情節嚴重時甚至會以軍法處斬。

項羽對這方面做得尤其徹底，他不允許聽到任何不利於士氣的議論。

這時楚軍都希望早日趕到戰場，倒並不擔心敵己形勢孰優孰劣。他們天性樂觀，凡事不喜歡做深刻的思考，也不會杞人憂天。楚人也喜歡唱和歌謠，行軍期間，他們盡情地唱著、和著，歌聲響徹雲霄，這在北方的其他軍隊裡極爲罕見。

范增可就沒有這種閒情逸致了。

范增一直苦苦思索著。在他看來，章邯費心築造的甬道，絕不能等閒視之，必須有備而去，才能立於不敗。他不斷派人前去探路，等到握有詳細情報時，他立即到項羽那裡，折斷樹枝，在泥土上繪出甬道的形圖和位置。

「章邯軍所以可畏，靠的就是這個！」

范增一邊用樹枝比畫著，一邊說道。范增正待再進一步細說，項羽卻搶在他前頭搭話：

「如果章邯軍就只強在這裡，那麼把甬道給破了，不就穩操勝算？」

項羽說得固然沒錯，范增卻不覺啞然失笑：

「若眞像你說得這麼輕而易舉，趙王也不待我們解圍啦！」

「此話怎講？」

「現今駐在鉅鹿城外各軍只要稍微接近甬道，立刻遭到秦軍伏擊，損兵折將不說，士氣更大受挫折，他們都已視此爲畏途了！」

項羽卻不願再聽范增叨絮這些枝節，他簡單俐落地做了結論：

「就下令各軍撥出工兵部隊，負責破壞甬道，其餘士卒則兼作戰與掩護。」

當下定案，范增便著手安排。

破釜沉舟過河卒

項羽軍來到黃河時，已是天寒地凍，放眼一片冬日景象。

「這就是黃河？」

項羽深深吸了一口氣，一過河，鉅鹿就遙遙在望了。

先一步到達河畔的英布軍和蒲將軍的部隊，已分頭備妥渡河的船隻，只待項羽一聲令下，便揚帆齊發。

「燕、代、齊等各國部隊都守在軍壘中，寸步不敢離開，他們已聽說楚軍只有七萬，正等著旁觀秦楚交鋒，甚至議論紛紛，說我軍恐怕也是自不量力呢！」

蒲將軍把打探來的消息，一五一十地對項羽稟報。他過去曾率領鄉黨壯丁，投奔項梁旗下，爲人耿直，但並無雄才。項羽努了努嘴，表示不以爲然：

「事在人爲，就讓他們等著看吧！」

全軍一起都渡過河，此後還有三日行程，就抵達和秦一決死戰的鉅鹿平原了。項羽下令召集全軍，他命士卒把楚旌旗遍插於河畔丘陵上，自己則立在丘頂，朗聲宣布：

「我等渡河，爲救趙滅秦，全軍只許帶三日食糧，所有船隻一律沉沒河底，所有釜甑一律敲破毀壞，違者論斬！」

這意味著士卒必須抱定必死的決心，如果打不贏，沒有人能活著回來。

說完，他親自舉起一個用爲炊具的甑，重重摔在地上，頓時四碎，又拿起鐵槌擊破鍋釜，並且告訴衆人三日之後，這些炊具將形同廢物。

項羽的舉動激勵了楚兵，每個人都揚起高昂的鬥志，他們砸的砸，毀的毀，沒有一人猶豫。廬舍營房也在項羽一聲令下，全數燒燬。

他們已經沒有任何退路了。

華北原野上連日來晴空朗朗。

項羽登高遠眺，觸目所及盡是一片遼濶的黃土大地。但再細看，有高起的丘陵，也有深陷的溝壑，地勢上變化多端。

這時候，各丘阜幾乎都建有秦的碉壘，分別有萬名左右的兵卒駐屯，彼此間以甬道連結。在秦的堡壘間，零零落落交雜著燕、代、齊等國援兵築造的軍壘，他們各自升起旌旗，以表明自己的身份。

秦軍按兵不動，絲毫沒把這些不敢踏出營地的小角色放在眼裡。

清晨時分，郊野中突然湧出一支楚軍隊伍，渡黃河已過了三天。這正是英布率領的三萬名先遣部隊。當此之際，秦軍各堡壘陸續升起早炊的白煙，時間是在楚軍和秦主力軍下令出發的一個時辰前。

英布奉項羽之命，並未朝秦的堡壘揮進，而是以甬道為第一個下手目標。**項羽命令英布專攻甬道，證明他並非范增所認爲，只是個有勇無謀的莽漢**。

章邯所建的甬道可連結附近防衛用的碉壘，但有些地方卻並未設置保壘，只有甬道橫亙著。英布就以此爲目標，率軍直入，當工兵沿途破壞土墩達數里遠之後，英布又下令築造臨時軍壘，以確保業已遭破壞的地方；至於未及破壞的其他甬道，則分別用巨石和大樹阻擋，藉以切斷秦軍的補給線。

章邯手下有一名以勇猛著稱的悍將，名叫蘇角。由於秦軍持續占有壓倒性的優勢，使他戒心鬆懈，也怠忽了偵防和戒備。直到前一晚，蘇角才聽說楚兵已從遙遠的南方渡過黃河，正繼續北上。他並沒有在意這個消息：

「就算楚軍開到又如何！」

蘇角仍是一夜好夢，並未下令備戰。他犯了兵家第一大忌——輕敵。他以爲，楚軍必定和其他叛秦的軍隊一樣，不敢輕舉妄動，儘可慢慢收拾，各個擊破。所以他好整以暇，全不當回事。

蘇角大大錯估了對手。次日清晨，當他看見在郊野一隅湧出的楚兵，一開始便全軍暴露，循甬道前進，甚至還譏諷道：

「荆蠻就是荆蠻，只知用蠻力，也不用用頭腦，可中陷阱了吧！我看不消多久，你們就會全軍覆沒，嗚呼哀哉了！」

說完放聲大笑。

蘇角下令各軍壘分路出戰，結果卻變成逐次投入兵力，給予敵人各個擊潰的可乘之機。首先出現在正從事破壞工事的英布軍面前的，只是秦軍一支小部隊，他們原以爲只要虛張聲勢，就可嚇退楚兵，不料英布撇下工事，一馬當先率著軍隊朝秦兵直衝而去。秦兵人馬不足，哪是對手，當下就被逼得倒退數里，不敢硬戰。

雖然只是小規模撤退，卻是自定陶得勝以來連戰連勝的秦軍最初的退卻。

在秦布下的軍陣中，遭英布破壞的甬道位在最南邊。這地方溝塹極多，就大軍而言，這種地勢不利於自由行動，也難以發揮戰力。

秦軍已被刺到痛處。

蘇角爲了堵住這道缺口，只得不斷派兵前往應戰，由於各軍壘間都有段距離，他便以路程遠近決定先後次序，一批批上陣。

秦楚交鋒的第一個戰場，是在溝與溝之間的狹塹上，在如此有限的空間裡，無法對敵人一舉重擊。這種形勢對英布軍當然大爲有利。

楚兵愈戰愈勇，他們的對手並不是黑壓壓的大軍，而是稀落的小部隊，只不過秦軍可輪番上陣，而英布軍卻須不斷迎戰，片刻不得喘息。

秦兵死傷越來越多。

當英布軍全力奮戰時，項羽所率領的四萬主力軍也浩浩蕩蕩地開到南方戰場。這對秦營是更大的衝擊，南部戰區的守將蘇角決定親自出馬。他領著軍隊，急急朝著正廝殺得昏天黑地的戰場趕去，同時，他也緊急向秦陣營的另二員大將王離、涉間通報，要求支援。

由於意外的疏失，秦軍被迫不得不以這南邊一隅做爲主戰場。

快劍斬蘇角，隻手擒王離

項羽從黃河畔領軍疾行，在英布之後抵達秦陣地的南端。

他放眼望去，看到就在前方不遠處有個隆起的大丘，形狀極像一隻黃牛屈膝而踞，萎黃的枯草雜覆丘面，宛如牛皮一般。這座山丘就是臥牛阜，項羽猜測其上必有秦部將在此駐屯，因爲丘中有無數秦旌旗迎著冬日北風飄展。

項羽聚精會神地觀察形勢，他決定攻下這處高地。主意一定，隨即下令衆屬朝臥牛阜衝鋒。

項羽身先士卒，狂奔在前，手下的軍隊也緊跟在後，馬蹄過處，揚起滾滾黃沙。楚兵以排山倒海之勢，襲捲而來。他們看到項羽斬將搴旗，如入無人之境，無不大受鼓舞。不多久，秦的殘兵敗將落荒而逃，臥牛高地輕易落入楚軍之手。

秦將蘇角在奔援的路上，遇見棄械而逃的一員部將，得知這項消息，當即怒不可遏，斥道：

「貪生怕死的懦夫，不力戰死守，妄將臥牛阜拱手讓敵，我秦營留你何用？」

說時劍已出鞘，直朝逃將的心窩刺去，鮮血頓時噴濺而出。蘇角殺雞儆猴，重申軍令：

「凡我秦營將卒，作戰不力，畏死逃卻者，立按軍法處置，殺無赦！」

從這時候開始，戰況越演越烈。

楚軍暫時兵分二路，一方由英布領陣，一方由項羽掛帥。當項羽強攻臥牛高地之際，英布也在塹地上與秦兵戰得難分難捨。

秦軍源源不斷地陸續開到，他們身著黑色戎服，如一股黑潮般湧動，雖然地勢不利於秦軍伸展，但輪番上陣卻足以令楚兵久戰成疲。只見身著紅色戎服的楚兵在黑潮中翻滾。他們面對四向包圍的秦軍毫無懼色，每個人都像發狂一般，只知前進，不知後退。

秦兵越戰手越輭，他們被楚人的狂氣震懾了。

正當楚軍力戰秦軍之際，齊、代、燕等各國諸侯卻在軍壘上屏息旁觀。

他們最初以爲，薄弱的楚軍絕非強秦的對手，也許不消幾個回合，就會眺見楚豎起白旗了。然而戰況與他們預料的恰好相反。項羽軍出現在戰場中不多久，臥牛高地上就已遍揷楚國旗幟，諸侯見到這樣的景象，莫不瞠目結舌，嘖嘖稱奇：

「楚兵猛悍驍勇，以一當十，看來鹿死誰手，還不能妄下定論呢！」

諸侯隔著遠處，猶覺楚兵廝殺的聲音，震天動地，不禁個個恐懼失色。

項羽立在臥牛丘頂，俯視正沿著山坳窟地而來的秦兵。突然，他眼前一亮，眺見一片黑潮中的光鮮身影，那人頭戴金盔，身披甲袍，金光閃閃地騎在馬背上，身旁環繞著許多執旗的騎兵。

「主將必定就是他，終於來了！」

項羽摩拳擦掌，準備痛斬來將。他撥調五千兵卒給范增，令他固守新占領的臥牛高地，並且在必要時做後援。旋即，猛揮一鞭，便乘坐駒飛快衝出，沿著山丘斜坡奔馳而下，楚主力軍也跟著衝下山去。

項羽銳不可當，叱咤著闢開一條路。秦兵被他的威猛氣勢所驚懾，拚命閃躲四散。項羽筆直前衝到蘇角面前，在蘇角幾乎還未來得及反應時，項羽的劍早已落在他的頭盔上。鏘地一聲，頭盔掉落地面。

蘇角大驚失色，趕忙倉皇應戰。

交手不過數招，蘇角便明顯落居下風。他越慌越亂，越亂越慌，就在一個閃失間，項羽奮劍橫刺，劍鋒直穿咽喉。章邯手下的一員大將，就這麼結束在項羽手裡。秦兵見到主帥陣亡，沒命似地抱頭鼠竄，潰不成軍。

范增從臥牛高地上俯瞰到這情形，旋即策馬下山，說動項羽招降秦兵：

「如今敵軍雖已潰敗，若不降為俘虜，仍恐遺下後患。其一，秦軍極眾，斬不勝斬，徒耗我軍體力；其二，待王離、涉間趕到，這些敗兵又將逞勇，與我軍糾纏。因而**上上之策，當立即招降，甚而可藉此動搖繼之而來的敵軍士氣。**」

項羽接受范增的提議，當即宣布：

「秦兵棄械而降者，可免一死。戀戰頑抗者，殺無赦！」

秦兵聽說，個個喜出望外，拋下兵器，在楚將指揮下編成列伍。項羽命當陽君和蒲將軍督管降兵，並領著他們向南撤走。楚軍約莫休息了半個時辰，在這之間，他們從秦軍壘中找出大批糧食，飽餐一頓。

不久，秦的王離軍也來到戰場，蘇角軍投降的消息很快傳到秦營中，士氣大受挫折。

項羽乘王離軍剛到，未及布陣之際，下令展開突擊。他依舊領先陣前，在猛烈的攻勢下，秦軍節節敗退。混亂中，王離被項羽手到擒來。隨後而至的涉間軍眼見己方死傷無數的慘狀，未敢迎戰便倉皇退走，儘管涉間聲嘶力竭地遏阻，但軍心一旦起了恐慌，要想控制局勢，談何容易。

老將涉間自知大勢已去，但他不願像王離一樣成為楚的階下囚，終於選擇了自焚而死。

不過數個時辰，秦營的軍容竟然呈現一百八十度的轉變，的確令人難以置信，各國的將領不得不對項羽領導下的楚軍刮自相看。

不久，戰場上放眼盡是秦國降兵。

半日工夫定了九分天下

鉅鹿城終於解圍了。

城裡軍民歡聲雷動，趙王歇和張耳親自出城，畢恭畢敬地等候迎接。

項羽大破秦軍後，便召見諸將領，諸將領一到轅門前，都個個跪行而走，沒有一人敢抬頭仰視的。項羽於是成為諸國的上將軍。這正是項羽享受戰果的時刻，趙王、張耳，以及諸將領都對他行禮不迭，恭謹備至。

「不過短短半日工夫，就定了九分天下！」隨侍項羽身側的范增，暗自稱歎，他也對項羽拱手稱賀：「將軍旗開得勝，一戰成名，眞是可喜可賀啊！」

但項羽絲毫沒有欣喜之情，他現在腦中全是敵陣主帥章邯的身影。

章邯的大本營駐在棘原（今河北平鄉縣南），離鉅鹿並不遠。秦的敗訊應該早已傳到了，雖然項羽還不確知他還保有多少兵力，但他隨時都有可能反擊。

「只要摧毀章邯軍，下一步再傾全力進擊關中，大秦的江山便要拱手讓賢了！」

項羽躊躇滿志地想著。

楚軍在鉅鹿之戰中壯烈陣亡者的名冊，此時呈到項羽手中，他對自己麾下的子弟兵情義極為深重，他一頁頁地細看，數度動容。

終於，項羽闔上名冊，側過身去抹掉英雄淚。衆人見他愛軍如己，莫不深受感動。

10. 一將倒戈萬骨枯

二十萬秦兵陷入極度的恐慌中，人潮如山崩一般跌撞入谷底，搶在前頭的當場粉身碎骨，後頭的則落在前頭的身上，一層層重重壓蓋下來，最後不是傷重致死，就是窒息斃命。

秦軍的總帥章邯是位深得軍心的大將。他富智謀，具武略，凡是由他親自出馬、坐鎮指揮的征戰，從未鎩羽而歸。正由於他向來戰無不勝、攻無不克的輝煌功績，手下的衆將與士兵，自然對他崇敬與信服。

雖然章邯不曾刻意收攬人心，但「只要跟隨章將軍便所向無敵」的這種堅定信念，使得陣營中凝聚起一股無比強大的戰鬥意志及向心力。

從九卿之末到剿亂大將

章邯並不多言，但盡忠職守。身爲一名武將，他所關心唯有勝敗，對宮廷政治則顯得異常淡漠。

過去在咸陽，章邯也曾擔任少府之職，敬陪九卿末座，然因生性不喜玩弄權術，他絲毫未染上官僚習氣，仍保有原本耿直剛正的個性。其後，秦帝國內叛軍蠭起，震動朝廷，他便奉命率領秦國大軍，鎮剿平亂。

咸陽宮中一直是小人當道，宦官趙高跋扈專斷，瞞上欺下，朝臣都敢怒而不敢言。若有人妄想匡正這種無法無天的局面，不是被視爲異己加以排斥，就是慘遭殺戮，甚至株連九族。

章邯卻對這些漠不關心，在他的信念裡，唯有剿滅叛軍，秦廷方能得享安寧。而這一點，才是他自認的職責所在，也才是他念茲在茲的要務。

奉命鎮剿之初，章邯所向披靡，迭傳捷報，奏廷大爲振奮。

這時期，二世皇胡亥對章邯猶獎賞有加，特別派長史司馬欣、都尉董翳二人，做他的幕下參軍，從旁協助。然而後來捷報不斷，未曾傳過敗績，二世皇也再不以爲意了，他甚至認爲秦軍聲勢浩大，戰勝是理所當然，無須特意嘉獎。

其實，到了後來，戰情都經趙高揑造過才往上呈報，這也就是二世皇胡亥無法得知實情，以及他的反應絕不會傳到前線章邯處的理由。

秦二世最初賜予章邯的二名參軍，都是朝中一時之選。其中司馬欣在秦廷官拜長史，根據秦朝官制，三公之下才有九卿，而三公通常都是選用精於實務的才能之士擔任。司馬欣眼光獨到，也頗賢能，不過只適任參謀，而無為首的統御之才。

章邯對司馬欣十分倚重。營中，長史司馬欣主要的工作在蒐集與過濾情報。每逢作戰之前，章邯總要貫注全副心力於敵情的分析上，這包括敵方的政情、敵將的性格、所屬派系、征戰才能等，可說幾乎無所不包。

「自從閣下前來襄助，我只須定策略，省卻不少工夫，真正承情之至。」

章邯曾不止一次表達對司馬欣的感激。而司馬欣所做的，遠較章邯要求的更多。他不僅刺探敵情，也佈眼線於咸陽宮中，大量蒐集己方的情報。

這種窺伺上情的做法，章邯不表苟同，曾為此責備過他：

「此乃踰矩非份，實不足取，望閣下適可而止，莫再探聽了！」

但司馬欣反倒過來勸章邯：

「**將軍雖身在陣前，朝中大事仍應多加關注，正所謂知己知彼，百戰不殆**。倘若一日戰局生變，而朝中卻不撥調援軍，縱是將軍再神勇，恐也無能為力。這層顧慮，不可不防。」

章邯仍聽不入耳，他認為有關朝中的情報還是少聽為妙，否則既擾亂心情，又令戰志低迷。

「刺探朝政與否，悉聽尊便，但我不想聞問，也請閣下遷就。」

言下之意，就是希望司馬欣盡量在自己面前避開這種話題。然而，章邯的話顯然對司馬欣不生作用。這日，二人共同進食，司馬欣又把新近得來的情報說給章邯聽：

「將軍，趙高這奸人竟膽敢在皇上面前指鹿爲馬，他眼中還有君臣嗎？」

章邯迷惑地看著他，想問仔細又覺得似乎不妥，欲言又止。司馬欣看出章邯的心意，便放懷暢言，痛責趙高的惡形惡狀。

在咸陽宮中，趙高用恐怖高壓的手段獨攬權勢。他精熟秦法，因此只要官吏稍有差錯，他便可用小題目來大作文章。趙高就用這個方法，肅清朝中異己，或予降職釋權，或處以極刑，弄得風聲鶴唳，人人自危。

漸漸地，人們也開始明白，唯一的保身之道並非不能觸犯法條，而是要處處迎合奉承，討趙高的歡心，只要能獲得歡心，即便犯法，也無須擔心遭到加害；反之，若不合其心意，就是未犯法，他也能假造皇命，隨便安上罪名將人處斬。

表面上，秦廷已爲趙高牢牢地控制把持住。但在趙高心裡，卻仍存有個疑問：

「百官對我究竟信服到何種程度？」

其實趙高自己最爲清楚，沒有一個人是由衷心服於他的。但他也不要求被眞心敬愛，只要因爲恐懼而表面上服從，他便認爲那是對自己的信服了。

趙高的意圖越來越明顯，他覬覦皇帝寶座，隨時可能在宮廷發動兵變，除掉二世，取而代之，因此他必須把朝臣和百官控制在自己這一邊。

二世皇胡亥聽信趙高的讒言，已許久不過問朝政，身邊不是妃嬪，便是太監。一日，當他正與他們嬉鬧之際，趙高命人把一隻鹿拉到胡亥面前。他想試試自己在妃嬪、太監眼中的份量，於是指著鹿說道：

「皇上，這是匹馬。」

胡亥莫名其妙，皺了皺眉苦笑著說：

「你胡說些什麼？這明明是隻鹿嘛！」

維持了片刻沉默，突然有個小太監出聲笑道：

「皇上糊塗了，莫非皇上不知那是匹馬嘔？」

這時卻有幾個妃嬪不解地駁斥道：

「分明是隻鹿呀，皇上哪裡說錯了！倒是指那是馬的人，才眞正糊塗了！」

結果這幾個不知天高地厚的妃嬪，全教趙高給拉出去斬了。

這件事情震撼整個朝廷，百官對趙高這種蠻橫跋扈的作爲，咸感氣憤，但同也更對他有所顧忌和畏怯，秦廷籠罩在一片恐怖的氣氛之下。

眞正的敵人在朝廷

當司馬欣說到一個段落，章邯不禁唏噓道：

「唉！朝中發生這種事，眞令人不敢置信！」

但這血淋淋的事實卻千眞萬確在咸陽宮發生了，章邯感到痛楚，如果接受這事實，那麼自己現在滿腔報國平亂的熱情，將變爲空虛。對於這種不愉快的感覺，章邯急於抛開：

「司馬兄，我還是喜歡聽你談敵情。」

司馬欣望了他一眼，意味深長的說：

「章將軍所指的敵人是閣下自己的仇敵嗎？」

司馬欣不愧是司馬欣，就如同擅長說理的韓非，明知故問。章邯指的當然不可能是自己的私敵，而是勢如燎原的叛秦亂軍。

「不！我說的是大秦叛民。」

「是嗎？但**觀諸朝中，把叛軍亂民視爲敵人而苦苦纏鬥的，不就僅是章將軍一人嗎？**在咸陽，還有誰把各地蠭起的叛亂當回事呢？」

這意思已說得夠明白了，是勸章邯不要一味只想著盡忠職守，也該回過頭來顧顧自己。

事實上，咸陽的宮廷裡對前線戰情一無所知，從戰場傳回來的報告，全由趙高一人掌握過濾。他隻手遮天，矇騙二世皇胡亥，因而胡亥一直被蒙在鼓裡，只知各地的叛軍不過是些打家劫舍的流寇，而且都已被官兵平定之類的事情。

倘若秦二世知道函谷關以東各地的眞實戰況，那麼就算他再平庸，也必生憂患意識，不致再坐視不管。他已久未臨朝，一旦天下烽煙四起的情況傳到耳中，趙高的死期也就到了。因爲胡亥親自蒞朝主政之後，百官將會把各地叛情往上稟報，封鎖眞相的趙高圖窮匕現，陰謀暴露，必將遭秦二世以欺君罔上的重罪打入天牢，問斬刑場。

因此，趙高若想將二世皇胡亥玩弄於股掌之間，唯一的辦法就是不斷遮瞞敷衍，讓胡亥以爲天下無事，而鎮日遊蕩於後宮之中。

也就因此，秦二世全然不知章邯的辛勞。

章邯軍臨城下，包圍鉅鹿。

他縝密地布局設陣，就便利的地方設置軍壘，又命工兵在甬道兩旁建土墩。正當他一切就緒，只待叛軍入甕之際，楚兵以迅雷不及掩耳的神速出現在戰場南端，摧毀秦的甬道陷阱。然後只用了半日工夫，便生擒章邯手下大將王離，殺了蘇角，而涉間也引火自焚。

一陣折損三員大將，令坐鎮大本營的章邯根本無法置信。

位於棘原城外的章邯本營是以山丘上的民房充當的，原本住在裡面的人，都已被遷至他處。這日午后，天氣顯得特別寒冷，雖然出了太陽，仍驅不走寒意。章邯久坐席上，想著得活動活動筋骨，便起身在屋內踱了幾圈方步。

不久，長史司馬欣神色慌張地闖了進來，開口便說：

「大事不好了！」

章邯只當他又得到咸陽的什麼消息，不以爲意，依舊踱著他的方步，一副不願傾聽的神氣。秦軍在鉅鹿附近駐屯已久，由於各國諸將都不敢蠢動，章邯也樂得以逸待勞，坐等鉅鹿城內糧盡援絕時，再一舉攻陷。至於楚軍方面，雖然也得到他們北上鉅鹿的消息，但因遲遲未有動靜，章邯也就鬆懈了下來。

「將軍，楚兵已攻下我軍在鉅鹿城外的陣營，蘇角戰死，王離受俘，涉間也自盡了！」

司馬欣氣喘吁吁地一陣串說完，章邯整個人像被震到似地，連脚步都站不穩。

「有這種事？」

章邯駭然驚問，彷彿不敢相信。

司馬欣趕向前去攙住他，邊簡單扼要地報告：

「楚軍像發狂似地猛攻，雖說兵力不及我軍甚遠，但個個驍勇善戰。我軍兵敗如山倒，全無反擊餘地，就這麼告降了！」

章邯腦中一片空白，半晌才有氣無力地歎道：

「想不到楚軍這麼快就攻過來了，更想不到如此勢如破竹，我當初眞是失算了！」

楚軍由彭城開拔的事，章邯早已由司馬欣口中獲悉，但也由於聽說楚軍總帥宋義並無戰志，久駐安陽，而鬆懈了戒心。甚至後來楚軍內訌，項羽斬殺宋義，代之而爲三軍總帥的事，他也渾然不知。

當然，即使知道這些事，章邯對楚軍的看法恐怕也不會有所改變。他對項羽的認識，只限於他是項梁的姪兒，而項梁又在定陶一役慘敗戰死。對於一個手下敗將的晚輩，他如何能料到竟是自己的勁敵呢？

現在，章邯不敢再輕估對手。章邯面色凝重地對司馬欣說：

「我們得補充兵力。」

鉅鹿一戰死了成千上萬的秦兵，對部下的戰死，章邯並不感到哀痛，痛惜的是損耗的兵力。

這並不表示他冷酷無情，只是剎那間被逼到絕境，措手不及之下僅能思及於此。畢竟退而防守或進而攻戰，都取決於這項要素。

「把殘兵召回來，我們重整旗鼓。」

這必須向四方下達傳令，讓那些未降楚而潰走的秦兵，重新回奔章邯麾下。

「我要讓士卒恢復信心，只要一息尚存，我定會帶領他們擊敗楚軍，重振大秦聲威！」章邯隨即又吩咐司馬欣：「這方面還是我來處理，至於你，就請勞駕趕去咸陽拜見皇上，稟明戰敗之事，然後火速帶兵回來。」

說著，見司馬欣仍立在那兒不動，章邯便使勁推了推他：

「事不宜遲，快去！」

當司馬欣的身影消失在眼前，章邯即刻著手安排，召秦殘兵回營。

趙高的一石二鳥之計

長史司馬欣受章邯囑託，率著一隊輕騎，翻越關山，渡過江河，馳赴咸陽。從棘原回秦都咸陽，路途極遠，他們一時半刻也不敢多耽擱，行色匆匆地趕路。

進入函谷關，爲了求快，一行人不避巨石崩落的危險，抄小路，走捷徑，在狹道間疾疾奔馳，經過一番折騰，終於千里迢迢回到咸陽。

司馬欣爲謁見皇帝，先回家中換裝，整肅儀容。妻妾見他驟然返家，都大爲驚訝，紛紛探詢是否各地賊寇都已蕩平。這也可見趙高不僅對皇上欺瞞，就連咸陽百姓也不知關東叛軍蠭起的眞相。他們只以爲是那些歲饑年荒的地方，起了打家劫舍的盜寇罷了。

「不——」司馬欣原來想吐露秦國處境危殆的實情，但轉念一想，若是不愼洩露出去，趙高必會加害族人，於是不願多說。

「還需一些時間。」

司馬欣簡短敷衍過去便轉身回房，再出來時已是一身官服，旋即上了車輿，前往司馬門。司馬門，就是宮城的外門。這地方有兵衛守宮垣，且有司馬主武事。司馬欣步出車輿，請求通報面謁皇帝，然而那名侍衛卻置若罔聞，相應不理。他不得不透露一二：

「我是章邯將軍派來的急使，戰情有變，須緊急謁見皇上，請閣下莫再耽擱。」

但侍衛仍保持緘默，不加理會。倘若未經趙高允許就擅自放人進來，後果沒有人敢承當。司馬欣迫於無奈，只得轉請通報拜見趙高。這次侍衛不再堅持，但稱通報費時，且郎中令冗務繁雜，要他耐著性子等候。

到了第二天，情況有些不對勁。

從這日午后，章邯剿寇不力的傳言，就傳遍整個咸陽城，大街小巷人們議論紛紛。家僕把這事說給司馬欣的妻妾聽，她們極感不安，尤其又得知司馬欣這一天仍未見到趙高，心中更是七上八下。費了一番唇舌，司馬欣才安撫住家人。他想到，得趕緊想法子見到趙高，對戰敗之事加以解說才成。

趙高在前線的耳目也已將鉅鹿慘敗的消息傳了回來，他即刻去見二世皇胡亥，而敗訊從他口中則由慘敗改爲蕩寇不力。

「皇上，章邯蒙恩獲重用，竟至剿寇失利，請著即勅命嚴譴，以爲警示。」

趙高絲毫未提及秦廷已面臨危急存亡之秋。他對事態的嚴重性已心知肚明，既然連章邯率領的大軍都會吃敗仗，也就可知秦是奄奄一息了。他原來也未料到秦會走到這一田地，還指望有朝一日能坐上秦皇寶座，如今看來，希望渺茫。

趙高暗忖著生存之道。

他不僅要保命，還想攀結極可能滅秦的楚國，這樣一旦楚帝國繼之興起，他便可仍舊謀個公卿之位。如果可能，他更想做咸陽所在的關中王，但要當關中王須立大功，那麼如何建功呢？

「**對，只要替楚殺死秦二世胡亥，就是大功一件了！**」

以趙高現在的地位，弑殺胡亥可說易如反掌，但卻須選擇時機。他打算在楚軍進入函谷關那天，立刻發動兵變弒殺胡亥，獻首級予楚，藉此獲得在新帝國的地位。當然，這是楚國明顯占優勢的時候，不得已才為之的下下之策；若秦廷危不致此，他雖照樣要弒殺二世皇胡亥，但事成之後，便不僅止於公卿王侯，而是威風八面的皇帝了。

因此，趙高必須靜觀待變，不能妄動。

趙高把神思收回到章邯這邊，他想若章邯鎮撫有功，難免沒有顧忌，若不能得勝，也是個除去心腹大患的好機會。畢竟掌有兵權，一旦造起反來，將較叛秦的民兵更棘手百倍。他打定主意，便一再慫恿秦二世：

「皇上，為了天下早日平靖，此刻若姑息章邯軍的剿蕩失利，不予責備，則章邯將不知輕重，怠懈之下，盜寇為亂，後果堪虞。」

胡亥被趙高一挑撥，也對章邯大為不滿：

「朕這就派人去責問他！」

當即交代下去，選定勅使，即刻備快駒出發。

翌日，趙高就獲悉章邯的參軍長史司馬欣，已從陣前回到咸陽。又聽說此人本要直接面謁皇上，受阻之後轉請拜見自己，為此已在司馬門前恭候了一日。

「若讓司馬欣見到皇上，事跡不就敗露了！」

趙高當然不允許這種情況發生，而他自己也不想見他。連續兩天，司馬欣在司馬門前苦候未果。這之間，他也曾私下備厚禮，登門求訪兩三個甚得趙高心意的人，請他們促成此事。然而，他的請求卻一概遭到拒絕。

「他們這麼畏懼趙高？」

司馬欣仔細一想，恍然大悟。趙高精通秦法，對於繁如牛毛的各種法條如數家珍。按規矩，在下位者是不能踰份說情的，若是因此觸怒趙高，依法嚴辦，這些人都要喫不了兜著走。

司馬欣撿回一條命

司馬欣私下請託的事，被其中一名受訪的秦官報告給趙高知道，於是趙高想了個法子，要陷司馬欣入罪。

這日，司馬欣又來到司馬門前求見趙高，仍是恭候多時，但終於有了回應。

「上面交代，長史不必拘禮久立，請回車輿中坐著等候吧！」

「這可是郎中令的話？」

「是，你再等一會兒，想郎中令就快騰得出空了，屆時會通報你晉見的。」

司馬欣於是坐回車輿中，耐心再候。約莫過了一個時辰，先前那名侍衛已悄悄溜開，換上另一個長相兇悍的侍衛，他出奇不意地探手抓住司馬欣，硬把他拖出車外，喝斥道：

「大膽無狀，求見郎中令竟敢坐在車內等候，待我捉你去治罪！」

司馬欣趕緊向他解釋，是郎中令賜的座，但那壯漢卻說未聽聞有此事，且要他指出方才傳話的人。這時，司馬欣猛然一想，才發覺被趙高設計了。他於是奮力掙脫，急急跳上馬車，對驛夫大喊快逃，絕塵而去。

「可恨這小人，竟誘我觸法！」

司馬欣咬牙切齒地咒罵。他不曾回家，直衝過大道，出了咸陽城。爲了怕趙高加害，他特意不循舊路回營，在城外換上一匹快馬之後，就朝另一條路急馳而去。這倒真讓他因而拾回一條命，趙高果真派人從頭追殺，但因爲走的是大道，沒有追上。

鉅鹿之戰喫敗仗，使章邯所率領的秦軍元氣大損，但曾經是常勝將軍的威名，卻逐漸癒合這道傷口。章邯名聲不減，許多在鉅鹿戰場上潰逃的秦兵，如潮水般湧聚過來。

「只要章將軍在，我大秦國祚永存！」

大家都這麼堅信地認爲。連項羽對章邯都不敢掉以輕心。

楚兵在鉅鹿打了一場漂亮的勝仗，但因極度的耗累，一時間還無法進一步和章邯正面決戰，這也給了秦軍恢復元氣的機會。章邯用兵，向來要做充裕的準備。他將本營從鉅鹿西南的棘原城外，移駐至城內，大肆興工，加強防禦城壘的工事，暫作觀望。

項羽在鉅鹿得勝後，決定退據棘原城更下方的漳水南岸，在那駐營布陣，但移防行動卻極為遲緩。項羽這時有個頗感棘手的問題：究竟要不要讓俘獲的十萬秦降兵喫糧，如果不塡飽他們的肚子，定起暴動，而供他們糧餉，卻是極大的損耗。再者，將來與章邯正面交鋒時，若把武器交給這些降兵，屆時矛頭會對著誰就很難說了。

把衆多的戰俘置於後方是正確的，但楚軍因而也無法就近包圍棘原，而得向南方遷移。畢竟降兵倒戈相向，使楚軍腹背受敵的可能，並非過慮。

「這麼多顧忌，不如全給斬了！」

項羽認爲這是最乾淨俐落的解決辦法。謀將范增卻不表贊同：

「將軍切不可莽撞行事，今日若殺了秦降兵，固然一勞永逸，但日後還將與秦交戰，這種事若傳揚到敵營，試問還有誰肯告降，就是拚了命也要與我楚軍力戰到死，這豈不是助長敵營士氣嚒？」

項羽軍的行動所以緩慢，原因就在這裡。**對項羽而言，鉅鹿之役的戰果卻成了一大重荷。**

移防途中，秦楚雙方也零星發生過小規模爭戰，每次項羽總是一馬當先，在陣前指揮，楚兵見到主將的驍勇，莫不勇氣百倍，奮戰不已。這些戰事最後都由楚軍獲勝，秦兵則倉皇逃回棘原城內。雖然章邯並未大舉發兵，所受到的折損也十分有限，但這卻使得項羽的威名更增，章邯則相形失色。

兩方的主力軍各自駐屯停當後，隔著漳水，一直保持對峙局面，未曾再交戰。

「陳餘這種人，狗掀門簾子」

冬去春來，膠著的情勢仍持續著。

在中原，民心實則都已背秦而去，在此情況之下，章邯軍雖孤立，卻猶能和叛軍維持對峙狀態，可說已十分難得。

且不提秦楚二軍僵持漳河畔之事。楚軍的陷阱部隊劉邦軍已正朝關中推進，這使項羽大爲焦灼，因爲楚懷王曾和衆將有過約定，誰先入關中，就封誰做關中王。如果項羽軍因爲章邯的牽制而阻於華北，對項羽的野心必極爲不利。

項羽此刻所做的事情，可說是白白爲人作嫁。他和秦帝國所有的兵力膠著在漳水畔，牽制了章邯，才使劉邦得以無後顧之憂地領兵前進。劉邦軍兵馬少，素質低，卻悠然自得地朝函谷關邁進，而項羽則無異是揮汗替劉邦打天下。

「將軍為章邯所阻，而拱手將關中王讓予劉邦，誠為一大失策，實在不值！」

趙國的上將軍陳餘一至項羽本營造訪，劈頭便說了這麼一段話。自從鉅鹿之戰以後，各國諸將在項羽面前，莫不卑躬屈膝，唯唯諾諾，甚至不敢抬頭仰望。而陳餘，這個四十歲的策士，卻彷彿對老朋友說話的口氣，顯得交淺言深又有些唐突，甚至還端出老前輩的架子對晚輩項羽提出忠告。

項羽對他並沒有好感。范增也說：

「陳餘這種人，狗掀門簾子，全仗一張嘴，不必過於深交。」

項羽如今已非鉅鹿戰前的項羽，他不只是楚軍總帥，也是各地叛秦義軍的首領，因而陳餘的態度，雖令他深感不是滋味，但也不便發作。

陳餘早年曾和張耳二人流浪各國，為躲避秦的懸賞追緝而顛沛流離。其後陳勝竄起，二人隨之擁立趙王，又經過一番內鬥，另立趙王歇。當趙王歇和張耳苦困鉅鹿城時，他卻不忠不義，獨自屯兵城外，見死不救。等到項羽領楚軍一舉擊潰圍城的秦兵後，他對過去的事絲毫不覺羞慚，重返趙國，又前來項羽處做說客。

陳餘從前並不認識項羽，現在卻如舊雨故知般對項羽說些熟絡的話，這是他自以為高明之處，同時也是以此向其他勢力示傲。

「哼！此人在鉅鹿一戰中，全然無功可表，現在倒來這裡賣乖！」

這是項羽嫌惡陳餘唯一的理由。他喜歡勇敢的人，也把這一點放在掂估對方份量的首位。

「羽——」陳餘索性進一步直呼其名：「你一直把精力耗用在和章邯周旋，爲此蹉跎了多少光景？」

陳餘接著又說：

「如今這場戰事對你和章邯而言，兩皆無謂，都無必然要戰的理由。章邯也太過好戰了，這是極爲不智的，也許我可爲兩方面略盡綿薄，化戾氣爲祥和，止干戈爲玉帛，不知意下如何？」

項羽面露不悅：

「何謂不智？」

所謂英雄惜英雄，項羽不喜歡陳餘這種人批評章邯，更何況他的話也含沙射影，暗指自己嗜戰。但項羽終是按捺住脾氣，回顧范增道：

「還是你去和陳將軍談吧！」

項羽自己則轉身大闊步走了出去。

稟性聰明的項羽已知陳餘此行的目的，他是想獲得項羽的首肯，再對章邯展開招降，從而在楚建一樁大功，占有一席之地。但項羽卻不願輕易放棄一個和難逢的對手一較長短的機會。

「遣使至章邯處招降吧！」陳餘對范增勸道：「我可以親自修書，令章邯棄暗投明。」

范增則反口問道：

「衆所周知，章邯對秦一片赤膽忠忱，要他降楚，說何容易？」

陳餘成竹在胸，含笑應答：

「章邯對秦固然忠誠，但秦已失盡民心，就是有章邯在，恐也無能爲力。這一點，章邯只消有人從旁點醒，便可曉然於大義了！」

自然，陳餘對秦室內情略有所聞，且自從秦以前的戰國時代，便看過太多治亂興亡的這名策士，似乎也不遑多想，便可嗅知遠在西方咸陽的空氣。

「陳餘，你說要親自修書予章邯，莫非過去曾是深交？」范增語帶揶揄地問。

「不，我與章邯素未謀面，更無交情可言。」陳餘連連搖頭辯解道。爲了進一步求信於范增，他又重提鉅鹿一役秦兵圍城之事：「范老夫子也知道，我趙國與章邯干戈相向已久，他曾想置我趙國於死地，以仇敵相稱庶幾不差，更何況論及交情？」

忠君報國？爲虎作倀？

章邯刻正據守棘原城。

豎立在城牆上的秦旌旗，井然林立，城內軍紀依舊嚴明，士氣亦未低挫，由於章邯周詳的安排，食糧也不虞匱乏。城外的防禦陣線更是嚴密，他們不讓敵方刺探有任何混水摸魚的機會，時刻警戒。

一日，防守線的哨兵逮住陳餘派來的軍使，交到章邯手中。軍使把密函親手奉上，攤開一看，是一篇震人心弦的好文章：

……首先為章將軍論數秦歷代名將遭遇。

昔時秦有白起將軍（～公元前二五七年），軍功厥偉，於南方平定鄢、郢，於北方大敗馬服君所率的趙國大軍，悉數坑埋。其於攻城掠地之初，所立功勳不知凡幾。然終為秦昭王賜命自盡。

另一殷鑑不遠者為秦近世之蒙恬將軍（～公元前二一〇年）。蒙恬奉始皇之命，攻齊，建大功，繼而又領三十萬大軍，征討匈奴，鎮服國界。然功高勳重又如何，始皇遽然崩殂，便遭二世皇以始皇旨意囚擄，關入大牢，終而亦被迫自盡。

秦歷世何以如此非遇功勳至偉之大將？無他，君王狹量忌疑也。以是橫施罪加身，必置死地而後安。將軍乃秦人，豈獨昧此理？且目下，暴秦塗炭生靈，苛政猛如虎，人心莫不叛離，將軍放眼天下，揭起叛秦大纛之義軍，與日俱增，而閣下之秦軍獨逐日損耗，此即足證天意亡秦！

再者，秦廷爲宦佞趙高專壟獨斷，陷害忠良，濫殺無辜，衆所周知，將軍又何能獨置身於眈眈虎視之外。咸陽宮裡小人當道，將軍的功勳一旦掩其光，則必遭猜忌嫌隙，終也不能免於受死。即或將軍無畏，然族人何辜？回溯既往，白起、蒙恬無不禍延九族，將軍能不憐恤？

看到這裡，章邯不覺心中一驚，他明白陳餘所言並非無的放矢，從咸陽湧來的惡水，確將迫在眉睫了。同時，秦政的暴虐，他亦曾親眼目睹，功臣一夕之間便無端淪爲階下囚，告冤無門，不能瞑目。

回顧忠良遭陷的斑斑血史，章邯不由得寒心。他接著再把信函看下去：

將軍，而今正是與諸侯結盟，倒戈伐秦之際，良機豈可錯失。試問共衆豪傑瓜分秦地，南門稱王，抑或淪爲牢囚，含冤而死，爲將軍衷心所願……

陳餘所言，和司馬欣從咸陽逃回時對章邯說的話，不謀而合。司馬欣驚魂甫定，痛切陳辭：

「奸宦趙高在宮中專權用事，朝中之人只知迎從，莫敢拂逆，再不可期以有所作爲。如今戰能勝，必致招嫉，戰不能勝，又不免於死，願將軍三思。」

章邯從這二人口中，只能歷歷得見爲秦效愚忠的下場，他矛盾，痛苦，又感到徬徨。事到如今，他仍不能痛下決斷。

「將軍此時不決計，更待何時？」司馬欣讀完陳餘給章邯的信函後，心有戚戚焉，他進一步從旁勸說：「下官知將軍並非惜命之人，然即如陳餘所言，亦當爲九族避禍，更何況將軍麾下子弟兵十萬，久隨將軍從戰，出生入死，又何嘗不須憐恤。楚乃強敵，硬攖其鋒，死傷何其衆，莫非當眞要戰到最後一兵一卒，始肯束手就降？且已爲楚擄獲的秦兵，又當如何？」

司馬欣又極力慫恿章邯言和，然後率秦大軍加入項羽陣營，擔任楚將。

「身爲楚將，是義軍將領；身爲秦將，便是爲虎作倀。如何抉擇全在將軍一念之間。」

章邯已開始動搖：

「司馬兄，過去未曾思及你方才所言之事，你是說爲我麾下子弟兵……」

此時，章邯臉上揚起一片異樣的神采。

當章邯正爲何去何從而痛苦掙扎時，司馬欣的話有如曙光乍現，頓教他撥雲見日。倘使降楚，成爲楚營一員大將，則那些被項羽俘獲的降兵，便能如過去一般，追隨章邯。

無論白起或蒙恬，凡所謂的名將在士卒間莫不深孚眾望，當然，有些將領得人望，是因真心對待下屬，有些卻是佯裝如此，以求掌握軍心。

對章邯而言，從領著大軍出函谷關以來，為他拚戰犧牲的士卒為數恐也達數萬，但這些只是冊籍上消失損耗的數字而已，並未令他因而心緒沉重或哀淒。雖然如此，他也並非毫無感情，或許是在忠君的前提下，把這些子弟兵的陣亡視為為國捐軀，才減輕這在他心中的份量吧！

章邯之所以肯為士兵而投奔敵營，可說也是他的稟性使然。為人謀甚於為己謀的章邯，可以為了某種遠大的目標而決定行動，他認為揚棄秦暴政，且能為眾多秦戰士而犧牲個人得失，也是極有意義的作為，**只要找到並且認同新的目標，則決斷就顯得容易多了。**

「司馬兄，你說的對，就這麼做吧！」

章邯終於軟化了。

「難得將軍深明大義，其他事就包在我身上，我即刻去辦。」

事事為章邯著想的司馬欣，主動承下這樁任務，他和章邯的性情頗有相似之處，若不得章邯首肯，他做起事來便意興闌珊，一旦章邯做了決定，尤其是定出像此刻這種大方針，他立刻就精神大振，生龍活虎地安排活動起來。

司馬欣派遣軍侯始成到項羽軍中，想來議和，卻不料遭到一口回絕。軍使雖又數度求見，但項羽一概不會。不僅不言和，項羽還派蒲將軍日夜率兵渡過三戶津，自己仍駐守漳南，與秦軍作戰，再破秦軍。接著，他便親自率全軍擊秦軍於汙水之上，再度旗開得勝。

這時候，章邯又使人來見項羽，務求議和。項羽眼見糧餉已無多，便召集部下商議：

「我軍糧食將盡，耗戰下去，實屬不智，不如就答應他們議和吧！」

部下久戰思歇，再者糧餉確是大問題，於是一致附和道好。

項羽先逼戰，後招降，其中也有他的道理，爲的就是避免陳餘因勸降而居功。由此可知，項羽對陳餘一直不懷好感，同時其後他亦不斷壓抑陳餘，令他難有嶄露頭角的機會。關於陳餘的文功，項羽隻字未提。他最後與章邯約定在洹水的南殷墟上議和。

英雄惜英雄

和議既成，章邯便來面見項羽。

司馬欣和董翳隨行到半山處，章邯便讓他們暫候，自己繼續往上走去。小徑兩側皆立滿楚兵，其中有人面露憎色，也有人投以仰慕的眼神，彷彿在說：

「這就是鼎鼎大名的秦將章邯嗎？」

項羽在林中鋪著一塊皮墊，等候章邯。當章邯走到眼前，正欲解下身上佩劍時，項羽連忙阻止，讓他仍佩著寶劍，又賜他一塊與自己所坐一樣的皮墊。這不僅不像是對降將的待遇，甚至連項羽自己的部下也未受過如此榮寵。

項羽當面稱道章邯的英勇，並且表示由衷的敬重。

章邯為這突如其來的寵遇感動莫名，他的心緒激動地起伏，也湧起深刻的悲哀。在秦廷，曾有人如項羽一般表示對自己的看重嗎？他不禁熱淚盈眶，潸然泣道：

「我本一意為秦護土，不意佞臣趙高專擅無道，陷害忠良，一片赤誠盡付東流，迫我日亟，實既可恨復可歎！」

章邯並不是一個會將自己的窘狀輕易表露的人，他之所以在初次謀面的敵將面前無法自抑，一方面固然是因身為降將的蝕心之痛，再者，項羽的寬厚和知遇之情，也令他感慨萬端。

項羽對章邯的看重，是出自由衷，絲毫沒有矯飾偽作之態。他把章邯封為雍王，留在楚軍裡面。

名義上，項羽不過是楚懷王之下的一名上將軍，並無任意賜封較自己地位更高的王侯的權力。但實際上，此時他的地位更高於楚王，因此他認為自己儘可在處理任何事上先斬後奏。

雍王便在楚營待了下來。至於秦的近二十萬降兵，則由升為上將軍的司馬欣統率。

項羽已從章邯軍的桎梏中脫離。此後便是全力西進，摧毀函谷關的守兵，直攻關中咸陽。

項羽來到黃河畔。

這是一條肇興華北、華中文明的母河，在廣袤的流域中呈大「几」字形，一端起於異族地帶鄂爾多斯的山野，然後一直朝南流到關中盆地的入口處潼關，再成直角向東折流，滋潤黃土覆蓋的中原大地。

項羽令司馬欣爲上將軍，率秦軍爲先鋒，沿著黃河西進，他們完全控制了黃河流域糧藏豐富的官倉，獲得充裕的糧餉向西推進，經過洛陽，到達新安（今河南省新安）。

新安有許多險陡的溝塹。項羽軍到此地之前，軍紀早已大亂，前所未有的士卒鬥毆，其至刀劍相向的事件層出不窮，有些軍伍已到無法無天的地步。

項羽的楚兵本是流民，過去幾乎無人不被秦徵用爲勞役，而勞役則都須受到秦兵監督，常遭無禮對待，不僅視爲奴隸，且動輒揮鞭笞打，因而楚兵對秦人自然有著深切的仇恨。當優劣易勢，他們豈肯輕易放過報仇雪恨的好機會，於是就以其人之道還諸其人之身，頗多都把秦兵看做奴隸俘虜，恣意侮辱施暴。

每逢秦兵途中休歇時，楚兵便群起出其不意地攻擊，若膽敢還手抗拒，則必遭團團圍住，輪毆至重傷倒地方罷手，爲此也傷了不少人命。秦兵在此情況下，惶惶不可終日，既憎恨又狐疑，這種不滿情緒逐日沸騰，秦兵間開始傳出耳語：

「長此以往，遲早將受凌虐而死，我們該想個保命之道，否則雖降，卻與戰死沙場何異？」

這種疑慮日益擴散，秦兵都動搖起來。他們原來應和楚軍一起攻入自己的故鄉——關中，但現在一再遭受欺侮羞辱，也變得意志消沉了。

「章將軍等欺騙我們來降，現在能使我們入關破秦，固然是一件好事，倘若不能，楚人捉我們向東面去，秦必殺盡我們的父母妻兒了。」

這麼一想，便起了叛變之心。

歸降的秦兵爲數多達近二十萬，若衆志成城，叛變並非無望，只是秦兵手無寸鐵，須待入了關中才發配兵器，且沒有一個號召的人，群龍無首，又無武器，這是秦兵的致命傷。

這時，發生了一件對秦軍極爲不利之事。

楚國諸將約略聽到他們的謀議，便即刻稟報項羽。在旁的范增也頓感憂心。

秦軍予人的印象向來強悍，即便做了俘虜，仍讓人不得不有所忌憚。此外，近二十萬人雖皆手無寸鐵，但總比監督他們的楚軍多，要拖著這麼多俘虜西進，負擔未免過重。項羽於是召來英布和蒲將軍道：

「秦兵雖多，但人心不服，到了關中，若不聽命，大事便要受累。不如現在就擊殺他們，只留章邯、司馬欣和董翳三個活口。」

項羽又叮囑道：

「從現在開始，不可讓邯、欣、翳三人，與秦兵有所接觸。」

項羽把計劃告訴范增，范增隨即和英布二人關室密謀。

這時，大軍已抵達新安。

二十萬秦降兵的墳場

英布負責指揮秦軍駐營，他把秦二十萬士卒集中起來，帶到一處瀕臨許多溝塹斷崖的山谷上，若一不當心失足墜落，定將粉身碎骨。

當夜，楚軍即展開行動。他們從三面撲圍過來，只留下一面缺口，殺聲驚天動地。

由於暗夜驟遭突襲，二十萬秦兵陷入極度的恐慌中，他們爭先恐後朝未受包圍的那面衝去，混亂中就有半數的人自相踐踏而死。其餘無處逃躲，直奔到黑暗中的斷崖邊緣時，腳下一踏空，人潮如山崩一般跌撞入谷底，搶在前頭的當場粉身碎骨，後頭的則落在前頭的身上，一層層重重壓蓋下來，最後不是傷重致死，就是窒息斃命。**死屍愈堆愈高，不多久，這將近二十萬的秦兵全慘死新安城南的深坑中。**

項羽大量處決時所用的這方法，可說是史無前例的，通常若是屠戮，必須使用武器，但這對殺戮的一方而言，卻形成體力上的重荷。項羽並未採用如此耗時費事的法子，而是利用撲殺對象的過度恐慌，使他們方寸大亂，互相踐踏，甚而被逼落至深谷，連挖坑壕都省去了。

次日一早，項羽命楚軍全力善後，衆人拿著鋤犁和鏟具，花了鎮日工夫，才將土掩覆在屍谷之上，完成有史以來僅見的坑埋工作。

身爲軍師的范增理應制止這種慘無人道的行爲，因爲項羽在人品德行上雖有其長處，但這件事發生後，他已失去維繫龐大軍容的能力。畢竟，用這種手段一舉殲滅二十萬人，著實過於殘酷。由此看來，范增並沒有盡到維護項羽人望的責任，甚至還親自參與這次策劃。

另一方面，口口聲聲爲了士卒才稱降的章邯，直到翌日清晨，才知道自己的子弟兵已在一夜之間，被項羽趕盡殺絕了。曾經叱咤一時的章邯，眞是情何以堪。然而，他仍是活下來了。或許是受到此事件的衝擊，他往日英氣全失，身軀也日益臃腫，眉宇間不再有著煥發的神采。

司馬欣與董翳也未自戕，繼續留在項羽身邊。後來項羽分封諸王，司馬欣立爲塞王，封咸陽以東，至河爲界，都於櫟陽；董翳則爲翟王，封上郡，都於高奴。這時項羽則自立爲西楚霸王。

其後，劉邦的手下大將韓信，就以新安之事深責項羽的無行，和邯、欣、翳三人的寡義。

「三個秦王本爲秦將，他們帶領秦兵已有多年，爲其等出生入死者，不可勝數。而後卻騙他們降楚，兵至新安，項王竟用詐謀，坑埋秦降兵二十萬，唯有章邯、司馬欣、董翳三人獨自苟活，秦父兄對這三人都恨入骨髓……，而大王（指劉邦）入武關時，絲毫未擾民，反廢除秦的許多苛法，與百姓約法三章。秦百姓莫不引頸願大王封於秦，封於關中……。」

韓信所言確非偏頗，由於項羽所至之處，無不殘殺，後來名義上雖稱爲霸王，實則盡失天下人心。**相形之下，劉邦的處處示人以德，便是他過於項羽之處，天下人心莫不嚮而往之。**

後來，章邯仍被韓信所殺，終不免悲慘下場。

章邯曾一度以對秦的忠誠而自豪，觀其前半生確是如此，但其後事出無奈的告降，及連累二十萬秦兵死於非命，卻使得他背上晚節不保的惡名，令人唏噓。

11. 超級智囊張子房

劉邦一向最欣賞張良，視之爲智多星和及時雨，如今在戰局起伏不定的營地中相逢，眞有重見天日之感。劉邦緊緊握住張良的雙手，引至內室之中。

此際，劉邦的大軍以秦地關中爲根據地，但論聲勢仍不及北方的項軍。雙方軍力相差懸殊，項軍主要是由楚人所組成，劉邦則以軍師張良主持大局。漢王劉邦準備親自東征，勘定內亂之際，張良曾鄭重地提醒他說：

「楚人剽疾也，願勿與楚人爭鋒。」

寬宏大量勝過英雄氣概

楚人素以身材短小精悍、作戰視死如歸著稱。張良對楚人驍勇善戰的性格，一直留有十分深刻的印象，這也是當時一般人共通的看法。

不論項軍或劉軍中的少數楚人，都可直接稱為「楚軍」。善戰的楚人占項羽所屬軍隊中的絕大多數，相形之下，劉邦的軍隊只能算是雜牌軍，這支雜牌軍泰半又以跟隨過陳勝的流民居多，屬於項梁早期所統領的士卒。自項梁敗死後，他們頓失領袖，無依無靠，為求三餐溫飽，於是輾轉投靠陳勝、劉邦，最後聽從劉邦的指揮。這些飽受顛沛之苦的士兵，對於居領導地位的將領武藝如何，始終保持著高度的關心。

可以說，當時的士兵對於「將軍」「皇帝」的認同，僅只於英雄式的崇拜情結。

「我們的大將軍，真的是一位武功第一、所向無敵的英雄嗎？」

類似的質疑和迷惑，始終存在於戰果未明的軍營中，士兵的話題總離不開戰爭與領袖。

在士兵的心目中，武藝高強的英雄，是最可靠的守護神。而一個雄糾糾、氣昂昂的英雄，首先要具備豐富的作戰能力，曾經出生入死、殺敵無數，驍勇的氣概教人心折不已；其次是身材和膂力，乃至於使人望而生畏的容貌與表情，在在都具有震懾人心的氣勢，才稱得上是英雄豪傑。

若照這些條件看來，項羽的英雄性格和魅力當然遠超過劉邦。

儘管劉邦的殺敵能力和武功、容貌比不上項羽，劉邦卻能逐漸收拾軍心，贏得部卒對他的崇拜和信賴，關於這一點，劉邦究竟是怎麼做到的呢？訣竅就在於劉邦具有寬宏的雅量。

劉邦的為人，顯然比項羽來得老成歷練得多了，他懂得運用人類的共通心理，與人相處，凡事以和爲貴，不算計前嫌；對於流民或敗將的歸順，也能欣然接受，一視同仁；久而久之，他的仁德作風廣爲人知，聲望蒸蒸日上，甚至超過暴戾無常的項羽。

不久，無論民間或軍營都盛傳一片佳評：

「沛公眞是一位難得的長者。」

劉邦所具備的長者風貌，從他的應對儀表中充份展現出來。據說劉邦待人十分謙和有禮，不以大人物自居，更由於他擅於隱惡揚善，從不輕易得罪別人，許多受過他的好處的人，當然感激莫名，如此一來，仁德、長者的美稱便不逕而走。

那麼，構成劉邦勢力的核心是怎麼發展起來的呢？

傳統上中國人的勢力結合，重心不外乎是由血緣、宗教、宗親、及同鄉的倫理關係所組成。然而，劉邦的崛起似乎是一個特例，與過去歷代王朝的建立有很大的不同，其中原因，主要就是時代環境的變遷所致。

劉邦的出身平凡，不過是一介農家子弟，他出生於沛縣，四十歲以前，沒出過遠門，一直住在家鄉。但他不願務農，喜歡在外遊蕩，好結交朋友，從少年時期開始，劉邦便與好友爲伍，終日談古論今，說大話似地立志開創一番轟轟烈烈的大事業，顯示自己的雄心壯志。

二十五、六歲時，藉藉無名的劉邦知道秦皇統一天下的大局已經來臨，同時也深深體會到時局的革新和社會的迭變，仍將持續進行著。

事實上，早在戰國時代，社會形態的轉變便有了重大的發展，由於戰爭頻仍，貴族沒落，士農工商遂趁勢而起，他們大肆購買田地，帶動自耕農的增加；又因農業技術改良，農民收入富足，對於社會的經濟繁榮、工商勃興，更具有重大意義。

在文化、思想方面，春秋時代封建解體，一些沒落的貴族落魄至民間，他們肩不能挑、手不能提，只好以傳授知識維生，因而促成教育的普及。此時，私人講學漸盛，自樹一家學說者更不乏其人，諸子百家的學說漸形發展，及至戰國，便綻放出繽紛燦爛的思想花朵。

從西周到秦朝滅亡爲止，新的社會階層——士，一直扮演著舉足輕重的角色。

首先，我們必須區分西周和戰國的士有什麼不同。西周的士，是指有食田俸祿的貴族而言；至於戰國時代以後的士，則是針對受過教育的知識份子，屬於一貫的通稱。

以青年劉邦的戰國時代來說，當時的士，必須具備相當的學問和涵養，即使懷才不遇，寧願隱居市井，保持自己的尊嚴。還有一些士喜歡周遊各地，自由不羈，成爲遊士。

值得一提的是，春秋戰國時代還有養士的特殊風尚，這是國君或貴族儲備人才的一種方法，比如齊國的孟嘗君、趙國的平原君、魏國的信陵君、楚國的春申君，都是養士的名人，世稱戰國四公子。

雖然士的流品龐雜，出身也不限於社會各階級，但是他們的品格仍有共同點可尋，那就是崇尚自律，視名譽為第二生命，影響所及，秦末漢初的知識份子仍有此遺風，張良和范增兩位大師亦不離士的風格，或可稱為戰國後期的士的代表人物。

那麼，劉邦算不算是士呢？

劉邦連士都稱不上

士，泛指知識份子，就這點來看，劉邦其實連士都稱不上。劉邦不曾當過食客，替名門主人施展抱負，也從未自創學說，廣收門生，成為學生尊敬的老師。因此，若從劉邦後來所奠定的功業來看，劉邦充其量只能歸而為一名俠義之士，或稱遊俠。

遊俠之稱，雖然十分籠統，流品亦不如士來得高尚，但在社會情勢急遽不安的戰國時代，卻有不得不存在的客觀因素，無論鄉村或市井，經常可見遊俠的蹤跡，他們放任行事，敢做敢當，對於社會治安的維持，出力很大，時日一久，竟也形成一股勢力。

到了秦代，由於地方官吏大量招募當地出身的人士充當小吏，處理一般性的事務，遊俠的任用便因應時代的要求而產生，擔任小吏的遊俠，於護衛地方的角色和功能，益形凸顯。

從士與俠所建立的社會地位不斷攀升的情形看來，適足以反映出中國自古以來的社會形態已

有重大的轉變。

事實上，歷代王朝的社會組織均以農民居多，他們自成鄉里，推舉父老爲代表，掌理里內的大小事務，儼然形同自治區。王朝的更替，政治的變革，對於日出而作、日落而息的小老百姓，並無重大的影響，因此，民間普遍存在著一種無政府主義的思想，不管當權者誰，只求生活自給自足，便別無所求了。

然而在春秋戰國時代，堯舜之世般的理想政治已不復見，取而代之的是變亂的時代、戰爭的時代，王朝的更替不斷帶給農民們無窮的痛苦，暴斂橫徵的手法推陳出新，令人難以招架，弄得民不聊生，怨聲載道。當時的百姓，甚至把苛政視爲比猛虎更可怕的怪物，比草寇更卑劣的盜賊，民生凋敝的慘狀可見一斑。

爲了保護自己，鄉里的百姓只好築牆自衞，嚴陣以防外敵的侵擾。

在鄉里的組織中，農民一向聽從「父老」的領導，至於父老所依恃的對象，並非王朝派遣的地方「官」，而是當地出身的「吏」，又由於吏的份子不乏遊俠之士，他們是當地土生土長的百姓，對於農民所處的環境和地方勢力，都有深刻的了解，自然能與住民連成一氣，想法和作爲也容易和鄉里達成共識。

譬如第一冊提過的，後來輔佐劉邦得天下的蕭何，就曾當過沛縣的小吏，曹參也充當過官府的吏；再如劉邦後來公開表揚的名士夏侯嬰、任敖等人，都曾做過小吏。在當時，絕大多數的小吏是非常愛鄉的，俠義之舉不時傳出，留下一頁頁動人的故事。

所以，若從各種歷史的記載做分析，劉邦應該算是一名俠，而不是士。

那，原本不具一兵一卒的劉邦，究竟是如何展開部屬的招募，如何統籌運用，甚至於發號司令，打敗其他軍旅及陣容堅實的項羽大軍，一步一步地兼併天下，當上九五之尊的中國皇帝呢？也就是說，劉邦如何管理軍隊？他和項羽的對峙，致勝的關鍵何在？

關於劉邦如何治理軍隊，這裡引述日本學者西嶋氏的研究報告：劉邦在位初期，內部組織的隸屬主要以稱呼及功績來區分。這類稱謂分為以下四種：中涓、舍人、卒、客。

中涓，又稱涓人。本來是指服侍君王左右的近臣，負責打掃等雜務，間或擔任傳達、遞送的工作，與傳統的家臣有點類似。

所謂家臣，就是豪族家中的奴隸，這些奴隸有的資質聰明，能替主人分憂解勞，工作能力頗強，加以他們終日服侍主人，處理一般事務的傳達，權力越發坐大，有的甚至運用權勢，以主人名義擅做主張，可見中涓的角色十分重要。

劉邦稱部屬為中涓，一則在將自己的聲望和地位，比做豪族和富人一般；再則是延用自己喜歡的部下，成為服侍在側的中涓，負責傳遞的工作。

舍人亦同。舍人一稱原是西周王室的官職稱呼，很可能是服侍君王的近臣，負責掌理財賦事務。到了後來，凡是貴族、豪門之中，負責從旁協助主人處理庶務的人，均通稱爲舍人。而在戰國時代，寄身國君或貴公子門下的食客，亦可稱舍人。

卒，本來是下人的意思，但是到了戰國時代，卒乃指豪族所養的士而言。

客也是士的別稱，一般的客都寄居在豪族家中，有時被尊稱爲先生，舉凡學識、修養、技能備受敬重與禮遇的人，均可稱之。

以上這些用語，有的沿用戰國時期以前的王室稱呼，有的則是劉邦個人的創見，但其職務劃分並非完全一致。可能是劉邦素以俠士自居，從未認眞考量四者的差異性或適用範圍，所以會有重複或相似的意思出現。

直到四十歲之前，劉邦在他的家鄉沛縣附近，過著灑脫不羈的平凡生活，後來因爲他好交朋友，聚集者衆，便形成一個類似遊俠集團的組織。爲了統率這些從屬，使他們各執所司，劉邦又依親疏和職務加以區分，因此確定了中涓、舍人、卒、客四稱職稱及其概括性的工作內容。

大致上說，劉邦的做法即相當於戰國時諸國的官職，其中包括將軍、都尉、騎都尉、左司馬、車司馬、騎吏、太僕等，有了這些官職分層負責，各掌所司，才能建全軍隊組織，像滾車輪似的使整部車輛得以推動。

韓非：法家的集大成者

接著來談張良。

張良，字子房。他的父親和祖父曾經擔任韓國的宰相，所以他是韓國貴族的後裔，此與平民出身的劉邦差別極大。劉邦得以打敗項羽，統一天下，建立漢朝的基業，軍師張良實在功不可沒。在擔任軍師之前，張良曾是劉邦軍旅中的「客」，後因張良建功連連，輔佐劉邦作戰，才升任為軍師。

我們再來看看張良的出生地——韓。

韓是戰國七雄之一，位置約在今山西省東南及河南省中部一帶，屬於肥沃的中原地區。但從戰國末期以來，韓國便飽受鄰近國家的騷擾，兵連禍結，國家的命運也就岌岌可危。此時，西方的秦國不斷採取連橫政策，誘使韓國就範，南鄰的楚國則施行壓迫，逼使韓國與之聯合，韓國在兩大強國的夾縫中，苟延殘喘地維持一線生機。及至「伊闕之役」，秦的將領白起大敗韓魏聯軍，韓國元氣大傷，朝不保夕，終於被秦國蠶食。

韓國是戰國七雄之中最先落入秦國魔掌的國家，亡國之痛深深地烙印在少年張良的心中。

基於韓國始終處在外患內憂、動盪不安的環境中，國家的前途何去何從的反省，不但成為百姓最憂慮的問題，並刺激許多思想家的產生，其中尤以韓非最爲重要。韓非比張良的出生年代早了半世紀左右，他對後代學術、思想的影響至爲深遠。

韓非是法家的集大成者。

法家所講求的，是國君統治國家的技術。早在春秋時代，齊國的管仲便主張立法治國，到了戰國時代，三晉的法家學說更爲發達，可分爲三派：一是重「術」派，主張國君要有箝制部屬的方法；二是重「法」派，主張用嚴刑重賞來貫徹命令；三是重「勢」派，主張國君須有威勢，使人望而生畏，不敢抗命。

韓非對於過去的法家思想學說，十分推崇和信賴，加以他曾師事荀子，於是繼承荀子性惡的思想，綜合法家三派學說，大倡法家思想。依他認爲，國君若要掌握實權，治理國家，則術、法、勢三者，缺一不可。

所謂「威勢可以禁暴，德厚不足以止亂」，國君必須大權在握，才能使臣下順從，百姓歸依，有了這種高高在上的威勢，國家的整頓，國力的提升，何難之有？

由於法家學者大力的鼓吹，戰國時期的人君，已較春秋時期來得暴虐無道，任憑宰割的百姓，幾無休養生息的時候。

法家思想的倡行，一舉推翻中國古代的仁義道德，自然與儒家學說形成對立。儒家一向講求道德禮教，推行仁政，勸導國君要以德服人，人民才會心悅誠服，孔子更強調「仁愛」「親親而仁民，仁民而愛物」，整個使天下太平，百姓安樂。

可惜儒家的學說並未受到戰國群雄的青睞，法家思想仍是諸國君最後的選擇。

深一層的來看法家思想，我們不難發現，法家與老子的基本論點幾乎是相通的。老子崇尚無爲，在政治理念上，極力倡導無爲而治。法家亦然，它是極端的國君主義，主張一國之君可以爲所欲爲，完全控制人民的生活，使他們變得無欲無求，基於這種無欲無求的政治理想，法家就和老子的虛無主義不謀而合了！

由此可見，法家學說的終極思想，便是君主的權力無限制的擴張。對於這一點，始終野心勃勃、意欲兼併天下的秦王政（即後來的秦始皇），當然是法家的擁護者，當他讀罷韓非的著作〈孤憤〉〈五蠹〉兩篇之後，心有戚戚，感動不已！

「如果能見上韓先生一面，我雖死而無憾！」秦王政激動地說。

事實上，早在秦孝公時代，商鞅提倡嚴法治國，成效已經相當明顯。

商鞅主張打破傳統，賞罰分明，集權中央，促使百姓養成守法的習慣，其「徙木立信」的故事，更是明證。

直到秦王政即位，法家學說高唱入雲，他視韓非爲一代宗師，推崇備至，並且奉行不悖，嚴峻的手段有增無減。及至後來稱爲始皇帝，更以天下獨尊者自居，對百姓苛斂無度，不但大修阿房宮及驪山陵，同時爲了滿足個人的虛榮，每破一國便在咸陽模仿其宮室規模，動員人力、物力無數，害得百姓勞役不斷，人民怨聲載道，生活痛苦不已！

追本溯源，秦始皇的驕縱和自大，便是法家思想所致。法家力主國君的威勢和權力，卻毫不顧念百姓的自由意志和向心力，是促使秦代暴政必亡的必然結果。

然而，無論法家思想是好是壞，韓非的學說仍然帶給張良極大的影響。

刺殺秦王，不擇手段

張良是典型的貴族子弟，父親張平、祖父張開地都是韓國的宰相。由於家世顯赫，張良從小便對政治問題十分關心，從而養成他日後從政的決心。

韓國末年，張平苦撐大局，輔佐悼惠王對抗外敵，但因無法阻擋西方強秦的節節逼近，加以和戰無功，遂積勞而死。父親死後，張良眼睜睜地看著勢如破竹的秦國大軍占領韓國的土地，屠殺無辜的百姓，韓國此時已經完全被秦所併滅，改稱潁川郡，列入秦國的土地。時爲公元前二三〇年。

韓國滅亡的慘狀，令張良留下極深的印象，他立誓要報仇雪恥，刺殺秦王，重建祖國。雖然張良的身材和相貌並非強壯的武士類型，但是他的意志卻極爲堅定，報仇的雄心更是強烈。

韓國滅亡不久，張良的弟弟因生病而死，年紀尚輕的張良必須張羅弟弟的後事。

「葬禮不宜鋪張，費用能省則省。」

悲痛的張良這樣認爲。於是，他把弟弟的屍體草草埋葬，剩餘的錢財卻分送給他苦心招攬來的賓客。這些賓客其實都是刺客，來自全國各地，他們的武功高強，身材健碩，投靠在張良旗下，準備刺殺秦王。

刺殺秦王的做法，雖然沒有多少把握，但是對一心一意矢志復仇的張良來說，卻是知其不可爲而爲之的行動。儘管秦王身邊護衛嚴密，任何人不得親近御車及其附近，張良仍然想盡辦法，買通各種管道，請求很多人居中幫忙，進行了多次刺秦的計劃，可惜每一次都功敗垂成；一次又一次的失敗，雖然毫無斬獲，但是張良並不氣餒，他堅信強秦百密必有一疏，所以無怨無悔地繼續進行下去。

此刻，一心只想報仇的張良早已拋棄傳統禮教的束縛，不惜以詐欺的手段全力一搏，張良的策劃一次比一次周詳，尋覓刺客的人選也更爲積極。總之，爲了達到目的，即使耗費金錢、犧牲生命，也再所不惜。

「要怎麼做，這次才會成功呢？」

張良經常在腦海中思考著如何詐騙秦王身邊的侍衛，才能進一步採取刺殺的行動。

「東夷有位大力士。」有人向張良提供情報。

在地理上，東夷是東方蠻荒地區的通稱，約略是在今遼東灣沿岸一帶，經由進一步地打聽，張良獲悉那兒眞的有一位大力士，於是，張良立刻收拾行裝，滿懷希望，千里迢迢來到東夷，爲的就是求得對方的允諾，擔任刺殺秦王的重任。

張良首先拜訪東夷的酋長，人稱倉海君，委婉述說來意之後，經倉海君點頭同意，便差人把大力士喚來。

一見大力士，張良眼睛立即爲之一亮，心中讚歎：「好魁梧的身材啊！他眞是我最理想的助力。」儘管初見面的力士與張良言語不通，但是透過張良鏗鏘有力的表達，力士隨即會意，爽快答應張良的請求。

「只要是您的吩咐，不論再危險的事，我都願意去做。」

這位驃悍的大力士，雖是土生土長的東夷人，但對秦國的暴虐無道，早已時有所聞，受到張良復國意志的感染，更激發他同仇敵愾的義氣。他平淡地告訴張良，爲了天下人的幸福著想，他會泰然自若地犧牲。

張良得大力士後，偕伴同行回到中原，途中他們歷經數月的相處，一面周遊各地，一面談論局勢，策劃未來的刺秦行動，意氣奮發的張良，深深地打動大力士的心，他對張良的才略和毅力，欽佩得五體投地。

張良的資質和稟賦，的確有過人之處。

年少時代，張良便接受老子思想的洗禮，對於道家無爲而治的政治理念有極深刻的體認。在個人修身方面，老子教人無欲無求，舉凡世俗的名譽、財富及聲望，都是虛而不實的，所以無需強求。另一方面，張良還練成道家的呼吸法，每次實施長時間的靜坐或沉思，藉由綿密、放鬆、自然的深呼吸，固定吐納數次，以使自己平心靜氣，讓身體與宇宙合一，達到心無雜念的目的。

雖然老子思想的精義在於去除欲望，但是張良復仇雪恥的決心，未曾一日稍減。正因如此，道家的呼吸法無異提供了最佳的自我激勵法。總之，**張良的生活態度、觀念、想法，無一不是爲了貫徹他的復國主張。**

爲了謀刺秦王，張良苦思種種計策，其思慮之繁複，好比現代的數學家，爲了尋求數學公式的答案，絞盡腦汁一般。然而，這種過度執著的個性，難免導致人格發展的偏差。特別是到了晚年，張良生起一種仙風道骨的遐想，他嘗試禁食，甚至連稻穀類主糧也不吃，希望藉由道家的修煉法，達到成仙的目的，他常說：

「我要使自己的身體輕飄飄的，像羽毛一樣，成爲神仙。」

結果是：張良最後因身體虛弱，衰竭而死。

不過在某些方面來說，張良流露的智謀和神祕氣質，卻是吸引別人與之交往的魅力所在，東夷的大力士對於張良更是近乎崇拜，甘心服從他的指揮。

在中國歷史上，張良的謀略和智慧，稱得上是出類拔萃，萬古留芳。他協助劉邦建立霸業，打敗原居上風的項羽，完成漢朝統一天下的偉績，不但開創了中國的新局，也使自己名留青史，成爲一名卓越的戰略家。

博浪沙雷霆一擊

根據史載的資料，張良的成功，一半要歸功於和東夷大力士結伴，闖蕩江湖時所誤打誤撞出來的。

當張良和大力士決定採取襲擊的方式刺殺秦王的時候，他們開始拜託散居各地的朋友探聽消息，蒐集情報，一旦獲知秦王的下落，就馬上追蹤。這種鍥而不舍的跟蹤，好比在重山中找尋珠寶一般，是相當困難的。

尤其在當時，始皇身邊的警備非常嚴密，爲了害怕六國遺民的報復，始皇已經做了萬全的準備，行蹤何在當然成爲最高機密，即使連貼身的侍衛也未必知道。因此，若要確實掌握秦王的動態，對張良而言，無論體力、智力和毅力的周旋，都是一種高難度的挑戰。

在這個謀刺秦王的準備階段裡，張良無時無刻不在絞盡腦汁地想，想，想，用心之苦，恐怕只有形影相隨的大力士，才能體會得出張良知其不可而爲之的那種執著了。

就在秦始皇統一天下（公元前二二一年）的第二年起，始皇開始巡幸天下，翌年春天，當他準備前往山東，途經博浪沙時，發生了重大事故。《史記・秦始皇本紀》據此記載：

「始皇東游。至陽武博浪沙中，盜驚。」

文中所指的盜，就是張良和東夷大力士。

博浪沙位於今河南省境內，居陽武縣之南。自古以來，黃河數度在此地造成氾濫，留下浪濤襲沙的痕跡，故名。此地住家極少，放眼望去，只見連綿波浪狀的沙灘，景致荒涼。

張良事先獲知情報，判斷準備前往山東的秦王御駕，必須經過這一帶的沙灘，於是先與力士來到附近的沙丘埋伏。

而在事前，張良已經命力士打造一支重一百二十斤的大鐵錐，準備等始皇出現時，雷霆一擊。等著等著，始皇的御車和護衛果然浩浩蕩蕩地出現了。眼見這等盛大的隊伍，張良和力士不免有點緊張。

御車越來越近了，力士深深地吸口氣，赤裸著上身，使盡力氣揮動手中的大鐵錐，朝始皇的座車襲去。霎時間，護衛的隊伍驚嚇不已，亂成一團，不知如何是好。眼看士力手中的鐵錐飛出，將一輛座車擊得粉碎。

「啊！皇帝遇害了嗎？」

就在一片驚愕、害怕和哄亂當中，張良和力士已經按照原先的計劃，迅速逃離現場，他們喜不自勝，以爲刺殺秦王的行動已經成功了！

事實不然，始皇毫髮未傷，力士的鐵錐只不過擊中了一座副車，把車輪給擊得粉碎。

經過這次事件，始皇大發雷霆，立即詔令天下，全面緝捕凶手，張良爲了保全性命，已經改名輾轉各地逃亡，最後來到江蘇省的下邳，找個安全的地方隱居起來。

黃石老人賜《太公兵法》

下邳一地，曾是古代下邳國的首府，秦時則爲縣名。由於地屬水鄉澤國，境內溪流滙集，水路和橋樑極多，彷彿細密的織網一般。

有一天，張良一時興起，出外散步，走著走著，來到一座橋頭，忽然看見一位衣著簡陋的老人迎面而來。奇怪的是，這位老頭在他面前彎下腰來，脫了鞋子，毫不猶豫地擲入橋下，然後轉頭看著張良，叫道：

「喂！年輕人！」停頓了一會兒，等張良錯愕過後，老人輕抬下顎示意道：「幫我撿鞋。」

看到這等情景，張良心中有氣，但是礙於對方年紀大，怎麼說也是一位長者，所以只好暫時忍耐，依言走到橋下，撿起老人的鞋，恭敬地交還給老人。

「替我把鞋穿上！」

碰到如此無理的要求，盡管內心感到困惑和微慍，但是張良節制脾氣，他自然而然地彎下身來，小心翼翼的把鞋子套在老人的腳上，一點也不敢馬虎。

老人穿好鞋，露出滿意的笑容，起身便要離開，不過只往前走了幾步路，他便回頭朝著張良，口氣極爲傲慢的說：

「我要教你一件事，五天後的清晨，你到這裡來等我，千萬不要遲到！」

老人說完話，頭也不回地走了，留下張良納悶地站在原地不動，對於老人的行徑百思不得其解。五天後的清晨，張良依約來到橋頭，只見老人已經在那兒等他。老人大聲斥責說：

「與長者有約，竟然姍姍來遲，你太沒有禮貌了，五天後的清晨再來吧！」

到了第五天的半夜，張良不敢入睡，趕緊前往橋頭，等待老人。果然過了不久，老人便遙遙走來，他把一包東西交給張良，鼓勵他道：

「只要勤讀這部兵書，對你將來的功業一定會有莫大的幫助。」

老人說完這些話，突然就消失了。上述的故事內容，是由司馬遷探訪張良的後代而知，成爲流傳千古的一段佳話。

至於老人送給張良的兵書，則是《太公兵法》。太公就是姜太公，是周文王的軍師，太公善於計謀，是傳說中的神奇人物，他釣魚時從不在釣線上加鉤，寧願等待魚兒自行上鉤，特異的舉動令人歎爲觀止。

除了《太公兵法》之外，太公望呂尚(即姜太公)還有一部重要的著作《六韜》，也是談論兵學的書籍，但是根據《史記》的記載，張良得自老人的兵書，應是《太公兵法》而非《六韜》。

「研讀此書，便能成爲王者之師。」

每當張良想起老人的這番話，內心就升起一股強烈的希望，他決心充實自己，用智謀和計策來誅殺秦王，重建祖國。

此外，張良依稀記得當他問及老人的名字和住址時，老人只是說：

「不忙！十三年後，你將重回濟北的穀城山(屬山東省)，在山麓之下，你會看到一塊黃色的大石，那塊黃石就是我！」

據說在十三年後，張良果眞路過濟北的穀城山麓，並且發現了一塊黃石。張良命人將此石塊搬入長安官邸，厚禮祭祀，以示敬重與感恩。甚至在張良的遺囑中，亦提及將他的遺體和黃石一起埋葬，可見他對「黃石老人」的恩惠，始終未曾忘懷。

照這個故事看，張良的確沒有辜負黃石老人的一片苦心。當他獲得《太公兵法》之後，如擁至寶，爲了潛心研讀，在那段期間，他深居簡出，甚且將刺殺秦王的計劃暫時擱置，閉門苦讀。後來，張良就以此部兵法的學識爲基礎，加上他個人對於戰爭的人、事、地等因素的判斷和分析，巧妙運用，果然使得他的戰爭策略更上層樓，之後又輔助劉邦，打敗秦軍和項羽的大軍，成爲中國歷史上最卓越的謀略家之一。

由於久居下邳，張良結交了許多志同道合的朋友，其中包括劉邦在內，他們正値青壯年，個個血氣方剛，尤其談起秦王的苛政和征役，莫不咬牙切齒，義憤塡膺。因爲意氣相投，大家相待如手足，從中培養生死與共的情感。

這時劉邦的勢力核心已漸漸成形，依附他的人也越來越多。至於在張良方面，又因意外地救了項伯一命，間接促使楚漢對峙時期，發生在「鴻門宴」中的一段史實。

原來當張良住在下邳的時候，聽說有個叫項伯的人，因爲殺人被官府通緝，張良便設法救了他。基於這段交情，項伯對張良感恩不盡。而在後來的鴻門宴席上，張良就利用項伯和項羽的伯姪關係，請項伯遊說項羽，聲稱劉邦不會背叛項羽，要求項羽網開一面，饒過劉邦。

由此可見，**無論是敵是友，中國人的倫理社會中十分重視「恩義」，尤其碰到攸關性命的關鍵時刻，一切倫理道德往往不重視，只憑交情和恩義來做取捨**。無怪乎在鴻門宴上，劉邦的生死雖然掌握在項羽的手中，但卻連連出現戲劇性的變化，最後仰賴張良的急智，才能死裡逃生，化險爲夷。

投靠無門的超級智囊

張良輔佐劉邦後不久，天下局勢又有了重大的變化。此時始皇已死，陳勝擁兵日衆，在各地不斷舉事，叛亂之勢沸騰不已！

陳勝自知羽翼漸豐，便自封爲陳王，大肆招攬各地的勞役和流民，到處流竄，準備一舉消滅秦朝和其他小勢力，奪取天下。受到陳勝擴展勢力的鼓舞，張良雖無組軍的實力，但也頗費力氣地在下邳一帶吸收了百餘名的年輕流民，然後加以軍事訓練，張良抱著自始即有的復仇想法，率領這批流民部隊，千里迢迢地前往陳勝的營地。

想不到，陳勝卻在一場戰役中遭秦軍擊傷，旋即去世，軍中旋即推舉另一首領景駒，取代陳勝的主導地位。

「萬不得已，只好投靠景駒吧！」

張良順應時局，轉而歸附景駒。

隨著群雄的崛起，秦朝已經岌岌可危，王朝的體制像大鍋崩裂一般，難以復合整治，儘管秦軍一時撲滅了陳勝的流民，但是割據四處的民兵卻使秦軍窮於應付，發展極爲迅速。除此之外，戰國時期的六國遺民也起而響應，紛紛擁護各自的王室遺族爲領袖，試圖重建祖國，爭取統一天下的實權。

身爲韓國貴族後裔、自始即矢志滅秦的張良，當然也有揭竿而起的野心，但他想了又想，最後卻打消成王的意圖，他對自己說：

「我並不具備做皇帝的條件！」

張良自知，無論在體魄或者帶兵的能力各方面，確實遠遜於項羽、景駒等人，根本談不上當將軍的資格，與其做武力的競爭，不如改採智謀者的身份爭取首領的重用，爲他們貢獻策略，打敗秦軍，同樣可以達到報仇雪恥的目的。

不多久，張良已不甘做景駒旗下的一名士卒，開始另謀賢主，只要聽說哪兒有率領數百、數千部下的兵營，便前往拜訪該營的首領，可惜數度奔波，總是話不投機，張良也就沒有做進一步的打算。

「唉！即使是流氓、土匪頭子都無所謂，只要他們肯採納我的意見就好。」

換句話說，張良苦尋賢主卻無著落的主要原因，是他體會到對方總缺少一種用人的雅量，以爲自己的戰略是天下間最好的，毋需另聘軍師來干擾自己的決定。爲此，張良幾乎要放棄尋覓，他想：

「如今，自以爲是的首領比比皆是，他們不願意聽勸告，就算我要把兵法的奧祕雙手奉上，恐怕也沒有人聽信呢！」

追溯造成張良內心挫折感的原因，一來是當時的首領大都有勇無謀，以爲部下越多越好，而忽略了戰略和計謀的重要性。二來則是張良外表斯文，看似無縛雞之力的蒼白書生，怎有能力輔弼在側，或者帶兵衝鋒陷陣呢？

在迫不得已的情況下，張良仍以原來的百餘名部卒爲主，加以訓練和組織了一段時間，但因成效不佳，又無足夠的糧食，只好草草收隊，再度歸列景駒旗下。

這個時期，景駒的營址已經遷至江蘇省的沛縣，正是劉邦的出生地。

正值壯年的劉邦，早已擺脫過去渾渾噩噩的作爲，開始以該地的領導人自居，率衆數千，儼然形成一小支勢力團體，人稱「沛公」。張良便在前往沛縣的途中，聽到劉邦的種種傳奇事蹟。

「嗯！我倒想見識見識。」

張良對劉邦已產生好奇，急欲與他見上一面。他寫了一封信函派人送去，希望能獲得約見。劉邦見信，不僅立刻召見，而且奉張良爲上賓，態度極爲恭敬。

「敢問張先生，您對當今的局勢有何高見？」

「先生的見地極爲高明，與您相談，眞是勝讀十年書啊！」

「若能聆聽先生的指導，我們的軍隊一定能夠以寡敵衆！……」

類似的賞識和肯定，都是劉邦對於張良的智慧和謀略發自內心的欽佩和讚歎，劉邦認爲，張良眞是一位不可多得的軍事家。

面對劉邦溫和的眼神及寬宏的度量，張良遂將所學所知傾瀉而出，毫不保留地暢談起來。兩人一見如故，相談甚歡，劉邦自然而然地湊近身子，專心傾聽，那種全神投入的誠摯和樸直，深深感動了張良。

「**沛公果然是位虛心謙恭的長者**。」

張良如遇伯樂，深信劉邦一定具有知人善任的雅量，可以接納自己的見解。果然，劉邦不久即拱手作揖，對張良說：

「假使先生不嫌棄，我想請您做我的賓客，也好隨時向先生求教。」

「不敢當！不敢當！承蒙沛公抬愛，愚才十分惶恐，日後當效犬馬之勞。」

自此之後，張良便在劉邦家中做「客」（即門下的食客），不再返回景駒營中。

興復韓國的夙願

在當時，劉邦的軍事組織已稍具規模，並且出現數種職務的名稱。爲了借重張良的謀略和才幹，他便拔擢張良爲軍中的厩將。所謂「厩將」，是舊楚的官名，權力頗大，可以和最高的首領保持密切的聯繫，共同商討戰略和對策，也就是一般所稱的軍師。

在劉邦據地組軍的初期，充其量只能算是地方上的勢力團體，鮮爲人知，若論聲名和地位，更比不上北方的項梁。

後來，劉邦就率領這支小型軍隊，前往薛地（屬今山東省）投靠項梁。此時項梁正積極地擴展勢力，對於劉邦的來歸甚表歡迎。

在項梁軍中，最受倚重的謀士非范增莫屬。范增足智多謀，輔佐項梁整治軍隊，地位至高。始皇死後，范增爲了吸收六國的遺民前來歸順，乃建議項梁扶立楚王。由於楚人的愛國心最強，復國的信念也最堅定，民間盛傳「楚雖三戶，亡秦必楚」，一切只待時機成熟而已！

范增和項梁便順應民心，四處打聽楚懷王之孫心的下落，並擁立爲王，仍號楚懷王。范增的這項舉動，不但籠絡了楚人的愛國心，而且大爲擴充項軍的聲勢和兵力，是極爲成功的策略。

至於劉邦和張良，只不過是項軍的部屬罷了，並未受到特別的重視。

「楚人已經復國了！」張良對劉邦說。

「唉！」張良歎了一口氣，又說：「我多麼希望韓國也能復興起來，到那時，我將聽從沛公的指揮，請沛公領導我們韓人重建江山。」

「既然希望如此，先生何不像項梁一樣，回到出生地自立爲王，吸收遺民，不就可以很快地獲得韓國人的支持嗎？」

「實不相瞞，項梁做得到的事情，現在的我未必能做得到。假使離景駒而去，恐怕號召不成，反而會遭來殺身之禍！」

「殺身之禍？先生的理由是……」劉邦驚訝地問。

張良沉思了一會兒，歎聲說道：

「沛公試想，你我目前在楚軍之中，理應效忠項梁，怎能私自逃離，另闢格局？假使事跡敗露，被項梁捉回來，我們還能活命嗎？」

聽了張良的這番解釋，劉邦的心情隨著跌到谷底，沮喪地說：

「照先生的意思，我們只能寄身項梁，做他的屬下，永遠不會有出頭的一天了！」

「情況倒沒有這麼悲觀。」張良接著又說：「世事難料，兵家勝敗，尤屬難測，只要我們善於掌握有利的機會，說不定會時來運轉。就如沛公您，不但有容人的雅量，而且待人誠懇，是不可多得的王者風範，日後當上皇帝也不一定喔！」

劉邦聽了張良的這番話，只是笑了笑，一時之間也不知該說什麼。

然而，張良並未就此打消復國的計劃。首先，他暗中派人潛返韓國故地穎川郡，探聽族人的動態，證實他家的舊宅住有三百多人。

在亡韓的貴公子中，以横陽君成的地位最爲重要，但他早已隱居民間，不問政事。張良費了偌大一番力氣，終於勸使他復出主導舊韓，並且經由項梁的安排，恢復韓王的稱號。雖然實際上仍受楚人的指使和支配，惟受韓王感召，起身響應之士仍所在多有，韓人的復國熱忱，由於可見一斑。

横陽君受封爲王後，張良便順理成章地升任爲申徒，相當於舊韓的宰相。

其後，張良助韓王成得軍隊千餘人，並訓練成一支戰鬥力極強的小型部隊。由於戰略運用得宜，韓軍連戰皆捷，攻下了幾座舊韓的城堡，一時間士氣大振。不消說，這些勝利的背後都是張良初次配合兵書的理論，發展出來的戰爭策略運用所致。

直到後來，秦軍見韓軍的武力已不可小覷，於是集中兵力大舉攻伐，韓軍無力招架，原先攻占的城堡又被秦軍一一奪回，張良見大勢已去，只好鳴金收兵，帶著殘軍歸返項梁的軍營。

「張良的作戰失敗了嗎？」

儘管這類的流言不斷，劉邦在未經證實的消息傳來之前，對於張良的信任和信心，不曾有過一絲一毫的動搖：

「即使子房先生的作戰眞的失利，也是雖敗猶榮，敗仗的原因，只是作戰經驗不足所致。」

除了劉邦的期許和信任之外，張良對自己也是充滿信心，他從這次作戰經驗裡，學到不少策略和計謀的運用，從中思考再三，並研擬出日後的戰爭策略，奠定常勝的基礎。尤其在軍事將領的人才任用方面，他開始尋覓、培植，以拔擢優秀的將才，如此一來，確可大幅提升作戰的實力。另外，**韓軍與秦軍的交戰經驗，也使張良轉而戮力於游擊戰，決定日後的作戰方式改以步步爲營的野戰進行，此種戰略在楚漢戰爭發揮極大的效用**。

而在後來的幾場秦楚對峙的戰爭中，由於張良開始採取打帶跑的游擊戰術，迫使秦軍的力量不得不分散開來，潁川郡內遍布秦軍的小型隊伍，戰爭進入持久狀態，最後秦軍因窮於應付，宣告退兵。

基於這場戰役的成功，劉邦爲楚軍建了不少戰功，聲望自然大爲提高，進而深受楚懷王的重視和派用。

楚懷王的如意算盤

楚軍對抗秦軍的戰爭優勢，一直持續到項梁死後，才有較大的轉變。

當時，號稱爲常勝將軍的項梁突然在定陶城一戰敗死的消息傳來，韓王成以爲，自己的後盾——楚軍，恐怕會因群龍無首導致潰散，於是大爲驚慌，就把張良留在游擊戰場上，自顧逃亡。張良聞訊，卻不便詳加追究。待韓王成逃走之後，張良開始過著顚沛流離的生活，結果韓王也沒什麼好下場，當張良投靠後來的楚懷王門下時，韓王成已陷入精神錯亂的後半生，最後才被楚懷王收容爲食客。

不過，就在善戰的項梁猝亡期間，楚軍內部的確出現一場混亂，爭權奪利的殺伐亦在所難免，於是項羽殺死宋義，繼任爲上將軍，開創了項羽稱霸楚軍的時期。

受擁戴的楚懷王，爲了鼓舞士氣，號召團結，發布旨令：

「誰能首先攻進關中，占領秦的根據地，朕就封他爲關中王。」

旨令宣布之後，楚軍便兵分兩路，開始籌劃西進大計，這兩路大軍，一由項羽率領，另一則由劉邦主導，同時出發，往西秦的方向進軍。

由於項羽素以能戰著稱，且自視甚高，所以除了西進關中的既定目標之外，他還奉懷王的命令，必須先轉往北方的鉅鹿，對抗章邯所率的秦軍。雖然這項出兵計劃十分艱苦，但是項羽毫不以為意，於是他統領楚軍，先行北伐，打敗章邯，接著轉往關中。

這次西進的軍事行動，日後竟鑄成項羽與劉邦展開長久對峙的局面，則是雙方始料所未及的事。

由於項羽根本不把劉邦看在眼裡，因此對於直接可先行西進的劉邦軍隊來說，反而是一次表現戰果的機會。最後劉邦運用智慧和時勢的順境，首先取下關中，留給遲至的項羽一分悵惘。**就這個結果來說，懷王的運籌極為成功，劉邦西進順利取得關中的事實，不僅可以印證楚軍擊敗秦軍的武功，更能藉機殺殺項羽的銳氣**。儘管懷王原本對劉邦並無好感，然而懷王畏懼項羽的驕氣已久，卻是不爭的實情。

懷王尋思著：

「如果項羽先進入關中為王，卻不改其暴戾之氣，天下人心不就對楚軍信心全失嗎？另一種可能是，如果劉邦首先進入關中，那麼劉邦應該會秉持長者的作風，而非項羽的暴君姿態。」

基於上述的兩個原因，懷王才刻意地拔擢劉邦為西進將軍。

劉邦雖然獲得懷王一時的青睞，掛帥西進，但和項羽相形之下，他的部屬和馬匹卻少得可憐，軍隊的素質更是瞠乎其後，這支遠征軍充其量只能算是雜牌軍。

劉邦軍西進的路線，是沿著現在的隴海鐵路一線向西推進，途中經過無數個秦的城堡，劉邦自知若要率軍逐一攻打，持久應戰，實力勢必消耗殆盡。因此，劉邦自始即採且戰且走的方法，避免與秦軍形成對壘式的衝突，藉以躲過幾次以卵擊石般的戰役，這種戰術的運用無疑是相當成功的。

正因如此，劉邦沿路的戰績時勝時敗，他的作戰軌跡好比一個醉漢的腳步，毫無規則可尋。另一方面，劉邦又在途中吸收陳勝舊部的殘兵敗卒，以擴增軍力。

「劉邦是個非常膽怯的人。」

張良心中做如是想。

在劉邦剛開始西進期間，張良並未置身於劉邦營中，而是留在韓地對抗秦軍，因爲張良所運用的戰術仍是零星的游擊戰，所以秦軍的實力也被分散不少，對於劉邦或多或少也有助益，只不過，若以張良在歷史上的功勳來看，他的眞正戰績還未展開呢！

劉邦：到處覓食的老鼠

對劉邦來說，「西進關中」已然成爲他力爭上游的目標，而非空泛的口號，全軍上下的士氣也因此受到鼓舞，儘管這份理想有點遙不可及，但是卻成爲一致奮鬥的標竿。

隨著西進關中這項軍事行動的展開，劉邦軍的士氣一度大爲振奮，但實際上，由於本身的實力並不充足，有時得視情況改變行進的路線，甚至採取北進或南進的迂迴前進，以分散秦兵的注意力。

劉邦所率的軍隊首先是從懷王所在地彭城（今江蘇省徐州市）出發，起初採行西進的途徑，但是不多久，旋即轉往彭城西北方的昌邑（今山東省金鄉縣），準備進攻該城。進攻昌邑的理由，主要是劉邦覬覦駐守的秦軍擁有大量的武器和糧食。

在此時期，無論北上的項羽軍或劉邦軍，最難忍受的就是寒意漸濃的冬天，楚軍上下無不希望取得暖衣和柴薪，劉邦獲悉昌邑戰備充裕的情報之後，立即決定採取游擊戰的方式，攻入該城奪取武器、食糧和耐寒的衣服。

值此亂世，秦朝的強盛已不復見，楚軍欲進攻關中，便是趁著天下分崩離析的時刻，所採取的一種應變之舉，倘若未能加以掌握，等待地方各勢力團體的反抗活動逐漸消退，或者秦軍出奇不意地整治好天下，那麼要想推翻秦朝可就難上加難了。

「如果連昌邑這座城都攻不下來，我的西進計劃恐怕毫無指望了！」

尚未進攻昌邑之前，劉邦心中已做了最壞的打算。然而，昌邑一戰，劉邦軍卻出師不利，嘗到敗績。昌邑的秦兵不僅全力防禦，有時甚至打開城門，展開攻擊行動，非但打得劉營士兵如水銀瀉地般四處逃逸，劉邦也曾喪膽而走。

「還是放棄昌邑、轉攻栗城吧！」

劉邦並無堅持的打算，於是將攻擊矛頭轉向南方的栗城（在今河南省）。初到栗城時，城壁四周已有軍隊圍守著，探詢之後，據說是自己的軍隊，首領是剛武侯。

「懷王做事太大意了！」

劉邦想，原以爲這次西進的總帥應該是自己，不料懷王卻派任連自己都不認識的人，這究竟是什麼意思呢？

「剛武侯只不過是動聽的稱號而已！說穿了還是盜賊的頭目出身，不如把他趕走或吞併。」有人獻計道。

劉邦聽後，拍著腿、刻意發出怪異的聲音說：

「是啊！就這麼辦吧！」

於是劉邦隨即派人邀請剛武侯前來，然後加以俘虜，送回懷王面前，並合併了四千名士兵。

「士兵人數又見增加了！」

劉邦高興地說。然而，爲了塡飽新兵的肚子，勢必要攻下眼前的栗城才可獲得足夠的糧食，而攻城所需的戰力卻非劉邦所能克服。

不久，其他派別的流民軍也聽說栗城貯存豐富的糧食而紛紛前來。其中一支軍隊的頭目名叫皇欣，並自稱魏將軍。劉邦及其部衆又見異思遷起來，想著：

「既然各路兵馬都來爭取，不如轉回北方奪取昌邑較好。」

就這樣，劉邦放棄了煮熟的鴨子，掉頭轉往北方的昌邑。但是這次的軍事行動又不順利，始終無法攻下昌邑。

「這樣看來，只好向西進攻吧！」

劉邦的心意立即又起變化。他又率軍轉往西方。**一連串轉移目標的行動，好比老鼠覓食時無法進入穀倉，只好隨意撿拾遺落在圍牆外的米粒一般。**

行軍途中，曾經路過一處名叫高陽（屬今河南省）的小鎮，屬於流民的勢力範圍。高陽鎮上住著一個自命不凡的人，人稱「狂生」。所謂「狂」，就是行爲或思想異於常人的意思，相當於作風怪異的現代思想家或文人的代名詞。

此人姓酈名食其。

狂生酈食其

酈氏家族雖久居高陽鎮，家境卻十分貧寒，酈食其自幼喜好讀書而且辯才無礙，待人隨和，他篤信儒家的教義。當時仍有諸子百家爭鳴的遺風，儒家所講求的教義規範也不如後代來得嚴苛，然而在禮儀、服飾及儀容方面，仍然相當講究。

酈食其是一名門吏，但因他對宮中的禮節一無所知，充其量只是負責看顧門戶而已。在工作的時候，酈其食往往會不經意地看到許多流民軍來來去去，他對那些頭目的表現評價極差，直到見到劉邦之後，才一改口吻地說：

「沛公是一位奇才。」

同時又指出劉邦是位具有仁者風範的人，一望便知他能善納忠言，這種寬宏的氣度並不多見，令酈食其嘖嘖稱奇。

那天午后，劉邦在別的鎮上紮營過夜。酈食其很想告訴劉邦一些事情，於是請求同鄉的一名侍衛予以引見。

「那是很困難的。」

這名同鄉的下級士兵，對具有儒者風範、衣質粗糙卻穿戴整齊的酈食其表示說，沛公是個極端厭惡儒者的人，就算是你前往拜謁，也沒有什麼可說的。

「我是爲了沛公才來的。」

按酈食其的意思，他前來求見，並非爲了自己，而是要襄助劉邦，因此，如果衛兵仍一味阻擋，便是做了不利於沛公的事。有了這層顧慮，那名士兵只好進營通報。

劉邦此時住在當地一名富豪家中。經過一天的行軍過後，他只知道「肚子餓了便要吃飯」，然後樂得放鬆身軀，舒展四肢。

這位樂天派的男子，從來沒有食不下嚥的時候，儘管天下紛亂，百姓疾苦，但是劉邦照樣能夠開懷地享受眼前的美食，一掃身後的憂慮。在性慾方面，劉邦更是精力過人，行軍期間，他還攜帶幾名女子同行，一路上打情罵俏，左摟右抱，享盡齊人之福。當然，這些女子也有彼此爭風吃醋的情況，常常吵得不可開交。然而劉邦對此並不以爲意，反倒覺得熱鬧有趣。

這天晚上，劉邦坐在迴廊的角落，雙腳伸入盛滿溫水的木盆裡，面露安逸舒適之狀，並有左右兩名女子爲他清洗腳丫。

「今宵由誰陪我呢？」

劉邦挑逗地問起身旁的女子，只見她倆相互交換個眼神，隨即嫵媚地朝劉邦笑了笑，似乎在等待主子的決定。

「再幫我搓搓肩膀！」

劉邦又說。他心中忖度，如果今夜由這兩名女子自行決定誰來陪睡，恐怕會惹起醋勁，倒不如用抽籤的方式來決定較妥。

就在劉邦兀自想著春宵美人的時候，酈食其這個高陽的守門人，卻從不遠處迎面走進來。劉邦來不及收起盆中的雙腳，臉上掩不住驚惶的表情。

「啊！是剛才通報要來訪的人嗎？」

劉邦迅速回想起來，看了酈食其一眼。

按儒家的禮儀來說，身爲君主的劉邦應該對於跪拜的酈食其，施以適當的回禮才是，但是，此刻的劉邦不僅模樣令人發噱，即連基本的禮節也不及回應，只有尷尬地揮揮手，示意對方平身。向來遵守儒教禮義的酈食其實在有點看不過去，臉上鬱鬱不樂。酈食其先尊稱道：

「沛公。」

酈食其頓了一下，直言問道：

「聽說您想要消滅暴虐無道的秦是眞的嗎？」

「當然是眞的。」

這時，劉邦似乎恢復常態，兩手不安份地撫摸著身旁女子的細肩。酈食其見狀，繼續說：

「我比沛公年長許多，有些事情正好可以倚老賣老。如今，站在這裡的酈食其，再也不是區區高陽城的守門人，而是一名長者。假使沛公眞的想要滅秦，下次請勿在走廊上接見我。」

「喔！失禮！失禮！」

劉邦連忙從女子手中取來乾布，自行擦乾雙腳，然後走上樓梯，進入內室，穿戴整齊之後才出來迎客。劉邦重新引導酈食其就上座，自己則彎身行禮退居一旁，態度極爲莊重。

「沛公果是個謙虛的人。」酈食其心中暗自想著，受到長者之禮對待的他，當然不吝提供一些建言給劉邦：「沛公知道附近一座名叫陳留的城鎮嗎？」

「我只聽過這個地名。」

「那兒有充足的糧食。」酈食其接著說：「陳留一地，爲秦收藏鄰近諸縣穀物的官倉所在，若能奪取，士兵的戰糧便有著落，可免飢餓之虞。」

除此之外，酈食其又表示自己對於陳留城內的動靜十分了解，他有把握不費一兵一卒，而使城裡的百姓倒戈，轉而迎接劉邦前來。

「這眞是天大的好消息！」

劉邦興奮地大叫，立即敦聘酈食其爲客，酈食其也欣然接受。

此後，劉邦便將酈食其恭奉爲軍師，尤其在觀察數日過後，他發覺酈食其具有其他人所缺乏的辯才，遂將外交事務交付他，因而在短短的時間內，甫與劉邦相識不久的酈食其，便得受封爲「廣野君」，成爲一名貴族。即連他的弟弟酈商，也因能力過人，一舉而被拔擢爲將軍。酈商從劉邦處分得一支軍隊，負責襲擊陳留。

酈氏兄弟智勇雙全，不但順利攻陷陳留，而且吸收不少陳留的降兵，建立大功。劉邦把陳留的降兵悉數編入酈商的部隊中，再將掠奪來的穀物堆放在軍營出口處。

陳留當地有一種樹，叫做木天蓼，初夏時會開出白色的五瓣花，到了晚夏才結成黃色果實。這些果實曬乾後以火燒烤，香味會隨風四溢，據說最易引來貓隻。就像燒烤木天蓼果實一樣，當劉邦在軍營中堆滿糧食的消息傳出之後，立刻有數以百計的流民聚集而來。

劉邦在西進路上，非常仰賴酈食其，這個奇才也在短短時間內便建立奇功、茁壯勢力。劉邦天生不吝褒獎有功者，對於酈食其自然大爲封賞，藉以提振士氣。

此外，爲了輔佐劉邦，酈食其更發揮高明的外交手腕，爲往後的友邦情誼預先鋪路。沒想到他派遣使者到各地探訪，遊說齊國的田廣結盟，因此招來殺身之禍，施以烹殺之刑，一代聲名赫赫的酈食其，因處於外交亂世而招此橫禍，實在令人遺憾！

「我應該前去輔佐沛公」

張良尚在韓地。

他一面負責該地的游擊戰，一面蒐集各方傳回的情報，有了這些努力，張良比誰都了解當前的局勢，諸如項羽在北方已打敗秦的章邯將軍，而且爲了掃蕩劉邦軍，準備開始進攻關中等，張良很早便有耳聞。

「如果項羽先進入關中，沛公等人就會居於下風，儘管沛公並不在乎成爲項羽的屬下，但是若就個性和才能來看，沛公仍有出人頭地的強烈意圖。因此到最後，**劉邦與項羽的對峙和競爭勢所難免，一旦造成事實，沛公必得鞏固自己的勢力範圍，針對此點，首先必須爭取關中的要衝、關中的財富、以及關中的兵源。**」

張良這樣想。他從《太公兵法》學習到思考邏輯的基礎，以之運用於戰略的分析和決策。他經常能洞見未來，預做安排，擬定行動步驟。有了這種通盤考慮的能力，張良便能循序漸近地擬定攻城掠地的軍事計劃。總之，張良充份融會前人的兵學精髓，此與後代軍事家運用《六韜》的兵學原理一般。

除了張良以外，包括劉邦等人在內的軍事將領，所用的戰略不過是見風轉舵的技巧罷了，根本毫無計劃可言。

初春三月，劉邦毅然決定進攻開封。開封在當時雖然稱不上是個大城，但開封以西卻有許多秦廷的官倉和重要都府，秦廷仍以此爲前線戰地，部署大軍，充實要塞，開封的防守地位因此更形重要。

劉邦幾度襲擊，皆無功而返。這些軍事行動的始末，一一傳到張良耳裡。

「單憑劉邦現有的軍力是不夠的。」

張良想。另外，還有一些現況相當不利於劉邦。

在中原的北方，有一支號召復興趙國的流民部隊，首領名叫司馬卬，正積極進行南下關中的攻戰計劃。由於這支流民軍也推崇楚懷王爲名義上的共主。劉邦獲悉這個消息之後，倒也逆來順受，支持趙人司馬卬進攻關中，以示友好之意，至於自己是否因而坐失入主關中的機會，以及如何取信天下的現實考量，則未曾顧及。

「看來，我應該前去輔佐沛公！」張良自言自語著：「沛公的基本策略是錯誤的。」

然而要使劉邦立即改正錯誤，做出一百八十度的轉變，可沒那麼容易，所謂「欲擒故縱」，何不讓劉邦嘗嘗敗戰的滋味，再給予有用的建議。

果然，一段時間過後，劉邦軍的狀況越來越差。

「時候到了！」

張良下定決心去找劉邦。爲使留駐韓地的游擊部隊不再困守下去，張良早就做好周詳的安排，並且派遣使者帶信給劉邦，確定自己可加入劉邦的陣營之後，才動身前往。

張良偷偷離開韓地的戰場。他只挑選了幾名隨從，騎上驢馬，直奔劉邦的營地。在當時，長途跋涉是非常危險的，途中就算遇到非敵國的友軍，也有遭受剝削和殺害的可能，因此，無論經過什麼地方，張良等人均得小心應付，以求保命。

不數日，張良終於抵達開封城外，來到劉邦的營地。

「是子房先生嗎？」

平時無精打采的劉邦，聽到張良來訪的通報，興奮地奪門而出。劉邦一向最欣賞張良，視之為智多星和及時雨，如今在戰局起伏的營地中相逢，眞有重見天日之感。劉邦緊緊握住張良的手，引至內室之中。

「沛公眞是一位仁慈的長者。」

張良內心備覺欣慰。

12. 一馬當先入關中

「先破函谷關者，即可入主關中爲王。」張良卻力排衆人主張入關中必經函谷關的說法，他說服劉邦改道武關，創造了軍事奇蹟。

關於劉邦的爲人，套用較含蓄的敘述，不外乎是——「道道地地的中國人」。

翻開中國的歷史，由藉藉無名的農家子弟晉升爲王朝的皇帝，劉邦是第一人。後來的明太祖朱元璋，雖然也是一介卑賤的平民出身，但因做過浪跡各地、四處托鉢的苦行僧，多少懂得些許文字和詩句，粗具讀書人的基礎。劉邦卻連這點文才都沒有，只是一個道地的鄉巴佬，正因他才疏學淺，不具高尚的修養，所以最能因應現實環境的轉變，完全不受教條或理念的桎梏，雖處亂世，也能活得輕鬆、自在。

劉邦所要賦予自己的後天性格，頂多是培養更寬宏的俠義心。針對這一點，劉邦最爲推崇戰國時代魏的信陵君，引爲典範。除此之外，劉邦充其量只是一個見識普通的人，並無值得大書特書的機智才性。

劉邦僅有的機靈是反映在：

「**即使胸無點墨，也不能讓外人一眼看穿。**」

換句話說，如同鄉下人一般，劉邦也有計較利害得失、愛面子的習慣，但他懂得深藏不露，處世為人，彷彿是用一只大袋子把空氣收納進來，外觀看似鼓脹，其實內容是輕飄飄的。早年只有數百名的士兵，如今則升格為幾十萬大軍將領的劉邦，即使仍然一副鄉下人的初衷和性情，在外人眼裡，乍看之下卻是高尚、偉大的。

張良的南進戰略

劉邦及麾下諸將，策馬來到關中高原的東側低地，指揮了兩次軍事行動，一是採取圍攻，一是施行野戰，先後獲得一勝一負，戰績平平，始終無法輕易接近軍事目標——關中。

此時，張良已在劉邦的陣營中，進行軍事謀略的運籌帷幄。

張良一心想把韓地打野戰的策略傾囊相援，於是前來依附劉邦，時值劉邦在開封城外，不在營內。如今漢軍已將開封包圍了一段時間，然而城內受困的秦兵仍舊士氣如虹，加強反攻，他們不時站在城牆高處，頻頻發射箭矢，嚇阻來襲的漢軍，身為總指揮的劉邦頗感束手無策。

再者，劉邦手下的軍隊多由流民充數組成，欠缺打仗用的兵器，一旦與武器精良又輕巧的秦兵交戰，益顯左支右絀，無計可施，所謂「工欲善其事，必先利其器」，道理在此。秦始皇曾收集六國兵器於咸陽，鑄成十二尊銅人，致使民間缺乏製作武器的材料，尤其是裝置於箭矢前端的矛頭，因爲這一小只箭頭，非得利用堅硬的紅銅不可。

「不如暫時放棄進攻開封吧！」張良對劉邦如是說。

依張良之意，劉邦應將注意力轉向南方。在南方，諸如韓等小國，也有不少城堡，非但進攻容易，而且張良早有部署，可以吸收當地的游擊軍隊或消息靈通人士，進而採取分散敵人的做法。再者，劉邦的主力軍可以逐一攻占較小的城鎮，奪取打仗用的兵器，待實力日漸壯大之後，再行襲擊大的城堡，這是一個漸進且切實的謀略。

劉邦聽了張良的建言，深表贊同，雖然他不見得充份了解到張良所能提供的助力究竟是多是少，卻能立即加以信任。

不過，劉邦也曾暗自不安地想到：

「張良的表情看來如此冷漠，他眞的會幫我嗎？」

劉邦日後才明白，張良是個城府極深的人，外在的表情冷漠，少有喜怒哀樂的情緒反應，不論碰到任何事情，都能平心靜氣地面對。這種個性看在劉邦眼裡，的確有點不習慣，劉邦一向直來直往，對於外表冰冷、內心陰險的人較無好感。就這點來看，張良倒是一個例外。

「就照張良的意思做吧！」

劉邦決定暫將一切軍事計劃交由張良去做，於是大方地交出指揮權。

對於這種完全的信任，張良當然受寵若驚。原本他是紙上談兵的多，實際指揮作戰的經驗較少，所以沒什麼自信心。如今突然獲得全權指揮，所有的責任感及戰鬥意志，都在短短幾天急遽提昇，頗有幾分歷經百戰的眞實感。

張良將兵力自開封城外分批南下，然後時而分散時而集中，像撿果子一樣，輕易地把舊韓等地各小城鎭攻下來。

撿拾掉落的果子，比攀爬樹上摘取自然省時省力許多，張良認爲，與其繼續對開封城作無意義的圍攻，浪費人力和時間，不如加緊軍事行動，前往關中和項羽做一場龍爭虎鬥。如此一來，漢軍的各項準備步驟，都必須加快脚步，不容躭擱。

於是，張良放棄開封，改走南方的原野。他是不是打算以此孤立開封城呢？

非也！在開封以東、以西，如珠串似地排列著許多城市，長久以來就是秦的堅固城池，基於地理位置，各地聯繫頗稱便捷。

因此，張良並非以孤立開封爲目的，主要目標仍在於進攻關中，爲了達到此目的，必須先使劉邦軍壯大才行。而往南進擊，一來諸小城可以輕鬆的攻掠，不但士兵能生出逢戰必勝的信心，又可以擄獲秦兵的武器；二來可以藉此引誘秦兵在野外進行決戰，獲得如項軍在北方鉅鹿之戰的戰果。果眞如此，劉邦軍的評價也將大爲提高。

張良的看法是：劉軍過去的軍事行動，只不過是在敵軍的地盤上飄來飄去，毫無戰績而言。與自負而強大的項軍相比，顯然差距頗大，即使能打敗所有的秦軍，在楚軍之中，沛公的發言順位仍是居後。

「撿果子戰略」奏效

由於劉軍平時的戰鬥勝少敗多，秦軍因此認爲，劉軍比起項軍要弱勢得多，於是志得意滿，士氣頗高，完全不把劉軍看在眼裡。秦軍這種輕忽對手的態度，雖然並未遭到明顯的敗績，但在戰場上卻逐漸產生不利的影響。

張良這個撿果子的戰略，終於激誘得秦軍忍不住了。他們打開各城壁壘，開始計劃編組打擊劉邦軍的野戰部隊。

秦將楊熊被任命爲統帥。

「看此情形，果然中了我的計謀。」

在南方打仗的張良於接獲情報之後，深深思索著。這一次張良在蒐集敵情的人力和金錢投資上，遠超過以前謀刺秦王的行動，因此對秦軍動靜的掌握，比起秦人自己還來得精準。

「秦的楊熊將軍已經進駐白馬(地名)，等待軍隊的結集。」

張良接獲情報之後，立刻做好全盤的作戰規劃。白馬位在今河南省滑縣的西方，張良於是趕在楊熊的野戰軍尚未集結完成之前，立即北上，分別授計諸將軍，重複包圍和襲擊秦軍，使秦軍遭受重大的打擊。楊熊敗得一頭霧水，驚惶之餘，只好帶著少數的士兵，逃到曲遇(在今河南省)。料敵機先的張良，早就看準楊熊會前往該地，於是又發動預備軍，乘勝追擊。結果秦軍四散逃逸，楊熊僥倖隻身落荒逃往滎陽城。

「秦軍大敗了！」

秦軍敗北的消息不脛而走，連秦都咸陽皇宮也受到重大的衝擊，甚至傳到不知百姓疾苦、只圖安逸享樂的二世皇帝胡亥的耳中。

二世皇帝乍聞之餘，又懼又怒，轉念一想，立即下詔逮捕關東之役的敗將楊熊。

「殺了他！」

胡亥氣憤地說，自即皇位至今，他第一次表現出皇帝的擔當和架勢。緊接著，胡亥便派遣使者赴滎陽城，楊熊聞訊後誠惶誠恐地到城外相迎，接下聖旨之後，便遭斬首示衆。

對獲勝的劉邦軍來說，此一戰役不僅大為提升士氣，更奠定了張良在劉邦心目中的重要地位。張良從此對自己的戰略運用倍具信心，他想：

「所謂戰爭，只要謹慎地累積作戰的經驗和手段，就一定能獲勝。」

這場戰役後，張良便把指揮權交回劉邦手中。軍旅之中，首重紀律，假使主從關係不夠清楚、嚴謹，便無法做良好的整頓，張良對此心知肚明，遂與劉邦保持著相互信任的友好關係。

由於張良在過去的數月之間，盡心策劃戰役中的大小事，所以疲憊不堪，兩眼累出了一圈黑影。

「我的能力只有如此罷了！」張良謙虛地說。

自從劉邦把軍事大權完全交付給張良之後，他一直不眠不休地盡心策劃，生怕力有未逮；張良說有時實在累極了，「就坐在馬背上打起瞌睡來！」

劉邦聽了張良這番話，想道：「此人不但善盡職責，而且是個難得的軍事人才，他的組織能力之高明，實在令人望塵莫及。」

張良在代理劉邦期間所犯的稍許差錯，當然已瑕不掩瑜。

由於劉邦所屬的旗下大將，沒有人能猜測張良的奇計妙謀，因此都採聽命行事的做法，變得不再依恃自己的能力和判斷來決定。

例如，論後方補給和軍政管理，以蕭何為首功。由於張良的戰略是正與奇交互運用，統籌補給作業的蕭何，往往不知該送往何處，不得已只好以靜待動，等待張良的訊息，再傳令下去，運送補給的軍糧，如此一來，張良和蕭何無不累得人仰馬翻。

如今指揮權終於又交回劉邦手上，衆將官為了圖求建立軍功，紛紛獻策，可惜這些策謀若非自相矛盾，便是違背基本戰略，帶給全軍無謂的干擾。

「就算是由我出面指揮，先聲奪人，造就兩三次的勝績，使士氣一時為之大振；一旦全軍恢復常態，士氣也許就自然消退了。」

張良在心中兀自檢視劉軍的缺點。一方面，張良具有戰略家難得的特徵；另一方面，他也積極表態，好讓劉邦認識他的優缺點，避免劉邦的嫉妒或猜忌，因此，雖然指揮全軍獲得大戰，他也立刻交回兵權，回歸幕僚的身份，專心致力於情報蒐集工作。

自作聰明的西進計劃

劉邦原本是一個非常周到的人，但如今卻開始露出破綻了。

——第一個進入關中的人，可能會是匹黑馬。

這份情報連同北方趙國的將軍司馬卬的動靜，一起傳到劉邦耳裡，逼得他採取自私的激進手法。司馬卬正從北方進逼黃河，進入關中的心態表露無疑；原本想用外交手段來解決的劉邦，卻臨時改變心意，派遣一支軍隊緊急前進，占領平陰的渡河口，一舉扼住司馬卬渡河西進的咽喉。

同時期，劉邦的主力軍已從距離渡河口較遠的南方繼續南下，不消說，此舉當然是張良之計。最後南下到現在的河南省西南部南陽郡郡都展開擊襲，秦兵大敗潰逃，劉邦軍一舉獲得大批武器和大量的穀物，士兵得以飽餐，兵器獲得補充，軍容爲之大盛，與從前判若兩軍。

「進入關中不再只是美夢！」

劉邦心想。他開始積極部署，下令全軍展開西進，馬蹄揚起的沙塵一路漫開，士兵的腳步也變得無比輕快。這年夏天很快便過去了。

張良不知道劉邦揮軍西進的命令，他正在營中整理後方傳來的情報，當他獲知主力軍朝西前進，大感驚訝，立即召集百名壯丁輪流抬轎直追劉邦。

依張良之見，應該先採南進才是。

「**如果捨棄宛縣他移，日後必生大禍。**」

這是張良臉色沉重、憂心忡忡的原因。

原來，南陽郡太守眼見劉邦大軍湧到，由於該城的地理環境並不適合防守，立即棄城逃亡，轉至南方的宛縣，擺出一副堅守不移的氣勢。劉邦見狀，想起張良放棄開封的謀略，便自作聰明的如法炮製：

「把宛縣拋諸腦後吧！」

然而，開封和宛城地理條件完全兩回事。一味西進關中的劉邦軍，一路勢必將與駐守各地的秦兵發生激烈的戰鬥，這時，如果宛城的秦軍傾巢而出，自後方夾擊劉邦軍，迫使劉邦展開兩面作戰，進退維谷，一旦戰事失利，就算不致全軍覆亡，也是危難重重。

張良深知後果不堪設想，他終於趕上劉邦，告訴劉邦事態的嚴重程度。

「啊！原來如此。」劉邦一領悟張良所說的意思，立即命令全軍停下來，他以泰然自若的聲音宣布，所有攻擊和部署的計劃暫時擱置：「西進留待以後再說，現在先得進攻宛縣。」

命令一更動，全軍立即轉進，圍攻宛城。

宛城原是舊楚的領土，但在戰國時期被韓國劃入版圖，城內與亡韓宰相遺族出身的張良相識者甚多。大家都知道張良正為劉邦效命，擔任安撫人心的工作。郡太守的舍人（家令）陳恢對此事亦有所聞，於是自願充當使者，說服主人投降。

陳恢站在宛城的城牆上，大聲表示自己願意擔任使者，不久步下階梯，前往會見劉邦。劉邦乍見陳恢，覺得他的外表懦弱，說話聲音低沉，一副無啥作爲的樣子。

「若能促使太守降服，對大王必然有利無害。」

陳恢強調的這套得失理論，類似的論點，戰國時期的策士和周遊天下的遊說家早就運用得收放自如了；不過，即令陳恢說話顯得中氣不足，但說話的邏輯和理論仍頗有架勢。

陳恢用韓地的口音大發議論，卻聽得劉邦丈二金剛摸不著頭腦，只得請張良權充翻譯。

「沛公啊！我聽說楚懷王曾經允諾封先入咸陽者爲關中王，而你眼前所看到的宛城是南陽郡最大的城市，城牆最高，士兵及居民最多，糧食也最爲豐富，且與鄰近數十座城市聯絡便利。無論官吏或百姓，無人不知一旦投降就會被殺，因此無不努力防守，就算兵力再強，也難在短時期內攻下，最後可能兩敗俱傷。如此，沛公如何能入關中一步？」

陳恢的一番話，一針見血地道出劉邦軍的弱點。

「我說的話不錯吧？」陳恢反問道。

「閣下所言甚是。」劉邦點頭稱道。

「我有一計，倒請沛公考慮考慮。」

陳恢接著表示，不如封太守爲侯，仍留守宛城，如此一來，在名義上，太守及其所屬的精銳部隊，全都納入沛公的管轄，不僅解決了西進的難題，將來各城也可仿效宛城的做法，不戰自降

地加入劉邦的陣營。

不戰而屈人之兵

「眞是妙計！」

劉邦心中不禁一喜，他本來就是草莽出身，自從參戰以來，從未接收過有組織、有訓練的軍隊來降，更不曾接受秦的郡太守奉上版圖的歸降。此外，倘使自己可逕行封他人爲「侯」，自己的地位必然相對提升，正是一舉數得。劉邦此舉，一來可以接納秦人的民意，再則也是大勢所趨，不得不然。

「秦朝的氣勢早已江河日下。」

劉邦推想著，猶記去年冬天，項羽在北方的鉅鹿一戰，大敗秦軍，使得秦的元氣大傷。然後是今年炎夏，據說一向主導秦軍進行主力戰的章邯將軍，也轉而投降項羽，受封爲楚雍王。儘管上述說法尙未得到確認，但是有關秦將一再倒戈的傳言，卻時有所聞。這些傳聞一旦傳到南方，各郡太守自然會惶恐不安，原本想都不敢想的投降心態，也不得不重新正視。

劉邦當然樂於接受秦將的降服，他在城外會見太守，親自封這位舊秦的地方官爲殷侯，更賜賞使者陳恢千戶之邑。

「秦的外圍城牆已經崩潰了！」

這種實際的感受已如潮水般湧至。

「但這也只有外圍而已！」

到目前為止，即使秦的處境已經瀕於四面楚歌的困境，但要戰勝這隻百足之蟲，卻非輕易之舉。早年作風輕慢、愛捉弄人的劉邦，如今已年過四十，在經歷一連串的大小戰役之後，著實吃了很多苦頭，無形之中，內心的歷練和外表的沉穩又增進一層，對於戰爭不再只是懷抱夢想。劉邦變得更實際了。

不數日，劉邦高舉著紅色的旗幟，由宛城出發，揮軍西進。

炙烈的豔陽照在士兵的甲冑上，灼熱逼人。劉邦坐在車內左搖右晃，他不顧禮節，逕將外衣剝得精光，兩腳泡在水中。在當時，儒家所傳布的禮樂教義雖未深入人心，但裸裎獨處仍被視為野蠻的行徑。然而劉邦似乎毫不在乎自己的儀容，只有在約見屬下的時候，才會將衣服、頭冠穿戴整齊，有時來不及穿好，便胡亂地拿衣物遮蔽肩膀了事。

「不知此次是否眞的能夠進入關中？」

行軍期間，劉邦依然抱持這個疑問。

關中盆地（位於今陝西省）自古至秦，仍屬一片半開化的地區，雖然秦人在此地發跡，但是墾荒的範圍並未大幅擴充，所有城市仍以咸陽位置最爲重要。

劉邦如今所擁有的腹地，範圍不出關東——也就是函谷關以東之地，亦稱中原。所謂「中原」，不消說是指自古以來漢民族崛起的根據地，若以今天的行政區域來分，可以河南爲中心，向東延伸到山東省西部一帶，向西則包括關中在內。但從自然地理來看，關中概指具有特殊地理條件、位居西方的綿延高地而言，居民則包括北方和西方的遊牧民族、羌族（居住於關中北方漠野的異民族）、匈奴、夷狄等，予人一種深刻的異族情調。

從中原進入關中，可謂險阻重重。險阻之一就是人工要塞的軍事建設；而在抵達函谷關之前，還有開封、滎陽、洛陽等重鎮屛守於前。惟有一一攻破，才能順利進入函谷關。

「先破函谷關者，即可進入關中爲王。」

楚懷王這句話，弦外之意是說攻破函谷關者，必具有過人的膽識，登上王位自然當之無愧。

起先，劉邦以爲只要沿著東流的黃河逆向西進即可，沒想到附近的大小城池無數，阻礙重重，最後不得不採行張良的建議，遠離黃河沿岸的東西戰線，直接南下宛城，因而迴避了函谷關此一要塞。

張良的思慮的確異乎尋常，他力排衆人主張入關中必經函谷關的說法，創造了軍事奇蹟。

關中以物產富饒聞名，號稱「金城千里」，邊界險阻既多又奇，不容忽視。除了函谷關，另有幾處關卡也很難克服，武關便是其中之一。

「迴避函谷關，改道武關吧！」張良說服了劉邦。

無庸置疑地，張良是韓人，對於韓地進入關中盆地的路徑，眞是再熟悉不過了。他還知道鄰近有一條河流名叫丹川，循溪而下，可從關中溯往舊韓的西境，直接通過武關。

朝西方的宛城出發的劉邦大軍，正是根據張良所建議的路線前進。

「秦的官吏實在懦弱怕事，不堪一擊。」劉邦這麼想。

自從展開西進以來，劉邦發現沿途各城，都像南陽郡太守一樣，紛紛自動大開城門迎接劉邦到來，並宣布投降。要是在過去的封建時代，若遇外敵入侵，所有的城主都會領導軍隊和百姓，一致堅決抵禦，直到戰至一兵一卒爲止。到了現在，秦的制度已經破壞殆盡，郡縣的官吏爲保護自己的統治地位，不惜棄地投降，轉而歸附劉邦，求得一官半職；百姓也不再聽命將帥，妄論誓死效忠。

關中的中央政府一樣岌岌可危，咸陽的宮廷不再由秦王家族所掌握，改由一群官吏自行經營，其忠貞愛國的情操自然不像過去那麼熱忱。如果秦始皇那樣的強勢領導者還在，或許還能有所作爲，糟就糟在這時主其事者的二世皇胡亥，卻是一個毫無威嚴可言的人。

弒殺二世，出賣秦朝

劉邦輕而易舉地攻進武關。消息立刻傳遍咸陽城，宮廷和首都內外的人們都大感震驚。這時，宦官趙高早已當上丞相，一手操縱所有官府機構。

「秦朝已經命在旦夕了！」

趙高早就察知事態嚴重。要想亡羊補牢，只有轉而站在勝利的一方，爭取入侵者的信任。

趙高是中國歷史上第一個出賣王朝的典型代表。他想盡各種辦法，為的只是圖個守住自己的權力和地位，然而這種瞻前不顧後的想法，卻只會給自己帶來不可避免的禍害。

緊接而來的數日，是趙高最忙碌的時刻，他的第一個動作是殺死胡亥。

趙高殺害胡亥的理由有二。

理由之一是，爲使胡亥遠離政事，趙高早就把中原戰敗的情形完全遮掩，不讓胡亥知道，結果到了後來，胡亥還是知道事情的原委，遂在驚怒之餘，怒斥趙高，令他耿耿於懷。

另一理由也很相似：趙高準備先殺死胡亥，奪下印璽，再與劉邦進行交涉，要求共同統治咸陽城。趙高一廂情願地認為，未曾具有獨當一面治理首都經驗的劉邦，極有可能答應他這個交換條件。

趙高雖在年輕時代便割去生殖器成為宦官，但他唸過書，也當過胡亥的家庭教師。惟因感情持續處於不穩定的狀態，他的想法和行動便不斷在權力慾望上打轉，越陷越深，終至不可自拔。

此時，胡亥不在咸陽宮殿內，而在郊外遊玩。原來，數天前的夜裡，胡亥做了一個不祥的夢，趕緊找來博士占卜一番，結果說是東南郊外的涇水有一河神作祟。於是胡亥下令把離宮遷移到涇水河畔，更名為望夷宮，每日前往下游沐浴。

趙高有一名養子，名叫閻樂，趙高擬派閻樂參與弒殺胡亥的事。

雖然趙高的慾望和策略略顯唐突，但也經過一番精密的計劃，首先他佯稱「有賊潛入宮中」，然後命令閻樂率領一千多名侍衛直闖望夷宮逮捕逆賊。

為使閻樂不致臨陣倒戈，趙高甚且事先挾持他的母親做為人質，使閻樂不得不聽命於他。趙高曾經示意閻樂，必須拚命直闖宮中，凡是橫加阻擋者，殺無赦。閻樂最後終於直逼胡亥而來，「嗖！嗖！」射了兩箭，胡亥大為震怒，呼叫左右侍衛，卻不見任何回應。驚慌失措之餘，他本能地呼叫趙高的名字，盼望他能即時出現救駕。

然而，直到閻樂寒光乍閃的長劍逼到面前，糊塗一世的胡亥終於警醒過來，意識到這場兵變的指使者正是趙高。胡亥轉身對一名嚇得面如土色、兩腿發軟的宦官說：

「為何在事發之前，沒有人告訴朕趙高已經背叛了？」

根據《史記》的記載，那名宦官回答說：

「正因爲我未敢稟告皇上，小命才得以保全；一旦告訴皇上，皇上一定不相信，會認爲是我造謠，我就性命難保了。」

無論事實眞假如何，《史記》的記載，已將秦末皇帝胡亥和當時社會的悲劇下場，做了淋漓盡致的描述，成爲後代引以爲鑑的史實。

胡亥被拖往閻樂面前，向閻樂哀求說：

「希望能再見到丞相趙高一面。」

閻樂一口拒絕。胡亥接著便要求說：

「我自願降爲萬戶侯。」

閻樂仍然一口回絕。最後胡亥宣稱放棄貴族的身份，只求和妻子從此過著布衣百姓的日子，閻樂聽後卻說：

「我奉丞相之命，要取你的性命。」

閻樂隨即一脚踢開胡亥，命令他自行了斷。

趙高心思縝密，在誅殺胡亥的同一時間，又擁立胡亥之子子嬰爲秦王——不是皇帝。由於子嬰自始便憎惡趙高，不願離開宮殿去宗廟參加即位儀式，因此一切儀典均由趙高著手張羅。

趙高更忙碌了。他一面忙著大典事宜，一面派遣密使前往劉邦營中簽訂密約。

恐怖加懷柔的攻心戰

話說劉邦雖然衝破武關，但是後來的攻戰並不如預期般順利。所到之處，都遭到秦兵的頑強抵抗。

在秦地，無論宮廷大官乃至於將軍，地位越高的，意識越容易動搖，惟有秦人的民族意識仍十分強烈，他們的戰鬥意念反而因爲劉邦進攻關中而變得更加高昂；這可能是出自於秦人視關中爲先祖的土地之故吧！

連張良也感到驚惶，某一夜，他語重心長的對劉邦說：

「秦人的心境是可以理解的。」

就張良而言，他曾經度過一段報復秦王、爲祖國雪恥的心路歷程，所以他知道，原本視秦人爲仇敵的心態，有一天也會發生在秦人身上。只要是凡人，就會有此想法。所以，張良設想，將來應該改採雙方互信的做法，才能共同在秦人的土地上生存下去。

張良的作戰方針，結合了機智和人性的考量。

攻破武關之後，劉邦面對的，是更險阻的嶢關要塞，秦兵在該地設置了幾重又高又厚的城壁，同時在山腰開鑿一座城門，以防外敵入侵。

張良首先查明嶢關守將的出身，知道他是一位個性勇猛的人，既非士、亦非農。

「他是商人野郎（賈豎）之子。」張良對劉邦說。

從春秋到戰國時代，商人的地位始終遭到鄙夷，商人之間的信義並不普及，相互詐欺之事時有所聞，無怪乎張良只是直呼「賈豎」，而未加上其他尊稱。依張良之見，商人最重利益，若能誘之以利，必可收買人心。

此時，劉邦正陷入苦戰，於是就聽從張良的建議，派遣外交高手酈食其充當說客。嶢關守將果然見利忘義，不但接受金錢的賄賂，與劉邦化敵爲友，甚至豪爽地承諾：

「我會助你一臂之力，攻占咸陽城。」

接著，他便命令大開城門，迎接劉邦軍的到來，劉邦不疑有他，宣布收納對方爲降將。只有張良不以爲然地表示：

「我想他是個騙子。」

張良認爲，該名守將是商人賈豎之子，雖然收下賄金，表示誠服之心，但是城內士兵未必有此想法，他們極可能表態要繼續留守關中，即使違抗主將的命令也再所不惜。

「咦！」劉邦不得不歎服張良的判斷：「張良不愧是個好軍師！」

劉邦對於張良的計謀，表示由衷的讚賞，他再次審視著張良俊秀的臉龐，覺得張良的眉宇和氣度似乎更增添了幾分睿智。**劉邦也醒悟，一切戰爭策略，其實並無固定理論可言**。譬如不久前主動冊封南陽太守爲侯的例子，卻不適用於施恩於嶢關的守將。

幾經研判，劉邦決定先用欺騙的手法，他率軍出其不意地攻進城內，然後大加殺伐，待將士們倉皇逃往咸陽之際，再派一支輕裝的騎兵從背後追擊，在藍田一地加以攔截，徹底消滅這支殘軍敗旅。

「追擊時不必再留活口。」

張良以斬釘截鐵的口吻對劉邦說。依張良之意，倘使不用這種激烈的手段來對付秦兵，便無法造成嚇阻的效果，日後所受的抵抗必然加深。

另一方面，劉邦開始下達命令，嚴禁士兵殺人或搶奪秦人的財產。

——違者斬首。

這項軍令確實被嚴格地實踐著，凡是犯罪的官兵都被拖到市集，斬首示衆。此事當然迅速傳到秦人耳中，對於劉邦的恐懼也完全解除了。

「楚人未必是可惡的。」

秦的父老不厭其煩地告訴其他鄰里的人，大家對於劉邦先前的敵意也化爲烏有。此番情形，張良當然完全了解。

但是，張良依然毫不留情地攻擊秦軍。由於最初進入關中的劉邦軍只有兩萬人左右，爲了壯大聲勢，張良特別製作更多的旌旗和假人，以免因爲士兵人數過少，而顯得陣容過於單薄。同時，若要保持旺盛的軍心和士氣，必得持續加強各項軍事行動，因此，趁著秦兵受到父老的諫言，降低對劉邦軍的敵意之際，張良運用這個有利的時機，加緊攻擊秦軍。

「張良難道不懂得適時停止戰爭嗎？」

劉邦對張良執意爭取勝仗，感到相當惱怒。然而張良卻不顧劉邦的反對，繼續對秦軍展開攻擊，**在他認爲，沒有比戰敗更能摧毀秦人的信心了。在關中的戰場上，沒有一名戰略家，比張良更懂得如何安撫降將、乃至於徹底分化敵軍、打擊士氣的道理**。這套理論，自然成爲後代軍師的典範。

誰殺了趙高？

在此期間，還有一個人在戰場上徘徊不去，他，就是趙高派來的密使。經過數次躲避逮捕的行動之後，他終於得以進入劉邦的軍營。

「我們可以各自成爲關中王。」

密使提出這樣的條件。劉邦彷彿馬耳東風，注視著密使的臉，顧左右而言他地反問說「你肚子餓了沒有？」然後叫他退下去用飯。

劉邦知道，攻擊已告一段落，必須暫時休兵，以免引起其他事端。換句話說，趙高的領導地位應予以否定，而使秦朝的政權完全消滅。此時，候傳的密使已經等不及了，焦急地表示：

「願聞劉將軍示下，在下也好回營傳訊。」

然而左等右等，只見一軍吏從營中走出，對密使說：

「劉將軍正在忙呢！請你轉告趙大人，若有要事，改日再行商議如何？」

儘管密使遲遲不肯離去，但在不久之後，隨即傳出趙高突遭殺害的消息，密使也就立刻遭到強制逐回。

三、四月的春天，關中的天空一片晴朗，但地上風沙滾滾，塵土飛揚，瀰漫著一股肅殺之氣，遠遠望去，人與馬的影像均為土黃的塵沙所淹沒，彷彿已與飛塵的曠野合為一體。

劉邦的軍營駐紮在黃沙的平野上，他的心情和滾滾塵沙一樣，陷入灰暗而沉悶，劉邦的心思陷入長考：「趙高眞的被殺了嗎？如果這是眞的，凶手又是誰呢？」他據此推論，殺害趙高的人應該已經占領了咸陽城，當上咸陽王，這個人到底是誰呢？

張良奉令徹底調查這件事情。

接下來的好幾天，漢北降雨不斷，黃沙不再飛揚，而出現的是泥濘不堪的地面。偵測咸陽局勢的情報已陸續傳回：

「是三世皇子嬰逕自殺了趙高。」

聽到這項消息，劉邦總算鬆了一口氣，慶幸此舉並非項羽或其他軍隊所為，顯然地，咸陽城仍舊十分平靜，秦朝的宮殿並無易主之事。

趙高之所以被子嬰殺害，表面上是雙方意見不和所致，實際上是積怨已久，子嬰欲藉此剷除異己，以鞏固權力。

趙高原為宦官出身，歷受始皇和二世的寵幸，始皇死時，他和宰相李斯偽造旨令，讓少子胡亥當上二世皇帝。二世即位，趙高又設計殺害李斯，一人獨攬政權，自此之後，更加無惡不作，玩弄二世於股掌之上。

二世死後，趙高扶立子嬰繼位，仍不改其蠻橫作風，一味指使脅迫，子嬰忍無可忍，經過深思熟慮，決定殺了趙高，先除內患，再求攘外。

此際，宮中正在忙著為子嬰繼位大典做準備，儘管典禮的時刻已經逼近，子嬰卻始終待在內宮，進行齋戒。趙高聽說這件事，於是披上一件寬大的長袍，拖著肥胖的身軀，親身來到子嬰的齋宮。子嬰早就埋伏了幾名刺客，一等趙高走進宮中，便以迅雷不及掩耳之勢直刺趙高，趙高驚呼一聲，但卻閃躲無門，一時方寸大亂，只見刺客奮身衝向趙高，抱著他雄厚的背脊，七手八腳併上，教他動彈不得，幾道白色的芒光過後，趙高就在此起彼落的短劍中任憑宰割。而那發光的白刃，也在一刹那間，轉爲鮮血淋漓的紅劍。

短劍亂刺，趙高撫腹咆哮，哀鳴聲震動了華麗的殿堂，他竭盡最後一口力氣，奮力推開衆人，一個踉蹌，刺客紛紛摔倒在旁，趙高眼裡快要冒出火來，悲憤的情緒激盪不已！

子嬰見狀，慌忙中抽出一支預藏的長劍，奮不顧身地刺向趙高，趙高中劍，但仍怒目而視，雙足挺立。刺客見機不可失，於是上前壓倒趙高，再以短劍劃破他的咽喉，趙高終於斃命。

趙高已死，子嬰也擺脫了傀儡者的地位。

要不要殺子嬰？

「惟有殺了趙高，我才能當一個眞正的秦王。」子嬰兀自說著。

就在子嬰即位的同時，天下分崩離析之狀，已愈爲明顯，六國的舊稱紛紛出現，各自據地成立王國，子嬰深知大勢已去，於是不再延用「皇帝」的稱號，而改以「秦王」自居。

事實上，這種自貶身份的做法，趙高早就躍躍欲試，他早就奢望當皇帝的是自己而不是別人。趙高以一介宦官出身，竟能弄權跋扈至不可一世的地步，秦朝內政的糜爛已積重難返。到子嬰即位秦王的時候，天下分崩的大勢已不可遏止。

子嬰自立為秦王後，劉邦正在關中一帶，與秦兵對峙達月餘。秦軍一因後援不足，二因軍心渙散，兵力漸漸不支；反觀劉邦遣兵派將，運用戰略，攻其不意，情勢越居上風，捷報頻傳。

「照眼前的順勢看來，我們的大軍不多日就可以進入咸陽城了！」劉邦拈鬚沉思，眼睛瞇成一條線。

「楚懷王曾有言在先，誰先攻下咸陽城，即可入關為王，坐擁沃野。」想到這裡，劉邦悠然神往，他恨不得快馬加鞭，早日進入咸陽，嘗嘗做大王的滋味。

不久，關中一戰，劉邦又在藍田大勝秦軍，繼續追擊落敗的散兵，不知不覺之間，軍隊便來到秦都咸陽城的西北山區，劉邦派人進一步打聽得知，從此地出發，前往咸陽僅需騎行兩天的時間。惟因戰爭已進入膠著狀態，劉邦的軍隊輾轉移動，最後駐紮於咸陽之北。

當劉邦率領主力軍好不容易到達灞上一帶時，正值十月，秋意正濃。

咸陽城濱臨渭水，是關中的最大城市。東有灞水流經，屬於渭水的支流。灞水發源於藍田谷，曾是劉邦交戰秦軍之地，循此北上，再流入咸陽盆地，最後注入渭水。劉邦曾逐流北上，到達灞上，只見四周都是低矮的山丘，宛如波浪般起伏。除了灞上，附近仍屬不毛之地，土地貧瘠，當地人稱之爲「白鹿原」。

聽說劉邦大軍已經駐紮灞上的消息之後，子嬰便派使者前來，表示自己願意投降。

「眞的嗎？」

劉邦欣喜之餘，用洪亮的聲音說道。

子嬰的主動求降，確是劉邦始料所未及，因爲他知道，儘管秦朝的困境天下人有目共睹，但是一個偌大的政權要拱手讓人，說什麼也是很難做到的。無怪乎劉邦會大吃一驚。

「要殺死子嬰嗎？」

劉邦的腦海閃過這個念頭。**一方面是權力慾望一經驅動，使人容易動見殺機——殺一敵人，少一個後患。再則是顧全大局，所謂兵不厭詐，政治尤其是現實的，只求自己的利益，毋論他人的生死。**況且，自從和秦軍抗爭以來，雙方不就一直處在兵戈相見、你死我活的殘酷現實中嗎？

劉邦苦思良久，未有定論，於是立即召集軍事會議，請部屬一同參詳：是否進入咸陽接受子嬰的投降？是否該殺子嬰，以宣洩對秦軍的憤恨？

這次會議在路旁的一處民家召開。

劉邦抒發他對秦王的感覺：認爲自己既無憎恨，亦無感傷，有的只是利害關係的考量：而且他願意拋棄個人的見解，聽聽衆人——尤其是軍師子房——的提議。

「子房先生有何高見？」

劉邦抬起頭，目光直視張良問道。張良起初一直坐著默默不語，直到劉邦問起自己，才緩緩說道：

「哦！關於這件事，我認爲不如殺了子嬰。」

「啊！殺了子嬰。」

衆人異口同聲，對於張良堅決的語氣和簡短的定論感到震駭。

事實上，就張良而言，殺死秦王，爲祖國人民報仇，是他混跡江湖的目的，一旦達成目的，即可從此隱居山林，不問世事，求得功成身退。只要回想自博浪沙搏擊秦始皇失敗以來，張良在逃亡和躲藏的過程中歷經十多個年頭的感觸，如今秦朝轉眼即將如殞星般墜落，一切誅戕殺掠，就讓它全部煙消雲散吧！

「秦王不知愛護百姓，施行暴政，兼滅六國，人民妻離子散，爲禍尤烈於猛虎，人人得而誅之，子嬰也是秦王，當然該殺！」張良振振有詞地道出內心的感觸，接著又說：「假使不殺秦王，不爲六國的祖先報仇，我們的辛苦又是爲了什麼呢？」

言下之意甚明，張良輔助劉邦，完全是出於復仇的意念，無關其他，更不是爲了飛黃騰達或一統天下。就這點來說，張良對於劉邦有意成爲天下共主的願望，仍不甚了解。

每一步都是爲圓帝王夢

惟劉邦的利益傾向，則以君權、天下爲考量，劉邦雖是一介平民，然而幾場帶兵征戰的經驗下來，早已有意開創霸業，甚至登上皇帝寶座的意圖。**依照他的構想，現在的每一步棋，都是爲將來的帝王之夢預做準備，眼前的每一件事，都得小心翼翼，勿使美夢破碎**。

「子房先生的話是不錯。」劉邦輕咳一聲說道：「秦朝腐敗，天下人盡皆知，秦之必亡，也是天下人的共識；但是殺了秦王，滅了秦朝，天下就能太平嗎？」

劉邦再以感性的語氣說：

「我得子房先生助力最多，秦朝將亡，是轉眼間的事，而我心中有一個遠大的宏圖，希望能以人民的福祉爲目標，致力於建設新政權。這個理想雖然還很遙遠，但是並非完全不可能。因此，我請子房先生念在兄弟的情份上，重新思考一下未來的計劃。」

劉邦的這番話，就是適時點醒張良的職責所在，同時欲借重張良的軍事才略，請他務必以霸業爲重，勿因復仇心作祟而誤導大局。

對張良而言，一次是在博浪沙，一次將在秦都咸陽城，同樣都是殺死秦王的好機會，但都不能如願，當然不禁要大歎「時不我予」了！

就長遠的霸業眼光來看，劉邦已有長期抗戰的決心，尤其當他想到項羽的勢力和戰力時，內心便生出一種傲然的信念，他越來越希望長期抗戰，打敗敵人，成就自我。假使現在就能攻進咸陽，坐擁關中，情勢自然會比項羽強得多。

「若要盡快自立為王，殺死子嬰是最便捷的方式之一。反之則否……」劉邦再度陷入沉思。他又想：「假如殺死子嬰，秦國百姓對我的觀感會是如何呢？他們會擁戴我、信賴我嗎？」

猶記秦始皇至二世皇帝之間，由於傜役大增，百姓苦不堪言，對於這種暴虐的統治方式，已經留下極難去除的夢魘和恐懼。

「照這麼說，即使我能殺死子嬰再做大王，還能得到全城百姓的民心嗎？如果不能，我又何必殺死子嬰呢？」劉邦深思良久，終於做成決定：「與其當一個人人厭惡的暴君，不如做個順水人情，饒恕秦軍上下，以後的情形再做打算吧！」

一旁靜默的張良由於心情尚未平復下來，只是低頭沉思，久久不語。

「我要去小解。」

劉邦大聲地告訴左右，他站了起來，走出戶外，門外的侍衛還不知道發生什麼事，便圍了上去，只見劉邦走近一棵棗樹旁邊，把尿液灑個滿地。

等他回到座位，只見酈食其正在滔滔不絕地說著話，他是主張不殺秦王的。

「好吧！」

劉邦終於做成決定，採用酈食其的意見。

酈食其所持的理由，是要彰顯懷王派劉邦前往關中為王的那份寬容之心。既然秦王已經降伏，再怎麼說也就不再構成殺害他的理由了。所謂「以德服仁」，道理在此，儘管這種說法相當牽強，但也是理由之一。

然而，主張刑殺的人卻有所不滿，他們一致認為，留下敵人的領導者就等於是留下禍首，斬草不除根，日後麻煩必多。事實上，劉邦對此也很了解，他深信，秦王子嬰終究難逃一死，既是如此，眼前也就不必急著去殺他。與其自己動手，不如由懷王或項羽去做較好。

「子房先生，您以為如何呢？」

為了慎重起見，劉邦終於啓口再問。張良揖禮表示，一切遵從沛公的指示。

「那就留下子嬰這個活口吧！」

軍事會議終告結束。

翌日，秦王子嬰單獨乘坐一輛白馬拉曳的白轎，來到驛站附近一家名叫灞上的小客棧，一下轎，隨即朝劉邦的軍營位置行跪拜禮。

只見子嬰從頭部到胸前都綁上繩索，前端並放置著一只白木箱，箱中放著二世皇帝繼位時所用的璽、符、節等物件。所謂璽，一看而知是皇帝的印章，符與節的用途相似，都是皇帝派遣使者時所用的銅製牌令。此三者都是秦皇職掌國家大權的象徵物品，一旦落入他人之手，便如失去帝王的寶座一般。

劉邦雖在驚喜之餘收下這些寶物，但卻不敢占爲私有，只能暫時妥善保管，等到日後呈給遠在彭城（今江蘇省徐州）的懷王。

至於子嬰本人，劉邦怕軍營中的士兵對他不利，於是吩咐交由刑吏保護。

大秦皇宮走一回

劉邦直接前往西郊的咸陽城。

「現在就到咸陽城內走一走吧！」劉邦心想。

儘管張良勸他不宜輕舉妄動，但是劉邦並不放在心上，他的想法是，入咸陽城是遲早的事，假使現在不趕快進城走走，看看以集合天下美女、富豪聞名的秦國首府，豈不太可惜了嗎？

咸陽是秦崛起的基地，也是歷代的名都，位居九嵕山之南、渭水之北。咸陽之「陽」，正是應證了山之南、水之北的說法，其地理位置具有兩處陽地的說法，故取咸陽之名。

戰國時代的秦在風俗和禮儀方面，一直相當淳樸和保守，當時咸陽城的規模自然不如後代來得宏大。直到始皇統一天下之後，爲了加強首都的規模，咸陽城的建築才開始有重大的改觀。

始皇是中國歷史上第一個喜好建碑的人，並且將之豎立於城市的中心，而他在位期間，每當攻克一位中原的王侯，就會在咸陽城內建築一座完全相同的宮殿，只見數座異國宮殿的倒影，在南方的渭水河中相互輝映，構成一幅象徵權勢、威望的畫面。

此外，始皇強迫天下十二萬戶的富豪，悉數遷到咸陽城內定居，一則得以聚集財富，再則便於管理，就近箝制他們的行動。由於天下富翁集中於此，華府宅第的建築冠蓋雲集，每日笙歌不斷，充份展現出歌舞昇平的景致。

另外，著名的阿房宮建築也建在渭水的南岸，其建築規模極具奢華之能事，歷經胡亥至子嬰，仍未建築完成，對於劉邦來說，莫不深切地期盼自己能登上天下共主的寶座，入主這座象徵極權威儀的阿房宮內。

劉邦率領衆人輾轉進入秦宮，一探宮中究竟。他的心情興奮異常，若與觸手可及的金銀珠寶相比，只有眼前目不暇給的宮女最令他動心。

「始皇的寢宮何在？」

劉邦站在走廊上，左右各拉扯著一名宮女，放聲問道。緊跟身後的便是擔任護衛的樊噲和軍師張良。

「別讓宮女們跑了！」

劉邦狂喜叫道，此時置身美女如雲的劉邦，早已忘掉一切煩憂，只管追逐美色。其餘諸將原本就是盜賊出身，見到府庫裡的寶物，無不爭先恐後地你爭我奪，陷入一片混亂。

就在這個時刻，只有蕭何安靜地在別處閱覽資料。由於蕭何當過沛縣和泗水郡的小官，通曉當地的法令和行政措施，而在戰亂期間，他又負責兵站和軍政等事宜，始終朝文官的路線發展。因此，當他一進入咸陽城時，便直接前往收藏法令和文件記錄的圖書庫裡，準備一一搬出。

這些文件後來在楚漢相爭期間，對於天下的險要地點、人口密度的多寡、以及土地物產的情形，提供正確而豐富的情報，派上不少用場，甚至成爲後來漢朝建立行政制度和政治基礎的重要參考。

「劉邦眞能有統治天下的一天嗎？」

蕭何內心揣度著。他和軍師張良的想法近似，只把工作本身當做成就看待，至於權位如何則在其次。蕭何自始便喜歡研究文書和政治，對於秦代遺留下來的文書，可以說蕭何知之最詳。

劉邦的護衛隊長樊噲是屠夫出身，膂力超人一等。當他聽見張良在一旁說道：

「如果士兵們仍留在宮殿內繼續搶劫下去，情況必會越演越烈，我軍不就對咸陽城的老百姓失去信用了嗎？」

樊噲立即追上劉邦，勸他回灞上去，如果再不回去，他將被迫使用蠻力。劉邦此時已樂不思蜀，當衆抱起一名宮女，調戲起來，絲毫未將旁人的話放在心上。樊噲見狀，只得從背後將劉邦拉開，再由張良推上一把，放開了劉邦懷中的女人。張良說：

「樊噲說的極是，沛公，我們快回灞上吧！」

劉邦終於離開秦宮，回到灞上，並在稍後下達命令，禁止士兵擅自進入咸陽城，而以灞上做爲軍營根據地。

13. 死神邀約宴鴻門

猶記過去爲了逃避赴陵墓做苦役，因而挺身投入推翻暴秦的軍旅之中，而今竟如赴刑場般，即將前往項羽的陣營送死。劉邦越想越是悲哀，長眠地下的始皇帝如有知，不知做何感想？

根據《漢書・食貨志》的記載，就在劉邦進入關中的第二年，當地曾發生過慘絕人寰的饑饉景象。

儘管關中一地自古便有沃野千里的美稱，但足供食用的穀物收穫只在五千石上下，根本不夠食用，因此當時吃人肉及餓死路旁的人口幾乎占了大半。

中國雖在秦漢以前便已建立高度的文明。然而每遇饑饉難挨或戰禍連年的時候，易子而食或出售人肉的事情卻時有所聞。劉邦進入關中時，雖然距離當地發生大饑荒的時間還有八個多月，但是已有欠缺糧食的預兆，當地的人家無不饑餓四起、米缸見底。

軍隊進入該城不久，劉邦便下令全軍在灞上集合，不讓他們踏入咸陽的市街。同時嚴令禁止士兵入城搶奪，然而劉邦的屬下多為盜賊出身，平時犯下的偷搶也就無從取締；至於軍方所需的糧食，均得仰賴關中農民微量的存糧。

「關中王」好夢方酣

劉邦本來心存即將榮登「關中王」的飄飄然感覺。

直到來到瀕臨戰禍和饑饉的關中之後，劉邦頓覺大失所望。劉邦心想，倘使繼續在關中進行掠奪，那麼久居此地的農民勢必只好逃往關外，這麼一來，擁有王權又有什麼用呢？劉邦原來並無民胞物與的胸懷，只因他也是農民出身，深知農家貧困。

秦乃以法治國。秦的法律煩瑣又嚴酷，並且設置監禁罪犯的機構。在當時，百姓喜歡依循自然法則過活，不喜歡受法律的約束。因此，制定法治乃以促使人民的糧食和生活無虞為前提。惟**在兵亂和饑饉交迫的情況下，觸犯法律也就成為生存的不二法則**。倘使對於犯法、偷、搶的人都得照常繩之以法，勢必抓不勝抓，徒增官府的負擔。

對此情形劉邦頗有感觸。當他大致控制了關中之後，翌月便召集地方父老宣布說：

「我已決定廢除秦的舊法。」

又說：

「不過，我們仍須約法三章，殺人者死，傷人及盜物者均須處以適當的刑罰。」

藉著禁止掠奪和撤除秦法的措施，劉邦立即取得關中百姓的民心。

在中國，若要掌握權勢，則政治運用遠比占領土地來得重要。在農民的心目中，殘虐的暴政遠比盜賊爲害更烈，倘能推舉一名宅心仁厚的領導者爲王，才是百姓之福。那麼，仁慈的劉邦不就是他們理想的大王人選嗎？

劉邦似乎了解農民的要求，他也說：

「我是爲了消滅暴秦而來的！」

在整頓幅員廣濶的領土之前，的確亟需一個爭取民意的法治基礎，而在初期，爲了博取百姓的好感，劉邦所能做的，就是先廢除秦的嚴法，並且保留原有的行政組織，因而贏得鄰里父老和秦代舊官吏的歡迎。

父老和官吏莫不極盡所能地討好劉邦。譬如說，爲了表示竭誠支持劉邦的新政，許多父老自動送來米糧、牛和豬。但是劉邦卻婉言拒絕，並且會見他們說：

「秦國的父老們……」

劉邦以感性的聲音說道：

「儘管我們軍隊的糧食已經不夠吃了，但若和農村的百姓相比，你們更迫切地需要這些糧食，我實在不能收下。」

這些話像電流一般，迅速傳到關中的每一個角落，百姓聽了莫不感動。他們在期待著，說不定劉邦政權的成立，會是一個最理想的王權時代，從此百姓便能過著幸福愉快的日子了。

父老、百姓對於劉邦的寄望愈烈，劉邦的聲望自然水漲船高，甚至衍生一種「不得不然」的趨勢。

——如果沛公不肯當秦王(關中王)，百姓就永無脫離苦海之日。

在那段期間，關中的官吏和父老，紛紛打探楚軍的內情。而當他們獲悉楚懷王曾承諾說要把第一個進入關中的人，封為關中王時，便推測項羽才是原先最被看好的入主關中者，只因留置北方與章邯交戰，所以遲遲未來叩關。根據研判，項羽可能不久就趕至關中，與劉邦一爭長短。基於上述的理由，劉邦未來的地位仍然值得憂慮。

劉邦每天都會聽到這類奉承的話：

「我們希望沛公早日成為關中王。」

劉邦的個性本就坦率，聽了這類中聽之至的話，自然樂在心頭，覺得飄飄然。只不過短短的三年時間，他從一個在家鄉被兄長斥為遊手好閒，遭嫂嫂冷嘲熱諷、譏笑為吃軟飯的敗家子——甚至到後來背負秦廷通緝在案的罪名，在鄉下躲躲藏藏了好一段時間，這名嘗盡人情冷暖的男子，如今終於闖出一片天地，贏得不少百姓的敬重，而且有可能受推舉爲關中王。

想到這裡，劉邦不禁感慨萬千地自言自語：

「這一切都是造化弄人。」

封鎖關中，自立爲王？

在軍營當中，有一名個子矮小的男子，經常送食物來給劉邦，或是幫忙做些擦地板之類的雜務，此人臉龐小而臃腫，表情木訥，劉邦對他只覺得似曾相識，但是記不得他的姓名。

「他是什麼人呢？」

劉邦怎麼也想不起來，於是便向隨從請教。隨從回答說：

「此人不就是在沛縣便一直跟隨著你嗎？」

劉邦想了想，記起自己曾有指示，規定在將帥本營中負責打掃工作的人，非得由熟識的沛縣同鄉擔任不可。

還有一次，這名男子在營區裡趕出一隻豬之後，迎面見到劉邦。於是他恭敬地對劉邦說：

「將軍！」

劉邦驚訝之餘，付之一笑。男子接著又說：

「我相信將軍總有一天會當上關中王的，因為城內的百姓人人莫不這樣期待著。」

劉邦聽了不禁啞然失笑。在他認為，眼前這名鄉音極重、卻一時令他叫不出名字的男子，該不會是為了希望獲得一官半職，才獻上這些讚美的話吧！儘管如此，劉邦的表情仍然十分鎮定，他說：

「喔！我倒很想聽聽閣下的高見。」

男子立即說道：

「假使能夠派兵前往函谷關，封鎖中原，令其他軍隊無法進出，不就可以坐擁關中了嗎？」

如果劉邦為了表現自己是個頗富軍事才能的人，一定會對這項建言嗤之以鼻，大加嘲笑，但是劉邦卻故作迷糊，只露出似懂非懂的神情問道：

「啊！事情會是這樣嗎？」

對於封鎖關中便可自立為王的說法，劉邦仔細地推敲才走出迷團，覺悟到這是件不可能的事。就在一剎那之間，劉邦忽然高聲叫道：

「原來你是鯫生。」

劉邦萬萬沒想到，眼前這名其貌不揚的男子正是他的小同鄉鯫生，鯫生只是一個小名，相當於人們常說的「小魚兒」。劉邦馬上把鯫生拉近一點，一臉認真地輕聲說道：

「千萬別把你剛才的話傳揚出去，否則讓別人聽到，一定會把我當成笑柄，因爲不瞞你說，我還沒有出兵函谷關的實力！」

等到鯫生離開之後，劉邦立即召喚一名將軍，指派他率兵前往函谷關。

項羽軍的進攻路線，大抵和今天的隴海鐵路路線相同。這條路線緊鄰黃河主流，是進攻關中的主要路線。項羽所到之處，定將秦的都城加以摧毀或破壞，若循線西進，則到達函谷關也是酷寒的十二月天了。距離懷王下令之後已有一年又三個月了，也就是在降服秦將章邯的三個月後，項軍才終於到達秦的重要根據地。

函谷關舊址和現今的地點稍有不同。

在那個時代，函谷關別稱古關，四周樹木極少，爲岩石和狀似乾泥的黃土斷崖所圍繞，只剩一條窄路得以通行。右關的城門建構十分牢固，爲一極重要的通關。整座城堡猶如一只緊密的方盒一般。

項羽尚未到達關口之前，便知道關內情勢已生變化。

就在即將抵達函谷關的前夕，前鋒軍隊傳來消息指出：劉邦已坐陣於函谷關，緊閉城門，城頭並豎立起無數紅色的旌旗，嚴禁外來軍隊擅自進入。

換句話說，項羽的到來遠比劉邦遲了兩個月。

項羽眼中的秋日蚊蟲

項羽乍聞關中易主的消息之後，不禁懊惱自己情報得知得太晚了！但在另一方面，由於特殊地理的阻隔，益使關中的訊息無法充份探知，即連中原一帶也無從得到最新消息。

項羽在錯愕和激怒之餘，不禁感到半信半疑：

「難道是眞的嗎？」

在項羽的潛意識裡，仍然不願相信這個事實，他決定繼續前進，前往函谷關一探究竟。由此可見，項羽具有不認輸的倔強個性，這也是日後導致他走向徹底失敗的因素之一。此刻，軍隊越接近函谷關，道路也變得越狹窄。

「有些路段幾乎看不到一絲陽光。」

士兵異口同聲地驚叫道。好不容易走過這段艱辛的通道，項羽所率的大軍來到函谷關的城門，只見晚霞滿天，輝映著城頭上飄盪的紅色旗幟，十分引人注目。

項羽不屑地說：

「劉邦這個鄉下農夫用的是普通的紅色軍旗。」

然而，始終站在項羽身旁的謀臣范增，這時卻別過頭來，用蒼老而微啞的聲音對項羽說道：

「萬萬沒想到劉邦也有這等軍事實力。」

根據范增原有的了解，劉邦只不過是貧農出身，從未建立特殊的戰功，加上他的個性膽怯，總是給人一種「小人物」的刻板印象，因此，范增做夢也沒想到，劉邦會有攻破秦軍，進而占領天險之稱的函谷關的一天。

「此人莫非想成為關中王？」

類似的問題快速閃過項羽的腦際，他直覺地認為應該趕緊阻止這件事情發生。照理而言，楚軍能有今天的戰績，完全歸功於叔父項梁和自己的努力，劉邦只不過是一支雜牌軍隊的將領而已，怎可坐享其成？

基於上述理由，項羽益發憎惡劉邦，連帶遷怒起懷王曾經允諾「先入關中者為王」的往事，直想立即派人到彭城殺死懷王，吃他的肉。此外，懷王自始不肯答應項羽採行直接攻擊的方式，反而派他先行到達遙遠的北方與秦軍交戰，致使進攻關中的計劃受到耽擱，落得入關居後的結果，尤令項羽感到難堪。

「事已至此，我們只有全力一搏了！」

項羽在范增的鼓勵之下，翌晨就把大小不一的弓箭和兵員統統召集在一起，指揮令軍發動攻勢，攻進關門。

大軍進入函谷關以後，道路越顯狹窄，最窄處只能容納一輛馬車通行，兩側陡峭的山壁看似要對人、馬迎面壓下一般。項羽率領十萬的大軍，從函谷關到達潼關，通過了關中的扼要咽喉地帶，原本這條險路只需一天半的腳程，但是換做人馬同行，則得費上兩天半的時間。

走出潼關，宛如從悠長的隧道走出一般，令人不由得視線為之一亮，並可眺望遼遠的西北沃野。隨著士兵陸續抵達的陣陣歡呼聲，軍隊集結完成後，他們旋即又被眼前號稱「金城千里」的關中景觀所震驚。

「霸上的陣營不就是劉邦的嗎？」

這項情報迅速傳到范增耳中。接二連三的相同傳報，益使劉邦的形象在范增的腦海中益形顯著而巨大。

「非殺死劉邦不可！」

范增一心一意地想著。項羽視劉邦等人為秋日蚊蟲般微薄，絲毫不放在心上的想法，范增並不以為然。據他所知，**劉邦勇於接納建言，並予以適當的採用，由於具備這一項優點，雖然劉邦只是一介沛縣的百姓出身，但卻無異於擁有過人的才智般，甚至凌駕項羽百倍。**

「劉邦是個不可小覷的人！」范增策馬靠近項羽，與他並駕齊驅地說道：「還記得我剛到沛縣的時候，只聽說他是一個好色好財之徒，不料到了今天，他卻能克制私慾，把咸陽的金殿玉樓一一加上封印，甚且連住在秦宮中的美女也不放在眼裡，更刻意把本營設置在人煙稀少的灞水附近的高地，以避人耳目。基於這些理由，我相信此人必定懷有君臨天下的野心。」

「哼！我才不在乎這個愚蠢的人呢！」

基於蚊蟲不可能變成鵬鳥之類的比喻，項羽逕自嗤之以鼻地答道。

「我提醒你應該趕緊殺了劉邦。」范增焦急地說。

「這個老人太嘮叨了！」

項羽覺得厭煩起來，對於范增急於表達而漲紅著臉的表情，更覺得很不以為然。

「我們要用什麼樣的藉口？」

項羽只是輕描淡寫地問道，就他所知，劉邦如今算是自己的友軍而不是敵人。

「藉口？」范增露出陰狠的笑容。然後才說：「**藉口是可以捏造的，無論手段如何，目的卻是一定要殺了劉邦**。首先是派兵鞏固函谷關，甚至楚的上將也一律禁止入關，這樣不就構成了烹殺劉邦的理由嗎？」

烹殺劉邦找藉口

除此之外，范增又提出許多謀略。

當天晚上，一名從劉邦陣營到范增那兒的假農夫遭到逮捕，原來是叫做曹無傷的左司馬。

「他想投靠項將軍。」

密使用低沉的聲音說出曹無傷的口信。大意是說：曹司馬已經知道項王的軍隊比劉邦多出五倍，因而決定背叛劉邦，離營出走。相信劉邦軍的大多數人，也和曹無傷一般，無不希望能歸附項王。他又說：

「劉邦已經代替項將軍取得關中王的地位，占領了全咸陽城的珠寶。」

這些讒言的目的是要慫恿項羽在獲勝之後，爭回關中王之位。范增讓這名密使留在營中，然後告訴項羽說：

「單憑這件事，劉邦就已犯下足以被五馬分屍的滔天大罪。」

項羽不願會見劉邦，也未派遣使者，只是默然不語地發動大軍。他看到新豐台上面的一角，有一處叫鴻門的高地，遂令主營安置於此，把十萬大軍布置得如同大鵬展翅一般，以對付灞上的劉邦軍。當部署完成時，天色已近黃昏。此地距離劉邦大軍約僅二十公里。

「明天一早，讓士兵們好好飽餐一頓。」

當項羽下達這個命令之後，儘管天色已晚，各部隊卻枕戈待旦。**所謂「飽餐一頓」，其實就**

是軍隊展開軍事攻擊的前兆和慣例，無怪乎項營的氣氛立刻透著一股緊張。儘管如此，想到打敗劉邦軍，進入咸陽城之後，便可獵取更多的金銀珠寶，士兵們也都大為興奮，因而顯得士氣大振。打從戰爭開始，項羽就不曾禁止過士兵的掠奪之舉，大概是顧及若是嚴加禁止的話，可能會影響士氣。

入夜之際，項軍的軍容更為壯大，數以萬計的篝火點燃了大地的每一個角落，把天空的雲朵也輝映成殷紅一般的彩霞。

劉邦越發膽怯。

自從項羽軍攻破函谷關，進入關中以來，劉邦的心情片刻不得安寧。本來劉邦想要親自前往函谷關迎接，但因不察而閣上關門，落得彼此不得不兵戎相見的後果。

「營中的篝火如此熾烈！」

劉邦知道自己的時運始終欠佳，如今更有一種天不從人願的退縮心態，時而想到自己對項羽臣服的時候到了；時而想到逃亡，獨自一走了之，這本來就是劉邦最擅長的本領。除此之外，他眞的想不出還有什麼更好的法子。

劉邦又想到張良。

自從平定關中以來，戰爭專家好像又成了多餘的人。這是劉邦的習慣，惟有在必要的時刻才會熱情地想到對方。即使要他舐足，他也會努力去做舔舐狀；但是遇到非必要的場合，他就一概不理。這種個性並非冷淡或功利，而是劉邦的機敏天性所致。**或許可以說，劉邦自始便缺乏一種開朗的心胸，但他所具備的另一種天眞無邪的氣質，卻彌補了個性上的短處。**

張良並不喜歡劉邦的天眞，每當他敏感地察覺到對方的冷漠無情時，心中便生出受傷害的感覺，張良會告訴自己：「對劉邦來說，我似乎是多餘的。」於是，就像一陣風一般，他便暫時消失行蹤，不再接近劉邦的帷幕。

直到現在，劉邦需要張良的建言時卻遍尋不著。太陽已經下出了，劉邦火速派人尋找張良，還是找不到。

在形式上，張良仍以輔佐韓王帶兵的名義，擁有一支約百人的軍隊，他的部下都是亡韓的遺民子弟，不同於其他出身流民或盜賊的軍隊，這些士兵天性淳厚善良，絕無一般的粗戾之氣，主要是替張良蒐集情報。這支看似靜態的部隊，擁戴張良卻如國王一般，只要張良有所指示，甚至不顧性命，在戰場上的表現，有時比起其他軍隊來得強悍。

他們誓死保護張良。當劉邦派使者來尋訪張良，他們的回答是：

「恕不能立刻奉告。」

他們向來只承認是張良的屬下，與劉邦無直接的主從關係可言，因此態度十分明確。此外，他們也懷疑使者是否眞爲劉邦所遣派，因而顯得有點不信任。

「是報答救命之恩的時候了！」

張良此刻處於一間僅容數人的小屋之中。屋外有護衛人員固守著，有一名護衛正在與一位壯年男子交談。

這名男子刻意戴上頭巾遮掩臉部，深陷的眼窩一望而知是個胡人，他的眼睛小而炯炯有神，話語很少，但是臉上始終掛著微笑。那一抹笑意頗具親切感，使他整個人鮮活起來，和他的年齡不太相稱。

這個人正是項羽的叔父，人稱項伯。

對項羽而言，此人自是長輩之尊，他本與揭竿而起的項梁共同打下江山，但因他是亡楚的後裔，血緣較親，包括嫡庶在內的伯父、仲父、叔父、季父等人，均屬堂兄弟關係。其中又有幾人是在項梁公然舉兵之後，陸續加入戰爭的。

此時欲與張良進行祕密交談的男子，則是項羽亡父的么弟。人們稱呼他爲「項伯」。項伯名纏，另有字，但是在習慣上，仍受人尊敬爲「伯」——大概是將「季」矯枉過正爲「

伯」的結果，如此一來，項纏也就一變而爲項伯。項伯的性格雖有拘泥事務的毛病，但是也有不造作的傾向。總之，他那微瘦的身材給人的印象十分深刻，彷彿善於使用小巧的鐵鎚打釘一般，予人一種短小精悍之感。

項伯的年輕時代也過得很荒唐。

楚國滅亡之後，項家爲了躲避秦兵的趕盡殺絕，於是四散逃亡，在不得已情況下，項伯只好輾轉流浪各地，度過一段灰暗的歲月，更糟糕的是，他還殺了人。

若就身爲戰國名門之後、受秦迫害遂遊走各地這些背景來看，項伯和張良兩人早年的遭遇頗爲近似。張良因爲在博浪沙搏擊秦始皇未果，便遁逃流浪，改名換姓，隱居於下邳，在這裡過著如俠客般浪蕩的日子，這些情形與項伯很類同。有一次，項伯因殺人罪遭官府追緝，逃到下邳，經人介紹才投靠張良。

「就算要取我的性命，我也會盡力保護你！」

張良誠懇地說道。對張良來說，項伯雖和自己非親非故，但是卻有藏匿的必要，理由無他——利害而非情誼也！

起碼還有幾分俠義在。這是張良足堪向別人印證的。他的行爲都是經過審慎考慮的結果。

在當時的社會價值觀中，俠義和豪爽並不足以成爲提高地位的方式。儘管基本教義不同，但在本質上仍與十六世紀耶穌會的高度殉教精神相似。

戰國時代雖處亂世，卻是商品經濟發展的時代，也是思想勃發的時代。錯綜複雜的因素相互影響，締造中國歷史上前所未有的特殊成就。後來，這些成就由盛轉衰，從戰國至秦代，王朝的威信大為降低，在秦朝施以極權統治的壓迫之下，人人畏官如畏虎，不得不全力保護自己。

時局如此，就得將個人的利害放在前頭，惟能利己，才能完完全全地保護自己，此與俠客精神是大相逕庭的。所謂俠義，是一種利他的行為，俠義本身已無道理可言，它的行動本身就是目的。俠義的精神和習俗便以各式各樣的形式加以表現，留下不少的佳話，成為別具趣味的豐富記載。

張良就是基於俠義而保護友人項伯。必須強調的是，張良絕非喜歡項伯而刻意為之，而是毫無算計的俠心使然。

經過一段時間的相處之後，張良對項伯也有一份情誼。後來，世局開始動盪，項伯追隨項梁，項梁死後，繼續跟隨姪子項羽。

雖然這些事情張良已略有所聞，但在離開下邳以後，彼此相隔遙遠，音信全失。

當項羽率軍抵達關中、布陣於新豐台時，項伯這才知道，明天早晨就要在灞上對劉邦展開全面的攻擊。

「該是報答張良救命之恩的時候了！」項伯心想：「如果事情眞的如此，張良必死無疑。」想到這裡，項伯絲毫不再顧慮其他。項伯只想到報恩。於是，他趁著黑夜離開軍營，獨自騎馬來到張良的營地中，要求接見。

「跟我一起逃走吧！」

項伯話語不多，只是重複這句話。他幾乎可以斷定劉邦軍將遭敗亡，既是如此，張良將會敗死也就不言而明。因此，項伯勸告張良最好趕緊逃走，就算做不到，不妨先潛伏在項羽軍中，保護自己的安全。

然而張良並非貪生怕死之徒，更不願背叛劉邦。儘管張良深知項伯甘冒背叛項羽的危險前來報信的用心，但若是只顧逃生而背叛劉邦，卻是說什麼也辦不到。基於道義的立場，張良只能對項伯說聲抱歉了。

「明天就要發動總攻擊了嗎？」張良吃驚地問道。對他來說，這個情報是個不小的震撼。至於自己是否要趕緊逃亡，則淸楚地表明道：「我早有復興韓室的準備，因此立了韓王，並入仕於他。既是爲了復興韓而投注於此，畏死逃亡就是一件不義的事。但除了我個人的生命之外，我想把明天項軍即將前來攻擊的事告訴劉邦，可以嗎？」

「這倒無妨！」

項伯思考了一下便說道。在這種情形下，俠義才是他們眼前最看重的問題，其他都是多餘的。雖然洩露項羽來襲的機密事關重大，但根據張良的說法，報恩這檔事遠比軍事行動來得重要。

「那麼，你能否與我一同到沛公的陣營中，對他說明一下呢？」

「好啊！」

項伯馬上答應張良的請求，至於前往劉邦本營中之後會發生什麼結果卻完全不放在心上。

結拜金蘭，保命手段

兩人立刻騎馬前往劉邦本營。張良請項伯在營外稍候，自己先去進謁劉邦，說明項羽軍即將展開攻擊的事。劉邦聞訊，嚇得目瞪口呆。他的身體似乎虛脫一般，下顎久久無法攏合。

「是明天嗎？」

劉邦喃喃說著。他萬萬想不到，項羽對自己的厭惡程度一至於斯。

「當初是誰提出緊閉函谷關的政策？」

「是鯫生啊！」

劉邦只是憤憤不平地追究起責任歸屬的問題，並且辱罵起鯫生的種種缺點來。張良始終沉默不語地看著劉邦，察覺劉邦又顯現他孩子氣的一面。

「函谷關一戰既由項羽主動來襲，表示他有戰勝的自信。」

張良簡言扼要地說著，此語一出，已將敵我雙方的實力比較做出清楚的描述，而非自貶身價。劉邦雖然聽出張良話中的意思，但仍緊接地問道：

「這麼看來，項羽是非勝不可囉？」

只聽張良立刻回答道：

「當然。」

劉邦聽了又以乞求的口吻說：「怎麼辦才好，我們能逃到哪裡呢？」聲音越來越輕。

張良隨即表示已無計可施。惟今之計，也許可以要求項伯幫忙，請他充當和平使者，在項羽面前說情。劉邦一聽項伯的名字，又是大吃大驚，緊張地追問張良和項伯有什麼交情。張良眼見事情迫在眉睫，就簡單地述說下坯時期的一段往事……。

聽完張良的陳述，劉邦的臉上漸漸恢復血色，神情也愉快得多了。他暗自欣喜地想：

「既然項伯曾受恩於張良，理應力圖報答才是，如此一來，當然對我也或多或少有助益。然而，項伯的俠義之舉畢竟是針對張良而非我。若要請求他襄助，必須找個充份的理由不可。」

想到這裡，劉邦認爲不妨以結義兄弟的方式，爭取項伯對自己的認同，他對張良說道：

「子房，請告訴我項伯的年齡比你大或比你小？」

「比我大。」

「也比我大嗎？」

劉邦又問。若要結義爲兄弟，首先當然要問出年齡的大小。

「項伯外貌看似年輕，但年近五十，想必比沛公來得年長些！」

「那麼，我就尊稱他義兄吧，咱們兩人快快結拜爲兄弟！」

劉邦毫不考慮項伯的意願，只是一廂情願地先做此等打算。若能立即義結金蘭，劉邦認爲項伯很可能會改變初衷，不惜冒險替自己尋覓一條生路。

計謀已定，張良走回別室，恭請項伯一同進謁劉邦。儘管項伯覺得事有蹊蹺，但是張良卻懇求他說：

「事到如今，只有您能夠救得了我們！」

項伯聽了不得不站起身來。

劉邦已換好衣服恭候項伯。項伯一踏進營內，與他未曾謀面的劉邦早已居下座對他深深作揖，握住項伯的手，請他就上座之位。結義兄弟的儀式就此展開。

不久，僕人送上飲酒用的大杯。

「這不就是結拜的禮儀嗎？」

項伯終於警覺到，他把眼光移轉到張良身上。張良會意，但卻不禁低下頭來，對項伯的質疑無言以對。項伯錯愕之餘，只見張良站起身來替兩人斟酒，彷若充當見證人一般。項伯猶豫了一下，索性舉起杯一飲而盡。

「這麼一來，我和劉邦從此就是以義兄弟相稱了！」

項伯念頭一轉，雖想這是始料所未及，但是思及項羽軍明天即將攻打與自己義結金蘭的劉邦，不禁又覺得可笑。他不願再做推敲，美酒當前，何不開懷痛飲，於是他又斟滿酒杯，和劉邦對飲起來。劉邦見狀，自然心花怒放，頻頻敬酒，兩人你來我往，喝得痛快淋漓。

酒過數巡，劉邦才以「義弟」之稱說出自己的苦楚：

「項羽將軍眞是誤解小弟了。」

劉邦細數道，他只是幸運了些，搶先進入關中，並未存有強占領該地的居心，反倒一心等待項羽早日前來，他一定聽從項羽的指示，不敢稍有造次。譬如他不敢侵占舊秦的官物，道理在此。另者，爲了表示自己的忠誠之心，他也備妥秦官吏和百姓的戶籍資料，府庫也加上封條，不敢私自翻動，爲的就是將這些財物寶藏，悉數獻給項王。同時爲了加強警戒，防止盜賊來竊，更加派侍衛防守函谷關。

「凡此種種，全都是了項王著想。然而事出意料，竟遭項王誤解至此，讓我百口莫辯，我死不足惜，但會覺得十分冤屈！」

劉邦說著說著，不由得悲從中來，臉色一片沮喪。

「照情形看來，劉邦不就是在對我求情嗎？」項伯心中暗想。

對於劉邦的話，儘管項伯覺得疑信參半，但是念及義結兄弟的份上，無論事情眞僞如何，還是救人要緊。眼前義弟所說的每一句話，無不傳達著央求自己充當說客的意味。

「我知道了！」項伯又說：「我今夜就趕回陣營勸說項羽，替你求情。只是項羽的脾氣也很固執，不一定會聽我的，很可能還要賢弟親自登門拜訪，親口解釋事情的原委。明天一早，我希望你盡可能前往鴻門本營。」

「把禍根鏟除掉吧！」

當項伯馳騁二十餘里，回到鴻門本營時，夜更深了。項羽已經入睡。項伯傳令近侍叫醒項羽起身，說有要事稟報。項羽聞訊醒來，仍掩不住惺忪的睡眼，微怒說道：

「到底發生了什麼事？」

當項羽聽說是叔父項伯，儘管一臉不悅，但也不得不起身更衣。項羽的脾氣雖然粗暴，對於家族長輩卻很恭敬，流露出名門貴族的禮貌和氣度。

項伯早已站在帳營外面恭候多時，他搓揉著因寒意而凍紅的臉頰，直到姪子召喚之後，走入帳內直驅寢室。項伯簡單寒暄過後，才和項羽談起已會見劉邦的事。

「哦！叔叔今夜見過劉邦了！」

項羽不由得吃了一驚。但是對於叔父這項舉動，不便有所批評。項羽一向尊敬性情溫順、生活單純的叔父，而且認爲自己和叔父的觀點也頗投合，但是卻很少就軍事政策向叔父討教。

「叔父，關於發動攻擊的軍事行動，已是不容改變的事情。」

項羽開門見山地說道，並且暗示說，如果這些話聽在亞父范增耳裡，他一定會大發雷霆。

「出兵顯然是一個錯誤，我認爲要趕緊停止。」項伯急切地說道。

「這麼說，叔父認爲我做錯了嗎？」項羽露出不悅的神情。

「這根本是一樁誤會。若非沛公先行進入關中，我們恐怕無法輕易攻下秦地。就我所知，劉邦並非有意背叛你，反而稱得上是個大功臣。倘若明天發兵攻擊對方，我們不就違背道義嗎？」

「違背道義——？」

項羽一臉驚訝地重複著。所謂「道義」其實是指倫理道德，由於項羽平素少有與市井平民交往的經驗，對於道義根本就不會放在心上。倒是對於叔父這一番話，突然感到錯愕不已！

「那麼，依叔父之意又該如何呢？」

項伯立即答道明天一早劉邦將親自前來謝罪，而當項羽表示急欲知道事情原委的時候，項伯直覺以爲劉邦有救了。

「就這麼辦吧！戰爭隨時可以開打。」

項羽是個直性子的人，只要美言幾句，他便覺得心胸開朗，凡事不會斤斤計較；反之，倘若話不投機，令他心生厭煩，事情也就不會出現轉圜的餘地。

項羽立刻叫來范增，而當范增與項伯擦身而過時，項伯已微微生出不祥的預感。

「亞父！」項羽露出一絲欣喜的笑容。

眼前這位白髮斑斑的老人，曾是居巢街市的著名政論家，早在項梁時代，便擔任楚軍的軍師，深受主將的倚重。他的思考模式不同於項羽，一開始，項羽認定他不過是個愛嘮叨的老人，對於他所說的話一句也聽不進去。直到後來，范增的用兵計謀極爲成功，項羽的態度才爲之大變，對於這位唯一的謀士感到又驚訝又佩服，並尊稱亞父，以示敬重。

在當時，儘管血緣倫理觀念日漸深入人心，但是結義兄弟或亞父之稱，仍是最高敬意的表示方式之一。在歷史上，項羽尊敬范增爲亞父，實屬罕見，意義十分深遠。

「結果演變至此！」項羽說明劉邦即將前來造訪之事：「伯父所說雖然不無道理，不過我還是得稟知亞父才好。」

項羽一向信賴范增，深知唯有這位智慧的老人，最能針對戰爭中詭譎莫辨的狀況提出明確的指示。**項羽的性格較爲急躁，有時易因衝動而改變原有的計劃，這種動機與其說是功利所致，無寧說是個性使然。**

譬如過去曾和項羽對峙沙場、殺害項軍的秦將章邯，當他拋劍卸甲跪在項羽面前苦苦求降時，項羽不由得心中一軟，悲憫之情油然而生。結果章邯的性命不但得以保住，甚至受到極大的禮遇。反觀章邯所率舊部二十萬人，只因項羽對秦軍的憎恨情緒，遂以殘酷手法全部加以坑殺。可見項羽的愛惡之情多麼強烈！其「愛之欲其生，惡之欲其死」的極端性格，較乎平常人要激烈得多。

歸究其中道理，可能是項羽過於自大所致，一旦他察覺對方不過是個手下敗將時，自然不會放在心上，因而表露出一種寬大慈悲的胸懷。至於他是否接受阿諛或奉承的話，則完全視性情的轉變而定。

「你所說的話我都能了解。」聽了項羽一番敍述之後，范增點頭稱道：「不過，大王——」

范增和其他將帥一樣，習慣尊稱項羽爲王。

項羽不等范增說下去，隨即說：

「依我看來，劉邦還不足以成爲大器之才，這也是我替他深感惋惜的地方！」

由此可見，項羽對劉邦的評價仍舊很低，頂多只把他看成一個勢單力薄的對手，不會將他放在眼裡。然而，就項羽所言，其中仍有自尊心強、刻意貶低他人的觀念在內。相反地，范增並不做如是想，而是視劉邦為一極具野心的人，他更認為劉邦應當會是個不尋常的大將之才。正因如此，范增對於「君權天授」這類的說法並不完全認同，他隱隱約約有一種不祥的預感，覺得非除掉劉邦不可。

「此人非殺不可。」

范增腦海閃過許多念頭，於是，他轉而說服項羽，邀請劉邦前來軍營。在老范增的心裡，早已決定好見機誅殺劉邦的計謀。

「把禍根剷除掉吧！」

范增暗自想著，他恨不得立刻直指劉邦，一劍刺穿對方的咽喉。

「**此人非殺不可！**」

范增終於大聲地說出口。項羽聽了也表示同意。

失魂落魄，命如蜉蝣

翌日清晨，劉邦果然驅車前往鴻門。車內還坐著另一個人，正是軍師張良，至於坐在駕駛座旁的車夫則是樊噲。樊噲硬挺的身材還穿著上等的冑甲，他已做好心裡準備，心想著：

「今天我會遭到殺身之禍也說不定！」

當他抱定不惜一死的決心時，突然覺得豁然開朗，周身充滿力氣。樊噲的身體相當魁梧，早年他在沛縣城內以屠狗爲業，直到結識劉邦之後便跟隨著他，時日一久，和劉邦的友誼也就更加鞏固。

「今天我恐怕是凶多吉少了！」樊噲重複呢喃道。

樊噲並非是個貪慕榮華富貴之人，他只簡單地以爲劉邦若是受害，自己也就難逃一死；反之，假使劉邦僥倖不死，那麼自己可能得以轉危爲安。

劉邦的馬車前後簇擁，人數約有一百名。負責軍事指揮的人乃是沛縣兩名最有名的車夫，那就是夏侯嬰和靳彊。他們多少也有類似樊噲的心結，在他們的心裡，劉邦不但是軍隊的領導者，也是情感上託附的對象，大家的感情有如兄弟一般。

劉邦瘦長的身軀在車內晃動著。

此時，他們一行已由灞上的丘陵穿出，走向一條大道。劉邦指示大家轉往與咸陽反方向的另一條通往潼關和函谷關的道路上，目的是要前赴不遠處的鴻門。時值冬季，從馬車右前方窗口，尚可看到驪山滿目蒼涼的景色，至於另一邊殘留的綠意，則是黃土地帶的痕跡。由於無心觀賞景致，當馬車經過驪山北麓時，劉邦只覺得有點目眩。

「唉！昨晚一夜都睡不好！」

劉邦垂落著肩頭，對張良說道。他那毫無血色的臉龐，好似裝置在頸子的面具一般，晃盪得特別厲害。

「他是一個誠實的人。」張良心想。經由長久的相處和相互之間的了解，張良發現劉邦果眞是個無話不說的人。

「傳聞中的始皇陵墓就在這附近。」

張良爲了轉移劉邦的心思，故意指著遠方一目標物說道。

「哦！看見了！」

劉邦點頭答道。猶記過去爲了逃避赴陵墓做勞役，因而挺身投入推翻秦朝的軍旅之中，而今竟如赴刑場般，即將前往項羽的陣營送死，內心愈想愈是悲哀，長眠地下的始皇帝如有知，不知會做如何想？

「滅秦的人果眞是我嗎？」劉邦想了想，率直地回答自己：「不是的。」

劉邦覺得自己頗有自知之明，不敢有所誇耀。回想起始皇帝死後，大小勢力的流民激增之餘，自己雖也儼然成爲一支軍隊的首領，但若論實力和威望，仍是屈居項羽之下，軍隊人數更是相差懸殊。此外，由於項羽在河北一戰，已將秦的主力軍悉數併呑，自己才能南下河南，從南方的武關進入關中。**若論軍功大小，軍力雄厚的項羽才有資格位居首功。先行進入關中的自己，多的只是僥倖而來的運氣罷了！**

想到這裡，劉邦不由得嚇出一身冷汗，心想項羽一定恨透了自己，想必見了面就會襲掌而來。項羽是個聰明人，對於厭惡的人想必不會輕易放過。

坐在車內晃盪不已的劉邦，一路思及項羽可能會採取的毒手，剎時變得失魂落魄，整個人顯得精神恍惚。

「自從舉兵起來，我頭一次感到自己茫然失措！」

想到來此地的意義，劉邦就覺得像蜉蝣一般，在湖水上的漣漪中不斷飄動、聚散著。

「水面的波動會使蜉蝣跟著飄移。」

劉邦的魂魄彷佛做如是想。然而，蜉蝣的生命何其短暫，水面的漣漪更是稍縱即逝，不留痕跡，如今的劉邦，死亡的陰影已經迫在眼前。

「我總是被人操縱著。」

儘管劉邦曾經受到數萬、數十萬人如潮水般的呼前擁後，但是如今卻留下什麼呢？

早先，因爲是楚懷王的部屬，當然受限於懷王，直到項羽的實權越發坐大之後，無異成了新的大王。這麼一來，只要是項羽看不慣的部屬和家臣，就可加以殺害。對於這種現象，無論懷王及其左右都感到害怕，心想不知何時將死於項羽之手。懷王在權勢漸失之際，這才設計派遣項羽遠赴北方攻打秦軍，並指名劉邦率一支小部隊西進。

說穿了，懷王之所以宣稱先入關中者爲王，就是希望制服心中的惡煞項羽。此計果然奏效，劉邦已立下軍功，可與項羽一較長短，這是不容置疑的事。但論其結果，劉邦到頭來仍是懷王的傀儡罷了！

劉邦想到送死便生恐懼。

「除了以功抵罪之外，我還有別的方法可以自救嗎？」

事到如今，想什麼都是罔然，看來只有假意臣服於項羽，顯示自己忠貞不二的態度，試探項羽的反應。

「可是……」

劉邦檢討自己竟連當項羽部下的能力也沒有，不禁苦笑。由於自己膽怯又缺乏智謀，動作又遲鈍得很，甚至大字也認識不了幾個，實在不曉得拿什麼來毛遂自薦。

長久以來，劉邦始終和一批智識及生活水準較低的流民百姓相處，想的也不過是三餐溫飽的問題而已，如今聚衆越來越多，如何料理都出自蕭何之手，劉邦只懂得來者不拒的道理。因此，劉邦也就成爲流民的首領或代表，和項羽對立起來。對項羽而言，劉邦早晚總會入其甕中，屆時便手到擒來，加以斬殺。

劉邦越想越覺不安，忍不住叫出：「子房啊！」他有氣無力地說：「如果當初我不存天下共主的野心，也就不會有今天的焦慮了！」

「這一切——」張良找不出足以安慰劉邦的話，只有看著他說：「都是天命吧！」

張良曾經想過潛逃一途，但擔心逃不出項羽的手掌心，與其這樣，不如坦然而對事實，想必到了最後，劉邦和項羽的一場龍爭虎鬥是無法避免的。

正因訴諸天命，無論哭泣、屈服或應戰，均屬臨死前的掙扎，除此之外，已無技可施。**張良告訴劉邦，切記不厭其煩地述說自己的忠良，並且流出情感的淚水，唯有動之以情，才能爭取項羽的惻隱之心。**

唱作俱佳的賣命演出

位於黃土高原上的鴻門，因爲受到長期以來的水份侵蝕，形成無數陷坑，只有少數尚未低陷的窪地，留下鴻爪般的城壁遺跡。項羽的本營位於城堡中的一角，整個軍營藉著天然的地理環境，組合成一個堅實的堡壘。

從秦都咸陽通往潼關、函谷關的官道，就是由這種錯綜複雜的泥土地形所構成，依此形狀漸次開出一條坡路。

遠遠望去，軍營大門已在眼前。

劉邦命令馬車停下，吩咐樊噲以下均在軍門外等候，只帶張良進入，直走往帳內。

劉邦坐在門口旁的椅子上，低頭不語。不一會兒，項羽率領許多隨員一同進入，劍聲鏗鏘，大家都注視著劉邦，然後一齊逼近，站在劉邦的四周，只聽到咆哮一聲，項羽以審問式的口氣說道：

「劉邦，你犯上欺下，罪名無數。尤其是……」

項羽接二連三地指出，函谷關一戰，劉邦曾在咸陽處置秦的末代皇帝子嬰不當，私自加以寬恕，卻未稟告楚王，顯然過於獨斷；其次，他未經同意，便除去秦的舊法；第三，他以新王的姿態頒布新的律法。有了這三條罪狀，理應接受制裁。

劉邦一面唯唯稱是，一面俯首認罪，臉幾乎要碰觸到項羽的馬靴，身子微微顫抖，好不容易才吐出一句話說：

「這一切都是爲了大王啊！」

然後滿懷委屈地娓娓說道，自己所做的一切，都是爲了先行替項羽鋪路，不敢存有其他私心。劉邦的語氣越說越急，唱作俱佳，將內心的情感和忠誠表達得淋漓盡致。

「喔！原來如此。」

項羽看到劉邦哀求、懇訴的模樣，原有的盛怒已經化解了大半。

劉邦聽出項羽的口氣已經軟化，趕忙順風駛帆，繼續解釋道，假使因而造成項羽誤解，一切仍應歸咎於自己，雖然其中也有可能是小人故意中傷，但是自己未將事實眞相提早告知，也是不對的。

「中傷？」項羽接受劉邦的說法：「你指的中傷者，不就是曹無傷嗎？」

項羽指出劉邦麾下的一名男子，由此可見，項羽對於劉邦的陳述已經相信了一大半。此語一出，似乎帶有示好的意味在內。

「正是左司馬曹無傷。」

劉邦恨不得找個人當替死鬼，於是假裝流露出憎恨的情感，順水推舟地歸咎起曹無傷來。

「要不是曹無傷……」項羽已將之視爲密告者，他接著說：「我也不會誤解你了！」

話語至此，項羽已經明白地表示諒解劉邦的意思，劉邦只覺得如雨過天青一般，所有的危險即將過去。他微微地抬起頭，眼光卻不敢和項羽相對。

「沛公啊！」

項羽終於尊稱劉邦一聲，劉邦聽了磕頭一拜。

只聽到一句溫和的聲音從耳邊傳來，劉邦的身體已被輕輕扶起。原來項伯已在身旁出現，他執起劉邦的手。

「快快起身入席吧！」

衆人一起進入宴席。酒宴之上，項羽坐在東面，項伯則坐在西席，如此安排席位，是因爲此次是項伯提議設宴的。在項羽軍營中，項伯原本就不是次席的要人，與其和項羽同側而座，不如和居於客座的劉邦相鄰而坐來得恰當。

亞父范增則是項羽軍中最重要的人物。只見他那清癯的身體正欲移往南面就位。劉邦則坐在北席，正好與范增相對而坐。張良雖是隨侍劉邦的部下，但卻安排坐在西席。

入席之後，一場戲劇性的酒宴就此展開。

坐席的中央有一大片空間，供端酒菜的人走動，只見豐富的肉品和酒菜不斷送上。

相對於正處在關中的飢民而言，這裡的食物實在太豐富了，彷彿天堂的筵席。早在戰國以前，筵席就是一件神聖而隆重的事，其間甚至不乏宗教活動之類的歡愉場面，所有菜餚均由主人不停地供應。

范增可能是食量較少，只吃了兩三口便不再動箸。項羽的胃口倒是出奇的好，只見他手不離肉，抓起肉塊便大口大口地咀嚼起來。項羽不但好吃魚肉飯菜，更擅長飲酒，逢杯必乾，尤其心情愉快時，喝得更覺暢懷。

劉邦平常的食量雖然不算少，但在這種場合之下，說什麼也吃不下，難怪他的筷子只是稍微動了幾次。

第二階段的刺殺行動

「他眞是個大傻瓜！」

范增心裡暗怒道，他罵的傻瓜並非劉邦，而是項羽。

范增發怒和焦慮的原因是：項羽已被劉邦虛情假意的說詞所蒙騙，輕易地原諒了劉邦，倘若劉邦果眞是個莽漢，就不致於硬裝無辜，拋棄自尊不顧，轉而低聲下氣地哀求項羽饒恕。總之，這一切的舉動早已看在老范增的眼裡，他幾乎篤定地認爲劉邦此人非殺不可，否則後患無窮。

「狡猾的劉邦果然事先洞悉項羽的弱點，構思出這一條高明之至的法子。」

這是范增早就料想到的事。因此，范增已在事先知會過項羽，倘若無法在一見面時便藉故殺死劉邦，不妨改在第二階段中的酒宴中進行。只要時機成熟，范增可敲響繫於腰際的玦玉做爲信號，屆時項羽便會大聲叫來劍士，進入廳堂內舞劍，並伺機下手。

不久，范增見時候已經差不多了，於是敲響玦玉數聲。

奇怪的是，項羽正在大快朵頤，似乎並未傾聽到微弱的響聲。事實上，項羽絕非因爲顧著吃肉而忽略了范增的信號，眞正的原因是他已了無殺害劉邦的意圖。換言之，項羽確實相信劉邦的辯解，對他的話也就照單全收。項羽本來就是一具有個極端愛惡之心的人，一旦信任某人便不易改變。

此時此地，項羽正以一種悲憫的心情來看待劉邦，說什麼也不願意加害他。因此，當宴席中傳來范增的暗號時，項羽只覺得心煩不已，索性來個充耳不聞。

范增忍無可忍，很想大聲叫道：

「項羽！你眞是個糊塗人。眼見天下共主的霸業就要落在你的面前，你卻不懂得斬斷禍根，以防後患，這無異自掘墳墓，將來的勝算就很難說了！」

范增越想越是按捺不住，他突然站起身來，離開筵席，步出門簾尋人。

「項莊！項莊！」

范增大聲地喊叫著，語氣甚急。

一個人影倏然出現在眼前。

此人正是護衛首領項莊。他是項羽的弟弟，雖然不是將帥，卻機敏勇敢，稱得上是最適合擔任保護項羽的男子。范增之所以喜歡這個年輕人，正是因為他比項羽來得聰明。儘管范增已經老得有點不中用了，但是憑他長久以來老謀深算的經驗推敲，還是構想出不少奇謀妙計。猶如此刻的「鴻門宴」一般，若能消滅敵人，便是計謀上的成功。先前范增已將謀略向項莊說明清楚，並且交代好該注意的事。

——如果先前的計謀失敗，結果只有仰賴閣下的一劍了。

原來范增是設計以劍舞當做餘興節目，再伺機刺殺劉邦。項莊頗見長於劍術，舞劍動作尤其優美，乍見之下，不會引起不必要的揣測。

「以你的劍去殺劉邦，大王是不會怪罪的。」范增勸項莊道。

如果換成別人，仍得顧慮項羽是否能夠體諒，但是殺手既是堂弟項莊，想必會網開一面。

依照原定的計劃，項莊挺身走入筵席會場，滑步來到廳堂中央，先對四方的賓客拱手作揖一番，有人介紹說項莊是項羽的堂弟，因此他的出現並未引起劉邦的揣測。

「為了祝賀大王與沛公盡釋前嫌，我願獻上一段劍舞助興。」

項莊合掌舉劍，態度恭敬地說著，隨即便地拔劍出鞘，舉手投足之間，動作俐落而優雅。

劉邦目不轉睛地看著劍舞，心中暗覺不妙。只見項莊手上的白刃似乎招招朝著自己劈斬而來，即使偶而會將視線移往他處，但若遇到關鍵性的招式仍舊正對著自己。劉邦嚇得魂不附體，他隱約知道項莊要進行一場刺殺。

正在千鈞一髮的時刻，突然聽見有人把酒杯放在桌子，大聲說道：

「一人舞劍的場面似乎太冷清了些，我來陪你舞一段吧！」

說這話的人正是項伯，他已站起身來，拔出一把長劍，與項莊雙雙起舞。而當項莊想要採取攻勢進擊劉邦時，項伯也會巧妙地加以阻撓。眼見項伯和項莊兩人都在竭力攻擊對方，頻頻出現險招，張良不禁倒抽一口氣，心想：

「這場危難到底要拖到幾時？難道我們只能坐以待斃嗎？」

張良越想越覺不安，終於苦思一計：

「無論如何，一定要尋求樊噲等人的幫忙。」

於是，張良假裝要外出小解，中途離座。他慌張地走到軍營門外，一眼便找到樊噲，張良告之情況已十分危急。

「你們爲沛公效忠的機會到了！」

直搗項羽的性格弱點

樊噲聽從張良的指示，隨即衝往軍營大門，直接進入筵席會場，門外的衛兵連忙加以阻擋，但是樊噲的身體孔武有力，大家都阻止不及。樊噲已經佇立在筵席中，朝著正面而坐的項羽說：

「過去我對大王十分推崇，但是現在並不這麼想了。」

樊噲的聲音如雷貫耳，全場在座的人都為之一驚。這位生性魯鈍的男子這時變得像另一個人似的，滔滔不絕地指出項王不該懷疑沛公的為人，更不可錯殺忠良，否則不但後悔莫及，天下人心也會大失所望，誰也不敢效忠項王。項羽聽到這裡，拍腿大聲斥道：

「你是什麼人？」

樊噲報出姓名，他的表情仍是一副視死如歸的模樣。衆人以為項王就要取他性命。只聽得項羽吩咐左右道：

「給這位壯士安排席位，賞他食物！」

換句話說，樊噲一番話不但未惹火項羽，反而爭取了認同。項羽心情大悅，對於劉邦的信任又增多幾分，痛快淋漓地喝起酒來。至於飽受虛驚的劉邦，則在張良的眼神鼓舞之下，稍微放寬了心，食欲也增進不少。

由於項羽向來便欣賞落落大方、氣概十足的男子，對樊噲的行止覺得氣味相投，因而未加責怪，致使樊噲得以順利就座上席，陪在劉邦身邊，藉機保護劉邦。**這就是張良的計謀——善於利用項羽的好惡之情，由樊噲扮演英雄式的典型，讓項羽一步一步地接納劉邦。**

「樊先生是眞英雄、眞壯士！」

項羽連口稱讚說。

張良認爲，眼前的危難已經度過一大半，只剩如何逃脫。而在苦無計謀之際，唯有順勢發展，視情況而定謀略——眼前衆人都將注意力移往樊噲身上，何不趁此機會溜走呢？於是，張良暗示劉邦盡速離開。劉邦會意，以如廁爲由，單獨離席而去。

劉邦終於成功地脫逃了！

後來的事情全由張良一手導演。他把劉邦託付的贈禮獻給項羽和范增，分別是白璧一對和玉斗（酒杯）一雙，其溫文儒雅的風度令人激賞。等到賓客紛紛告辭之際，徒留范增佇立良久，他已形同枯槁，面如死灰，只見他突然憤而拔劍，將玉杯擊個粉碎。

「項羽啊！項羽！你眞是糊塗啊！」此時項羽雖不在身邊，但是范增卻感到痛苦不已，他喃喃自語地說：「天下之勢愈見明顯，今日劉邦不除，只怕你稱霸的日子也所剩不多了，項羽啊！項羽！你眞是聰明一世、糊塗一時啊！」

國家圖書館出版品預行編目 (CIP) 資料

項羽對劉邦 : 楚漢雙雄爭霸史 / 司馬遼太郎著 ; 鍾憲譯 . -- 四版 . --
臺北市 : 遠流出版事業股份有限公司 , 2021.02
冊 ; 公分 . -- (日本館 . 潮)

ISBN 978-957-32-8940-1(上冊 : 平裝). --
ISBN 978-957-32-8941-8(下冊 : 平裝). --
ISBN 978-957-32-8942-5(全套 : 平裝)

861.57 109021765

最受歡迎的日本文學巨匠

司馬遼太郎

太閤記

重現秀吉力爭上游、追求夢想的前半生涯，成為最具時代性的豐太閤傳奇。

他將天生的猴臉轉化成個人魅力，靠著了不起的表演天分逐一收服各地名將，終於稱霸日本六十餘州。當秀吉水攻備中高松城，正處於勝負關鍵時刻，突然收到本能寺之變的消息，他果斷議和並馬上領兵進行「中國大返還」，強行軍返回京都，討伐明智光秀。對於柴田勝家、德川家康等隨時準備接收織田信長後繼者地位的武將，秀吉發揮世間少見的奇才，懷柔和作戰兩種手段並用，終於成為一統全日本的「天下人」。

關原之戰

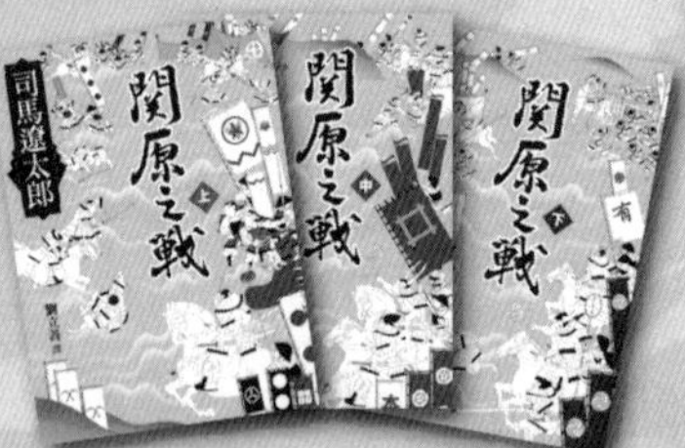

慶長五年（一六〇〇）九月十五日，東西軍在關原盆地對陣。誰能料到這場日本本土規模最大戰爭，竟然二十四小時內便分出勝負！此役宣告德川家康接收豐臣秀吉遺留的勢力，進而在三年後就任征夷大將軍，開創江戶幕府。

《關原之戰》描繪了近百位大名、武將與謀臣的處事態度、經營眼光、領導決斷、規劃思考的能力，蘊含了領導學、管理學、策略學、政治學、外交學、心理學、人際學等各種現代知識，最終論及「正義？或利益？」的人生抉擇與道德思辨。

日本館・潮

項羽對劉邦：楚漢雙雄爭霸史（上）【全二冊】

作　　者——司馬遼太郎
譯　　者——鍾憲
出版五部總監暨總編輯——林馨琴

發 行 人——王榮文
出版發行——遠流出版事業股份有限公司
臺北市 104005 中山北路 1 段 11 號 13 樓
電話／2571-0297　　傳真／2571-0197
郵撥／0189456-1
著作權顧問——蕭雄淋律師
2002 年 10 月　初版一刷
2022 年 10 月　四版二刷
售價新台幣 480 元
（缺頁或破損的書，請寄回更換）

ISBN　978-957-32-8942-5（套號）
ISBN　978-957-32-8940-1（上冊）

YLib 遠流博識網
http://www.ylib.com　e-mail: ylib@ylib.com